CHRIS McGEORGE

ESCAPE TIME
DIE MORDE VON MORGEN

THRILLER

Aus dem Englischen
von Karl-Heinz Ebnet

Die englische Originalausgabe erschien 2021 unter dem Titel
»Half-Past Tomorrow« bei Orion, London.

Besuchen Sie uns im Internet:
www.droemer-knaur.de

Aus Verantwortung für die Umwelt hat sich die Verlagsgruppe
Droemer Knaur zu einer nachhaltigen Buchproduktion verpflichtet.
Der bewusste Umgang mit unseren Ressourcen, der Schutz unseres Klimas
und der Natur gehören zu unseren obersten Unternehmenszielen.
Gemeinsam mit unseren Partnern und Lieferanten setzen wir uns für eine
klimaneutrale Buchproduktion ein, die den Erwerb von Klimazertifikaten
zur Kompensation des CO_2-Ausstoßes einschließt.
Weitere Informationen finden Sie unter:
www.klimaneutralerverlag.de

Deutsche Erstausgabe April 2023
Knaur Hardcover
© 2021 Chris McGeorge
© 2023 der deutschsprachigen Ausgabe Knaur Verlag
Ein Imprint der Verlagsgruppe Droemer Knaur GmbH & Co. KG, München
Alle Rechte vorbehalten. Das Werk darf – auch teilweise – nur mit
Genehmigung des Verlags wiedergegeben werden.
Redaktion: Claudia Alt
Covergestaltung: ZERO Werbeagentur, München
Coverabbildung: Collage unter Verwendung von
Motiven von GettyImages und Shutterstock.com
Satz und Layout: Adobe InDesign im Verlag
Druck und Bindung: CPI books GmbH, Leck
ISBN 978-3-426-22788-6

2 4 5 3 1

*Für jene, die ihren Weg
aus der Dunkelheit gefunden haben.*

We'll meet half-past tomorrow
Beneath a joker's dream.
We'll forgive the world it's unjust fun
And say what we really mean

Aus HALF-PAST TOMORROW,
CHUTNEY AND THE BOYS
(aus dem Album Half-Past Tomorrow, 1984)

00.00

Colm MacArthur
British Royal Navy – Operation Kingmaker (Minensuche)
50 Seemeilen vor der irakischen Küste
Freitag, 12. Oktober 2012
01.12 Uhr

Colm MacArthur hätte eine ganze Woche durchschlafen können. Vor lauter Müdigkeit war er kurz davor, einfach umzufallen. Die Augen waren schwer – er musste sich anstrengen, um sie überhaupt offen zu halten. Nur die kühle Brise im Persischen Golf hielt ihn wach, von dem, was man Willenskraft oder Pflichtgefühl nennen könnte, war schon lange nichts mehr übrig. Vor ihm erstreckte sich eine pechschwarze Nacht – eine Nacht, in der man jede Entscheidung in seinem Leben infrage stellte, die einen an diesen Punkt, genau an diesen Punkt geführt hatte.

Der Tag war anstrengend gewesen, angefüllt mit sinnloser Drecksarbeit, die dem Schiff aber angeblich zugutekam. Er hatte Böden geschrubbt, geputzt, Geschirr gespült – Arbeiten, die in keiner Werbebroschüre der Royal Navy aufgeführt waren. Das alles hatte er nur überstanden, weil ihm eine ungestörte Nacht in Aussicht gestellt worden war.

Deshalb hätte er seinen Freund und Begleiter auf dieser verfluchten Wache, Gabe Steadman, am liebsten über Bord geworfen, als er sie beide freiwillig für die Nachtschicht gemeldet hatte. Gabe hatte ihn aber schließlich überzeugt – sie hatten was wiedergutzumachen, nachdem ihre Craps-Runde unter Deck aufgeflogen war, schließlich sollte ihr Dienst irgendwann vielleicht wieder aus aufregenderen Tätigkeiten bestehen.

Die HMS *Aevum*, das Schiff, das er seit einem Jahr als sein Zuhause bezeichnete, lag ruhig in der schwarzen, stillen Nacht. Neben dem Wind war nur das träge Plätschern des am reglosen Schiff vorbeiströmenden Wassers zu hören. Was kaum Colms Wachsamkeit erhöhte.

Colm und Gabe hatten sich das Deck aufgeteilt. Colm drehte auf der Backbordseite seine Runden, hatte in den drei Stunden, die sie bislang Wache schoben, aber kaum einen ganzen Durchgang geschafft. Er lehnte an der Reling, stierte hinab aufs dunkle Wasser und wusste nicht mal mehr, wie lange er hier schon so stand. Würde ein Vorgesetzter ihn so sehen, würde er sich einen Riesenärger einhandeln, aber die pennten ja alle unter Deck. Außerdem glaubte er nicht, dass dem Schiff irgendeine Gefahr drohte. Der Krieg gegen den Terror war vorbei – und sie hatten gewonnen. Sie waren nur noch das Aufräumkommando.

Gabe brachte für seinen Job anscheinend mehr Enthusiasmus auf. Wenn Colm sich anstrengte, konnte er Gabes Schritte an Deck hören, das er in Fünfzehn-Minuten-Runden auf und ab schritt, auf und ab.

Als hätte er ihn heraufbeschworen, ertönten auf der anderen Seite der Kapitänskabine Gabes Schritte. Colm richtete sich auf. Vielleicht sollte er sich besser wieder in Bewegung setzen. Er streckte sich, zog die Jacke fester um sich und stapfte los.

Dann glaubte Colm zu hören, dass Gabe stehen geblieben war – und etwas sagte.

Colm blieb ebenfalls stehen, lauschte. »Gabe?«

Nichts.

Wahrscheinlich hatte er sich das nur eingebildet.

Insgeheim machte er sich seit einiger Zeit Sorgen um Gabe. Sie waren zusammen aufgewachsen, oben im Nordosten Englands – unendlich weit entfernt. Er kannte Gabes Geschichte, er wusste, dass sein Freund sich nie zur Navy hatte melden wollen. Eine Weile war das für Gabe okay gewesen. Vier Jahre, um genau zu sein. Gabe schien sich damit abgefunden zu haben. Aber jetzt waren wieder diese Schatten in seinem Gesicht, war wieder das Stocken in seiner Stimme. Noch hielt er durch, aber etwas stimmte nicht mit ihm. Und das machte Colm Sorgen.

Vielleicht aber bildete er sich das alles auch nur ein – vielleicht musste er immer alles zu sehr hinterfragen. In Wirklichkeit kam Gabe mit der Navy wahrscheinlich besser zurecht als er selbst. Vielleicht projizierte er auf seinen Freund bloß die eigenen Probleme. Dem eigenem Spiegelbild konnte man ja schlecht Vorhaltungen machen. War er hier unglücklich?

Im Moment auf alle Fälle. Er hasste Nachtwachen, weil absolut nichts los war. Das Schiff lag still, die Luft war feucht, es gab noch nicht mal Eisberge, nach denen man Ausschau halten könnte. Und es war nicht sehr wahrscheinlich, dass man eine Mine sichtete – die waren eher unauffällig.

Wieder fielen Colm die Augen zu. Der Wind strich ihm übers Gesicht, als wollte er ihn in den Schlaf zwingen. Erneut lehnte er sich an die Reling, ließ sich mit dem ganzen Gewicht darauf fallen, spürte, wie er hinausglitt, hinaus und nach unten aufs …

Ein lautes Platschen. Von der anderen Schiffsseite. Das hatte er sich nicht eingebildet.

Colm riss die Augen auf. »Gabe?«, rief er. Schritte waren nicht mehr zu hören.

Vielleicht war nur was ins Wasser gefallen.

Aber wie? Alles war festgezurrt; es war eine ruhige Nacht (eine, in der er liebend gern durchgeschlafen hätte) – und das Schiff lag still.

»Gabe?«

Noch ein Platschen. Leiser.

Irgendetwas stimmte nicht.

Colm drehte sich um. In seinem Kopf eine Menge lächerlicher Vorstellungen, die sich vor allem um Piraten drehten, weniger um Haie.

Wo war Gabe?

Colm ging um die Kabine herum, überquerte die unausgesprochene Grenze zu Gabes Wachabschnitt. Er überblickte die gesamte Länge des Schiffs – nichts, niemand. Keine Piraten. Aber auch kein Gabe.

Etwas stimmte ganz und gar nicht.

Er sah zum Heck. Der Wind wurde stärker, ließ ihn frösteln. Es dauerte viel zu lange, bis sein Gehirn begriff, was er vor sich sah. »Gabe … was zum …?«

Gabe saß auf der Reling, die Beine baumelten über der Schiffsseite. Er hielt etwas in den Händen – etwas Großes, Schweres, um das eine Kette gewickelt war. Die sich hinunter zu seinem Knöchel schlängelte.

Gabe in seiner Navy-Uniform sah ihn an. Trotz seines kahl rasierten Schädels, auf dem sich das Mondlicht spiegelte, trotz seiner müden, alten Augen wirkte er für Colm irgendwie jünger. »Sollte nicht sein«, sagte Gabe. Und dann ließ er das Ding in seinen Händen los, irgendeinen Block, so schwer wie Colms Augenlider. Und Gabe wurde über die Schiffsseite nach unten gerissen. Ein lautes Platschen. Dann noch eins.

Colm sprang zur Reling. »Gabe!« Vor einer Sekunde war sein Freund noch hier gewesen. Er sah hinunter aufs Wasser.

Sein Freund blickte zu ihm hinauf, bevor er in die Tiefe gerissen wurde. Es sah so aus, als würde Gabe lächeln.

Von jetzt an würde Colm MacArthur nie mehr gut schlafen.

01.00

Die Vergangenheit im Rauschen

01.01

Shirley Steadman
Chester-le-Street, Nordosten von England
Dienstag, 9. Februar 2021
19.05 Uhr

»Oh, meine Liebe, was für ein Anblick für meine müden Augen«, kam es von Harold, als sich ihm Shirley mit ihrem Ausweis und Klemmbrett näherte. Schon bei ihren letzten drei Besuchen auf der Station hatte Harold hier gelegen und sie ins Herz geschlossen – so wie sie ihn. Sie wusste nicht unbedingt, was ihm fehlte, trotz seines fixierten Arms, denn das Reden war ihm immer schwergefallen, immer kam er sofort außer Atem, als wäre er sein Leben lang bergauf gelaufen. »Jedes Mal, wenn ich dich sehe, siehst du jünger aus.«

»Harold«, erwiderte Shirley und klopfte lachend auf das Klemmbrett. »Ich bin kaum jünger als du.«

»Kann schon sein, meine Holdeste. Trotzdem siehst du aus, als wärst du keinen Tag älter als zwanzig«, gluckste er.

»Das reicht jetzt«, erwiderte Shirley in dem Befehlston, den sie sich bei der Erziehung ihrer Kinder angewöhnt hatte, und klickte mit ihrem Stift. »Was darf's heute sein?«

»Hmmm …« Harold tat so, als müsste er erst nachdenken. Wahrscheinlich hätte er sich auch übertrieben am Kinn gekratzt, wenn sein Arm nicht in einer Schlinge gesteckt hätte. »Was von Bowie, ja. Das über den Typen im Weltraum.« Auch sein Gedächtnis war nicht mehr das beste. Aber das konnte Shirley ihm kaum vorwerfen – ihres hatte auch schon bessere Tage erlebt.

Shirley nickte und schrieb »Harold« und »Space Oddity« auf das Blatt auf dem Klemmbrett. »Ground Control to Major Tom?«

»Aye, genau«, rief Harold und stimmte auch schon den Refrain an.

Shirley lächelte und ließ ihn die Strophe zu Ende singen. »Wem ist es gewidmet?«, fragte sie.

»Na, dir natürlich«, kicherte Harold.

»Harold!«, wies Shirley ihn zurecht.

»Na gut. Dann eben meiner Frau.«

»Schon besser«, sagte Shirley und notierte es in der Widmungsspalte des Formulars. »Brauchst du Hilfe für die Kopfhörer, damit du zuhören kannst?«

»Aye, wenn du das machen könntest.«

Shirley ging ums Bett herum, darauf bedacht, keinem der Kabel oder Geräte zu nahe zu kommen. Der kleine Fernseher war zur Wand hin gedreht. Sie schwang ihn herum, löste den Kopfhörer – so einer, wie sie auch in Flugzeugen verteilt wurden – und setzte ihn Harold auf. Dann stellte sie das Gerät auf den Radiomodus und schaltete zum Kanal 5. »So. Ab Viertel nach acht bin ich auf Sendung.«

»Du bist ein Schatz, meine Holdeste«, sagte Harold und zwinkerte ihr zu.

Shirley lächelte, war allerdings auch ein wenig besorgt, nachdem sie gerade gesehen hatte, dass Harold am Tropf hing. Der Infusionsständer war letzte Woche noch nicht da gewesen. Irgendwas stimmte wirklich nicht mit ihm, er hatte nicht nur einen gebrochenen Arm.

Sie verabschiedete sich und verließ das Zimmer.

Die Patienten der Abteilung 14 hatten sich diesmal selbst übertroffen. Sonst waren sie dort nie besonders aufgeschlossen – es handelte sich um die Orthopädieabteilung, auf der meistens ältere Patienten lagen oder solche, die auf Radiowunschkonzerte keine große Lust hatten. Heute aber hatten sie ein buntes Potpourri an Titeln zusammengestellt. Klar, es wurden die alten Hits verlangt – ein Älterer mit einem Bein in der Schlinge hatte sich für seine Frau »My Way« gewünscht, eine junge Frau »Wannabe« von den Spice Girls für ihre Tochter, und eine Frau in Shirleys Alter wollte was von Vera Lynn, was sehr nett, aber auch sehr typisch war. Es gab aber auch einige ausgefallene Wünsche – einen Song über einen Baggerlader, von dem sie noch nie gehört hatte, dazu Rap von einem Childish Gambino (der Name war ihr geläufig, sie kannte aber kein einziges Stück von ihm) und noch etwas von einem Wise Kalifer (sie hoffte, den Namen richtig geschrieben zu haben). Sie war überzeugt, dass einige dieser Songs unanständige Ausdrücke beinhalteten, aber sie hatten ja die fürs Radio bearbeiteten Versionen auf Lager, es spielte also keine Rolle.

Am Ende ihrer Tour durch die Abteilung sah sie gewohnheitsmäßig bei der Schwesternstation vorbei und fragte dort nach, was sie hören wollten. Die Schwestern, mittlerweile alle jünger als ihre eigene Tochter, einigten sich nach kurzem Nachdenken auf »I gotta get out of this place«. Shirley lachte, als hätte sie diese Bitte zum ersten Mal gehört, und notierte es auf ihrem Klemmbrett. Sie dankte den Schwestern, verließ die Abteilung und ging langsam zu den Aufzügen. Dort stand sie dann, während ihr Finger schon vor den Knöpfen schwebte. Aber dann zog sie die Hand zurück. Sie musste an Marsha aus ihrer Stickgruppe denken, die von sich gesagt hatte, sie fühle sich immer so steif, weil sie sich nie körperlich betätige. So weit wollte Shirley es nicht kommen lassen. Also nahm sie die Treppe.

Eine Gruppe von Schwestern kam ihr im langen Korridor

entgegen, unter ihnen, wie sie bestürzt feststellte, eine junge Frau mit roten Haaren. Callie. Sie wollte den Kopf schon wegdrehen, als sie aneinander vorübergingen, trotzdem trafen sich ihre Blicke. Und sofort war wieder das schlechte Gewissen da, das sie immer hatte, wenn sie Callie über den Weg lief. Shirley hoffte nur, wenigstens Callie würde sich freuen, sie zu sehen. Musste das immer so sein? Sie wusste, dass Callie im Krankenhaus arbeitete, aber irgendjemand da oben musste es auf sie abgesehen haben. Sie ließ sich damit mal wieder den ganzen Abend ruinieren – früher hatte sie gedacht, sie hätte es nicht anders verdient, in gewisser Weise dachte sie das immer noch, aber dann schob sie ihr schlechtes Gewissen beiseite und ging weiter.

Als sie im Studio eintraf, war sie leicht außer Atmen, ihre Beine pochten und würden morgen wieder schmerzen. Das konnte man dann fast als das Gegenteil vom Steifsein bezeichnen, und damit war es wohl wieder okay. Sie gab den Schlüsselcode ein, trat in den kleinen Raum, der in einem vergessenen Krankenhaustrakt lag, und hörte aus Studio eins Ken Vox' vertraute Stimme.

In dem kleinen Raum hatte ein Inneneinrichter/Zauberer eine kleine Aufenthaltsecke mit Stühlen und einem Computer untergebracht, daneben einen abgetrennten Lagerbereich mit alten Vinylplatten und dazu noch zwei schalldichten Studios. Shirley ging zum Studio zwei, stellte auf dem Weg dorthin den Wasserkocher an und ließ sich in dem winzigen Kabuff nieder, hinter einem großen, teuren Mischpult mit Hunderten von Knöpfen und Schiebereglern – von denen jeder Mitarbeiter des Krankenhausfunks nur so an die fünf benutzte.

Sie sah durch die Glastrennscheibe zwischen den beiden Studios ins Studio eins. Natürlich war es leer. Ken Vox gehörte seit zwei Jahren nicht mehr zum Radioteam des Chester-le-Street Hospital. Er war von Metro Radio, einem »richtigen« Hörfunksender, übernommen worden. Aufgrund eines juristischen Hintertürchens durften sie hier allerdings immer noch seine alten aufgezeichneten Sendungen abspielen, die in Endlosschleife liefen, bis einer der ehrenamtlichen Mitarbeiter live auf Sendung ging.

Früher hatte sich an den Dienstagabenden immer ein großes Team eingefunden – mittlerweile war nur noch Shirley übrig. Aber das war ihr egal.

Sie schaltete den Computer an und suchte sich die Hörerwünsche zusammen. Eine Viertelstunde und eine Tasse Tee später hatte sie alles gefunden (Wise Kalifer hieß richtig Wiz Khalifa, und viele der Songs kamen ihr als recht anstößig vor) und in das entsprechende Computerprogramm eingegeben. Sie schickte die Playlist ins Studio eins, wo sie weitermachen würde. Bevor sie auf Sendung ging, musste sie nur noch einen Song finden, der nicht auf dem Computer gespeichert war, den sie aber auf Vinyl hatten. Dafür blieben ihr vierzig Minuten, also schaltete sie den Wasserkocher wieder an und schlenderte zum Lagerbereich.

Regale voller Schallplatten säumten sämtliche Wände, außer die linke Seite, wo sich alte Geräte stapelten. Die LPs waren anhand kleiner Zettel alphabetisch geordnet. Wollte man erfahren, wo man sich innerhalb des jeweiligen Buchstabens befand, musste man die einzelnen Platten herausziehen – es war also auch immer ein kleines Ratespiel. Shirley griff in die obere Regalreihe und ging die Titel unter C durch.

Sie suchte eine LP der Rockband Charlie. Sie hatte nie von ihr gehört, und der Mann, der sie sich gewünscht hatte – sein Hals steckte in einer Stützkrause –, hatte ihr freudig kurz deren Geschichte erzählt. Eine UK-Band, in den Siebzigern gegründet, vier Mitglieder, zehn Alben, immer noch aktiv (anscheinend). Informationen, die sie nicht behalten würde –

und die sie auch nicht behalten hätte, als ihr Gedächtnis noch besser gewesen war –, die aber auch mit ein Grund waren, warum sie den Job hier machte. Es gefiel ihr, wie Menschen innig an etwas festhielten, was ihr, Shirleys, Leben nie im Geringsten berührt hatte. Für sie war das immer auch eine Erinnerung daran, wie groß die Welt in Wirklichkeit war.

Nach einigen Fehlgriffen entdeckte sie schließlich Charlies Titelalbum, auf dem sich laut Computer der gewünschte Song befand. Zufrieden nahm sie die Platte heraus, legte sie aufs untere Regal und zog zur Hälfte die nächste Platte heraus, damit sie wusste, wo sie sie später wieder reinschieben musste.

Kurz hielt sie inne. Die nächste LP – *Half-Past Tomorrow*. Chutney and the Boys. Das vertraute Cover mit der ägyptischen Sphinx, die eine Siebzigerjahre-Sonnenbrille trug – dazu Chutney und ihre Boys darauf gruppiert, die mit ihren Gitarren abrockten. Sie hatte es lange nicht mehr gesehen.

Sie trat zurück und merkte, wie sie am ganzen Körper leicht zitterte. Unauslöschliche Erinnerungen kamen hoch. Gabe als Kind, auf seinem Bett auf und ab hüpfend, in den Händen einen Besen als Gitarrenersatz, und wie Chutney wild darauf herumklampfend. »Half-Past Tomorrow«, sein Lieblingslied, das er unaufhörlich spielte – seltsamerweise der einzige langsame Song auf dem Album, zu dem das wilde Gehampel gar nicht gepasst hatte.

Gabe.

Wie alles wohl wäre, wenn …?

Der Wasserkocher pfiff.

Shirley blinzelte die Vergangenheit fort.

Sie machte sich eine Tasse Tee und trug die Charlie-LP zum Computer im Eingangsbereich. Immer noch zu viel Zeit. Ken Vox quasselte vor sich hin und inszenierte sich in seinem herben Charme, der ihm einen richtigen Job als Radiomoderator eingetragen hatte. Sie hatte noch Zeit; Zeit für etwas, was ihr guttun würde.

Wieder ging sie ins Lager, diesmal aber nach links zu den ausrangierten Geräten. Sie griff sich den Karton ganz oben – wie sie es jede zweite Woche machte –, brachte ihn mitsamt ihrer Tasse ins Studio zwei, stellte ihn auf den Tisch und öffnete ihn. Darin befand sich ein alter Rundfunkempfänger, der wahrscheinlich viel größer war als jedes Gerät, das es im letzten Jahrhundert gegeben hatte.

Sie schaltete ihn an und schloss ihn, für einen besseren Sound, ans Studiomischpult. Sofort war das Studio von einem harten Rauschen erfüllt – einem Rauschen, wie man es bei modernen Radios gar nicht mehr zu hören bekam. Ein Gefühl von Wärme umfing sie, von Nostalgie und Sehnsucht – ein Gefühl, das einen aus der Gegenwart riss und in glücklichere Zeiten zurückkatapultierte. In den siebzig Jahren, die Shirley auf dem Buckel hatte, war ihr kein Geräusch so tröstlich erschienen wie das statische Rauschen im Frequenzbereich zwischen den einzelnen Radiostationen.

Sie drehte am Frequenzknopf, Stimmen erklangen und verstummten wieder. Tyneside auf 93,5, BBC Newcastle auf 95,4, Metro Radio und viele andere. Die Sender kamen und gingen. Am Ende der Skala schaltete sie auf das AM-Band um und begann von Neuem. Hier war sehr viel weniger los – AM-Stationen wurden zunehmend dichtgemacht, und die, die man noch empfangen konnte, waren oft nur BBC-Sender auf anderen Frequenzen. Aber sie suchte auch gar keinen Sender – sie suchte einen wunderbaren Abschnitt mit Rauschen.

Sie fand einen. Sie stülpte sich den durchgeschwitzten, am Mischpult angeschlossenen Kopfhörer über, lehnte sich zurück – und schloss die Augen.

Wenn man so lange gelebt hatte wie Shirley, musste man sich an den kleinen Dingen erfreuen. Und das hier war eines davon. Eine halbe Stunde Ruhe und Frieden zwischen dem Zusammentragen der Wünsche und ihrer Moderation; eine halbe Stunde, in der sie sich zurücklehnen, dem Rauschen zuhören konnte und in der sie gar nicht existierte. Sie bekam den Kopf frei: kein Bob, keine Deena und die Kids, kein Gabe – nur Rauschen.

An den kalten Abenden, wenn sie allein in diesem Studio saß, allein mit ihren Gedanken, dann war es leicht, in der Vergangenheit zu leben. Sieben Jahrzehnte hatte sie hinter sich, sieben Jahrzehnte an Entscheidungen, sieben Jahrzehnte voller Fehler und Missgriffe und Irrtümer – daran konnte so mancher zerbrechen. Ihr Körper verriet sie – die Treppenstufen, die sie sich hochgemüht hatte, dürften sie (wahrscheinlich) bis nächste Woche außer Gefecht setzen, ihre Knochen schmerzten und fühlten sich an wie Glas, manchmal tat es schon weh, wenn sie nur atmete. Das Aufstehen am Morgen fiel ihr immer schwerer, nachts schlief sie immer schlechter ein. Nach Maßgabe der Evolution hatte sie lange genug gelebt. Sie hatte die Phase ihrer Nützlichkeit für ihre Spezies längst überschritten. Sie befand sich in der Nachspielzeit.

Es war ihr wichtig, nicht in der Vergangenheit zu leben. Aber das hieß nicht, dass sie es nicht konnte.

»… Zukunft …«

Eine Stimme? Sie schlug die Augen auf und sah zu dem alten Radio. War da was im Rauschen? Vielleicht nur eine Frequenzschwankung – so alte Empfänger waren manchmal sehr launisch.

Shirley richtete sich auf – achtete nicht auf das Stechen im Rücken – und sah nach, auf welcher Frequenz sie war. 66,2 AM. Keine Radiosender weit und breit. Vielleicht hatte sie sich das nur eingebildet.

»… dann …«

Dieselbe Stimme.

Shirley setzte die Brille auf, die sie um den Hals hängen hatte. Ganz langsam drehte sie den Knopf. 66,1. Nichts. 66,0. Nichts. Dann in die andere Richtung. 66,3. »… macht sich davon …« Die Stimme wurde lauter. Klarer. 66,4. »… Newcastle. Die Meute hetzt los, und wir auch.« 66,4. Da war was. Ein Sender, der nirgendwo verzeichnet war. Ein Piratensender. Einer, der bislang nicht da gewesen war.

Sie lächelte. Piratensender, ein interessantes Konzept. Ein Radioprogramm, das von einer Einzelperson oder einer kleinen Gruppe mit privater Ausrüstung gesendet wurde. Die Idee war älter als sie, und das wollte was heißen. Das Signal musste ganz aus der Nähe kommen – wie es bei Piratensendern oft der Fall war. Der Empfang war schwach, trotz der Anlage des Krankenhausfunks, die den alten Rundfunkempfänger verstärkte. Die Stimme schwankte, wurde verzerrt, änderte die Lautstärke. Und sie klang seltsam, als würde sie absichtlich verfremdet und durch einen Computer gejagt. Shirleys Interesse war geweckt.

Sie drückte sich den Kopfhörer noch fester auf die Ohren.

»Na, sieht so aus, als wär's mal wieder an der Zeit für die Nachrichten. Wer Neues über Chester-le-Street und Umgebung hören möchte, ist nirgends besser aufgehoben als auf 66,4 Mallet AM.«

Mallet AM. Und er hatte auch noch einen Nachrichtenteil. Er hörte sich an wie ein richtiger Radiosender. Ein ambitioniertes Unternehmen. Wer immer dahintersteckte, er machte einen guten Job. War es ein Mann oder eine Frau, einsam und gelangweilt, der oder die sich den Spaß gönnte? Oder irgendwelche Kids, die herumexperimentierten? Egal, Shirley war froh, zuhören zu dürfen.

»Heute ist der zehnte Februar«, fuhr die Stimme fort, »dann mal los. Viel gibt's allerdings nicht zu vermelden, weil eben nicht viel passiert ist. Da in den letzten Wochen die Hundehäufchen im Chester Park zugenommen haben, hat Parkverwalter Art Fowler Schilder aufgestellt, um die Vierbeiner von diversen Grünflächen fernzuhalten. Prompt wurde eines der Schilder von Fiona Smith' Dackel Rodney bepinkelt. Unklar ist allerdings, ob Art Fowler diesen unerhörten Regelverstoß bemerkt hat – aber seid versichert, wir werden an diesem Thema dranbleiben, falls es mehr dazu gibt.«

Shirley lachte und klatschte in die Hände. Es hörte sich wie eine richtige Nachrichtensendung an. Was für ein Spaß. Genau das, was sie brauchte – der Sender war einfach köstlich.

»Immobilienpreise in Chester-le-Street sind in letzter Zeit gestiegen. Viele Geschäfte hatten im vergangenen dunklen Jahr schwere Zeiten zu überstehen – der Immobilienmarkt ist keine Ausnahme. Nach mehreren hitzigen Debatten in der örtlichen Kommunalverwaltung hat der Parlamentsabgeordnete Ralph Harver mit dem Immobilienkonzern Havanna Housings eine Vereinbarung geschlossen, die darauf abzielt, die Gegend für neue Anwohner attraktiv zu machen. Das scheint zu funktionieren, der Immobilienmarkt hat tatsächlich wieder angezogen. Allerdings so sehr, dass es jetzt den Anschein hat, als wäre das Freizeitzentrum in Chester-le-Street ernsthaft in Gefahr, geschlossen und abgerissen zu werden.

Mallet AM hat bei Harver angefragt, um zu erfahren, ob dem Freizeitzentrum das gleiche Schicksal blüht wie so vielen anderen Freizeiteinrichtungen in der Stadt. Jedenfalls wäre es ein schwerer Schlag für die Gemeinde, vor allem für die jungen Familien, für die Mitarbeiter des Freizeitzentrums und für alle, die dort eifrig zum Schwimmen gehen. Sollte sich Neues ergeben, werden wir natürlich davon berichten.«

Shirley runzelte die Stirn. Sie hatte bislang nicht gehört, dass die Chester Baths (wie die Einheimischen das alte Gebäude zwischen dem unteren Ende der Front Street und dem Park nannten) von der Schließung bedroht waren. Sie war mit den Kindern häufig dort gewesen und sah sie noch, umhüllt von dickem Chlorgeruch, im Kinderbecken planschen, unter den von der Decke hängenden Deko-Schmetterlingen und den an die Wände gemalten Cartoon-Tieren mit ihrem übertriebenen Lächeln. Es wäre sehr schade, wenn das Gebäude wirklich abgerissen würde.

Der Moderator fuhr fort: »Und zum Schluss: Seb Starith, Inhaber der gleichnamigen Bäckerei in der Front Street, ist heute um 12.17 Uhr aus fast einem Meter fünfzig Höhe von der Leiter gestürzt, als er vor seinem Laden ein neues Schild anbringen wollte. Er hat sich dabei eine Verletzung am Steißbein zugezogen und wurde zur Untersuchung ins Chester-le-Street Hospital gebracht, wo er mindestens eine Nacht verbringen wird. Noch ist unklar, ob er sich etwas gebrochen hat, unbestätigten Aussagen zufolge dürfte das allerdings der Fall sein. Auch hier werden wir euch auf dem Laufenden halten.«

Seltsam. Shirley hatte gar nichts davon gehört, obwohl sie am Nachmittag in der Front Street gewesen war. Auch niemand aus ihrer Stickgruppe hatte etwas erwähnt, und diese Frauen waren sonst immer für Klatsch und Tratsch zu haben, ganz besonders Marsha. Und überhaupt, Shirley war direkt an der Bäckerei vorbeigegangen und hatte dort nichts Ungewöhnliches bemerkt.

»Die Bäckerei wird in der Zwischenzeit von Starith' Enkeltochter weitergeführt, die die üblichen Öffnungszeiten beibehalten will.«

Vielleicht war das der Grund. Shirley war gegen 3 Uhr dort gewesen. Vielleicht war der arme Seb da schon ins

Krankenhaus gebracht worden und seine Enkelin hatte bereits im Laden gestanden. In den Shirley keinen Blick geworfen hatte. So musste es wohl gewesen sein.

»Wir melden uns morgen wieder zur gleichen Zeit mit neuen Nachrichten, jetzt aber eine weitere Stunde mit gefühlvoller und vor allem lizenzfreier Musik. Und los.« Nach einigen Sekunden Stille erklang in ihren Kopfhörern schmalzig-seichte Musik, wie man sie in Hotelaufzügen oder Kaufhäusern zu hören bekam.

Shirley lauschte ein, zwei Minuten, hoffte, noch mehr zu hören, wusste aber, dass sich der Moderator verabschiedet hatte. Sie nahm den Kopfhörer ab.

66,40 Mallet AM. Was für ein Glücksfall. Und ein relativ professionelles Auftreten. Wer immer dahinterstehen mochte, der am Mikro verstand jedenfalls sein Handwerk. Er oder sie würde für jedes Radioteam eine Bereicherung sein – er kannte sich mit der Technik besser aus als die meisten ehrenamtlichen Mitarbeiter. Ein Piratensender in dieser Zeit – wie einzigartig. Sie musste unbedingt Deena davon erzählen, wenn sie zu Besuch kam.

Sie notierte sich die Frequenz auf einem Zettel. Erst dann sah sie auf die Uhr.

Verdammt! Keine fünf Minuten mehr. Sie hatte ihre eigene Sendung ganz vergessen. Sie stand schnell auf, griff sich die Wunschliste, die Charlie-LP und ihren kalt gewordenen Tee. Sie trat ins Studio eins und machte es sich auf dem Stuhl bequem. Ken Vox war bereits in seiner Abmoderation. Sie bereitete sich darauf vor, ihn aus- und sich selbst einzublenden.

Im Kopf ging sie ihre übliche Einleitung durch. Datum, Wochentag, ein Kommentar zu einer witzigen Sache, über die sie zufällig in der letzten Woche gestolpert war, dann sofort zu den wunderbaren Wünschen der Abteilung 14. Der

Gedanke, dass sie irgendwo Fans hatte, gefiel ihr, auch wenn eine feste Zuhörerschaft im Krankenhaus, wo sich das Publikum stündlich ändern konnte – von einer Woche auf die nächste ganz zu schweigen –, doch ziemlich unwahrscheinlich war. Trotzdem stellte sie es sich gern vor – und ihre Eröffnungsnummer war genau das, was ihre Fans von ihr erwarten würden.

Sie hatte sich ihre witzige Tatsache schon zurechtgelegt: *Wussten Sie, dass die wissenschaftliche Bezeichnung für Kältekopfschmerz sphenopalatine Ganglioneuralgia lautet?* Sie hatte den Satz vor dem Spiegel vier- oder fünfmal aufsagen müssen, bis er saß.

Sie war also bereit. Außer ...

Sie fuhr den Computer hoch und überprüfte das Datum.

Und dann wunderte sie sich. Mit dem Nachrichtenteil von Mallet AM hatte etwas nicht gestimmt. Der Moderator des Piratensenders hatte gesagt, er bringe die Nachrichten für den zehnten Februar.

Aber, und das war jetzt sehr sonderbar, es war doch erst der neunte.

01.02

Chester-le-Street
Dienstag, 9. Februar 2021
22.22 Uhr

Shirleys kleiner Bungalow lag keinen Kilometer vom Krankenhaus entfernt zwischen der Front Street und einer dicht bebauten Gegend, die nur als »die Avenues« bekannt war. Shirley wohnte am Rand davon, für Deenas Geschmack aber immer noch viel zu nah. Deena hatte ihr von dem Bungalow abgeraten. Die Avenues hatten keinen guten Ruf, aber das war Shirley egal. Sie wollte unbedingt raus aus dem großen Haus, das Bob in Houghton-le-Spring gekauft hatte und in dem sie zum Schluss nur noch allein herumgegeistert war. Sie hatte sich etwas Geeigneteres, Kleineres suchen müssen.

Moggins begrüßte sie mit einem Greinen und Schnurren. Moggins war eine sieben Jahre alte, weiß getigerte Norwegische Waldkatze. Der Kater war ein Einzugsgeschenk von Deena und damit Sinnbild des steten Wunsches ihrer Tochter, sich um sie kümmern zu wollen. Was Shirley natürlich nicht Moggins vorwerfen konnte.

»Na, mein Lieber«, sagte sie zur Katze, die sich an ihren Knöcheln rieb. »Du willst dein Abendessen, was?«

Lächelnd zog sie die Schuhe aus, schlüpfte in ihre Schlappen und ging durch den Flur in die Küche. Alles in dem Haus war klein, die Wege waren kurz, nicht unähnlich dem

Kabuff im Krankenhaus, das als Studio firmierte. Die Küche war kompakt, das Wohnzimmer heimelig, das einzige Schlafzimmer eng und das Badezimmer ausreichend. Lediglich in den beiden Fluren konnte sie größere Strecken zurücklegen, und selbst die waren gering verglichen mit den Entfernungen, die sie im alten Haus zu bewältigen gehabt hatte.

Und keine Treppen, was ein fortwährender Segen war, nachdem sie sich einmal die Hüfte geprellt hatte, als sie ins Stolpern geraten und gegen die Küchenanrichte geknallt war. Hätte sie noch im alten Haus gewohnt, hätte sich Deena wahrscheinlich so große Sorgen gemacht, dass sie gleich mit der ganzen Familie eingezogen wäre. Hier aber, unter den beengten Verhältnissen, hatte sie sich allein erholen dürfen, nur in der Obhut von Moggins, ihrer einzigen Pflegekraft.

Sie schaltete das Licht in der Küche an. Zwei Seiten des Raums wurden von Schränken und Haushaltsgeräten eingenommen. Herd, Waschmaschine, Geschirrspüler, Spüle. Nichts Aufsehenerregendes. Das Übrige war Essbereich, hier hatte sie auch ihr Bügelbrett, ansonsten am Fenster einen kleinen Esstisch mit zwei Stühlen. Nicht viel, aber es war ihr Zuhause. Es mochte an ihren alten Gewohnheiten liegen, aber in der Küche fühlte sie sich am wohlsten.

Sie beschäftigte sich gern. Auch wenn sie sich in letzter Zeit vermehrt den Verlockungen des ganztägigen Fernsehprogramms und der urbritischen Tätigkeit des »Füßehochlegens« ergeben hatte, fühlte sie sich weitaus lebendiger, wenn es »was zu tun gab«. Deshalb war ihre Woche auch ziemlich voll – Krankenhausfunk, Stickgruppe, daneben ihre ehrenamtliche Tätigkeit für die Tierschutzorganisation RSPCA, dazu kamen Essenstafeln, und manchmal war sie Babysitterin für ihre Enkel. Fast so, also wollte sie dem Typen da oben klarmachen, dass sie noch nicht gedachte abzutreten. Sie war zwar Rentnerin, und sie leistete vielleicht auch nichts, was einmal in die Geschichtsbücher eingehen würde, aber sie konnte trotzdem noch Gutes tun.

Mit einem Nicken holte Shirley eines von Moggins' Lieblingsfressen aus dem Schrank: Lachs mit Rindfleisch. Theoretisch eine grauenhafte Zusammenstellung, aber eigentlich roch es gar nicht so übel.

Moggins sprang auf die Anrichte, als sie das Päckchen in seine Schale drückte.

»Hier, mein Herr. Friss nicht alles auf einmal.«

Auch wenn es so aussah, als hätte sich Moggins genau das vorgenommen.

Sie schaltete den Wasserkocher an und drehte die Heizung auf. Alt sein hieß, dass einem ständig kalt wurde. Sie hörte, wie im stillen Haus die Flamme der Therme ansprang.

Frieden.

»Hallo, Shirley.«

Hinter ihr. Im Zimmer. Sie zuckte nicht zusammen. Nicht mehr. Tatsächlich tat sie das Gegenteil – sie erstarrte. Nur ihr Herz machte einen Sprung. Die vertraute Stimme. Die Stimme, die sie am besten kannte. Die Stimme, die sie in ihren Träumen hörte.

Sie drehte sich um. Dort saß er, am Küchentisch – so, wie er jetzt wohl aussehen würde. Rasierter Schädel. Stoppeln. Fältchen, die davon zeugten, wie viel er gelächelt hatte, als er noch am Leben gewesen war. »Hallo, Gabe.« Unwillkürlich musste sie lächeln, obwohl sich ihre Augen mit Tränen füllten.

Sie fing sich schnell, drehte sich zum Wasserkocher um, holte eine weitere Tasse aus dem Schrank – Gabes *Doctor Who*-Tasse in TARDIS-Gestalt – und machte frischen Tee. Sie trug beide Tassen zum Küchentisch und stellte ihm seine hin.

Moggins lief aus dem Zimmer, zweifelsohne verstand er

nicht, was hier vor sich ging, verstand nicht, mit wem Shirley redete. Shirley verstand es selbst nicht. Sie wusste nur, vor etwa einem Jahr war Gabe mit einem Mal aufgetaucht und hatte sie … »besucht«, wie sie es nannte. Und sie wusste … wusste, dass das alles nicht … real war … aber das bedeutete nicht, dass es das nicht war … Es war kompliziert.

Sie setzte sich. »Du bist da.«

Gabe sah sie an – er lächelte nicht, runzelte nicht die Stirn. Er sah in sie hinein. »Warum machst du das?« Er klang genau … ja, er klang genau wie er.

»Was?«, sagte sie.

»Warum machst du mir einen Tee? Jedes Mal.« Das Einzige war: Manchmal kam ein kurzes Zögern, wenn er etwas sagte, so, als würde Shirleys Unbewusstes erst dahinterkommen müssen, wie ihr Sohn es sagen würde, was er sagte.

»Ich bin jetzt alt«, erwiderte Shirley. »Das machen die alten Leute so. Sie bieten ihren Gästen eine Tasse Tee an.« Es stimmte. Ihr Leben bemaß sich nach der Anzahl heißer Getränke.

»Vermutlich«, sagte Gabe, fast wie in einem Traum. »Aber du weißt doch, dass ich nichts trinke. Ich kann nichts trinken.«

Shirley schluchzte auf. Sie griff in ihrer Tasche nach einem Taschentuch, fand aber keins. Es gab welche in der Schublade neben der Spüle, aber sie wollte sich nicht abwenden, solange er da war. Manchmal verschwand er dann einfach – manchmal verließ sie kurz das Zimmer, und wenn sie zurückkam, war er nicht mehr da. Sie wusste nicht, nach welchen Regeln das geschah, aber sie wollte ihn zur Sicherheit nicht aus den Augen lassen. »Nur so eine Angewohnheit.«

»Wie geht es dir, Shirley?«, fragte Gabe.

»Kannst du mich Mum nennen?«

»Willst du, dass ich dich Mum nenne?«

»Nicht, wenn du es nicht willst.«

»Shirley«, sagte Gabe und hielt kurz inne, als hätte er es ihr schon tausendmal erklärt. Was er tatsächlich auch hatte. »Ich kann nur das tun, was du mich in deinen Gedanken tun lässt. Du weißt doch, wie es funktioniert. Ich nenne dich Mum, wenn du meinst, dass ich es tun soll.«

Shirley dachte darüber nach. So wie immer. Nichts davon war ihr neu. Nur glaubte sie, dass ihre Antwort diesmal anders ausfallen könnte, aber dem war nicht so. »Nein. Lass es.«

»Warum?« Er klang ruhig, heiter. Vielleicht sogar so, als wäre er mit sich im Reinen.

Shirley lächelte durch ihre Tränen hindurch. »Ich habe es nicht verdient.«

Gabe reagierte nicht, sondern betrachtete nur seine dampfende Tasse Tee. »Gut. Also, wie geht es dir, Shirley?«

»Heute ist was passiert, im Studio. Ich hab dir erzählt, dass ich für den Krankenhausfunk arbeite, oder?«

Gabe nickte.

»Na ja, ich war mit den Vorbereitungen zum Wunschkonzert fertig und hab an einem alten Rundfunkempfänger rumgespielt. Und dabei bin ich auf einen merkwürdigen, aber sehr beeindruckenden Piratensender gestoßen. Nennt sich Mallet AM. Durchs Programm führt eine Art Computerstimme. Im Grunde läuft nur Musik. Aber als ich eingeschaltet habe, kamen zufällig Nachrichten. Die im Nachhinein aber ziemlich seltsam waren. Denn der Moderator hat sich im Datum geirrt, es war fast schon komisch. Es war so, als hätte er die Nachrichten von morgen vorgelesen. Wahrscheinlich war das bloß ein Irrtum. Bloß ein Irrtum – es war nur seltsam, weil der Rest sehr professionell rüberkam. Fast, als würde man einem richtigen Radiosender zuhören.«

»Wie interessant«, kam Gabes monotone Stimme.

»Das denkst du jetzt nicht.«

»Ich denke das, was du denkst. Wenn es dir wichtig ist, ist es auch mir wichtig.«

»Ist doch merkwürdig, oder?«, sagte Shirley. Nicht zum ersten Mal wünschte sie sich, sie würde mit dem richtigen Gabe sprechen. Nicht mit dieser … Hülle. »Ich bin sehr beeindruckt. Hoffentlich ist er wieder auf Sendung, wenn ich das nächste Mal im Studio bin. Ich würde gern wissen, wer den Sender betreibt – er muss ganz in der Nähe sein, Piratensender haben keine große Reichweite. Ich würde ihn gern kontaktieren und ihm sagen, dass ich die Sendung sehr genossen habe.«

»Aber du hast die Stimme nicht erkannt?«

»Ich sagte doch, es war eine Computerstimme, irgendwie verzerrt.«

»Aber du hast nicht irgendwelche Eigenheiten wahrnehmen können? Einen Dialekt vielleicht?«

Seltsam, dass er so was fragte. »Was willst du mir damit sagen?«, fragte Shirley.

Gabe blinzelte. »Was willst du dir selbst damit sagen?«

»Ach, das weiß ich nicht.« Shirley warf die Hände in die Luft und gluckste. »Keine Ahnung.«

Auch Gabe gluckste. »Dann hab ich auch keine Ahnung.«

Sie lachten beide. Shirley nippte an ihrem Tee, Gabe sah auf seinen. Bis sie sich beruhigt hatte und den rosa Elefanten im Zimmer ansprach. »Was passiert hier?«

Gabe schwieg.

»Du bist nicht hier. Du kannst nicht hier sein.«

Keine Reaktion.

Shirley musste schlucken, plötzlich fühlte sie sich sehr müde. Es war ein langer Tag gewesen, und sie kam zu dem Schluss, dass man nichts beschönigen sollte, wenn man über einen Tisch mit zwei Tassen Tee hinweg mit sich selbst redete. »Werde ich verrückt? Hat sich mein Verstand verabschiedet?«

Gabe starrte sie an. »Meinst du, du wirst verrückt?«

»Nein.«

»Dann bist du es vielleicht nicht.«

»Vielleicht?«

»Vielleicht hast du mich nur heraufbeschworen, weil du jemanden zum Reden brauchst.«

»Ach, ich bin ganz zufrieden mit meinem gesellschaftlichen Leben, danke. Ich habe Deena, die mich jeden zweiten Tag anruft und mir einreden möchte, dass ihr das ein Bedürfnis ist. Ich habe die Mädels der Stickgruppe, die mich regelmäßig nerven. Und ich habe Moggins.«

»Wo ist er jetzt?«, fragte Gabe – er hatte Katzen nie gemocht oder, anders gesagt, Katzen hatten ihn nie gemocht. Deshalb hatten sie auch keine gehabt, als er und Deena noch klein gewesen waren. Katzen hatten allergisch auf ihn reagiert, selbst als er noch ein Säugling war. Wenn sie mit ihm im Kinderwagen unterwegs war und eine Katze lief ihnen über den Weg, dann fauchte sie und machte einen Buckel. Als er älter war, wollte er sie streicheln, aber das wollten die Katzen nicht und nahmen sofort Reißaus. Er war zu tollpatschig und zu einschüchternd. Als Teenager schließlich teilte er die Abneigung, die die Katzen für ihn empfanden.

»Er mag es nicht, wenn ich mit jemandem rede, der nicht da ist«, sagte Shirley.

Gabe nickte. »Verständlich.«

Shirley nahm einen Schluck Tee. »Kann ich dir was anbieten? Ich könnte dir ein Schinken-Bananen-Sandwich machen. Ich kaufe immer Schinken und Bananen, obwohl ich sie selbst nicht esse. Nur für den Fall, dass ich mal eins brauche. Wahrscheinlich sollte ich bei meinem Cholesterin gar kein Toastbrot essen. Deena würde einen Anfall bekommen. Trotzdem kaufe ich es. Weil ich das immer schon so gemacht habe. Und so wird es sein, bis ich ins Grab falle. Du wirst schon sehen.« Sie verstummte, bis sie es aus irgendeinem Grund wiederholte. »Du wirst schon sehen.«

Gabe sagte nichts, fast so wie früher, als er noch wirklich hier gewesen war. Hätte er ihr doch bloß mehr erzählt, hätte er sie doch bloß wissen lassen, was wirklich los war, dann wäre er vielleicht noch am Leben. Sie hätte ihm helfen können.

Wie merkwürdig. Es war, als wäre er wirklich im Zimmer, als würde er ihr wirklich gegenübersitzen. Einige Male hatte sie versucht, ihn zu berühren, ihre Hand auf seine zu legen, aber er hatte sich ihr immer entzogen. Ihr Verstand, der sie vor sich selbst schützte. Sie konnte es nicht glauben, dass ihr Verstand so überzeugend das perfekte, lebendige Abbild ihres Sohnes heraufbeschwören konnte. Jedes noch so kleine Detail war vorhanden. Wenn sie genau genug hinsah, konnte sie die kleine, erhöhte Narbe an seiner Stirn erkennen, die er sich zugezogen hatte, als er sich in der Schule gegen eine nicht festgeschraubte Tischplatte gelehnt hatte. Sie konnte die Bartschuppen erkennen, die er nie richtig losgeworden war, egal, womit er sie behandelt hatte. Sie sah den ungewöhnlich wulstigen oberen Rand seiner Ohrmuschel, was ihm etwas entfernt Elfenartiges verlieh – und ihn in der Schule schnell zum Gespött der anderen gemacht hatte.

Mehr noch – auch sein Geruch war hier. Sein muffiges Aftershave, in dem er immer gebadet zu haben schien und das nie seinen leichten Körpergeruch verdecken konnte. Gabe wurde es schnell zu heiß, immer war er leicht verschwitzt. Schweißglänzend. Und dieser Geruch war da – jetzt.

Und seine Kleidung – er trug sein altes Metallica-T-Shirt und die aufgerissene Jeans, die er jeden Tag getragen hatte, nur um seinen Vater, den Ordnungsfanatiker, zu ärgern.

Vor ihr saß eine so perfekte Vision von Gabe Steadman, dass sie sich ziemlich unheimlich anfühlte. Wie nannte man diesen Effekt gleich noch mal? Ach ja, »unheimliches Tal«, »Gruselgraben«. Diese Version ihres Sohnes war wirklich gruselig.

»Was?«, sagte er. Seine Stimme – genau wie sie sie in Erinnerung hatte, vielleicht ein wenig tiefer, älter.

Sie starrte ihn an. Sie sah, hörte, roch ihren Sohn so, als wäre er jetzt hier, heute, im Jahr 2021. Ein Jahr, das er nie erlebt hatte.

Als Gabe zum ersten Mal am Küchentisch gesessen hatte, als sie nach Hause kam, war Shirley erst maßlos erschrocken, hatte sich aber schnell wieder gefangen. Gabe hatte nur dagesessen – und sie mit leerem Blick angesehen. Ihr Verstand hatte ihn noch nicht richtig erfasst. Sie hatte es aufs Alter geschoben. Etwas in ihrem Körper passierte, was nicht ganz optimal war.

Aber dann kam er wieder – und wieder und wieder und wieder. Irgendwann gewöhnte sie sich an ihn und begann sich mit ihm zu unterhalten.

Das war auch schon wieder ein Jahr her. Und jetzt saßen sie hier.

»Was?«, wiederholte Gabe.

»Nichts«, antwortete Shirley. Aber sie wusste nicht, ob das stimmte.

»Du hast gesagt, du wunderst dich, warum ich hier bin«, sagte Gabe. »Vielleicht hast du mir was zu erzählen.«

Shirley dachte kurz nach. Was sollte sie schon sagen? Aber je länger sie darüber nachdachte, desto mehr wurde ihr bewusst, dass das die falsche Frage war. Sie hatte so vieles zu sagen, dass sie das alles noch nicht einmal in zusammenhängende Sätze packen konnte. Aber sie musste es versuchen.

Shirley spürte, wie ihr wieder Tränen in die Augen traten.

»Vielleicht weil ich dir sagen möchte, dass es mir leidtut. Es tut mir leid, Gabe. Wenn ich gewusst hätte … Wenn ich nur eine Sekunde darüber nachgedacht hätte … Ich hätte es nie zulassen dürfen, dass er dich wegschickt. Ich habe gewusst, dass es dir nicht gefällt, dass du es hasst, aber nicht, wie schlimm es wirklich für dich war. Und jetzt tut es mir so unendlich leid. Damit muss ich jetzt leben, Tag für Tag. Das ist meine Strafe. Ein leeres Kästchen zu begraben, dort, wo der Leichnam meines Sohnes sein sollte. Ich büße dafür. Ich büße für mein Schweigen. Aber das wird nie etwas daran ändern, dass du jetzt hier sein, dass du mir jetzt gegenübersitzen solltest. Du solltest diese Tasse in die Hand nehmen und deinen Tee trinken, und ich sollte dir ein Schinken-Bananen-Sandwich machen können, das du isst. Aber das kannst du nicht. Und ich kann es nicht. Damit muss ich leben.«

Gabe reagierte nicht, während sie ihm ihr Herz ausschüttete – er neigte sogar ein wenig den Kopf wie ein Hund, der von irgendeinem Lärm abgelenkt wurde. Er sah einfach nur zu, wie sie zunehmend erschöpft in ihre fast leere Teetasse heulte. Der Tee war kalt – sie hatte es nicht anders verdient.

Als sie sich schließlich gefangen hatte, räusperte sich Gabe. »Du weißt, dass du das jedes Mal sagst, wenn ich erscheine? Fast bis aufs Wort.«

Sie fuhr hoch. »Ich … ja?« Sie konnte sich nicht erinnern, es schon einmal ausgesprochen zu haben – tatsächlich konnte sie sich kaum an irgendetwas erinnern, was geschah, wenn ihr Gabe erschien. Sie war ganz auf ihn konzentriert.

»Es geht nicht um mich, als ich sagte, dass du mir vielleicht was zu erzählen hast.«

»Ich verstehe dich nicht«, sagte Shirley.

Gabe schien nachzudenken – als müsste er sich überlegen, ob er ein bestimmtes Thema anschneiden sollte. Was wollte er ihr sagen? Was wollte sie ihm sagen? »Ich rede von Callie.«

Darum ging es also. Callie.

»Ich weiß … ich kann nicht …«, stammelte Shirley. »Du weißt nicht …«

»Doch«, sagte Gabe.

Shirley stand auf. Sie musste ein Taschentuch holen. Sie war völlig aufgelöst. Und eigentlich wollte sie auch nicht mehr hier sitzen. Sie wollte sich nicht mit einem Geist unterhalten, auch wenn dieser Geist ihr Sohn war. Sie konnte es jetzt nicht gebrauchen, dass ihr Verstand sie kurieren wollte. Sie ging zu den Küchenschubladen, wandte Gabe den Rücken zu. Sie zog ein Taschentuch heraus – ein rosafarbenes, gepunktetes Stoffrechteck – und putzte sich die Nase. »So ist es besser«, sagte sie und drehte sich zum Tisch um.

Gabe war verschwunden.

Einen Augenblick lang stand sie so da. Und dann, nachdem sie sich erneut die Nase geschnäuzt hatte, sammelte sie die Tassen ein, schüttete Gabes Tee in den Ausguss und schaltete den Geschirrspüler ein.

Ein Miauen von der Tür. Sie wandte den Kopf. Moggins stand dort und sah zu ihr auf.

»Sag jetzt nichts«, sagte Shirley. »Ich weiß ja.«

Wie dumm, dachte sie.

»Komm schon, gehen wir ins Bett.« Als sie das Zimmer verließ, knipste sie das Licht aus, weil Moggins das nicht machen würde.

01.03

Chester-le-Street
Mittwoch, 10. Februar 2021
16.40 Uhr

Am nächsten Tag herrschte in Shirleys Bungalow, anders als am Abend zuvor, einiger Trubel. Deena und ihre Familie waren gekommen (unangekündigt wie immer), und die Kids stürmten durch die Zimmer, als würden sie an einem endlosen Wettrennen teilnehmen. Shirley und Deena saßen am Küchentisch – ihre Tochter exakt dort, wo der Geist ihres Sohnes gesessen hatte. Sie schienen damit an der Ziellinie zu sitzen, denn jedes Mal, wenn Maisie und Kenneth vorbeikamen, stießen sie einen Jubelschrei aus.

Maisie, mit ihren zehn Jahren die Ältere, war kurz davor, zu einem wunderbaren jungen Mädchen heranzuwachsen. Sie war selbstbewusst, starrköpfig und erinnerte Shirley sehr an Deena. Es war klar, statt herumzurennen würde sie sehr viel lieber in der Ecke sitzen und auf ihrem Handy rumspielen, worüber Shirley ganz klar ihr Missfallen geäußert hatte. Stattdessen unterhielt sie ihren sechsjährigen und noch sehr kindlichen Bruder Kenneth. Er grinste, wenn er seine Schwester überholte, und steckte seine gesamte Energie in das Wettrennen, als würde sein Leben davon abhängen.

Deena hatte es schnell aufgegeben, sie zu zügeln, und Shirley hatte ihnen dann einfach alles erlaubt, was sie wollten. Früher, zu ihrer Zeit, hätte sie sie angeschrien, so wie sie Deena angeschrien hatte. Kinder brauchten ein gesundes Maß an Disziplin, so wie sie gewisse Freiräume brauchten. In diesem Fall wäre Disziplin vonnöten gewesen, aber das war nicht ihre Aufgabe.

Deena und Shirley tranken Tee. Auch hier richtete sich das Leben nach den Tassen Tee, die getrunken wurden. Aber vielleicht spielte das auch gar keine Rolle – Tee war einfach eine feine Sache, und er gab einem was zu tun.

»Also, ich hab ihnen gesagt, wenn ich nicht ebenfalls eine entsprechende Gehaltserhöhung bekomme, können sie sich jemand anderen suchen«, sagte Deena. Wie ihre Mutter hatte sie den Geordie-Akzent nicht übernommen. Sie war neun Jahre alt gewesen, als sie in den Nordosten zogen, ihr Akzent war da bereits fest in ihr verankert. Komisch war nur, dass Gabe, der beim Umzug dreizehn war, durchaus die eine oder andere Wendung aufgeschnappt hatte. Deena war als Kind aber immer eher die Introvertiertere gewesen. Sie redete wie Shirley – hörte sich also eher wie eine BBC-Nachrichten-sprecherin an als wie die Leute hier in der Gegend. »Ich habe eine Familie mit kleinen Kindern, ich muss Mäuler füttern, ich hab kein Verständnis für diese Art von sexistischen Vor-urteilen. Es kann doch nicht sein, dass wir uns immer noch mit dieser Form von Frauenfeindlichkeit herumschlagen müssen. Ist dir das klar?«

Shirley war in Gedanken immer noch bei dem, was ihr Gabe am Vorabend gesagt hatte. Konnte es sein, dass sie sich einzureden versuchte, sie müsse auf Callie zugehen? Wie sollte sie das überhaupt anfangen? Sie hatten nicht mehr mit-einander gesprochen, seitdem Gabe fortgeschickt wurde. Das war 2008 gewesen. Vor wie vielen Jahren? Dreizehn. Das war eine gewaltige Mauer, die es zu überwinden galt. Eine Mauer, die sie selbst errichtet hatte.

»Mum.«

Shirley bemerkte, dass Deena sie anstarrte. »Tut mir leid, worum geht es? Ah ja, dass deine Bezahlung und die Männer besser sein sollen. Ich meine, nicht besser, sondern … Weißt du, du kannst nicht dauernd die Welt verändern, Dee. Manchmal musst du einfach mit dem klarkommen, was du hast.«

»Wow«, sagte Deena. »Meine Mutter, Ladies und Gentlemen, eine wirklich starke Frau.«

»So hab ich das nicht gemeint … Tut mir leid, ich bin abgelenkt«, stotterte Shirley.

»Ernsthaft: Was ist los?«

Shirley sah auf ihre Hände. Sie pochten immer noch leicht vor Schmerzen und hatten sie die halbe Nacht wachgehalten. Am Morgen hatte sie sie in eine Schüssel mit warmem Wasser eingeweicht, um sie so weit zu lockern, damit sie die nötigsten Dinge erledigen konnte. Aber davon konnte sie Deena nichts erzählen. Ihre Tochter würde sie nur zum Arzt schicken, der ihr dann noch mehr Tabletten verschreiben würde zu der sowieso schon vorhandenen bunten Menagerie aus Pillen in unterschiedlichsten Größen und Farben, die sie sich einwarf. »Ich hab letzte Nacht nicht gut geschlafen«, sagte sie.

Das schien Deena zu genügen. Sie nahm ihre leeren Teetassen und ging damit zur Spüle.

Shirley mühte sich vom Stuhl hoch und stieß beinahe mit Maisie zusammen, die um die Ecke gerast kam.

Shirley rechnete bereits mit einem Zusammenprall, der allerdings ausblieb. Ihre Enkeltochter stoppte gerade noch rechtzeitig. »Sorry, Gramma«, kicherte Maisie.

»Schon gut«, sagte Shirley und tätschelte ihr den Kopf. »Aber macht mal halblang, ihr dreht so viele Runden, dass ihr noch eine Spur in meinen Teppich brennt.«

Maisie lachte, ging um sie herum und raste ebenso schnell wie zuvor wieder davon.

Shirley seufzte und trat zu Deena, die den Geschirrspüler öffnete, der noch nicht ausgeräumt war. »Ich mach das schon«, protestierte sie.

»Schon gut, Mum«, sagte Deena und fing bereits mit dem Ausräumen an. »Wirklich. Mir gefällt es sowieso nicht, wenn du dich dauernd bücken musst.«

»Na, wenn du mich das Geschirr in der Spüle abwaschen lassen würdest, wie es alle machen, wäre das kein Thema«, spöttelte sie. »Ich wollte keinen Geschirrspüler, du erinnerst dich?«

Deena richtete sich auf und betrachtete sie skeptisch. Sie stellte die herausgenommenen Teller auf die Anrichte. Wann hatte sich das Machtgleichgewicht so sehr verschoben? Es hatte mal eine Zeit gegeben, da hatte Shirley Deena so angesehen, und Deena war sich wie ein ungezogenes Gör vorgekommen. »Sich über die Spüle beugen ist auch nicht gut. Du weißt, was Doktor Illyah gesagt hat?«

»Ich hätte nie zulassen dürfen, dass du mitkommst.«

»Man muss sich nicht schämen, wenn man …« Deena verstummte mitten im Satz. Sie griff ins obere Geschirrspülfach und holte eine Tasse heraus. Gabes TARDIS-Tasse. »Mum.«

Unwillkürlich sah Shirley weg. »Was?«

»Du benutzt diese Tasse nie«, sagte Deena. »Es sei denn …«

Shirley sagte nichts. Musste das sein? Sie brauchte diese häufigen Besuche nicht – diese Aufdringlichkeit. Sie kam wunderbar allein zurecht. Sie und Moggins gegen den Rest der Welt.

»Mum.«

»Was?«, entgegnete sie trotzig.

Jetzt wurde Deenas Ton weicher. Nein, nicht nur weicher. Echte Besorgnis lag darin. »Hast du ihn wieder gesehen?«

Shirley blickte ihr in die Augen. »Warum ist das so …«

»Hast du ihn wieder gesehen?«

Shirley zuckte mit den Schultern, ging zum Tisch zurück und ließ sich auf den Stuhl plumpsen, soweit ihre Knochen das aushielten. »Ich hab ihn vielleicht gesehen, als ich vom Krankenhausradio heimgekommen bin.«

Deena nahm ebenfalls wieder Platz. Eine fließende, schwungvolle Bewegung der gut geölten Jugend. »Hast du mit ihm geredet?«

»Natürlich.«

»Mutter!« Wie viele andere nannte Deena sie nur dann Mutter, wenn sie wirklich wütend war. Seit Neuestem kam ihr das Wort mit alarmierender Regelmäßigkeit über die Lippen. »Wir haben darüber gesprochen. Du hast gesagt, du lässt dich nicht mehr darauf ein. Du hast gesagt, du würdest …«

»… die Augen schließen, bis zehn zählen und es so lange wiederholen, bis er fort ist, ich weiß«, sagte Shirley. »Aber ich kann es nicht, Deena. Es geht mir besser, wenn er da ist. Ich fühle mich vollständiger. Ich habe jemanden, mit dem ich reden kann … und der keine flauschige Katze ist. Ich kann vor ihm nicht die Augen verschließen. Er ist mein Sohn.«

»Nein«, erwiderte Deena entschieden. Es kam ihr so leicht über die Lippen, dass Shirley ganz schlecht wurde. »Nein, ist er nicht. Das ist nur dein Verstand, der dir was vorgaukelt, weil du allein lebst. Weil du … gut …«

Shirley lachte. »Du kannst es ruhig sagen. Weil ich alt bin. Ja, jetzt ist die Katze aus dem Sack. Ich bin siebzig Jahre alt, und du meinst, ich hätte sie nicht mehr alle.«

Deena versuchte es anders. »Ich meine, was sind denn die Alternativen, Mum? Dass dieses Was-weiß-ich ein Geist ist?«

»Dieses *Was-weiß-ich* ist dein Bruder. Und nein, ich weiß, was er ist, und ja, es geht nur mich was an, aber ich kapiere nicht, warum es schlecht sein muss.«

»Es ist schlecht, weil es nicht wirklich ist. Soll ich Doktor Illyah anrufen?«

»Wage es ja nicht«, sagte Shirley. »Du kannst nicht jedes Mal mit dem verfluchten Arzt drohen, wenn ich etwas sage, was deine beschissene Weltsicht ins Wanken bringt.«

Deena war entsetzt. »Solche Ausdrücke vor meinen Kindern? Zwei innerhalb von fünf Sekunden? Hat dir das mein Geisterbruder beigebracht?« Deena hatte es noch nie gemocht, wenn sie fluchte.

»Er bringt mir nichts bei. Wir reden nur. Ich rede.«

»Über was?«

Shirley wurde bewusst, dass sie das gar nicht so genau wusste. »Über dieses und jenes«, antwortete sie. »Was ich tagsüber gemacht habe. Wie gestern im Studio.« Sie hatte einfach mit jemandem über Mallet AM reden müssen. Moggins wäre nicht sehr aufmerksam gewesen. Also hatte sie es Gabe erzählt. Ganz einfach.

»Warum redest du nicht mit mir«, sagte Deena traurig. »Ich bin jetzt seit einer Stunde hier, und du hast mir nichts über deinen Tag oder über das Studio oder irgendwas erzählt. Warum unterhältst du dich nicht mit dem Kind, das noch am Leben ist?«

Shirley wollte schon zu einer Antwort ansetzen. Sie könnte Deena von gestern erzählen, vom Wunschkonzert, von ihrer Sendung, vor allem von Mallet AM. Sie könnte ausführlich darüber reden, was sie vom Piratensender hielt, wie gern sie dem Mann oder der Frau gratuliert hätte, ihm oder ihr hätte sagen wollen, dass einer Karriere in einem richtigen Sender nichts im Wege stünde. Sie könnte ihr von der seltsamen Verwechslung des Datums erzählen – und ob sie schon wisse, dass die Chester Baths vielleicht dichtmachen würden. Aber nichts davon tat sie. Denn Deena würde genau so reagieren, wie sie immer reagierte – sie würde alles zu Tode

46

analysieren, würde alles zu Tode quasseln, würde ihr den ganzen Spaß madig machen. So sagte Shirley nur: »Ich hab dich nicht gebeten zu kommen.«

Deena sah sie nur an, dann seufzte sie. »Verdammt nett von dir, Mum.«

Als sie darauf etwas erwidern wollte, kam Deenas Mann Tom ins Zimmer gepoltert, in seinem Overall, am Arm einen wahnwitzig großen Werkzeugkasten. Er stellte ihn einen Tick zu wuchtig auf die Küchenanrichte, sodass sich Shirley bereits um den Marmor sorgte.

Deenas Mann war ein Riese, über zwei Meter groß, mit dem entsprechenden Gewicht. Zur Hälfte Muskeln, zur Hälfte Fett, ein Bauarbeiter, der den einen Teil seiner Zeit herumsaß und den anderen Teil riesige Mengen undefinierbarer »Sachen« schleppte. Wie jeder hatte er natürlich auch während des dunklen Jahres ein wenig zugelegt.

»Weiß nicht, was da mit der Luke für den Dachboden ist, Shirl. Die hat sich irgendwie verklemmt. Die lässt sich ums Verrecken nicht lösen.« Die Luke zum Dachboden war schon seit Jahren festgeklemmt – vielleicht schon länger. Sie hatte den Dachboden nie genutzt, es gab für sie keinen Grund, hinaufzugehen. Vor Kurzem aber hatte sie geglaubt, oben Vögel gehört zu haben, deshalb wollte sie dafür sorgen, dass sie rein- und rauskamen, falls sie Nachwuchs hatten. »Ich könnte ein paar meiner Jungs drauf ansetzen, damit sie die Luke aufbrechen.«

»Nein«, sagte Shirley, die weder viel Aufhebens noch Toms grobschlächtige Bauarbeiterkumpel in ihrem Haus haben wollte. »Die Vögel haben reingefunden – also finden sie auch wieder raus. Und alles andere, was da oben ist, kann ruhig auch weiterhin oben bleiben. Nur Bobs Sachen und ein paar von Gabe. Seine Kleidung und Schallplatten und so. Nichts, was ich brauche.«

»Okay.« Tom nickte, entdeckte eine frische Tasse Tee und ging ohne nachzufragen davon aus, dass sie für ihn bestimmt wäre. Diese Zielstrebigkeit, vermutete Shirley, war das, was Deena ursprünglich so attraktiv an ihm gefunden hatte. Sie selbst hielt ihn für eine unglaubliche Nervensäge. Er schlürfte seinen – oder eigentlich ihren – Tee. »Aber wenn du's dir anders überlegst, kann ich jederzeit meine Jungs schicken.«

»Danke, Tom«, erwiderte Shirley und wusste schon jetzt, dass sie sein Angebot niemals annehmen würde. »Ich werde es im Hinterkopf behalten.« Auch wenn das nicht mehr unbedingt ihre Stärke war. Ständig vergaß sie Sachen, egal, ob sie sich vorgenommen hatte, sie sich zu merken, oder nicht. Ihr Leben versuchte sich daran zu erinnern, welche Schauspielerin früher darin mitgewirkt hatte.

Deena strich die Falten ihrer Bluse glatt. Offensichtlich war sie auf den Weg ins Büro. »Tom, sammel die Kinder ein. Wir brechen auf.«

»Aber ich hab Hunger«, sagte Tom.

»Dann halten wir irgendwo an«, sagte Deena und schnappte sich Maisie, als sie in die Küche gestürmt kam.

Das Mädchen protestierte, rief, sie wolle noch bei Gramma bleiben, gab dann aber nach. Wie meist setzte Deena ihren Willen durch. Shirley hatte sie in dieser Hinsicht ein bisschen zu gut erzogen – natürlich hatte Bob daran keinen Anteil gehabt –, und das hatte sie jetzt davon.

Tom verkniff sich jeden weiteren Kommentar und packte sich Kenneth, als der kleine Junge in die Küche kam.

»Ohhhh«, rief Kenneth, als Tom ihn einfach hochhob – die kleinen stämmigen Beine strampelten noch in der Luft.

Tom griff sich wieder seinen Werkzeugkasten und tauschte mit Shirley einen kurzen Blick aus, mit dem er ihr zu verstehen gab, dass er sich so ziemlich das Gleiche wie sie dachte.

Deena bemerkte es, sagte aber nichts, warf einen letzten, traurigen Blick zu Shirley, bevor sie Maisie hinaus in den Flur führte. Tom folgte. Shirley blieb in der Küchentür stehen, bemerkte Moggins, der sie vom Tisch aus beäugte, wo sie ihre Schlüssel und ihre Tasche abgestellt hatte. Die Familie ging durch den Flur und war schon kurz vor der Eingangstür, als …

»Ach, fast hätte ich's vergessen«, rief Tom und blieb mit Kenneth auf dem Arm im Flur stehen. »Shirley, du wirst deine helle Freude dran haben. In der Mittagspause war ich in der Front Street, und ich komm an der Bäckerei vorbei, der von Starith. Seb ist oben auf so 'ner alten Leiter und will ein riesiges Schild aufhängen. Jedenfalls, zwei Sekunden später kommt eine Windbö, und er macht einen Abgang. Kracht ungebremst auf den Boden.«

»Was?«, entfuhr es Shirley. Ihr wurde ganz seltsam in der Brust. Starith war von einer Leiter gefallen?

Der Piratensender.

»Ich hab ihn dann zum Krankenhaus watscheln sehen, als hätte er sich den Hintern gebrochen«, sagte Tom mit einem Glucksen.

»Tom!«, zischte Deena. »Warum sollte Mum daran ihre helle Freude haben?«

Tom sah sie betreten an, ganz im Gegensatz zu Kenneth, auf dessen pummeligen Gesicht sich ein breites Grinsen abzeichnete. »Ich dachte eben, weil Shirley im Krankenhaus arbeitet.«

Mallet AM.

»Und deswegen soll das witzig sein?«

Wie konnte der Sender so etwas vorhergesehen haben?

»Ich weiß nicht, warum nicht? Hatte eben mit dem Krankenhaus zu tun.«

Deena schüttelte den Kopf.

»Tom«, sagte Shirley, ohne auf Deena zu achten. »Wie spät war es da?« Was hatte der Radiosender gesagt? Die Stimme? Seb Starith sei von einer Leiter gestürzt, als er ein Schild aufhängen wollte. Aber zu welcher Uhrzeit? 12 Uhr noch was …

»Ähm … na ja, es war in der Mittagspause, so gegen 12.15 Uhr. Oder so.«

Exakt der Zeitpunkt, der genannt worden war.

»Alles in Ordnung, Mum?«, fragte Deena. »Du siehst aus, als hättest du einen Geist gesehen.«

Shirley nahm Deenas Besorgnis wahr und schob alle Gedanken an Starith und den Piratensender beiseite. »Nein, keinen Geist. Diesmal nicht.« Shirley lächelte, was sich auf ihrem Gesicht mittlerweile sehr fremd ausnahm.

Sie scheuchte sie hinaus und nahm sich vor, Deenas zukünftige Besuche mit etwas mehr Begeisterung aufzunehmen, und natürlich würde sie versuchen, kein Gespräch mehr mit Gabe anzufangen – aber natürlich belog sie sich damit nur selbst. Jetzt allerdings hatte sie etwas Neues, das sie beschäftigte. Als sich die Steadman-Wrights in ihren Wagen quetschten und davonfuhren, ging Shirley nur noch eines durch den Kopf:

Mallet AM. Wie hatte der Nachrichtensprecher einen Tag im Voraus gewusst, was geschehen würde? Das musste sie unbedingt herausfinden.

01.04

Chester-le-Street
Donnerstag, 11. Februar 2021
12.01 Uhr

Bei Starith' Bäckerei hing noch das alte Schild über dem Laden, als Shirley auf dem Weg zur Bank daran vorbeiging. Es war ein Klischee, dass alte Leute immer zur Bank mussten, dennoch hatte sie leicht überrascht feststellen müssen, dass es tatsächlich so war. Was wäre denn die Alternative gewesen? Dass sie diesen neumodischen Apps auf dem Smartphone vertraute? Scheinbar jeden Tag war in den Nachrichten über Hacker oder Betrügereien oder Datenklau zu hören. Besten Dank auch – alles, was man brauchte, war ein guter alter Bankschalter mit einem Menschen dahinter.

Natürlich gab es noch einen weiteren Aspekt, einen, an den Shirley nie gedacht hatte, bevor sie nicht selbst zu diesen alten Menschen gehörte. Wenn man jung ist, arbeitet, eine Familie gründet oder einfach nur das Leben genießt, hat man einen Grund, morgens aufzustehen. Befindet man sich hingegen im vorgerückten Alter, ist es auf jeden Fall schwieriger, hochzukommen. Den alten Knochen gefällt es, liegen zu bleiben und sich auszuruhen, sie schätzen es nicht, unsanft aus dem Schlaf gerissen zu werden. Aber ist man dann endlich aus den Federn, muss man sich eine Beschäftigung einfallen lassen. Welchen Sinn hätte es sonst, sich das ganze Theater mit dem Aufstehen anzutun?

Die Bank lag auf halber Höhe der Front Street, also hatte sich Shirley nach dem Ende der Nachrichtensendung *Morning Coffee* dorthin auf den Weg gemacht.

Sie hatte kaum eine Stunde geschlafen. Schlaf war im Alter ein Luxus, jetzt noch mehr als sonst. Zum ersten Mal seit Langem lief ihr Geist auf Hochtouren. Ständig musste sie daran denken, was Mallet AM berichtet hatte – Starith' Bäckerei, Seb Starith, der um die Mittagszeit von der Leiter gefallen war. Der Nachrichtensprecher hatte einen genauen Zeitpunkt genannt – warum hatte sie es sich nicht aufgeschrieben? Na … ganz einfach. Weil sie gedacht hatte, es wäre an dem Tag passiert, an dem es gemeldet wurde, und sie so unnötige Informationen nie brauchen würde.

Was ging hier vor sich? Sie hatte ganz deutlich gehört: Der Sprecher hatte am neunten Februar die Nachrichten des zehnten Februar vorgelesen. Und jetzt schienen diese Ereignisse tatsächlich eingetreten zu sein. Irgendwo gab es jemanden, der wusste, dass Seb Starith von der Leiter stürzen würde. Konnte das sein? Oder war alles nur glücklich geraten – der Alte stand nicht unbedingt ganz oben auf der Liste derer, die *nicht* von der Leiter fielen. Nein, in der Bäckerei würde sie Antworten bekommen. Sie musste sich nur gedulden.

Danach hatte sie sich Gedanken über ihre Kinder gemacht. Die Starrköpfigkeit von Deena, die einem so oft auf die Nerven ging, im Grunde aber ein herzensguter Mensch war. Shirley war zu streng mit ihr. Und dann Gabe, der ihr an diesem Abend nicht erschienen war. Hatte das, was sie tat und womit sie sich die Zeit vertrieb, wirklich etwas Ungesundes an sich?

Ihre Gedanken drehten sich unaufhörlich im Kreis. Selbst nachdem sich Moggins unter die Bettdecke geschoben und ihr die bloßen Füße gewärmt hatte und sie allmählich wegdämmerte, tauchte Callies Gesicht aus der Dunkelheit auf. Wie sollte sie jemals auf sie zugehen – nach dieser langen Zeit? Wie konnte sie ihr überhaupt sagen, was für ein schlechtes Gewissen sie jedes Mal hatte, wenn sie sie sah – in den Gängen des Krankenhauses, draußen auf der Straße, in ihrem Kopf?

Irgendwann war sie dann doch müde geworden und musste eingeschlafen sein, denn um 5 Uhr wachte sie auf, spürte das nur allzu bekannte Pochen, die Schmerzen in den Händen, dazu Moggins, der auf ihrer Brust saß und ihr so anklagend ins Gesicht starrte, wie das nur eine Katze konnte – weil sie ihn verhungern ließ.

Sie konnte sich überhaupt nicht auf *Morning Coffee* konzentrieren, sondern musste an die physikalischen und zeitlichen Gesetzmäßigkeiten in den Zeitreisefilmen denken, die Gabe so sehr gemocht hatte. Was absolut lächerlich war – sie war doch schon mehr oder weniger zu dem Schluss gekommen, dass es sich bei den Mallet-AM-Nachrichten um einen Zufall handeln musste. Eine Stimme in ihrem Kopf – die genauso klang wie die von Deena – sagte ihr, sie würde sich doch bloß deswegen so sehr auf diese Sache stürzen, weil sie nichts anderes zu tun hatte.

Das stimmte. Ihr Wochenpensum an Stickerei war erledigt, und für das nächste Treffen – das bei ihr im Wohnzimmer stattfinden sollte – musste sie erst am nächsten Tag mit den Vorbereitungen beginnen. Der heutige Tag war also leer, vollkommen und erschreckend leer.

Warum ihn also nicht mit einer kleinen Nachforschung füllen? Selbst wenn nichts dabei herauskam, würde sie damit ganz nett die Zeit rumbringen. Statt sich also wie üblich *Ermittler vor Ort* anzusehen, worauf sie für *Homes Under The Hammer* auf BBC One umschalten würde, hatte sie ihre Sachen zusammengepackt und sich auf den Weg gemacht.

In der Bank, wo sie in einer Schlange älterer Leute stand,

die alle wahrscheinlich das Gleiche vorhatten, zahlte sie ihre Kommunalsteuer ein und ging dann wieder die Front Street zur Bäckerei hinauf. Die Front Street, die Hauptstraße von Chester-le-Street, zog sich einen sanft ansteigenden Hügel hinauf und war von vielen Geschäften gesäumt. Früher waren das kleine Läden gewesen, Filialen größerer Ketten und Restaurants, mittlerweile handelte es sich aber meistens nur noch um Secondhandläden, Banken, Friseursalons und Reiseagenturen. Sogar die Pubs machten dicht. Läden, die nicht unter die vier besagten Kategorien fielen, waren meist geschlossen. Es war traurig, mit anzusehen, wie eine Einkaufsstraße vor sich hin starb. Das Internet (nicht zu erwähnen das dunkle Jahr) forderte offensichtlich seinen Tribut.

Deshalb war es Shirley wichtig, die wenigen örtlichen Geschäfte zu unterstützen, die es noch gab. Sie ging immer zum Metzger ganz oben an der Straße, dessen Ware von besserer Qualität war als die im Supermarkt, und sie musste auch wieder öfter in die Bäckerei – schon aus Mitgefühl für Stariths' ramponiertes Steißbein.

Der Anstieg, der zwischen ihr und der Bäckerei lag, schien heute steiler zu sein als sonst, so, als würde er sich aufplustern und einen Buckel machen, nur um sie zu ärgern. Sie kam an der Bücherei vorbei, wäre am liebsten zum Verschnaufen stehen geblieben, wusste aber, wenn sie das tat, würde sie wahrscheinlich nicht mehr in die Gänge kommen.

Nach einigen Minuten, gleich nach dem Argos-Laden, erreichte sie die Bäckerei, die zwischen zwei Hähnchenbratereien eingezwängt lag. Das alte verrostete, von der Sonne gebleichte Schild hing über zwei großen Schaufenstern, in denen alle möglichen Backwaren auslagen. Allein das Schaufenster hätte sie ewig bestaunen können, aber sie riss sich von den Tigerbrotlaiben und den Bergen mit Plunderteilchen los und trat ein.

Die Klingel über der Tür schrillte, als sie angestoßen wurde. Shirley war seit einigen Monaten nicht mehr hier gewesen, obwohl sie Seb Starith' aufgeschnittene Stollen, die er das ganze Jahr über anbot, immer gern gemocht hatte. Als sie jetzt auf die Theke zuging, konnte sie die Stollenstücke aber nirgends entdecken.

Es war niemand im Laden, auch hinter der Theke konnte sie keinen sehen. Nach einer Weile, in der Shirley nur dastand und schon überlegte, ob die Bäckerei wirklich geöffnet hatte, streckte eine ganz in Weiß gekleidete junge Frau mit mehlbestäubten Wangen und einem wenig schmeichelhaften Netz über ihren braunen Haaren den Kopf durch die Tür an der Rückwand.

»Oh, tut mir leid«, sagte sie etwas atemlos. »Ich schlage mich hinten mit den Baguettes herum. Sie wissen nicht zufällig, wie man Baguettes macht?« Es war Vallery Starith, Sebs Enkelin, die Shirley (aus der Ferne) hatte aufwachsen sehen. Sie erinnerte sich an sie. Früher, als sie noch täglich in die Bäckerei gekommen war, damals, als sie alles zum Vorwand genommen hatte, um das Haus verlassen zu können, damit sie nicht mehr … Wie auch immer, Vallery hatte damals auf der Theke gesessen, ein pummeliges, hübsches Kleinkind, das mit allem spielte, was Seb ihr in die Hände drückte. Er gab ihr Teigklumpen – bis sie sie alle verschluckte –, dann gab er ihr Nudelhölzer und Backpinsel. »Das ist alles gar nicht so einfach, echt. Dahinten stehen riesige Maschinen, nur zum Ingwerkuchenmachen. Und ich dachte, Teilchenphysik wäre schwer.«

»Oft sind die Sachen, die am leichtesten aussehen, am schwersten«, sagte Shirley und stützte sich mit einer Hand auf der Theke ab. Sie hätte ihren Stock mitnehmen sollen – ein Hilfsmittel, das sie nur ungern benutzte, das aber manchmal durchaus nützlich war, wie sie sich allmählich eingestehen sollte. In Wahrheit vergaß sie ihn aber meistens einfach nur.

Vallery nickte, aber dann schien ihr zu dämmern, wer vor ihr stand. »Ach, entschuldigen Sie. Sind Sie nicht Shirley? Shirley …« Sie verstummte.

»Shirley Steadman«, rettete sie Vallery. Und dann, als ihr bewusst wurde, dass sie sich keinerlei Taktik zurechtgelegt hatte, fügte sie hinzu: »Ich hab gehört, was dem armen Seb passiert ist. Das tut mir leid.«

»Ja«, antwortete Vallery, staubte sich die Hände ab, sodass eine Mehlwolke aufstob, und stützte sich auf der anderen Seite der Theke auf. »Na ja, wenn man auf einer wackeligen Leiter ein schweres Schild hochhieven will, legt man es geradezu darauf an. Ich war hinten, selbst da war er noch zu hören.«

»Der Sturz?«, fragte Shirley.

»Nein. Sein Geschrei«, sagte Vallery. »Überrascht mich, dass Sie es nicht auch noch drüben in Houghton-le-Spring gehört haben.«

Shirley wollte darüber hinwegsehen, konnte es dann aber doch nicht lassen. »Ich wohne jetzt in der Nähe der Avenues, in einem hübschen Bungalow.«

»Oh? Ist das nicht ein bisschen eng mit Bob?«

»Nein, nein, wir sind nicht mehr zusammen. Wir haben uns auseinandergelebt. Na ja, und außerdem ist er tot.« *Und ein Ungeheuer*, fügte Shirley im Stillen hinzu. Aber sie musste das Gespräch auf das zurückbringen, was sie erfahren wollte. »Was haben denn die Ärzte gesagt?«

»Das wird schon wieder«, sagte Vallery und rollte mit den Augen. »Er hat ein geprelltes Steißbein und ein paar Muskelrisse, was man aber nicht behandeln kann, also ist er einen Monat lang zur Ruhe verdonnert. Er darf nur ins Badezimmer gehen. Was ziemlich schlecht ist, wenn man eine Bäckerei führt. In der Zwischenzeit tue ich also mein Möglichstes. Die Brote sind noch einfach, aber dann gibt es Sachen, von denen hab ich keinen blassen Schimmer. Ich hab einfach kein Händchen dafür.«

»Ich bin überzeugt, Sie machen das ganz großartig«, sagte Shirley, als sie sah, wie unsicher die junge Frau war. Vallery glaubte nicht an sich. Shirley wusste nur allzu gut, wie sich das anfühlte. Ihre Ehe hatte im Grunde auf diesem Prinzip aufgebaut. »Er hätte Ihnen nicht den Laden anvertraut, wenn er nicht der Meinung wäre, dass Sie das Zeug dazu haben.«

»Er hat mir den Laden nicht anvertraut. Ich war bloß die Einzige, die sich freiwillig gemeldet hat«, erwiderte Vallery etwas angesäuert. »Allmählich wird mir klar, warum sich sonst niemand bereit erklärt hat. Es gibt noch nicht mal eine Gebrauchsanweisung, wie die Maschinen dahinten funktionieren.«

Shirley spürte, wie ihr schon wieder das Gespräch entglitt. Wie stellte man das nur an? Sie hatte so oft *Vera – Ein ganz spezieller Fall*, *Inspector Barnaby* und *Death in Paradise* gesehen, da hätte sie doch wenigstens ein bisschen was aufschnappen können. »Nur so aus Neugier, zu welcher Uhrzeit hat sich der Unfall denn ereignet?« Toll – das Feingefühl eines geriatrischen Elefanten im Porzellanladen.

»Was spielt das denn für eine Rolle?«, fragte Vallery. Eine berechtigte Frage.

»Ach …« Warum? Warum? Warum? »Ich bin gestern hier vorbeigekommen, und da hat alles ausgesehen wie immer. Da hab ich wohl einiges verpasst.«

Das schien zu reichen. »Das können Sie laut sagen. Es war so um Mittag herum, glaube ich. Ja, weil Grandad mich die Nachmittags-Bagels hat machen lassen. Bagels verkaufen sich nur am Nachmittag, sagt er. Wer bin ich, um ihm zu widersprechen? Er arbeitet seit fast vierzig Jahren hier. Also, ja, mittags herum. Wir haben es teilweise auf der Überwachungskamera. Wollen Sie es sehen? Ich trage mich mit dem Gedanken, es bei *You've Been Framed!* einzureichen.

Shirley musste es unbedingt sehen, auf der Aufzeichnung würde sie sekundengenau die Tageszeit ablesen können. Nur traute sie Vallery nicht ganz – was, wenn diese sich nur einen Spaß mit ihr erlaubte? Also sagte sie: »Ach, ich weiß nicht. Ich glaube nicht, dass Seb es gut findet, wenn ich das sehe. Ich kenne ihn noch als toughen jungen Mann. Es wäre ihm furchtbar peinlich, wenn er weiß, dass ich es gesehen habe.«

Ein Strahlen ging über Vallerys Gesicht. »Dann bestehe ich darauf.« Sie kramte hinter der Theke herum und zog ihr Handy heraus. »Ich hab es auf mein Handy überspielt, falls Grandad es löscht. Sie wissen schon, wenn es ihm zu peinlich wird.« Sie tippte einige Male auf das Display, dann hielt sie Shirley das Gerät hin.

Shirley setzte die Brille auf, die sie an einer Kette um den Hals hängen hatte.

Zu sehen war ein Schwarz-Weiß-Bild, aufgenommen aus einer seltsamen Perspektive. Zunächst fiel es ihr schwer, überhaupt zu erkennen, was sie vor sich hatte. Der Rand des Ladens war sichtbar, die Kamera ging hinaus zur Straße. Dann erschien Sebs Kopf im Blickfeld. Er war ein dürrer alter Mann mit Oberlippenbart, der aus der Nähe und in hoher Auflösung noch älter aussah. Shirley erfasste die Zeitangabe in der Ecke – 12.15 Uhr. Etwas rührte sich in ihrer Erinnerung – Mallet AMs Aussage dazu. Es passte, oder?

Sie versuchte sich ganz auf das Geschehen im Video zu konzentrieren. In der Ecke, über Sebs Schulter, waren Fußgänger in der Front Street zu sehen. Nur ein Mann sah Seb im Vordergrund dabei zu, wie er sich mit der Leiter abmühte. Dieser Mann auf der anderen Straßenseite, vor einem Secondhandladen, trug einen braunen Trenchcoat und eine

Schiebermütze und beobachtete Seb mit einem Gesichtsausdruck, den Shirley auf dem unscharfen Bild nicht richtig erkennen konnte – der aber, nahm sie jedenfalls an, von einem
seltsamen Erstaunen zeugen musste.

Seb hielt unterdessen einen Akkuschrauber ins Bild und
streckte den Arm nach oben, außerhalb des sichtbaren Be-
reichs, um sich dort mit dem Gerät ans Werk zu machen –
wahrscheinlich am alten Schild.

Die Zeitangabe sprang auf 12.16 Uhr.

Seb kam ins Wanken – es sah aus, als würde er das Gleichgewicht verlieren, er blickte zu Boden und fing sich wieder.
»Aufpassen da unten«, gluckste er. Erneut hob er den Akkuschrauber über den Kopf. Was für ein Idiot! Hielt sich für
einen ganz coolen Typen, der das alles allein hinbekam.

»Jetzt kommt es«, sagte Vallery, die den Mitschnitt (und
den Ton) mittlerweile auswendig kannte.

Ein Passant ging unten auf der Straße vorbei. Wieder geriet Seb ins Wanken, seine Hände schossen zur Leiter. Der
Akkuschrauber fiel aus dem Bildbereich. Und noch etwas
rauschte durchs Bild. Auch das neue Schild löste sich und fiel
direkt auf Seb. Mit einem letzten »O Scheiße« krachte der
Bäcker aus dem Bild. Nach einem dumpfen Aufprall folgte
eine Reihe von Flüchen, von denen Shirley einige noch nie
gehört hatte.

»Das neue Schild ist in zwei Teile zerbrochen«, kicherte
Vallery.

Um ehrlich zu sein, es reizte wirklich zum Lachen. So
sehr, dass Shirley fast vergaß, zur Uhrzeit zu sehen. Gerade
noch rechtzeitig fiel es ihr ein. Und das beklemmende Gefühl, das sie hatte, als sie von Sebs Unglück das erste Mal
gehört hatte, befiel sie erneut.

Die Zeit war soeben auf 12.17 Uhr gesprungen.

In diesem Augenblick hörte sie wieder den Nachrichtensprecher, klar und deutlich, wie er sagte: »… um 12.17 Uhr …« Wie war das möglich? Wie konnte Mallet AM von diesem Ereignis auf die Minute genau berichten? Sie musste … Sie wusste nicht, was … Sie musste den Sender noch mal hören. Sie musste zurück und noch mal Mallet AM hören. Denn wenn das stimmte, was könnte dann noch alles sein?

»Fehlt Ihnen was?«, fragte Vallery und legte das Handy wieder hinter der Theke ab. »Meistens lachen die Leute mehr, wenn ich ihnen das zeige.«

Shirley konnte sich zu einem Lächeln aufraffen – als versuchte sie eine Zugbrücke mit den bloßen Händen aufzuziehen. »Alles in Ordnung.« Sie drehte sich um und wollte gehen.

»Einen Moment«, rief Vallery. »Wollten Sie gar nichts kaufen? Ich kann Ihnen alles empfehlen, bis auf die Baguettes. Oder die Schnecken. Oder die …«

»Tut mir leid«, murmelte Shirley. »Ich hab völlig vergessen, was ich wollte. Ich komm später noch mal, wenn es mir wieder einfällt.«

»Okay.« Vallery schien nicht überzeugt.

Shirley war es egal. Sie musste raus hier – die Bäckerei war ihr mit einem Mal viel zu eng. Ohne weiter auf Vallery zu achten, stürzte sie aus dem Laden und kam dabei an einem Mann vorbei, der reinwollte und ihr sogar die Tür aufhielt.

Auf der Straße entfernte sich Shirley aus Sicht der Bäckerei und lehnte sich gegen die Fensterbank des nächsten Geschäfts. Sie atmete tief durch – Leute gingen an ihr vorüber, als wäre sie gar nicht da –, nur so eine Alte, die eine kurze Verschnaufpause einlegen musste. Aber Shirleys Gedanken rasten, und jede Runde, die sie dabei zurücklegten, führte zurück zu Mallet AM. Der Sender hatte von Seb gewusst, zweifellos war auch die Meldung vom Schwimmbad richtig,

60

und diese andere Sache, die vom Park und dem angepinkelten Schild – nun, die stimmte wahrscheinlich auch. Was war Mallet AM? Wer stand dahinter? Und woher, wenn überhaupt, bezog er seine Informationen? Nein, falsch – das waren keine Informationen. Als Shirley von Seb und seinem Unfall hörte, hatte sich der noch gar nicht ereignet. Es war eine Information, die noch keiner hatte wissen können, weil es schlichtweg noch keiner wusste.

Was war das? War es möglich, dass Mallet AM … Nein, nein, sei nicht albern … Aber was wäre die Alternative? War es möglich, dass Mallet AM aus der Zukunft berichtete?

Shirley sah sich um. Wirklich, keiner beachtete sie. Sie lächelte. Sie musste herausfinden, was Mallet AM war. Als sie sich auf den Heimweg machte, stellte sie fest, dass sie sich schon lange nicht mehr so lebendig gefühlt hatte.

01.05

Chester-le-Street
Donnerstag, 11. Februar 2021
13.15 Uhr

Mit neuem Schwung kehrte Shirley zu sich nach Hause zurück. Die Front-Street-Steigung hatte ihr Bestes gegeben, um sie in die Knie zu zwingen, aber das Adrenalin, das durch ihr Blut jagte, hatte sich als stärker erwiesen. Shirley wollte herausfinden, was hier wirklich ablief – und sie glaubte, dass sie vielleicht die Einzige war, die von Mallet AM wusste. Wie hoch war die Wahrscheinlichkeit, dass jemand anders darüber gestolpert war? Über einen Piratensender mit schwachem Signal? Unwahrscheinlich.

Moggins begrüßte sie, als sie eintrat, und sah ihr verdutzt nach, als sie einfach an ihm vorbeiging. Im Wohnzimmer trat sie an den Schrank, in dem Bobs alte Stereoanlage untergebracht war. Die Anlage war das Einzige, was sie von seinen Sachen behalten hatte, da sie damit CDs, Kassetten und vor allem Vinylplatten abspielen konnte. Die alte Hi-Fi-Anlage besaß aber auch ein Radiodeck.

Shirley öffnete den Schrank und schaltete das Radio ein. Sofort ertönte Radio 4. Sie wechselte auf AM und drehte am Skalenrad. Sie hatte sich die Frequenz zwar notiert, aus irgendeinem Grund war sie ihr aber im Gedächtnis haften geblieben. Mit einiger Beklemmung ging sie die Sender durch – Musik- und Sprachfetzen erklangen und verstummten wieder – und näherte sich dem Frequenzbereich um 60.

»Was machst du da?«, fragte Gabe. Sie musste gar nicht hinsehen. Sie wusste auch so, dass er hinter ihr in ihrem Lieblingssessel saß.

»Sag du es mir«, antwortete sie, immer noch auf die Anlage konzentriert.

Gabe seufzte. »Dieser Radiosender, der hat es dir angetan. Wie hieß er noch? Mallam FM.«

»Mallet AM. Ich dachte, du wärst in meinem Kopf?«

»Bin ich auch. Aber das heißt nicht, dass ich immer an allem beteiligt sein muss, was du machst.« Gabe klang besorgt – als würde er an das alles nicht so recht glauben. Hieß das, dass sie auch nicht daran glaubte?

Sie war jetzt im 60er-Bereich.

Sie hielt den Atem an.

66,40.

Rauschen. Er war nicht da.

Sie überprüfte den Bereich über und unter der Frequenz. Nichts. Noch weiter. Rauschen, laut und überwältigend. Fast spöttisch.

Sie drehte weiter am Skalenrad – jetzt noch langsamer, und als das nichts brachte, schneller. Immer noch nichts. Sie schaltete auf FM um, dann zurück auf AM, probierte es erneut. Fünf Minuten brachte sie damit zu.

Hinter ihr ein »ts-ts«.

Sie drehte sich um. Gabe sah sie mit vor der Brust verschränkten Armen an. »Shirley, er ist nicht auf Sendung.«

Sie ließ das Radio an – nahm aber auf dem Sofa vor dem Fernseher Platz. »Ich versteh es nicht.«

»Es gibt hier viele Faktoren, die du nicht siehst«, sagte Gabe. »Seit wann bist du so unbesonnen?«

»Hat sich so ergeben, irgendwann zwischen dem Älterwerden und dem Tod deines Vaters.« Shirley stieß ein bitteres Lachen aus. »Was sehe ich nicht?«

»Denk doch mal nach«, sagte Gabe.

Shirley dachte nach – dachte richtig nach –, zum ersten Mal, seitdem sie die Bäckerei verlassen hatte. Sie war so erregt vom Nervenkitzel, von der Vorstellung, dass es Dinge gab, an die sie noch gar nicht gedacht hatte. »Es ist ein Piratensender, der höchstwahrscheinlich von einer Person betrieben wird.«

Gabe nickte. Sie war auf der richtigen Spur.

»Er kann unmöglich rund um die Uhr senden«, sagte Shirley.

»Bingo.«

»Nehmen wir an, dass er vermutlich zu der Zeit, als ich auf ihn gestoßen bin, auf Sendung ist. Der beste Zeitpunkt, um ihn wieder zu hören, wäre also zwischen sieben und acht Uhr abends.«

»Noch was?«

Shirley grübelte weiter. »Der Ort könnte eine Rolle spielen. Das Signal auf der Frequenz ist nicht besonders stark. Das Krankenhaus könnte näher am Standort des Senders liegen.«

»Könnte sein. Oder …«

»Oder …« Shirley wusste nicht weiter. Sie hatte keine Ahnung. Es gab ein »oder«? Doch dann begriff sie. »Oder der Empfang ist besser, da ich den alten Empfänger an den Sender im Krankenhaus angeschlossen habe. Dadurch sind Frequenzen zu empfangen, die das Radio hier nicht schafft.«

»Genau«, sagte Gabe. »Es gibt also zwei Variablen.« Gabe löste die verschränkten Arme und legte sie auf die Armlehnen des Sessels, wie er es immer gemacht hatte, als er noch am Leben gewesen war. Schon verrückt, mit wie vielen kleinen Details sie ihn ausstattete, selbst wenn sie auf etwas ganz anderes konzentriert war. »Also was hast du jetzt vor?«

Shirley richtete sich auf und lehnte sich nach vorn. Sie lächelte. Ihr Eifer kehrte zurück. »Ich muss ins Krankenhaus. Heute Abend noch. Das ist der wahrscheinlichste Zeitpunkt, wenn ich Mallet AM wiederfinden will.«

Gabe lächelte. »Ja.«

Shirley überlegte, wer heute den Krankenhausfunk machte. Es war Donnerstag – Mist. Der schlimmste Abend überhaupt. Donnerstag war Youngsters' Night – der Abend, an dem die Krankenhausleitung die Jungen zusammenspannte, damit sie den Älteren nicht in die Quere kamen. Der Altersunterschied war frappierend, und die Jungen machten immer alles anders als die Alten.

Es war nicht einfach gewesen, Jugendliche überhaupt für den Krankenhausfunk zu begeistern, die Krankenhausleitung hatte anfangs davon überhaupt nichts wissen wollen. Aber bei der Jahresversammlung einige Jahre zuvor sah man schließlich ein, dass man Interessierten ab achtzehn Jahren Zugang zum Studio gewähren musste, unabhängig von persönlichen Vorbehalten. Altersdiskriminierung gab es in beide Richtungen – das durfte man nicht vergessen. Der Kompromiss sah vor, dass am Donnerstagabend drei junge Leute versuchsweise tun und lassen konnten, was sie wollten. Lemmy, Carl und Krystal brachten es zusammen auf gerade mal 56 Jahre, und Shirley stimmte in vielem nicht mit ihnen überein. Ihre Sendungen waren laut, die Songs obszön, und sie erkundigten sich nur sehr nachlässig nach den Wünschen der Patienten. Aber sie kamen gut bei den Hörern an. Und wie die anderen älteren Ehrenamtlichen beschloss auch Shirley, ihnen lieber aus dem Weg zu gehen.

Seit der letzten Versammlung war sie keinem von ihnen begegnet, und sie musste sich eingestehen, dass sie auch keinen gesteigerten Wert darauf legte. Als würde sie in die Höhle des Löwen marschieren. Nein, als würde sie in ihr eigenes

Studio marschieren, das von drei Löwen besetzt war. Aber sie musste dorthin, wenn sie Mallet AM hören wollte. Und sie wollte keinen Tag mit potenziellen Nachrichten verpassen.

»Eine echte Zwickmühle«, sagte Gabe. »Natürlich trägst du dich mit dem Gedanken, ins Studio zu gehen.«

»Natürlich«, antwortete Shirley. Sie musste den Sender wieder hören. Sie würde in die Höhle gehen, und wenn eine Million Löwen drin wären. »Ich muss mir nur was einfallen lassen, warum ich dort aufkreuze.«

»Das sollte der leichtere Teil sein«, sagte Gabe entschieden.

»Was ist der schwere?«

»Der schwere – dass du bis dahin noch fünf Stunden warten musst.«

Er hatte recht. Shirley spürte schon jetzt eine gewisse Ruhelosigkeit. Sie stand auf und schaltete das Radio aus. Dann wusste sie nicht, was sie mit sich anfangen sollte. Also stellte sie den Wasserkocher an. Und als sie ihre Tasse Tee getrunken hatte, machte sie eine neue.

Irgendwann verschwand Gabe. Sie wusste nicht, wann. Sie war zu sehr in Gedanken.

Sie ließ das Wasser kochen und ging zum Schrank im Flur, um nach dem Laptop zu suchen, den Deena ihr zum Geburtstag geschenkt hatte. Sie hatte sich an das Ding gewöhnt – sie hatte nichts gegen die Technik, überhaupt nicht (schließlich nutzte sie auch die Technik im Studio) – sie hatte nur festgestellt, dass sie ihn einfach nicht so oft brauchte. Den allergrößten Teil ihres Lebens konnte sie ohne Computer und Internet und dem ständigen Informationstrommelfeuer verbringen. Ihr einfacheres Leben war ihr nun mal lieber.

Jetzt aber klappte sie den Laptop auf, ließ sich am Küchentisch nieder und ging online. Sie hatte Breitband-Internet und WLAN für Netflix auf dem Fernseher, und kurz darauf hatte sie Google aufgerufen.

Sie suchte nach »66,40 MALLET AM«.

Nichts. Überhaupt nichts. Nicht ein Suchergebnis.

Sie gab als Suchbegriff »RADIOSENDER SAGT ZU-KUNFT VORAUS NORDOSTENGLAND«.

Die beiden ersten Resultate waren die einzig relevanten. Bei den anderen waren einzelne Begriffe durchgestrichen. Sie klickte auf den obersten Link. »RADIOSENDER SAGT TOMBOLAGEWINNER VORAUS« auf northeastnews. com. Ein flapsiger Artikel über ein Kind, das 2015 im Radio auftrat und einen Tombolapreis erriet. Völlig wertlos.

Shirley seufzte, ging zurück und klickte auf den zweiten Link – »RADIOSENDER SAGT TOTE VORAUS«. Sie fand sich auf einer Website wieder, die sogar nach ihrem Dafürhalten sehr alt aussah. Ein Clipart-Banner oben auf der Seite verkündete »THE ENIGMA FILES«. Die Seite war, einer Zeitung nicht unähnlich, in mehrere Kästen unterteilt. Leider waren die meisten leer. Es hatte den Anschein, als wäre mit der Seite irgendwas schiefgelaufen, überall gab es Fehlermeldungen und Icons, die auf fehlerhafte Links verwiesen.

Die Überschrift ihres Suchbegriffs war zu sehen, darunter aber nichts. Oder, um genauer zu sein, eine Zeichenfolge mit unverständlichem Computerkauderwelsch. Trotzdem überflog Shirley den Artikel, konnte aber nichts finden, was irgendwie Sinn ergab.

Fast hätte sie die Seite geschlossen, aber dann blieb ihr Blick an der letzten Zeile des Zeichensalats hängen, und sie hielt inne.

4044=4=====45555___FFFFFFFVVVV<<<<VV@
ED@££)£%%%RRRACABFT:::::::::????///<<< 66. 40 III@)
(%^*)637 61927F%%%%%## #*()@$%^&""""hhhgiydv
0_

Inmitten des Codes und der wiederholten Zeichen, unterlegt, sodass es ihr sofort ins Auge stach, entdeckte sie die Frequenz: 66,40. Könnte Zufall sein, gut möglich. Einfach nur ein Teil des unsinnigen Zeugs. Trotzdem konnte sich Shirley nicht davon losreißen. Vielleicht hatte der Verfasser des Artikels, der irgendwann vermutlich lesbar gewesen war, Mallet AM gekannt. Vielleicht war das jemand, mit dem man reden, dem man sich anvertrauen konnte.

Sie klickte auf der Website herum, fand weitere solche Seiten und irgendwann auch einen Link, der noch intakt zu sein schien: »KONTAKT«. Sie klickte darauf und wurde mit einer schwarzen Seite begrüßt, auf der sich oben ein einzelner blauer Link befand.

Eine E-Mail-Adresse: theenigmafiles@rito.com.

Nach einem Klick öffnete sich ihr Mail-Programm, und die Enigma-Adresse stand im Adressfeld.

Sie begann zu schreiben. Sie schrieb von allem, was sich ereignet hatte. Sie beschrieb, wie sie den Sender gefunden hatte. Sie schrieb über Starith. Sie schrieb davon, was sie gesehen und wie sie es gesehen hatte. Sie schrieb von ihren Gedanken und ihrer Aufregung und ihrer Beklemmung.

Sie brauchte dafür eine ganze Stunde.

Als sie fertig war, stellte sie fest, dass sie ganze zehn umfangreiche Absätze hochscrollen musste und einen Brief, keine Mail verfasst hatte. Mails sollten kurz, prägnant, nicht so persönlich sein. Sie konnte doch nicht einer völlig fremden Person so viel von sich preisgeben.

Mit einigem Zögern markierte sie den gesamten Text und löschte ihn.

Kurz und prägnant. Etwas, was diese andere Person zur Kenntnis nahm. Enigma. Vielleicht reagierte diese andere Person auf irgendwas Rätselhaftes.

Obwohl sich alles in ihr dagegen sträubte, tippte sie: *Ich weiß von 66,40 AM. Es stimmt. Ich habe Beweise. Bitte melden Sie sich. Shirley.*

In die Betreffzeile gab sie ein Wort ein – MALLET – und klickte auf Senden.

Dann klappte sie den Laptop zu. Und nahm sich vor, erst morgen nachzusehen. Vielleicht kam gar nichts dabei heraus. Die Website sah verwaist aus. Vielleicht funktionierte auch die Mail-Adresse nicht mehr.

Da sie niemanden hatte, dem sie sich anvertrauen konnte, musste sie mit eigenen Ermittlungen beginnen.

01.06

Chester-le-Street
Donnerstag, 11. Februar 2021
18.55 Uhr

Es fühlte sich nicht richtig an, an einem Donnerstagabend im Krankenhaus zu sein. Sonst saß Shirley zu dieser Zeit zu Hause und sah sich *The One Show* an, hatte Moggins auf dem Schoß und machte die Stickarbeit für das Freitagstreffen fertig. Jetzt zog sie ihre Ausweiskarte über den Scanner und ging durch den vertrauten Gang zum Studio.

Bevor sie aufgebrochen war, hatte sie doch noch ihre Mails gecheckt. Es war nichts eingetroffen. Sie hatte nichts anderes erwartet, auch wenn sie sich insgeheim ein klein wenig Optimismus erlaubt hatte. Sie wollte einfach jemanden haben, mit dem sie reden konnte – so ging es vielen in ihrem Alter. Im Gegensatz zu den meisten in ihrem Alter hatte sie aber noch etwas zu erzählen.

Bereits vor der Studiotür hörte sie schon die lauten Stimmen der Jugendlichen dahinter. Sie unterdrückte ein Seufzen und gab den Schlüsselcode ein. Lemmy, Carl und Krystal standen in dem engen Raum dicht zusammen. Als sie die Tür hörten, sahen alle mit der gleichen schuldbewussten Miene auf.

»Shirley«, sagte Krystal und löste sich von dem Pulk. »Was führt Sie denn hierher? Sie sind für Donnerstag doch gar nicht eingeteilt, oder?« Ein Anflug von Panik lag in ihrer Stimme.

Shirley ließ sie einen Moment lang schwitzen. »Nein.« Die drei konnten ihre Erleichterung nicht verbergen. »Ich bin nur da, weil ich einen Teil der Anlage brauche.«

»Oh, ach so«, kam es von Lemmy. Der schlaksige Achtzehnjährige mit seinen Fransen, die ihm ständig ins Gesicht hingen, war ganz in Schwarz gekleidet. Er stellte wohl das dar, was die Kids »Emo« nannten. Neben dem dämlichen Namen konnte Shirley auch nichts mit seinem Kleidungsstil anfangen. Zum Glück waren Gabe oder Deena nie mit so was angekommen – nein, sie hätte ihnen das auch nicht durchgehen lassen.

»Was macht ihr da?«, fragte Shirley, als sie sah, dass Carl drei Streichhölzer in seiner ausgestreckten Faust hielt. Carl war der wohl Vorzeigbarste des Haufens und der Einzige, mit dem sie sich eine Unterhaltung vorstellen konnte.

»Wir haben …«, begann Lemmy, sah aber so aus, als hätte er nicht die Absicht, den Satz zu beenden.

Krystal lächelte. Ihr quietschbuntes Popstar-Outfit konnte einem gewaltig auf die Nerven gehen. »Wir wollten Hölzchen ziehen, um zu entscheiden, wer die Patientenwünsche einsammeln muss.«

Shirley runzelte die Stirn. Hinter ihr fiel die Tür ins Schloss. »Die Patienten nach ihren Wünschen zu fragen sollte doch der Höhepunkt des Jobs sein. Man redet mit den Patienten, hat Kontakt mit ihnen.« Das war das, was Shirley am liebsten möchte. Sie drehte gern ihre Runde, traf auf Menschen und unterhielt sich mit ihnen, was für die Patienten etwas ganz anderes war als die Gespräche mit den Schwestern und Ärzten. Manche Patienten erhielten nie Besuch, für sie war Shirley das einzige freundliche Gesicht, das sie außer dem Krankenhauspersonal zu sehen bekamen. Es überraschte sie nicht, dass das an den jungen Leuten völlig vorbeigegangen war.

»Oh …«, murmelte Lemmy, als hätte er noch nie darüber nachgedacht.

»Schon klar«, sagte Carl. »Oder, Leute? Wir konnten uns nur nicht entscheiden, wer die erste Sendung machen soll, also überlassen wir es dem Zufall.«

»Gut«, antwortete Shirley kurz angebunden, trat um sie herum und ging weiter Richtung Lager. »Wer bin ich, um einer so gut geölten Maschinerie im Weg zu stehen?«

Sie meinte, deren Augenrollen regelrecht zu spüren, als sie wie zwei Tage zuvor den alten Rundfunkempfänger herausholte. Was, fragte sie sich, war wohl enthüllt worden, falls Mallet AM auch am Vorabend Nachrichten gebracht hatte?

Als sie zurückkam, hörte sie Carl und Krystal aufschreien, während Lemmy das lange Streichholz in der Hand hielt.

»Scheiße«, kam es von Krystal, und als sie Shirley sah: »Ich meine, Scheiße ja, ich darf jetzt mit den Kranken reden.«

Shirley runzelte die Stirn, und da sie neben der Wand stand, an der die Klemmbretter hingen, reichte sie gleich jeweils eines davon Carl und Krystal. »Viel Glück da draußen, und fangt euch nichts ein.«

Carl und Krystal starrten sie wortlos an, bevor sie sich auf den Weg machten. Erst jetzt fiel Shirley der seltsam grasige Duft auf, der sie umgab. Marihuana. Hier drinnen konnten sie nicht rauchen – überall waren Rauchmelder –, also mussten sie sich dazu nach draußen verziehen, was hieß, dass sie nichts dagegen machen konnte. Wenn ein Arzt oder eine Schwester sie irgendwo draußen erwischte, waren sie auf sich allein gestellt.

Nachdem die anderen fort waren, machte sich Lemmy an seinem schwarzen Rucksack zu schaffen und zog einen iPod, einen kleinen CD-Stapel und einige Kabel heraus.

Shirley ließ ihn gewähren, bis er sich ins Studio eins verzog. Daraufhin ging sie ins Studio zwei und stellte den Empfänger auf, stülpte sich die Kopfhörer über und begann die Kanäle durchzugehen.

Aus dem Augenwinkel heraus hatte sie im Fenster zum Studio eins Lemmy im Blick, der die erste Sendung anmoderierte. Obwohl die Studios eigentlich schalldicht sein sollten, waren anhaltende Bässe zu hören. Sie hatte noch nie einer von Lemmys Sendungen zugehört, vermutete aber, dass sie zu hundert Prozent mehr elektronische Soundeffekte enthielten als ihre eigenen – ein atemloses Erlebnis mit einem Minimum an Wortbeiträgen und einem Maximum an Headbanging. Die Patienten hätten gewarnt werden müssen – sie hatten ja keine Ahnung, was über sie hereinbrechen würde.

Ja, wurde ihr bewusst, sie seufzte mehr als sonst. Sie wollte sich nicht wie eine alte Schachtel benehmen, aber genau das tat sie wohl. Die jungen Leute machten einfach alles so anders, mehr noch, auch ihr Leben sah ganz anders aus. Als gehörten sie zwei völlig unterschiedlichen Spezies an.

Shirley konzentrierte sich darauf, die Frequenz von Mallet AM zu finden – 66,40. Allmählich schälte sich abgedroschene, kitschig-seichte Musik aus dem Rauschen. Langsam drehte sie weiter, bis sie deutlicher zu hören war. Ihr kam der Empfang noch besser vor als beim ersten Mal, als wollte der Sender ihr gegenüber seine Existenz beweisen und sie dafür tadeln, weil sie daran gezweifelt hatte.

Die Musik weckte in ihr das Gefühl, sich im Aufzug eines tollen amerikanischen Hotels zu befinden. Sie drehte die Lautstärke runter und sah auf die Uhr: 19.08. Sie dachte zwei Tage zurück – zu diesem Zeitpunkt hatte sie noch die Patientenwünsche zusammengetragen. Wahrscheinlich war sie so gegen zwanzig nach sieben zurückgekommen. Die Songs zusammenzusuchen dürfte nicht mehr als fünf Minuten gedauert haben, das hieß, dass die Nachrichten vermutlich um 19.30 Uhr kamen.

Sie lehnte sich auf einem der unbequemen Schreibtisch-
stühle zurück. Beim letzten Treffen war unter anderem dis-
kutiert worden, sie zu ersetzen. Sie wusste nicht mehr, warum es in diesem Fall überhaupt etwas zu diskutieren gab –
die Stühle waren schon vor ihr dagewesen. Und sie war 2008
dazugestoßen, gleich nachdem Gabe fortgeschickt worden
war und sie es nicht ausgehalten hatte, den ganzen Tag mit
Bob im Haus herumzusitzen. Seitdem hatten sie und die
Stühle keine Woche verpasst.

Das Handy in ihrer Tasche klingelte. Sie bemerkte es, weil
die Vibrationen so stark waren, dass sogar der Stoff zitterte.
Der Mann im Laden hatte die Lautstärke hochgedreht, damit
sie keinen Anruf mehr verpasst, auch wenn »Sie nicht mehr
so gut hören sollten«. Sie hatte sich einen bissigen Kommentar verkniffen.

Sie zog das Handy heraus – es war Deena. Shirleys Finger
schwebte über der grünen Schaltfläche, berührte sie aber
nicht. Warum rief Deena an? Nur um sich zu erkundigen, wo
sie steckte? Sie war kein Kind. Dee musste nicht wissen, was
ihre Mutter in jeder Sekunde des Tages trieb. Sie befand sich
hier auf ihrem eigenen Abenteuer. Also ging sie nicht ran.
Und wurde sofort vom schlechten Gewissen gepackt, das sie
abzuschütteln versuchte. Sie legte das Handy zurück in die
Tasche und nahm sich vor, es nicht wieder herauszunehmen.

Durch die Glasscheibe war Lemmy bei seiner Solo-Tanz-
party zu sehen, seine Fransen schwangen unablässig hin und
her, während der Kopf zu den Bässen wippte. Shirley verzog
den Mund.

Sie versuchte abzuschalten, lauschte der leisen, zuckrigen
Musik und lehnte sich gegen die Kopflehne. Durch die ganze
Aufregung fühlte sie sich wieder jung. Sie verlieh ihr Energie, so viel Energie. Bei Lemmys Anblick hatte sie den Mund
verzogen, aber eigentlich wollte sie aufspringen und mit ihm

mittanzen. Ihr war danach, sich zu bewegen, in Aktion zu treten. Aber alles, was sie tun konnte, war, hier rumzusitzen und zu warten.

Wann hatte sie sich das letzte Mal so gefühlt? Sie versuchte sich zu erinnern, und gestand sich enttäuscht ein, dass das nach Bobs Tod gewesen sein musste. So lange hatte sie davor unter einer schweren Wolke gelebt – war klein gehalten, zum Schweigen verbannt gewesen –, und als er endlich weg war, hatte sie das Gefühl gehabt, das Leben würde von Neuem beginnen. Trotzdem war es nicht nett, wenn man sich so sehr freute, dass jemand starb. Was aber nichts an der Tatsache änderte, dass es bei ihr so gewesen war.

Der Stuhl war nicht bequem, dennoch lullte die Musik sie fast in den Schlaf. Nach den unruhigen Nächten der letzten Tage hatte sie das Gefühl, sich ein bisschen Ruhe verdient zu haben. Sie schloss die Augen.

Die Musik zog sie nach unten.

Tiefer.

Tiefer.

Zeit verging.

Klack. Klack. Klack.

Sie riss die Augen auf. Sie war im Schlaf ein wenig nach unten gerutscht, jetzt fuhr sie hoch. Mühsam richtete sie sich wieder auf.

Lemmy starrte sie mit weit aufgerissenen Augen durch die Glasscheibe an. Er hatte gegen die Scheibe geklopft, jetzt breitete sich Erleichterung auf seinem Gesicht aus. »Dachte schon, Sie wären tot«, schrie er.

Unverschämter Scheißkerl. Shirley schüttelte den Kopf. Sie war noch am Leben. Sie starrte Lemmy an, bis er es nicht mehr aushielt und mit seiner Sendung weitermachte. Dann fiel ihr wieder ein, warum sie hier war. Die Musik in den Kopfhörern hatte sich geändert. Jetzt lief ein Folksong mit richtigem Text. Sie drehte die Lautstärke hoch und sah zur Uhrzeit: 19.28. Sie hätte nie gedacht, dass sie Lemmy einmal für irgendetwas dankbar sein würde. Auch wenn sie wahrscheinlich von allein aufgewacht wäre, wenn der Nachrichtensprecher eingesetzt hätte.

Shirley lauschte der Musik. Sie war gar nicht mal so schlecht. Ein Lied über ein Wesen in einem Teich, das einem einen Wunsch erfüllt, wenn man ihm ein schlagendes Herz bringt – üblicher Folk-Kitsch mit einem Touch Düsternis. Sie hätte gern zugehört, wenn der Song sie nicht vom Moderator abgehalten hätte, der sich, so hoffte sie, jede Sekunde dazwischenschalten müsste. Schließlich wurde der Song ausgeblendet, wurde langsam leiser, bis Stille einsetzte.

Nein.

Nein. Es sollte doch …

»Und das war ›Down By The Wishing Pond‹«, meldete sich der Moderator. Shirley hätte fast vor Freude gejauchzt, wollte aber nicht ein Wort verpassen. Sie hielt den Atem an, damit sie auf keinen Fall … »… von der Lokalband The Oil Barons. Wer kennt die schon? Tolle Talente, direkt vor unserer Haustür! Hier ist Mallet AM, hallo an alle, die alten und die funkelnagelneuen Hörer! Wer immer ihr seid …« Shirley hatte das Gefühl, als würde der Moderator sie persönlich ansprechen. »… ihr kommt gerade rechtzeitig zu den Nachrichten. Es ist 19.30 Uhr, Freitag, der zwölfte Februar.«

Shirley schnappte nach Luft. Die Nachrichten für den zwölften; heute war der elfte. Das alles war also keine Halluzination, sondern wirklich, echt. Jetzt musste sie nur noch etwas finden, das beweisen würde, dass nichts hier Zufall war.

»Wie immer haben wir drei Meldungen auf dem Zettel. Also postwendend zur ersten. Wir haben einen Bericht über The Lambton Arms, das Pub, das vom dunklen Jahr schwer getroffen wurde und von der Schließung bedroht war. Zum Glück scheint das Geschäft wieder zu brummen, denn Damon Moran, der Betreiber, vermeldet Rekordumsätze, nachdem die Pubs wieder öffnen dürfen und mehr Gäste als je zuvor in den Genuss einer authentischen Pub-Atmosphäre kommen wollen. Ich jedenfalls freue mich sehr, dass unser Lokal nicht schließen wird, und euch ergeht es bestimmt ebenso.«

Shirley seufzte. Das Thema war zu allgemein – jedenfalls nichts, das eindeutig auf ein bestimmtes Ereignis des nächsten Tages verwies. Sie hatte die Menschenmenge vor The Lambton Arms gesehen – es gehörte nicht viel dazu, vorherzusehen, dass es dem Lokal gut ging. Blieben noch zwei Punkte – vielleicht kam ja noch was Besseres.

Das nächste Thema war ebenfalls Fehlanzeige. »Nach wie vor gibt es Gerüchte, wonach das Metro Centre verkauft werden soll. Die Zukunft des Centre, eines der größten Einkaufszentren Europas, ist seit geraumer Zeit in der Schwebe. Das dunkle Jahr hat es natürlich nicht besser gemacht, nachdem das Centre den Großteil des Jahres geschlossen und weder Kunden noch Umsätze gesehen hatte. Die Zukunft allerdings sieht nicht so düster aus, wie man meinen könnte, denn ein privater Investor ist möglicherweise an einer Übernahme interessiert. Über die Person oder das dahinterstehende Unternehmen ist nur wenig bekannt, es heißt aber, dass das Centre, immer noch ein Leuchtturm des Konsums im Nordosten, in seiner jetzigen Form erhalten werden soll.«

Erneut reine Mutmaßungen. Nichts Hieb- und Stichfestes. Kein Seb, der von einer Leiter fällt. Nur was man auch in den üblichen Nachrichten präsentiert bekam. Reines Geschwafel.

Zwei abgehakt, blieb noch ein Punkt – Shirley hoffte inständig, dass endlich was Greifbares kam.

Der Moderator fuhr fort und lieferte ihr nun genau das, worauf sie gewartet hatte. »Zum Schluss: Milchmann Roy Farrow hat eine ganze Wagenladung Milch in den Rinnstein fließen lassen, als er seinen Milchlaster in den frühen Morgenstunden gegen einen Briefkasten setzte. Um 6.52 Uhr wollte Farrow vom oberen Ende die Benthal Street hinunterfahren, als er einen Moment nicht aufpasste und ein Fußgänger die Straße überquerte. In letzter Sekunde riss Farrow seinen Wagen nach links und krachte dabei gegen einen Briefkasten. Sowohl Farrow als auch der Fußgänger, dessen Identität nicht festgestellt werden konnte, blieben unverletzt, was sich von Farrows Wagen und dessen Ladung nicht sagen ließ. Der Vorfall dauerte insgesamt keine Minute, weckte aber die halbe Straße. Farrow war das alles verständlicherweise zutiefst peinlich. Ein Abschleppwagen holte den Milchlaster später am Tag ab. Die Anwohner der Benthal Street werden allerdings auf den morgigen Tag warten müssen, bis sie wieder ihre Milch bekommen.«

Shirley konnte es kaum fassen. Ein Vorfall, der sich nicht nur bestätigen ließ, sondern auch nur wenige Straßen von ihrem Haus geschehen würde.

»Das waren unsere Nachrichten für den zwölften Februar. Genießt den Freitag! Und jetzt zurück zur Musik. Hier kommen ...«

Der Moderator quasselte weiter, aber Shirley hatte alles, was sie brauchte. Sie nahm den Kopfhörer ab und lehnte sich zurück. Sie hatte es sich also nicht eingebildet. Es war real. Absolut real. Es sah ganz so aus, als würde Roy Farrow alles andere als einen fantastischen morgigen Tag erleben. Sie musste vor Ort sein, wenn es geschah. Wenn nichts geschah, konnte sie die ganze Sache vergessen, dann war Mallet AM nur ein netter Sender, der sich einen kleinen Scherz erlaubte. Wenn aber eintraf, was vermeldet wurde, dann verfügte der

Moderator entweder über eine außergewöhnliche Informationsquelle, oder … Shirley konnte nicht glauben, dass sie das wirklich dachte … Oder er konnte die Zukunft vorhersagen.

Sie nahm den Rundfunkempfänger und verließ Studio zwei. Carl und Krystal waren wieder da – Carl suchte am Computer die gewünschten Songs zusammen, und Krystal spielte auf ihrem Handy herum. Dabei quatschten sie miteinander, statt sich auf ihre Aufgabe im Studio zu konzentrieren. Als Shirley die Tür schloss, verstummten sie – Carl drehte sich auf seinem Stuhl zum Computer hin.

Shirley beachtete sie nicht.

»Haben Sie gefunden, was Sie gesucht haben?«, fragte Krystal und klang leicht benebelt.

Der Grasgeruch war stärker geworden. Das Zusammentragen der Wünsche war wahrscheinlich mit einer kleinen Rauchpause verbunden worden.

»Ja, danke«, antwortete Shirley und verschwand im Lagerbereich, um das Radio zurückzustellen. »Wie sind die gewünschten Lieder?«

»Ein Haufen Scheiße.« Als Carl Shirley zurückkommen sah, sagte er: »Aber wir kriegen das schon hin. Ein paar nette Widmungen.«

»Kann ich die Liste sehen?«, forderte Shirley. Carl reichte ihr das Klemmbrett. Sie betrachtete die Titel in Carls ungelenker Handschrift. »Haufen Scheiße« war wohlwollend ausgedrückt, auch wenn sie selbst das nie so gesagt hätte. Carl und Krystal war es irgendwie gelungen, halb so viele Wünsche zu notieren, wie sie sonst allein schaffte. Sie nahmen es wirklich locker, aber sie waren ja ehrenamtlich hier, man konnte es ihnen nicht übel nehmen. Sie tat es aber trotzdem. »Ihr findet alles?«, fragte sie und gab das Klemmbrett zurück.

»Yep«, rief Carl launig, in einem Ton, der bei Shirley Eindruck machen sollte. »Sind alle im System, war ganz einfach.«

»Gut«, sagte Shirley.

»Wir warten nur noch auf Lemmy, damit er zum Ende kommt«, sagte Krystal, »dann gehen wir auf Sendung. Wir haben alle Links, alles ist bereit.«

Sie wollte es eigentlich nicht ansprechen, aber ihr Anbiedern nervte sie. »Ist das Gras, was ich da an euch beiden rieche?«

Carls und Krystals Augen wurden so groß wie die von Zeichentrickfiguren, was sie nur noch geröteter und verschwiemelter wirken ließ.

»Ich würde es nur ungern der Krankenhausleitung mitteilen«, sagte Shirley. »Es überrascht euch vielleicht nicht, aber wir Alten kennen uns alle.« Sie schenkte ihnen ein schwaches Lächeln.

Carl antwortete mit einem unverbindlichen Lächeln. »Wird nicht mehr vorkommen.«

Shirley nickte.

Langsam stand Krystal auf. »Wollen Sie in unser Programm reinhören? Carl und Krystals Wunschkonzert?« Sie grinste.

Shirley verzog keine Miene. »Nein, danke.« Damit verließ sie die Station.

Bei ihnen reinhören? Sie konnte sich nichts Schlimmeres vorstellen.

01.07

Chester-le-Street
Freitag, 12. Februar 2021
6.00 Uhr

Es war noch dunkel, nur ein dünner Lichtstreifen war am Horizont zu erkennen. Die dichten Wolken an dem windigen Freitagmorgen kündeten Regen an. Nicht unbedingt das Wetter, in dem es Shirley sonderlich vor die Tür trieb. Sie war selbst für ihre Verhältnisse früh aufgestanden, hatte die Hände eingeweicht, damit sie locker wurden, hatte Moggins gefüttert, den all die Ereignisse der letzten Zeit merklich verwirrten, und war zur Eingangstür gegangen.

Um 6 Uhr hatte sie den Kopf hinausgehalten – noch fünfundfünfzig Minuten, bis Roy Farrow gegen einen Briefkasten fahren würde, weil er einem Fußgänger ausweichen musste, falls Mallet AM recht hatte. Nachdem sie gesehen hatte, wie das Wetter war, steckte sie um 6.05 Uhr noch einmal den Kopf ins Freie. Auf dem saß jetzt eine Wollmütze, dazu trug sie einen zweiten Mantel über dem ersten. Sie hoffte bloß, dass der Regen nicht in Schnee überging. Das wäre das Allerschlimmste.

Die Benthal Street lag nur einige Blocks von ihrem Bungalow entfernt. Von ihrem Haus war es nur eine Straße zu der Durchgangsstraße, die von Chester-le-Street nach Waldridge führte, vorbei an der Grundschule und einer weiter oben gelegenen weiterführenden Schule. Benthal Street lag dahinter, näher an den Avenues. Sie trat in ihren Garten und nahm sich den Stock, der immer an der Mauer lehnte. Meistens verzichtete sie auf ihn – eine seltsame Trotzreaktion gegen niemand anderen als sich selbst und natürlich den Zahn der Zeit. Der eisige Wind drohte sie aber jetzt schon wegzublasen, also, dachte sie sich, müsse sie alle Hilfe in Anspruch nehmen, die sie bekommen konnte.

Sie ging die Straße hinauf und sah zu allen Eingangsstufen. Keine Milch. Er war noch nicht durchgekommen. Zumindest war sie also vor ihm da. Auch wenn er in einem Lieferwagen unterwegs war und sie auf zwei wackeligen Beinen, die ihr Haltbarkeitsdatum längst überschritten hatten. Sie versuchte sich zu beeilen. Nahm einen von der Durchgangsstraße abbiegenden schmalen Weg, der hinten an den Grundstücken entlangführte, wusste zwar nicht genau, wohin er führte, aber sie wohnte jetzt schon so lange in der Gegend, dass sie sich schlichtweg weigerte, auf einem Stadtplan nachzusehen. Dann, nach einem weiteren Durchgangsweg, stieß sie auf ein Straßenschild mit der Aufschrift »Benthal Street«. Es war an einer hüfthohen Backsteinmauer angebracht, vor der eine kleine Einbuchtung mit einem verkümmerten Steingarten und einer Bank lag, und wies die lange Straße hinauf.

Die Benthal Street machte nicht viel her – sie sah in etwa so aus wie die Straße, in der sie wohnte. Tatsächlich wirkten sie nahezu identisch, nur dass die Häuser hier noch ein Stockwerk obendrauf hatten. Nichts wies auf das hin, was geschehen sollte, warum auch? Fast hätte Shirley mit einem heimlichen Beobachter gerechnet. Mallet AM, jemand vom Sender, der sich vergewissern wollte, dass das, was angekündigt war, auch wirklich eintrat. Irgend so einen Blödsinn.

Die Straße lag verlassen da, natürlich – es war 6 Uhr morgens. Irgendwo hörte sie etwas – wahrscheinlich einen Hund

und jemanden, der den Müll rausbrachte, ansonsten war es völlig still. Langsam marschierte sie weiter, aber sie musste nicht weit gehen – an der Ecke zum nächsten schmalen Durchgang fand sie einen Briefkasten. Der musste es sein.

Sie sah auf ihre Uhr: 6.42 Uhr. Moment. Hatte sie wirklich so lange gebraucht, um hierherzukommen? Mein Gott, es wurde immer schlimmer.

Aber das war jetzt nicht wichtig – ihr blieben noch zehn Minuten. In zehn Minuten würde sie wissen, ob Mallet AM recht hatte oder alles bloß Humbug war – ein Echozeichen in der Zeit, vielleicht. Gabe hätte Gefallen an solchen Gedanken gehabt.

Zehn Minuten. Sie musste sich irgendeinen Platz suchen, sie konnte nicht mitten auf der Straße stehen bleiben. Sie ging zur Bank zurück und setzte sich. Ihre Beine dankten es ihr. Von hier hatte sie einen hervorragenden Blick auf den Briefkasten. Für einen Passanten wäre sie nur eine alte Lady, die sich zum Verschnaufen niedergelassen hatte, aber keine potenzielle Zeugin einer klitzekleinen Tragödie – na ja, einer Tragödie vielleicht, wenn einem ein aufrecht stehender Briefkasten am Herzen lag.

Ein Wagen kam die Straße herunter. Shirley richtete sich auf. Als er näher kam, sah sie, dass es sich nur um einen gewöhnlichen Lieferwagen handelte, der dann allerdings direkt vor ihr anhielt und ihr die Sicht versperrte. Mist.

Ein Mann, kaum älter als die Jugendlichen vom gestrigen Abend im Sender, stieg mit einer neonfarbenen Warnweste aus. Er öffnete die Heckklappe und wühlte eine gefühlte Ewigkeit im Laderaum herum. Schließlich kam er mit einem Päckchen heraus und ging zur nächsten Tür. Er klopfte, wartete eine Minute, klopfte wieder. Klar, alle schliefen noch. Er kratzte sich am Hals und klopfte erneut.

Sie räusperte sich. »Entschuldigung, Sir.«

Der junge Mann zuckte merklich zusammen. Er hatte sie nicht bemerkt und kam nun auf sie zu. »Ja?«

»Könnten Sie sich bitte beeilen?«

Er sah sie entschuldigend an. »Sind Sie die Nachbarin? Könnten Sie das Paket annehmen?«

»O nein«, lachte sie. »Ich wohne hier nicht.«

Was den Mann nun sehr verwirrte. »Ooookay.« Er öffnete den Mund, wahrscheinlich wollte er sie fragen, was sie um 6 Uhr morgens auf der Straße tat, überlegte es sich aber anders, kramte in seiner Tasche nach einem roten Zettel und warf ihn in den Briefkasten. »Schönen Tag noch.«

Shirley winkte ihn fort. Er stieg in seinen Wagen und fuhr endlich davon.

Es war 6.48 Uhr. Noch vier Minuten bis zum angekündigten Unfall. Und noch während Shirley von ihrer Uhr aufsah, hörte sie etwas. Einen Motor, einen eher alten Motor, nach dem Dröhnen zu schließen, der schwer zu tun hatte. So wie sie. Er war noch ein paar Straßen entfernt, wurde aber immer lauter, bis sie oben an der Straße einen weißen Lieferwagen mit offenem Heck auftauchen sah.

Er hielt alle paar Meter an, jemand sprang heraus und lud etwas vor den Türen ab. Milchflaschen. Es musste Roy Farrow sein.

Mallet AM hatte also richtig vorhergesagt, wann Farrow hier sein würde, so wie der Sender richtig vorhergesagt hatte, wann Seb Starith auf seine Leiter stieg. Aber würde es auch zu dem Unfall kommen?

Mit einem Mal verspürte Shirley den Drang, zu Farrow hinaufzugehen und ihn vor dem, was möglicherweise passieren könnte, zu warnen. Ihr wurde bewusst, dass Mallet AMs heimlicher Beobachter, den sie insgeheim hier erwartet hatte, tatsächlich da war. Nämlich sie. Irgendwie war es aber auch zermürbend, nur hier zu sitzen und mitanzusehen, wie es zu einem Unfall kam – vor allem, wenn sie im Voraus gewarnt worden war. Immerhin hatte sie Tickets für die erste Reihe erworben.

Aber sie wollte es wissen. Sie musste wissen, ob Mallet AM wirklich etwas taugte. Der Moderator hatte eindeutig vorhergesagt, dass es keine Unfallopfer geben würde. Niemand würde zu Schaden kommen – absolut niemand. Sofern Mallet AM recht hatte. Und wenn nicht, war es nicht sehr wahrscheinlich, dass sich der Unfall überhaupt ereignen würde. Wollte sie sichergehen, musste sie den Dingen einfach ihren Lauf lassen.

Roy Farrow setzte seinen Weg fort und hielt vor fast jedem Haus. Komischerweise fasste er nicht mehrere Häuser zusammen, sondern blieb mit seinem Lieferwagen wirklich vor jedem einzelnen stehen. Er brauchte eine Ewigkeit. Wenn er sich nicht beeilte, würde er nie die nötige Geschwindigkeit erreichen, um die Kontrolle über den Wagen zu verlieren.

Zum ersten Mal begann Shirley am Unfall zu zweifeln.

Mit einem Mal aber, nachdem Roy eine weitere Milchflasche auf einer der Haustürstufen abgestellt hatte und wieder in seinem Wagen saß, drückte er das Gaspedal durch. Vielleicht bekam die restliche Straße keine Milch, denn nun beschleunigte er den Lieferwagen.

Shirley sah auf ihre Uhr – 6.51 Uhr, nein, soeben war sie auf 6.52 Uhr gesprungen. Es würde passieren, es würde jetzt passieren.

Als Shirley wieder aufblickte, sah sie es. Jemand war aus dem schmalen Durchgang aufgetaucht, eine Frau in einem Mantel, tief vermummt mit Schal und Mütze. Sie schritt energisch voran, hatte Ohrwärmer übergestülpt, vorwiegend zu dem Zweck, die Ohren warmzuhalten, leider aber mit der unglücklichen Nebenwirkung, dass damit auch ihr Gehör beeinträchtigt wurde. Sie hörte den Lieferwagen nicht.

Der Wagen kam näher, und Shirley erfasste, wie Roy Farrow hinter dem Steuer den Blick abwandte, er sah irgendwohin, aber nicht auf die Straße – dieser Idiot. Auch die Frau blickte nicht auf. Shirley konnte noch nicht einmal deren Gesicht sehen, sosehr hatte sie sich in ihrem Mantel verkrochen. In diesem Moment trat die Frau auf die Straße.

Shirley sprang auf, ohne auf die Schmerzen in ihren Beinen zu achten. Verflucht sei die stille Beobachterin – Roy Farrow durfte nicht die Fußgängerin überfahren. Vielleicht hatte Mallet AM nur zur Hälfte recht. Der Sender hatte den Milchwagen vorhergesagt, er hatte die Fußgängerin vorhergesagt, sich aber in einer Sache geirrt – vielleicht würde es nicht ohne Verkehrsopfer abgehen.

Auf ihren Stock gestützt, hastete Shirley los. Aber ihr war schnell klar, dass sie zu spät kommen würde. Der Lieferwagen fuhr die Straße herunter, die Frau war bereits mitten auf der Straße.

»Hey!«, schrie Shirley, aber ihr Ruf verhallte im Wind.

In diesem Moment sah Roy Farrow auf. Shirley konnte beileibe nicht alles erkennen, aber das Entsetzen in seinem Gesicht zeichnete sich deutlich ab. Die Frau war mittlerweile fast auf der rechten Fahrbahn angekommen. Und Shirley sah, wie Farrow reagierte und das Lenkrad nach links riss.

Endlich bemerkte die Frau die Gefahr, in der sie sich befand, und rannte los. Der Lieferwagen holperte auf den Bürgersteig. Keine zehn Meter weiter krachte er in den Briefkasten, die Frontseite des Wagens wurde tief eingedellt, und ein gewaltiger Knall zerriss die Stille – gefolgt nur vom viel zu späten Aufploppen der Airbags auf der Fahrerseite.

Überall in der Straße gingen nun die Lichter an, während sich Shirley gegen den Wind die Straße hinaufmühte. Es war tatsächlich geschehen. Es war exakt so geschehen, wie Mallet AM es vorhergesagt hatte. Es stimmte also – der

Sender berichtete von Dingen, die sich einen Tag später ereigneten.

Aber dafür hatte sie jetzt keinen Sinn. »Alles in Ordnung?«, rief sie in Richtung des Lieferwagens, aus dessen Kühler Rauch aufstieg. Farrow war im weißen Dunst nicht zu erkennen, aber sie hörte ein Stöhnen.

Sie war kurz vor dem Lieferwagen angelangt, als ein Mann im Morgenmantel den Kopf aus seiner Haustür steckte. »Was zum Teufel ist hier los?«

»Der Milchwagen hatte einen Unfall«, sagte Shirley außer Atem. »Rufen Sie lieber mal einen Krankenwagen.«

Mit einem Nicken verschwand der Mann.

Sie näherte sich dem Wagen und sah in die Fahrerkabine. Roy Farrow saß dort, unverletzt, die Hände noch am Lenkrad, das Gesicht kreidebleich. Er stierte vor sich hin, so, als würde er immer noch den Wagen steuern.

»Alles okay?«, fragte Shirley.

Sie musste die Frage dreimal wiederholen, bevor er sie überhaupt zur Kenntnis nahm. Langsam drehte er ihr den Kopf zu. »Die Frau«, krächzte er.

Shirley sah sich um. Die Frau war verschwunden, wahrscheinlich hatte sie so schnell wie möglich das Weite gesucht, nachdem sie begriffen hatte, wie knapp es gewesen war. »Ihr fehlt nichts. Sie haben sie nicht überfahren.«

»Gott sei Dank«, sagte er. »Ich dachte, ich hätte sie erwischt.«

»Ich weiß, aber dem ist nicht so. Sind Sie verletzt?«

»Nein«, sagte er. »Die Milch?«

Shirley wusste im ersten Augenblick gar nicht, was er meinte. Dann ging sie nach hinten und besah sich den Schaden im Laderaum. Es sah so aus, als wäre jede einzelne Milchflasche zersplittert. Jeder Kasten war voller Scherben, Milch sickerte aus dem Fahrzeug und auf die Fahrbahn.

Auch das hatte Mallet AM vorhergesagt.

»Über die Milch müssen Sie sich jetzt keine Gedanken machen, okay?«

Shirley blieb bei Roy, bis der Krankenwagen eintraf. Irgendwann floss keine Milch mehr aus dem Laderaum. Die Sanitäter untersuchten den Fahrer und fanden nichts, meinten aber, angesichts seines Alters wäre es angeraten, sich im Krankenhaus durchchecken zu lassen. Roy wiegelte verärgert ab. Mittlerweile hatte er sich von dem Schock erholt. »Ich muss mich um das Chaos hier kümmern!«, blaffte er und deutete zum immer noch rauchenden Fahrzeug.

Der Großteil der Anwohner war mittlerweile erwacht und beobachtete die Szene. Fenster wurden gekippt, Rollläden hochgezogen, einige Haustüren standen offen. Eine junge Frau mit pausbäckigem Baby sah aus einem Fenster. Ein Kind in Schuluniform starrte unverhohlen zu ihnen herüber, während sein Dad den Wagen vorfuhr. Ein Mann in braunem Trenchcoat und einer Schiebermütze beobachtete alles oben von der Straße.

Moment …

Ein Mann in …

Aber Shirley wurde von den Sanitätern abgelenkt, die um den Lieferwagen einiges Gewese machten, und als sie wieder hochblickte, war der Mann verschwunden. Und mit ihm der Gedanke, den sie nicht mehr richtig zu fassen bekommen hatte.

Shirley verabschiedete sich, als die Sanitäter Farrow fragten, ob er sich was gebrochen habe, und er sie fast flehentlich darum bat, doch wenigstens noch die Milch zu retten. Sie überließ Farrow seinen Sorgen, als eine Nachricht von Marsha eintraf. Über die ganze Mallet-AM-Aufregung hatte sie ganz vergessen, dass sie am Nachmittag die Stickgruppe zu Besuch hatte. Marsha fragte an, ob sie wirklich nichts mitbringen solle. Shirley antwortete lapidar, dass sie keine Hilfe brauche, und hoffte insgeheim, ihr aggressives Tippen beim Verfassen der Nachricht würde ebenfalls mit übertragen. Aber Marsha hatte sie in der Tat daran erinnert, endlich aufzubrechen.

Als sie losging, fühlte es sich an, als würde sie sich von einem Traum entfernen – einem Traum, vor dem sie gewarnt worden war. Viel zu viele Fragen blieben offen: Was war Mallet AM? Wer war der Radiomoderator? Wo lag der Sender? Und dann die wirklich wichtigen Fragen: Wie konnte das alles sein? Woher wusste Mallet AM von Ereignissen, bevor sie geschahen? Konnte derjenige, der dahinterstand, wirklich in die Zukunft sehen?

Wie hoch war die Wahrscheinlichkeit, zwei Ereignisse in allen Einzelheiten, unter Beachtung Tausender von Variablen, richtig vorherzusagen? Hundertprozentig richtig. Allein ein richtiges Ereignis mit allen Unwägbarkeiten war schon seltsam genug. Seb Starith und seine Leitereskapade hätte den meisten wahrscheinlich völlig gereicht, um daran zu glauben. Aber sie hatte ein zweites Zeichen benötigt, und, Junge, Junge, sie hatte es bekommen, auf Kosten des armen Roy Farrow und der mühseligen Arbeit eines halben Dutzend Kühe.

Trotzdem war Shirley noch nicht restlos überzeugt.

Während sie durch den schmalen Durchgangsweg humpelte, zurück zu ihrem Bungalow, wünschte sie sich, Gabe würde sie auf ihren Spaziergängen begleiten, dann hätte sie jemanden, mit dem sie sich unterhalten konnte, um dieses Rätsel zu lösen. Aber sie hatte Gabe nie außer Haus gesehen, wahrscheinlich hätte er ihr auch gar nichts zu sagen. Worüber hätten sie reden sollen?

Gabe, der reale Gabe, hätte seine helle Freude daran gehabt. Er hatte *Doctor Who* und alles geliebt, was sich mit dem

Konstrukt der Zeit und ihrer Manipulation beschäftigte. Sein Lieblingsfach in der Schule war Physik gewesen, er hatte sogar einige Bücher zu diesem Thema besessen. Hatte sie die immer noch? Ja, dachte sie, sie mussten noch da sein, im Gästezimmer, in einem Karton mit Gabes Sachen. Vielleicht wären sie ganz nützlich – zumindest konnten sie nicht schaden.

Gabe wäre begeistert gewesen – ein Radiosender, der die Zukunft vorhersagte. Was für ein Ding! Fantastisch! Aber der rationale Teil ihres Gehirns musste die relevanten Fragen stellen.

Sie befand sich hier in der Wirklichkeit. Solche Dinge gab es da nicht.

Bis es sie doch gab, entgegnete der launige Teil ihres Gehirns.

Nein, in der Wirklichkeit gab es so etwas nicht. So etwas geschah nur in Science-Fiction-Filmen – falls, und es war ein großes FALLS, es denn wirklich so war. Und irgendwo in ihrem Hinterkopf spukte ihr der Gedanke herum, dass alles ein ausgeklügelter Schwindel war.

Aber ein Schwindel für wen? Und aus welchem Grund? Soweit sie wusste, war bislang niemand auf Mallet AM gestoßen – warum also sie? Warum sollte sie reingelegt werden? Es hatte doch niemand etwas davon, es war kein Geld aus der Sache zu schlagen – außer der Moderator fragte sie beim nächsten Mal, wenn sie zuhörte, nach ihren Kreditkartendaten. Ein Schwindel, bei dem ein Milchwagen zu Schrott gefahren wurde und ein alter Mann sich das Steißbein gestaucht hatte. Wirklich, wer hatte heutzutage für so etwas Zeit?

Nein, ihr Bauchgefühl, auch wenn auf ihren Bauch nicht mehr viel Verlass war (sie musste Medikamente nehmen, damit er noch funktionierte), sagte ihr, dass sie die Sache zumindest ernst nehmen sollte. Es geschah wirklich, das ließ sich nicht leugnen. Sie hatte sich das nicht nur eingebildet, sie hatte sich nicht irgendwas zusammenfantasiert.

Also, dachte sie, als sie in ihre Straße einbog, lief es auf eine ganz simple Frage hinaus. Eine, an der sie lange würde zu knabbern haben.

Glaubte sie tatsächlich, dass jemand in die Zukunft sehen konnte?

01.08

Chester-le-Street
Freitag, 12. Februar 2021
15.30 Uhr

Die Sandwiches waren gemacht, der Tee zubereitet, serviert wurde alles im hübschen Porzellan, das sie für besondere Anlässe aufsparte – und natürlich, wenn Marsha Thompson anrückte. Gefühlt hatte Shirley seit ihrer Rückkehr ununterbrochen Sandwiches mit Butter bestrichen, in Wirklichkeit hatte sie aber intensiv nachgedacht. So intensiv, dass ihr erst nachher aufgefallen war, dass sie wirklich jede Scheibe im Haus mit Butter bestrichen hatte. Also stapelten sich die Sandwiches jetzt auf der Servierplatte, dem Hochzeitsgeschenk einer Freundin, mit der sie schon lange nichts mehr zu tun hatte. Der Sandwichberg war so hoch, dass es für jede aus der Stickgruppe im Durchschnitt sechs Dreiecke gab. Höchstwahrscheinlich würde Shirley sich auch noch nächste Woche an Lachs- und Gurkensandwiches erfreuen können.

Die Damen der Stickgruppe waren im Wohnzimmer versammelt, wohin sie die Sandwichplatte und die Platte mit der Zitronentarte von Marks and Spencer zu balancieren versuchte. Gabe, in der Küche an die Wand gedrückt, beäugte sie aus der sicheren Ecke. Sie warf ihm einen vernichtenden Blick zu – wenn er ihr doch bloß helfen könnte. Was würde sie dafür geben, Marsha zu sehen, wenn sie beim Nachmittagstee von einer Geistererscheinung bedient würde.

Shirley gab es auf, stellte die Tarte wieder zurück und brachte die Sandwiches ins Wohnzimmer. Dort ging es ausnahmsweise laut und lebhaft zu. Shirley hatte die Küchenstühle dazunehmen müssen, damit alle Platz fanden. Sie waren alle um den Fernseher versammelt, wo nach Marshas Anweisung eine aufgezeichnete Folge von *The Chase* mit heruntergedrehter Lautstärke lief. Die Gruppe bestand aus vier alten Ladys und einer vergleichsweise jungen alleinerziehenden Mum.

Die junge Mutter war Sandy, sie war, um exakt zu sein, neunundzwanzig Jahre alt und etwa ein Jahr zuvor mit ihren Nadeln im Gemeindezentrum aufgetaucht. Sie brauche eine Auszeit von ihrem Neugeborenen und wolle ein paar Stunden mit gleichgesinnten Frauen verbringen. Sie nahmen sie mit offenen Armen auf, auch wenn Marsha ihre Vorbehalte gegen alle, die mehr als zwanzig Jahre jünger waren als sie, überdenken musste.

Sandy hatte frischen Wind in die Gruppe gebracht – eine unabhängige, jugendliche Frau, die das Herz am rechten Fleck hatte. Shirley hatte Sandy sogar zum Krankenhausfunk überreden können, wo sie jetzt am Samstagabend das Wunschkonzert machte. Besonders gefiel es ihr, wenn Sandy ihren Sohn mitbrachte, Rex, einen moppeligen Zweijährigen. Auch wenn Shirley es anderen gegenüber niemals zugegeben hätte, aber Rex' Anwesenheit war ihr allemal lieber als die ihrer eigenen Enkelkinder. Heute war er nicht mit dabei. Sandy war allein gekommen, saß unter ihnen, wirkte völlig übermüdet und gestresst, aber überglücklich. Shirley mochte sie sehr.

Die anderen vier – Marsha, Edna, Deirdre und Colleen – entsprachen exakt dem Stereotyp, über das sich alle in fortgerücktem Alter immer beschwerten: nahezu Karikaturen ihrer selbst. Manchmal fiel es Shirley schwer, sich auf sie einzulassen, da ihr deren Leben so öde erschien – was sie aber nur daran erinnerte, dass ihr eigenes Leben ebenso öde war. Gleiches galt für die Gespräche: Ednas Mann musste sich wieder an der Hüfte operieren lassen, Colleens Nachbarn waren mal wieder zu laut, Deirdres Hörgerät spielte mal wieder verrückt und gab nur Vokale und ganz stark betonte Konsonanten wieder. Doch eine stellte alle anderen in den Schatten: die selbsternannte Anführerin der Gruppe.

Marsha Thompson war der alte Dragoner, der eine ganze Armee befehligen konnte, von einem kleinstädtischen Frauenkränzchen ganz zu schweigen. Obwohl sie sich in Shirleys Haus befanden, hatte sie ganz klar das Sagen. Sie war fünfundachtzig Jahre alt und hatte keinerlei Hemmungen, einen daran auch zu erinnern, vor allem, wenn man jünger war als sie. Was nun mal auf die meisten anderen zutraf.

Als Shirley die Sandwiches auf dem Beistelltisch anrichtete, den sie nur unter großen Mühen in die Mitte des Zimmers gerückt hatte, ergriff Marsha sofort den Teller und platzierte ihn dorthin, wo er ihrer Meinung nach zu sein hatte. Shirley hatte nichts dagegen, aber nach der dritten Runde, nach dem sie die Tarte, Teetassen, Kuchenteller und das Besteck geholt hatte, sah Marsha sie erwartungsvoll an, als sollte oder müsste noch mehr kommen.

Shirley sah ihr fest in die Augen, als sie sich in ihrem Sessel niederließ und die Beine übereinanderschlug, sich mit einer Hand ein Sandwich griff und mit der anderen die auf der Lehne abgelegte Stickarbeit. Sie versuchte sich alle Gedanken an Mallet AM und übernatürliche Vorstellungen wie die Vorhersage der Zukunft aus dem Kopf zu schlagen und sich wieder in die Unterhaltung einzufinden.

Was nicht schwer war.

»Dieser Bradley Walsh, der ist doch so was von nett«, sagte Colleen und versuchte gleichzeitig zu sticken und dem

Fernsehprogramm zu folgen. »Habt ihr den Ausschnitt gesehen, wo er sich vor Lachen gar nicht mehr einkriegt?«

»Das erzählst du jede Woche, Col«, raunzte Marsha. »Und die Antwort lautet ja. Ja, er ist ziemlich nett.«

Shirley sagte nichts. Marsha erinnerte sie sehr an Bob. Sie war ausfallend, rüpelhaft, herrisch. Aber sie hatte etwas an sich, was in einem den Wunsch weckte, sie zu beeindrucken. Sogar Shirley spürte das – auch wenn sie die Alte schon vor langer Zeit durchschaut hatte.

Marsha nahm sich ein Sandwich von dem Stapel, legte es auf ihren Teller, nahm die obere Toastscheibe weg und beäugte den Belag. Er schien als annehmbar durchzugehen.

Colleen verstummte und widmete sich schweigend ihren beiden Tätigkeiten.

Unbehagliches Schweigen machte sich im Zimmer breit, durchbrochen nur von Bradley Walsh, der jemanden zu Beethoven – wohlgemerkt, nicht den Komponisten, sondern die Hundefilme – befragte.

»Na, wie geht es euch?«, fragte Shirley, um die unlösbare Spannung zu lockern.

Hier und dort Gemurmel, dann wieder Schweigen.

Shirley sah zu Sandy und fing ihren Blick auf. »Ähm, gut, danke«, antwortet Sandy. »Gut geht es mir.«

»Was machst du denn gerade so?«

»Ach, ich sticke einen Flicken auf Anthonys Arbeitshemd«, erwiderte Sandy. »Schau.« Sie hielt das Hemd hoch. Sie hatte einen kleinen neonfarbenen Flicken am linken Ärmel eines grässlich blauen Hemds aufgestickt. »Der Spruch lautet: Einen schönen Tag noch.« Sie lächelte allen zu.

Edna spähte durch ihre Brille. »Machst du das, damit er es sieht und sich daran erinnert, dass er einen schönen Tag haben soll, oder soll damit anderen gesagt werden, dass sie einen schönen Tag haben sollen?«

»Hä?« Sandy zog den Flicken zu sich heran und betrachtete ihn lange. »Vielleicht beides?« Sie starrte vor sich hin, als wäre ihre gesamte Sicht auf die Welt auf den Kopf gestellt worden. Der Preis für Sandys großes Herz schien ein etwas kleineres Hirn gewesen zu sein, aber die junge Frau war liebenswert und harmlos.

Edna hielt ihren Stickrahmen hoch und verkündete stolz: »Ich sticke einen Kanarienvogel.« Edna gehörte mindestens so lange der Gruppe an wie Shirley und hatte noch nie etwas anderes gestickt als Kanarienvögel. Selbst als die Gruppe einmal eine Gastvortragende eingeladen hatte, um von ihr in der Kunst der Stickerei unterrichtet zu werden, und ihnen die Aufgabe gestellt wurde, einen hawaiianischen Strand zu sticken, war ihr Strand mit urlaubenden Kanarienvögeln bevölkert.

Marsha mokierte sich lautstark, sodass sich alle Aufmerksamkeit wieder auf sie richtete, die Marsha aber, als wäre sie ein die Sonnenstrahlen reflektierender Spiegel, sogleich auf Shirley umleitete. »Ich würde gern wissen, was diese Woche mit unserer Ms Steadman los ist? Das scheint mir doch ziemlich schludrig zu sein, du stickst ja bloß eine gerade Linie.«

Shirley sah auf ihre Arbeit. Es stimmte, genau das tat sie. »Das ist … ähm … eine sehr unbewegliche Schlange.«

Colleen prustete vor Lachen, allerdings wurde nicht klar, ob wegen Shirley oder eines zeitgleichen Bradley-Walsh-Kommentars.

»Was ist los mit dir?«, fragte Marsha in einem Ton, der ihr Vergnügen darüber kaum verbergen konnte.

»Es ist nur …«, begann Shirley. Das Alter würde als Entschuldigung wohl am besten herhalten. »Ich hab in letzter Zeit nicht gut geschlafen. Die Hände tun mir weh, wenn ich mich hinlege.«

Sogar Marsha ließ sich zu einem zustimmenden Murmeln hinreißen.

»Bei mir tut immer alles weh, wenn ich mich hinlege«, sagte Colleen. »Manchmal hab ich das Gefühl, ich komme nie wieder hoch.« Sie gackerte, als wäre es ein Witz, aber sie war wirklich die klapprigste unter ihnen. Dass sie nicht mehr hochkam, lag bei ihr durchaus im Bereich des Möglichen. Vielleicht lachte sie deswegen – um sich über ihre Angst lustig zu machen.

»Ich weiß, was du tun musst«, sagte Edna. »Ich mach das jeden Abend. Du weichst fünf Minuten lang zwei Waschlappen in heißem Wasser ein, und wenn du ins Bett gehst, steckst du deine Hände da rein. Das ist wie eine Wärmflasche für die Gelenke.«

Hut ab, dachte Shirley. Das erschien ihr wirklich eine tolle Idee zu sein. Sie wollte nachfragen, aber Edna war schon beim nächsten Thema angelangt, als hätte sie ihr Heilmittel für das besagte Zipperlein bereits wieder völlig vergessen.

»Habt ihr das von Sebastian Starith gehört?«, fragte Edna und war mit dem Einfädeln beschäftigt, indem sie sich Nadel und Faden dicht vor die Augen hielt. Edna berichtete vom Vorfall vor Starith' Bäckerei, erstaunlicherweise stimmten die meisten Details sogar. Edna erzählte Geschichten oft grundlegend anders, als sie sich ereignet hatten. Manchmal fügte sie dem Geschehen sogar einen Kanarienvogel hinzu.

Shirley hörte aufmerksam zu, enthielt sich aber jeglichen Kommentars. Erst als sie darauf angesprochen wurde, ob sie die Geschichte schon von Edna gehört hatte, sagte sie: »Ach, ich hab sie in den Nachrichten aufgeschnappt.«

Die Frauen sahen zu Shirley. »Aber das ist doch gar nicht in den Nachrichten gekommen.«

»Oh«, murmelte Shirley. Natürlich hatte sie an Mallet AM

gedacht und vergessen, dass das keine richtigen Nachrichten waren. »Dann muss ich mich getäuscht haben.«

Damit gaben sich die anderen zufrieden.

»Ich weiß noch was Besseres«, sagte Colleen. »Habt ihr schon vom Milchmann gehört?«

Im Chor erklang ein »Nein«. Die Neuigkeiten hatten sich offensichtlich noch nicht verbreitet. Colleen erzählte, was am Morgen in der Benthal Street passiert war, so wie sie es von einer dort wohnenden Freundin gehört hatte. Shirley zuckte zusammen, als Colleen eine alte Frau erwähnte, die zum Lieferwagen geeilt war und sich vergewissert hatte, dass Farrow wohlauf war.

»Wer war das denn?«, fragte Marsha.

Shirley sah weg. Sie wusste nicht, warum sie nicht wollte, dass die anderen davon erfuhren, aber genau das wollte sie definitiv nicht.

»Keine Ahnung«, sagte Colleen. »Wahrscheinlich eine von Farrows Verflossenen. Ihr wisst doch, was man sich im Bridge Club über ihn erzählt. Er ist ja schließlich der Milchmann. Der kommt überall rum, wenn ihr versteht, was ich meine.«

Shirley rollte mit den Augen und beschloss, die leeren Tassen einzusammeln.

»Du willst es ihnen nicht erzählen?«, sagte Gabe, der sich immer noch in der Ecke aufhielt, als sie die Küche betrat.

Shirley stellte die Tassen ab und drehte sich zu ihm um. »Was?«, flüsterte sie. Sie musste leise sein. Wenn die Gastgeberin mit sich selbst redete, wäre das für Marsha ein gefundenes Fressen.

»Du willst ihnen nicht erzählen, dass du da warst, als Farrow gegen den Briefkasten gekracht ist?«, überlegte Gabe. »Das wäre doch ein gutes Gesprächsthema.«

»Wie soll ich ihnen das denn erklären?«, schnaubte Shirley. »Marsha ist ein Klatschmaul. Ich will nicht, dass ganz Chester-le-Street weiß, dass ich da war.«

»Es war ein Unfall«, sagte Gabe achselzuckend. »Ein Unfall, der sich drei Straßen weiter ereignet hat. Wäre doch plausibel, dass du zufällig da warst.«

»Um 6 Uhr morgens?«

»Was weiß ich? Sag ihnen, du hast Moggins ausgeführt. Oder so.«

Shirley sah ihn an, wie sie Gabe oft angesehen hatte – mit einem Blick, der ihn ermahnte, solche Albernheiten zu lassen. Sie füllte den Wasserkocher und schaltete ihn an. Es würde ein langer, anstrengender Abend werden.

Viele Tassen Tee später und mehr Privatfernsehen als in den letzten Jahren zusammen, blies die Gruppe allmählich zum Aufbruch. Marsha machte den Anfang, indem sie aufs Klo ging und in ihrem Mantel und mit Handtasche zurückkam. Edna und Colleen folgten, während Sandy zurückblieb und fragte, ob sie ihr noch beim Aufräumen helfen konnte. Shirley scheuchte sie fort, wusste das Angebot zwar zu schätzen, brauchte es aber nicht.

Sie war froh, dass sie gingen. Sie hatte es kaum erwarten können, sich endlich wieder den wichtigen Überlegungen widmen zu können, außerdem sehnte sich ihr Körper nach dem Bett. Ihre Gäste reihten sich im Flur auf und warteten darauf, von ihrer Gastgeberin nach draußen geleitet zu werden.

Edna und Colleen waren die Ersten, die sich verabschiedeten und ihr für den Abend dankten. Sie umarmte sie lächelnd. Auf dem Weg nach draußen bemerkte Colleen, dass sie nächste Woche als Gastgeberin dran war, was definitiv interessant werden würde. Denn Colleen wohnte in der Nähe von Pelaw, neben der Church of England School. Shirley wusste noch nicht, wie sie den Berg hochkommen sollte, aber sie würde es schon irgendwie schaffen. Kichernd und schwatzend verschwanden die beiden in der Nacht, zwei Frauen, die so eng miteinander befreundet waren, wie es sich die anderen nie erhoffen konnten.

Marsha war die Nächste. Mit überraschend festem Griff umfasste sie Shirleys beide Arme und sah ihr tief in die Augen. Und schüttelte den Kopf. »Ich hab dich gefragt, ob ich was mitbringen soll. Hab keine Angst, mich um Hilfe zu bitten.« Bevor Shirley etwas darauf erwidern konnte, war Marsha schon durch die Tür. Was auch gut so war. Am liebsten hätte Shirley sie gepackt und ihr ins Gesicht geschrien, wie verdammt lange sie die beschissenen Sandwiches mit Butter bestrichen hatte und wie schwierig es war, mit kaputten Knien den Beistelltisch zu verrücken. Und sie hasste sich selbst dafür, dass sie enttäuscht war, weil Marsha nicht ein nettes Wort für sie übrig gehabt hatte.

Mein Gott!

Zum Schluss kam Sandy mit ihrer übergroßen Handtasche, lächelte sie an und umarmte sie. »Ich möchte dich um einen Gefallen bitten, aber sag mir ehrlich, wenn es dir nicht passt.«

»Natürlich«, antwortete Shirley. Es gab nicht viel, was sie nicht für Sandy tun würde.

»Ich hab ein Problem, morgen Abend im Krankenhaus. Rex macht gerade eine schwierige Phase durch – ich glaube, er zahnt.« Shirley hätte dazu etwas sagen können, war aber viel zu gespannt darauf, was als Nächstes kommen würde. »Ich glaube, ich sollte ihn jetzt nicht allein lassen. Im Moment ist er bei meiner Mutter, sie kann ganz gut mit ihm, nur sehe ich das nicht bei meinem Partner. Er mag es nicht, wenn er bei seinem Yoga der Stille von Rex unterbrochen wird.«

»Ja, ein Problem mit Kleinkindern«, sagte Shirley.

»Jaaa«, sagte Sandy und zog das Wort in die Länge. »Also

dachte ich mir, na ja, weil es so aussieht, als hättest du immer Zeit, du bist ja allein und so, ob du nicht für mich einspringen und meine Schicht übernehmen könntest. Ich verspreche dir auch, ich frag dich das nie wieder, und wenn ich mal für dich eine Schicht übernehmen …«

»Schon gebongt«, unterbrach Shirley sie. Sie konnte ihre Euphorie kaum zurückhalten. Alles passte – mal wieder. »Ich freu mich, wenn ich helfen kann.« Nie wurde ein wahreres Wort gesprochen.

Sandy war so glücklich, als hätte sie nicht ein zahnendes Kleinkind, sondern Tickets für *Hamilton* ergattert. Sie schloss Shirley in die Arme und drückte sie. »Danke!« Dann hielt sie Shirley fest und sagte aus irgendeinem Grund: »Ah! Du hast ein hübsches Haus.«

»Danke«, erwiderte Shirley. »Und mach dir keine Sorgen wegen morgen Abend.« Am Samstag war nur Sandy als Moderatorin eingeteilt, Shirley konnte also tun und lassen, was sie wollte. Auch wenn sie nur Studio zwei brauchte, den alten Rundfunkempfänger, den Tisch und die Kopfhörer. 66.40 Mallet AM und seine treue Hörerin.

»Ja«, sagte Sandy und drückte sie noch einmal ganz fest. Sie sammelte ihre Sachen ein und schlüpfte in ihren Mantel, der ebenso unförmig war wie ihre Handtasche und in dem sie wie ein Inuk aussah. Aber hätte Shirley am Morgen so einen Mantel gehabt, wären ihre Knochen vielleicht nicht so durchgefroren. »Bye«, trällerte Sandy und hüpfte winkend durch die Tür.

Shirley sah ihr nach, sah, wie sie das Tor hinter sich schloss, und winkte ihr hinterher. Sie war wirklich etwas Besonderes, auch das Treffen war ganz gut verlaufen. Na ja, natürlich würde sie Marsha jedes Mal am liebsten den Hals umdrehen, aber daran gewöhnte man sich. Und es war interessant zu erfahren, wie Colleen und Edna Dinge sahen, die, so kam es Shirley jedenfalls vor, bereits Jahre zurücklagen. Denn damit wurden sie noch wirklicher – was sie auch waren.

Das alles geschah tatsächlich.

Edna und Colleen und Marsha und Sandy, es gab sie wirklich. Die Gruppe gab es wirklich. Und ihr Leben davor, auch das war wirklich. Aber Mallet AM war ebenso wirklich.

Shirley schloss die Haustür, drehte den Schlüssel um und schob den Riegel vor. Sie war wieder allein. Sie hatte ein Ticket zu Mallet AMs nächster Nachrichtensendung in der Tasche. Fast kam es ihr vor, als gäbe es irgendeinen großartigen Plan, der wollte, dass sie zuhörte.

Moggins kam und strich um ihre Knöchel, froh, dass alle fort waren und er endlich wieder seine Ruhe hatte. Wären nicht ihre Knie gewesen, hätte sich Shirley zu ihm hinuntergebeugt, ihn getätschelt und ihm gesagt, dass sie sich exakt das Gleiche dachte. Sie war erschöpft, und das zurecht, es war 19.45 Uhr, und sie war schon lange auf den Beinen. Für so etwas hatte sie nicht mehr die Energie.

Sie dachte daran, das Radio anzumachen und nach Mallet AM zu suchen, konnte sich aber nicht dazu aufraffen. Die Nachrichten hatte sie wahrscheinlich sowieso schon verpasst, und falls nicht, würde sie unweigerlich auf eine Meldung stoßen, die es genauer zu untersuchen galt, was Tatkraft und Nachdenken erforderte. Sie konnte nicht jeden Tag die Zukunft erfahren – das war nicht ihre Angelegenheit. Aber das bedeutete nicht, dass sie dem morgigen Tag – und dem Tag darauf – nicht aufgeregt entgegensehen würde.

Morgen war morgen, und heute, beschloss sie, würde sie ins Bett gehen, noch ein paar Kapitel vom *Drachenläufer* lesen und Ednas in heißes Wasser getränkte Waschlappen ausprobieren, weil das wirklich toll klang. Moggins miaute, als würde er ihr zustimmen.

Sie beschloss den Abend, indem sie die noch verbliebenen Sandwiches in die Küche trug. Wie vorhergesehen waren etwa zwanzig übrig geblieben. Die Tarte jedoch war bis auf den letzten Krümel weggeputzt. Sie ließ den Abwasch auf der Anrichte stehen – sie wollte sich noch nicht einmal mehr mit dem Geschirrspüler abgeben. Stattdessen widmete sie sich ihrem Zubettgehritual, machte sich ein Horlicks und nahm ihre abendlichen Tabletten aus dem Medizinschränkchen. Mittlerweile waren es sieben Stück. Sie schluckte eine nach der anderen mit einem Schluck Wasser, während das Malzgetränk heiß wurde.

Und dann fiel es ihr wieder ein – die Mail. Sie hatte gar nicht nachgesehen.

Sie holte ihren Laptop, schaltete ihn an und rührte erwartungsvoll in ihrem Horlicks, während das Gerät hochfuhr. Aber bis sie ihr Mail-Programm öffnete, war ihr Optimismus schon wieder verflogen.

Doch dann sah sie, dass eine Mail eingetroffen war. Eine Antwort von The Enigma Files.

Beinahe wäre ihr der Becher mit dem heißen Getränk aus den altersschwachen Fingern gerutscht, als sie vor Aufregung in die Hände klatschen wollte. Vorsichtig stellte sie den Becher ab und klickte auf die Mail.

Zum Glück war die Mail weniger kryptisch als die Website, von der sie sie hatte. Im Gegenteil, der Ton war freundlich und einladend.

Ich bin sehr gespannt. Vielleicht können wir unsere Aufzeichnungen ja vergleichen. Ich bin in 19 Quillback Terrace, Newcastle, NL16 4EQ, zu finden. Jeden Tag außer Dienstag. Jederzeit außer 16 – 18 Uhr. UND NICHT VOR 11 Uhr. – Arnie

Arnie. Dieser Arnie schien über Informationen zu verfügen. Und es sah ganz danach aus, dass er sich mit ihr treffen wollte. Bei sich. Bei ihr schrillten die Alarmglocken, aber sie versuchte sie auszublenden. Es war eine dumme Idee – eine wirklich dumme Idee. Man trifft sich nicht mit jemandem, den man übers Internet kennengelernt hatte – außerdem hatte sie diesen Arnie noch nicht mal kennengelernt.

Aber was, wenn keine unlauteren Absichten dahintersteckten? Er könnte ihr helfen.

Nein. Das Risiko war zu groß.

Sie ließ die Mail im Posteingang – vielleicht würde sie später noch mal darauf zurückkommen, im Moment aber war das Risiko zu groß. Das durfte sie nicht vergessen. Und vielleicht reichte es ja schon, wenn sie wusste, dass es da draußen noch jemanden gab.

Sie stand auf, vertrieb mit einem Lachen das Gefühl, dass sie einer Gefahr entkommen war, obwohl sie doch die ganze Zeit nur an ihrem Esstisch gesessen hatte. Sie musste ihrer Intuition vertrauen.

Langsam holte sie Luft, schaltete das Licht in der Küche aus und ging, mit Moggins dicht auf den Fersen, ins Bett, während ihr toter Sohn nirgends zu sehen war.

01.09

Chester-le-Street
Samstag, 13. Februar 2021
18.30 Uhr

In den Senderäumen herrschte Chaos. Am Freitagabend saßen die Leiter des Krankenhausfunks selbst im Studio. Man hätte meinen können, sie würden das Studio blitzeblank hinterlassen, aber das Gegenteil war der Fall. Überall lagen Klemmbretter mit den Wunschsongs verteilt, der Tisch war mit Zetteln übersät. Platten waren herausgezogen und nicht mehr richtig eingeordnet, der alte Rundfunkempfänger, den Shirley brauchte, stand aus unerfindlichem Grund auf einem Stuhl. Ein einziger Saustall. Und niemand, bei dem sie sich hätte beschweren können.

Sie hatte nicht viel geschlafen. Stattdessen hatte sie wach gelegen, die Hände in den langsam auskühlenden Waschlappen gepackt, und sich gefragt, welche Mallet-AM-Nachrichten sie verpasst hatte. Was hätten sie über den anstehenden Tag enthüllt? Es war unmöglich zu wissen – sie konnte nicht in die Zukunft sehen. Aber sie hatte einen direkten Draht zu jemandem, der das konnte. Darin lag eine immense Macht.

Ihre Gedanken blieben schließlich an der Mail von Enigma hängen. War es ein Fehler gewesen, nicht darauf einzugehen? Vielleicht war es die falsche Entscheidung. Vielleicht auch nicht. Im Moment war das unmöglich zu sagen.

Und den ganzen Tag schon spürte sie einen unbekannten

Schmerz. Ein leichtes Stechen in der Brust, gleich neben dem Herzen – als würde sie von einem Schwert mit tausend Schneiden ständig angestupst. Je länger der Tag sich hinzog, desto tiefer drang das Schwert ein. Am Abend, als sie sich zum Studio aufmachte, waren die Schmerzen beinahe unerträglich. Aber sie ließ sich von ihnen nicht aufhalten. Sie hatte den ganzen Tag im Haus gewerkelt, hatte geputzt und nachgedacht. Sonst hatte sie doch nichts zu tun, außer die Schmerzen zu spüren. Wenn sie zu Hause blieb, wäre es noch viel schlimmer.

Das – und außerdem konnte sie nicht zu Hause bleiben. Sie hatte die Mallet-AM-Nachrichten einmal verpasst, hatte danach nicht schlafen können und ständig darüber gegrübelt, was ihr entgangen sein mochte. Sie wollte die Nachrichten hören. Sie waren was Neues, Aufregendes. Sie könnte die Sache jetzt nicht einfach auf sich beruhen lassen. Die Schmerzen signalisierten ihr, einen Gang zurückzuschalten, aber sie musste weiter dranbleiben, egal, wie heftig sie waren. Wie hieß es? Wenn man tot ist, kann man noch genug schlafen. Früher hatte sie nie verstanden, warum die Leute das sagen, erst jetzt wurde es ihr klar.

Das hier – der Radiosender – war vielleicht die letzte große Sache, die in ihrem Leben noch geschehen würde. Ein Wunder im Nordosten von England. Von dem anscheinend nur sie wusste. Es kam ihr so vor, als teilte sie mit dem Moderator – der Stimme am anderen Ende – ein wunderbares Geheimnis.

Sie stellte ihre Handtasche ab und begann mit dem Aufräumen. Sie brachte den alten Rundfunkempfänger ins Studio zwei und schloss ihn an, damit alles bereit war. Sie setzte den Kopfhörer auf und stellte die Frequenz ein. Mallet AM spielte die gewohnte Musik. Es blieb ihr noch genug Zeit.

Sie sah auf der Tabelle am Anschlagbrett nach, welche Abteilung für das heutige Wunschkonzert dran war. Abteilung 11, Allgemeinmedizin. Sie würde auf die übliche Mischung alter und junger Patienten mit diversen Erkrankungen treffen, die Abteilung war im Grunde der Abladeplatz für alle, die nicht in eine der Spezialabteilungen passten. Sie griff sich ein Klemmbrett und schrieb Abteilung 11 oben auf das Formular, bevor sie das Studio verließ.

Im Vergleich zu den Wochentagen war es sehr still im Krankenhaus. In den Fluren waren weniger Schwestern und Ärzte unterwegs, es war weniger los in den Aufenthaltsräumen, sogar in der Abteilung waren weniger Betten belegt – eine Erleichterung nach den Geschehnissen im dunklen Jahr. Das Krankenhaus war bemüht, übers Wochenende immer so viele Patienten wie möglich zu entlassen, in dem Zeitraum bekamen sie sowieso keine Fachärzte zu sehen.

Selbst mit der Klientel, die unglücklicherweise übers Wochenende dabehalten wurde, war Abteilung 11 in Hinblick auf die Vielfalt der Wünsche viel schlimmer als Abteilung 14. Alle schienen sich ausschließlich Golden Oldies zu wünschen, an denen entgegen der allgemeinen Überzeugung nicht alle Alten Gefallen fanden. Sämtliche Jungen in der Abteilung hatten keine Lust, mit ihr zu reden, und sämtliche Alten wollten viel zu viel mit ihr reden. Natürlich setzte ein weiterer uninspirierter Wunsch der Schwestern allem die Krone auf. Diesmal wollten sie »Shove This Jay-Oh-Bee« von Canibus mit Biz Markie hören. Natürlich lachte sie darüber.

In Gedanken war sie die ganze Zeit bei Mallet AM. Wovon würde der Sender heute berichten – und würde sie es glauben? Ja, wahrscheinlich schon – egal, was käme. Sie musste zurück ins Studio und die Titel vorbereiten, bevor die Nachrichten ausgestrahlt wurden. Sie war überzeugt, alle gewünschten Songs vorrätig zu haben, es sollte nicht allzu lange dauern.

Sie verließ die Abteilung, nicht ohne sich die Hände zu desinfizieren. Bemerkenswert, wie viele das, wenn sie kamen oder gingen, nicht beachteten, selbst nach dem dunklen Jahr. Vielleicht sollte sie beim Wunschkonzert das Thema mal anschneiden.

Oder vielleicht auch nicht – es war ja Sandys Publikum. Sie wusste nicht, wie Sandy mit solchen Dingen umging. Liebend gern hätte sie sich mal eine Sendung von Sandy angehört, wusste aber nicht, wie sie Zugang zum Archiv bekommen konnte – nur Ken Vox' aufgezeichnete Sendungen waren für die normalen Ehrenamtlichen zugänglich. Man hatte ihnen ausdrücklich eingebläut, wenn etwas schiefging, solle man sich einfach immer an Ken Vox halten.

Sandy hatte möglicherweise einen bestimmten Stil, an den ihre Zuhörer gewohnt waren, vielleicht wollten sie gar nicht zum Thema Händedesinfizieren belehrt werden. Sie konnte sich das ja für die eigene Sendung nächste Woche aufsparen. Sie notierte es sich auf einem virtuellen Post-it und klebte es sich ans Hirn, obwohl sie wusste, dass die Klebekraft schnell nachlassen und das Post-it ins Nirgendwo davonflattern würde.

Shirley trat in den Gang im ersten Stock und schlug den Weg zu den Aufzügen ein. Die Schmerzen, die sie den ganzen Tag über gespürt hatte, waren mysteriöserweise verschwunden, nur ihr Atem ging etwas abgehackt. Trotzdem hatte sie den Eindruck, dass sich ihr Körper auf etwas vorbereitete. Oder, wahrscheinlicher, sie war zu beschäftigt, als sich groß um die Schmerzen zu kümmern. Einfach keine Zeit, Mallet AM stand an.

Vor den Aufzügen drückte sie auf den Knopf. Und dann, wie immer, fiel ihr Marsha ein und was sie vor fast einem Monat gesagt hatte. »Wenn du die Treppe nicht mehr schaffst, kannst du gleich abtreten.«

»Du kannst mich mal kreuzweise, Marsha«, flüsterte sie.

Und ging zum Treppenhaus.

Ihr Atem ging immer noch schwer, weshalb sie vor jeder Stufe kurz zögerte. Bald aber hatte sie die Hälfte der Treppe hinter sich. Und dann geschah etwas. Mit einem Mal war ihr unglaublich schwindlig. Sie griff nach dem Geländer und stellte fest, dass ihre Hände zitterten. Sie sollte innehalte, wieder nach unten gehen. Aber sie konnte nicht. Sie konnte ihre Beine nicht mehr bewegen.

Ihr Herz schlug immer lauter, immer lauter, und eine gleichmäßige Wärme breitete sich in ihrer Brust aus. Sie musste weg von dieser Treppe, egal, was passierte. Und jetzt dachte sie wirklich: »Du kannst mich mal kreuzweise, Marsha.«

Weiter nach oben zu steigen kam ihr leichter vor – die Chance, hinzufallen, war geringer. Sie schob die Hand das Geländer hoch und zog sich weiter. In ihrem Kopf drehte sich alles – als würde sie in Disneyland in einer dieser Teetassen kreiseln –, gleichzeitig stand aber auch alles vollkommen still. Der absolute Gegensatz dieser beiden Zustände erfasste sie und drohte sie nach unten zu ziehen, aber sie schleppte sich nach oben, einen Schritt nach dem anderen, bis nichts mehr da war außer ihrem Herzschlag.

Am oberen Ende der Treppe versuchte sie zu lächeln. Sie konnte nicht. Sie konnte eigentlich gar nichts mehr. Jeder Herzschlag war jetzt ein stechender Schmerz, ein Schlag gegen die Brust. Ihre Beine gaben nach, und sie sackte zu Boden. Alles in ihrem Gesichtsfeld verschwamm. Vielleicht, dachte sie noch, war es das nun.

Gerade jetzt, wo alles so interessant geworden wäre.

Die stechenden Schmerzen, die Schläge in ihrer Brust. Der letzte erwischte sie, als sie nicht aufpasste. Sie schrie auf. Und streckte die Arme aus, um nach dem Boden zu tasten.

Sie konnte nicht weg – nicht aus diesem Leben, nicht aus dem Treppenhaus im Chester-le-Street Hospital. Das hieß, dass sie vielleicht ihren Stolz hinunterschlucken musste. Mit letzter Kraftanstrengung, zwischen zwei ohrenbetäubenden Schlägen ihres Herzens, rief sie: »Hilfe!«

Sie hörte nicht, ob sie irgendwas damit bezweckte. In ihren Ohren war nichts als rauschendes Blut.

»Hilfe.«

Ihr wurde schwarz vor Augen. Davor aber sah sie noch, wie sich die Farben im Verschwommenen änderten. Von Schwarz zu Blau. Hellblau. Und ein roter Punkt. »Shirley? Shirley, mein Gott.«

Shirley machte den Mund auf. Und ihr Herz fühlte sich an, als würde es explodieren. Und dann nichts mehr.

Wenn man tot war, hatte man noch genug Zeit zum Schlafen.

Vielleicht war es für sie an der Zeit, sich ins Bett zu begeben.

110

01.10

Chester-le-Street
Samstag, 13. Februar 2021
22.00 Uhr

Ein gleichmäßiges Piepen. Shirley schlug die Augen auf. Die Umgebung gab ihr Bestes, um sich ihr kenntlich zu machen. Verschwommene Umrisse wurden zu richtigen Gegenständen, unangenehme Farben wurden lebendig, ein Gesicht kam ins Sichtfeld. Callie? Das war Callie? Aber was ... wo war sie?

Shirley wollte sich aufrichten, Callie sprang zu ihr und hielt sie zurück. Alles kam ihr vertraut vor, nur der Winkel, in dem sie alles sah, stimmte nicht. Sie lag ... in einem Krankenhauszimmer. Ihr ganzer Körper pochte vor Schmerzen, Schläuche kamen aus ihrem Arm. Neben ihr war ein Gerät – das Piepen –, das ihre Herzfrequenz maß. Zwei Dinger steckten in ihren Nasenlöchern – das hatte sie schon bei vielen Patienten gesehen. »Nein, nein, nein ...«

»Beruhige dich.« Callies Stimme tröstete sie in ihrer Panik. »Alles ist gut. Dir geht es gut. Alles ist in Ordnung.« Auch wenn Callie keine Schwesternuniform getragen hätte, hätte Shirley sofort gewusst, dass sie hier arbeitete. Ihre freundliche, sanfte Stimme verriet lediglich, wie oft sie das alles schon gesagt hatte. Sie setzte sich neben das Bett, das jetzt als ihr, Shirleys, Bett bezeichnet werden konnte, und war so schön wie immer. Ihr herbstlich rotes Haar war zu einem Knoten gebunden und fiel ihr nicht ins sommersprossige jugendliche Gesicht. Wie alt musste sie sein? Anfang dreißig? Mitte dreißig? Sie war immer jünger als Gabe gewesen. Sie sah keinen Tag älter aus als damals, als sie sie zum letzten Mal gesehen – wirklich gesehen – hatte und ihr nicht einfach nur im Krankenhauskorridor über den Weg gelaufen war. Jener Tag im Wintergarten des Hauses in Houghton-le-Spring, als Gabe und Callie ihre letzte, schwere Zeit durchmachten, war seltsam melodisch, farbenfroh gewesen. Eine Zeit, in der alles einfacher gewesen war.

»Callie«, keuchte Shirley und wusste selbst nicht, ob es eine Frage oder eine Feststellung war. Ihr Hals war so trocken.

Die jüngere Frau wusste es auch nicht, sie nickte nur und sagte traurig: »Ja, ich bin's.«

Shirley drehte den Kopf auf dem Kissen und sah sich um. Auf dem Whiteboard über dem Bett stand jetzt ihr Name. Das Feld, in dem der Name der Ärztin oder des Arztes eingetragen wurde, war noch leer, genau wie das Feld, in dem stand, was ihr fehlte. »Was ist passiert?«

»Das wissen wir noch nicht«, sagte Callie. »Ich hab dich im Treppenhaus gefunden, du bist hingefallen. Du hast um Hilfe gerufen, ich hab deine Stimme sofort erkannt und Alarm geschlagen, dann haben wir dich hierhergeschafft.«

»Wo ist hier?« Sie hätte etwas zu trinken vertragen können.

Callie las ihr den Wunsch von den Augen ab. Sie nahm vom Tisch nebenan einen Becher mit einem langen Strohhalm und hielt ihn Shirley hin, die sich den Strohhalm in den Mund steckte und lange trank. Das Wasser war lauwarm, aber das war okay. Es befeuchtete ihre Kehle und belebte sie.

»Du bist im Krankenhaus. Abteilung 11.«

Abteilung 11. Sie nahmen also nicht an, dass ihr was Gravierendes fehlte.

Aber dann sagte Callie: »Die Abteilung war am besten zu erreichen. Und die meisten von der Tagschicht sind sowieso zu Hause, du bist hier also genauso gut aufgehoben wie in jeder anderen Abteilung.«

»Einen Moment …« Shirley fiel etwas ein. Warum war ihr so sehr daran gelegen, heute hier zu sein? Der Radiosender. Das Radio. Der alte Rundfunkempfänger. Ihre Gedanken schlängelten vor sich hin, bis sie ihre Beute gefunden hatten. »Wie spät ist es?«

»Äh …« Callie sah auf ihre Uhr. »Zehn nach zehn.«

Callie redete weiter, aber Shirley hörte nicht mehr zu. Sie hatte die Nachrichten verpasst. Wovon hätten sie handeln können? Welche Zukunft erwartete Chester-le-Street? Sie würde es nie erfahren.

»… ich fürchte also, du wirst über Nacht hierbleiben müssen«, sagte Callie.

»Was?«, rief Shirley ein wenig zu brüsk. Zum einen hatte Callie doch keine Ahnung von Mallet AM oder warum halb acht als Uhrzeit so wichtig war (und keinesfalls zehn nach zehn). Zum anderen war ja nicht Callie schuld daran, dass sie die Nachrichten verpasst hatte, sondern sie selbst. Oder eigentlich ihr Körper.

Es kam ihr so vor, als hätte sie schon lange auf Mallet AM gewartet, auf etwas, das den Rest ihres Lebens lebenswert machte. Und jetzt, da sie es endlich gefunden hatte, war es zu spät. Ihr eigener Körper hatte sie im Stich gelassen – sie konnte mit den Jüngeren nicht mehr mithalten. Zum Teufel, sie konnte noch nicht mal mit Edna oder Colleen mithalten, und die waren fünf Jahre älter sie. Sie freute sich nicht darauf zu erfahren, was ihr hier jetzt blühte.

»Ich hab gesagt«, begann Callie, »zu dieser Nachtzeit ist

kein Arzt mehr da, der sich dein Kurvenblatt ansieht. Aber es scheint dir ja wieder besser zu gehen. Das Personal auf der Abteilung wird nachts ein Auge auf dich haben, und morgen kommt dann ein Arzt und untersucht dich.«

»Nein, nein, nein!«, entgegnete Shirley, diesmal aber genauso entschieden, wie sie es meinte. »Ich werde nicht über Nacht bleiben. Ich muss nach Hause. Ich hab eine Katze. Und morgen ist Sonntag – welcher Arzt kommt schon an einem Sonntag? Mach dich nicht lächerlich.«

»Das ist die Shirley, die ich kenne«, erwiderte Callie mit einem Lächeln. »Mit dem Arzt, das hab ich schon geregelt. Und auf dem Heimweg kann ich kurz bei dir vorbeischauen und die Katze füttern. Und morgen komme ich wieder.«

»Ich bleibe nicht hier.«

»Du musst, Shirley.«

»Nein.«

»Tut mir leid, du musst. Du musst das klären lassen, bevor du daran noch stirbst.«

Shirley grummelte vor sich hin. Callie hatte anscheinend schon alles in die Wege geleitet. Und plötzlich wurde Shirley bewusst, was hier nicht stimmte. Callie. Das stimmte nicht. Dass sie mit Callie sprach – mit der Frau, mit der zu reden sie so große Angst gehabt und bei der sie sich vor allem zu entschuldigen hatte. Die Shirley, die sie kannte – Callies Worte. Die Shirley, die Callie und Gabe gebraucht hätten, die aber nicht da gewesen war, als sie sie gebraucht hatten. Nicht die Shirley, die ihren Sohn in den Tod verabschiedet hatte.

»Callie …«, begann Shirley, doch dann traten ihr Tränen in die Augen, und sie begann zu zittern.

Callie ergriff ihre Hände und schien ganz genau zu wissen, was Shirley durch den Kopf gegangen war. »Schon gut, schon gut, ich bin da.«

Es hatte eine Zeit gegeben, in der Shirley und Callie eng

miteinander befreundet gewesen waren. Als Gabe sie nach Hause brachte – damals, als seine erste Freundin überhaupt –, hatten sie beide sich auf Anhieb verstanden. Sie hatten am Küchentisch gesessen und geredet und Klatsch ausgetauscht, und Shirley hatte sich dabei irgendwie erleichtert und befreit gefühlt.

Bob hatte keine Gäste im Haus erlaubt, nie. Nein, das stimmte nicht ganz. Bob hatte eine Atmosphäre geschaffen, die es Shirley unmöglich machte, andere einzuladen. Er hatte nie ausdrücklich gesagt, dass er niemanden im Haus haben wollte, das war auch gar nicht nötig. Darin war er ausgesprochen gut. Hätte ihn jemals jemand daraufhin angesprochen, hätte er sich immer damit herausreden können, dass er doch kein Wort gesagt habe. Shirley isolierte sich – ja. Aber Bob hatte sie jederzeit im Griff.

Daher konnte sie ihr Glück kaum fassen, als Gabe Callie mit nach Hause brachte. Callie war damals achtzehn gewesen, und Shirley hatte ein wenig von ihrer gestohlenen Jugend nachholen können. Shirley war mit sechzehn mit Bob zusammengekommen – sie hatten sich schon in ihrer Kindheit gekannt. Auch damals schon war Bob herrschsüchtig, hatte es aber hinter einer charmanten, liebenswerten und freundlichen Fassade versteckt. Die hatte er später immer noch, nur zeigte er sie Shirley nicht mehr. Für Shirley war Callie daher ein Rettungsanker, eine Freundin, die ihr wieder ein Leben gab, selbst wenn es nur stellvertretend war. Callie schien sie zu verstehen, ein Gefühl, das auf Gegenseitigkeit beruhte.

»Schon gut«, sagte Callie.

»Du hättest alles für Gabriel getan«, weinte Shirley.

»Das würde ich immer noch tun«, sagte Callie sehr entschieden.

»Ich hätte auch alles für ihn tun sollen. Du hast mehr auf ihn aufgepasst, als ich es jemals getan habe.«

Callie umarmte sie, soweit es mit den Schläuchen und den Geräten möglich war. »Es war nicht deine Schuld. Keiner gibt dir die Schuld für das, was passiert ist. Jedenfalls ich nicht.«

Damit war es heraus. Shirley hatte so lange Angst davor gehabt, dass Callie sie für alles verantwortlich machte – deshalb hatte sie sich all die Jahre von ihr ferngehalten, hatte sich abgewandt, wenn sie sie sah, hatte den Kopf gesenkt, wenn sie sich im Gang begegneten. Jetzt wurde ihr klar, dass sie vielleicht gar nicht Angst gehabt hatte vor dem, was Callie von ihr dachte. Sondern vor dem, was sie selbst von sich dachte. Wenn Callie ihr verzieh, sollte sie vielleicht in Erwägung ziehen, sich selbst zu verzeihen.

»Er fehlt mir«, sagte Shirley.

»Mir auch«, sprach Callie in ihre Schulter. »Mir auch.«

Sie hielt Shirley im Arm, bis sie aufhörte zu weinen. Als Callie wieder auf ihrem Stuhl Platz nahm, sah Shirley, dass sie ebenfalls rote Augen hatte.

»Du solltest jetzt gehen«, sagte Shirley. »Es ist spät.«

»Ach, pfff.« Callie winkte ab. »Zu Hause warten bloß Hühnchenpastete und Wiederholungen von *Mord auf Shetland*. Um ehrlich zu sein, ich sitze lieber hier. Außerdem haben wir eine Menge nachzuholen.«

Das taten sie dann. Shirley erzählte Callie, wie es ihr ergangen war, und Callie erzählte, was sich bei ihr alles ereignet hatte. Callie hatte eine Krankenschwesternausbildung abgeschlossen und absolvierte jetzt neben ihrer Arbeit ein Pflegestudium. Sie wohnte immer noch in Chester-le-Street, war aber nach dem Tod ihrer Eltern nach Waldridge gezogen. Allem Anschein nach war es nicht weit von Shirleys Bungalow entfernt. Ihre Mutter war 2015 an Krebs gestorben, ihr Dad war bald darauf gefolgt; er starb, wie Callie sagte, an gebrochenem Herzen. Sie hinterließen ihr ein ansehnliches Erbe, und sie konnte das alte kleine Haus der Familie verkaufen und etwas Größeres erwerben.

Callie mochte ihre Unabhängigkeit. Sie erzählte nichts von Freunden oder Partnern oder Kindern. Sie wohnte allein, noch nicht mal ein Haustier hatte sie. Trotzdem machte sie einen glücklichen Eindruck. Manche Menschen waren einfach so. Vielleicht, überlegte Shirley, war es für Callie nach Gabe nötig gewesen, erst mal keine Beziehungen mehr einzugehen.

Dann erzählte Shirley von sich und den letzten Ereignissen – nur die häufigen Besuche ihres toten Sohns verschwieg sie. Auch von Mallet AM hatte sie nichts sagen wollen, zu ihrer Überraschung aber plapperte sie fröhlich drauflos. Sie erzählte Callie, wie sie auf den Sender gestoßen war, erzählte von Seb Starith und seiner Leiter, von Roy Farrow und dem Briefkasten und wie sie die beiden Ereignisse bestätigt fand.

Callie saß nur da, hörte aufmerksam zu und behielt ihre Gedanken für sich, bis Shirley am Ende angelangt war.

»Hmm«, sagte sie, »eine interessante Geschichte.«

»Es ist keine Geschichte, es ist wahr.«

»Na ja, ich glaube dir ja, wirklich. Ich versuch nur, alles zu verstehen.« Callie dachte kurz nach. »Und du sagst, beide Vorfälle haben sich exakt so abgespielt, wie es in den Nachrichten berichtet wurde?«

»Ja«, antwortete Shirley. »Auf die Minute. Bis ins kleinste Detail. Seb Starith ist genau dann von seiner Leiter gefallen, als er runterfallen sollte. Eine Frau ist vor den Milchwagen gelaufen und hat dafür gesorgt, dass Roy Farrow ausweichen musste und in den Briefkasten krachte, genau wie er es tun sollte.«

Callie seufzte nachdenklich. »Es muss ein Trick dahinterstecken. Vielleicht war es auch nur ein unglaublicher Zufall. Oder jemand erlaubt sich einen Spaß mit dir.«

»Über das alles hab ich auch schon nachgedacht«, antwortete Shirley. Ständig gingen ihr diese Gedanken durch den Kopf, hielten sie nachts wach und lenkten sie tagsüber ab. »Ich glaube nur nicht, dass es so ist.«

»Wie lautet dann die Alternative?«, fragte Callie. »Dass der Radiosender die Zukunft vorhersagt?«

Shirley musste nicht eine Sekunde nachdenken. »Ja.«

Callie gab einen spöttischen Ton von sich. Shirley konnte es ihr nicht verdenken. »Ich weiß nicht …«

»Ich kann es dir zeigen«, sagte Shirley. »Jeden Abend um halb acht kommen die Nachrichten. Ich kann dich mit ins Studio nehmen, und wir hören sie uns an.«

Callie wirkte nicht unbedingt überzeugt, nickte aber trotzdem. »Okay, treffen wir eine Vereinbarung.« Shirley begriff sofort, warum Callie sich auf das Spiel einließ. »Wenn du mir versprichst, bis morgen hier zu bleiben, verspreche ich dir, dass du morgen noch entlassen wirst, und dann können wir uns diesen geheimnisvollen Sender anhören. Vorausgesetzt, dein Zustand ist nicht gravierend.«

Widerstrebend sagte Shirley: »Ich nehme dein Angebot an. Solange du mir im Gegenzug versprichst, dass dieser kleine Vorfall unter uns bleibt. Du erzählst nichts davon Deena.«

Lächelnd hob Callie die Hände. »Klar. Warum, meinst du, ist sie jetzt wohl nicht hier? Ich hab dafür gesorgt, dass das Krankenhaus sie nicht verständigt.«

Shirley wurde von einer Woge der Zuneigung für die junge Frau – die im Grunde doch eine Fremde hätte sein sollen – regelrecht überschwemmt. Durch Gabe waren ihre Schicksalswege miteinander verknüpft. Auch dafür musste sie ihrem Sohn dankbar sein.

Callie beugte sich über sie und nahm wieder ihre Hand. »Alles wird gut werden«, sagte sie. Sie meinte es ehrlich, wie

Shirley erkannte, als sie deren hübsches Gesicht betrachtete. Also wollte sie Callie glauben. »Morgen komme ich wieder.«
Shirley nickte. »Gut.«

Callie erwiderte das Nicken und bat um die Erlaubnis, Shirleys Haustürschlüssel aus der Handtasche zu nehmen. Nach einigen Anweisungen, was Moggins gern zum Abendessen zu sich nahm (ein halbes Päckchen Nassfutter, mit einem Löffel zerkleinert, dazu ein bisschen Trockenfutter, das mit warmem Wasser vermischt wurde), ließ sie Shirley allein.

Das Zimmer hatte nichts Einladendes, es war kalt. Das Bett war klumpig und hart. Zehn Minuten nachdem Callie sich verabschiedet hatte, kam eine Schwester und notierte sich einige Daten vom EKG-Gerät, dann schaltete sie das infernalische Piepen ab. Sie fragte Shirley, ob sie das Licht ausmachen solle. Ja, sagte Shirley, aber ob sie noch den Fernseher und das Radio in ihre Richtung drehen könne? Das machte die Schwester, dann ging sie.

Shirley tippte auf das Display des kleinen Plastikapparats. Der ging an, auf dem Display erschien die verpixelte Version des Krankenhaus-Logos. Sie hatte nie geglaubt, dass sie diesen Quatsch würde einmal selbst abziehen müssen, aber dann griff sie zum Telefonhörer, der zu dem ganzen Kram gehörte, und wählte die Nummer, die sie sich schon eingeprägt hatte, noch bevor sie ihre Einweisung in den Krankenhausfunk abgeschlossen hatte.

»Hallo, kann ich bitte das Multimedia-Terminal aktivieren?« Sie nannte ihren Nachnamen und ihre Postleitzahl, verweigerte aber die Nummer ihrer Kreditkarte, für die sie virtuelle Kreditpunkte bekommen hätte. Wollte man fernsehen, brauchte man diese Kreditpunkte, daran aber war sie nicht interessiert. Sie wollte bloß das Radio.

Sie legte auf und musste einige Minuten warten, bis sich

das Logo auf dem Display zu einem Menü auflöste. Sie drückte auf das Radio-Tastenfeld und setzte sich den kleinen Plastikkopfhörer auf. Er war sehr unbequem.

Die Stimme von Ken Vox drang an ihre Ohren. Sie hatte seine einschmeichelnde Stimme schon immer als zu quietschig empfunden. Nachdem er sich zu Höherem berufen gefühlt hatte, hätte es ihr eigentlich egal sein können, aber er war immer so entsetzlich von sich selbst eingenommen gewesen. Im Moment unterhielt er sein Publikum mit der Geschichte einer Hochzeit, bei der der Sänger abgesagt hatte und er kurzerhand auf die Bühne getreten war und ein volles fünfstündiges Programm durchgezogen hatte. Sie hatte die Story so oft gehört, dass sie sie wahrscheinlich besser erzählen konnte als er. Was für ein grässlicher Egozentriker, dieser Kerl. Sie selbst hielt ihre Arbeit im Studio für nicht sonderlich wichtig, Ken aber hatte daraus immer eine große Nummer gemacht. Auf Sendung hatte er immer so getan, als würde er zur ganzen Welt sprechen. Er hatte sogar einen Namen für seine Fans – Voxxers. Und das im Krankenhausfunk, wo die Hörerschaft mit aller Wahrscheinlichkeit nicht länger als zwei bis drei Wochen blieb.

Mit größtem Vergnügen schaltete sie Vox aus. Das Radiomenü mit den voreingestellten Sendern kam zum Vorschein. Es waren die üblichen – Radio 1, Radio 2, Radio 3, Metro, Sun FM etc. Sie ging auf Sendersuche und versuchte Mallet AM zu finden. Sie machte sich keine großen Hoffnungen – das Signal musste unglaublich schwach sein, denn sämtliche Geräte in der Abteilung wurden vom selben System gespeist, für das die Sendeleistung von Mallet AM nicht ausreichen dürfte.

Sie drückte auf die Plastikknöpfe und brauchte über eine Minute, bis sie bei 66,40 war. Sie hörte nur Rauschen, aber dann … Ein Musikfetzen mühte sich durch das Chaos. Die übliche Kaufhausmusik, die, vermischt mit dem Rauschen, einen fürchterlichen Mix ergab. Dennoch war sie auch vertraut und einlullend. Als wäre Shirley zu Hause.

Seitdem sie in ihren Bungalow gezogen war, hatte sie nirgendwo anders geschlafen als in ihrem eigenen Bett, sah man von den Nickerchen ab, die sie nachmittags im Wohnzimmer vor *Countdown* abhielt. Kein einziges Mal hatte sie über Nacht im Krankenhaus bleiben müssen, niemals. Als Bob seinen ersten Schlaganfall hatte, musste er die Nacht im Krankenhaus verbringen, aber sie war nach Hause gegangen und hatte ihre Freiheit genossen. In der Nacht hatte sie wie ein Baby geschlafen. Leider hatte man ihn bereits am nächsten Tag wieder entlassen.

Nur die seltsame Stille war sie nicht gewohnt. Es war still, aber nicht leer. Die Atmosphäre wirkte wie aufgeladen – als könnten sich jeden Moment die Geräte von selbst anschalten. Wollte sie einschlafen, würde sie jedes Hilfsmittel brauchen, das sie bekommen konnte, daher ließ sie den Kopfhörer auf.

Nachdem sie die Fernbedienung für das Bett entdeckt hatte, senkte sie langsam das Kopfteil ab. Und als sie endlich eine halbwegs bequeme Position gefunden hatte, schob sie das Kopfkissen hin und her und streckte sich. Die Kaufhausmusik verstummte, zwei Minuten später fing sie wieder an. Das Rauschen schwoll an und ab, manchmal wurde es stärker, manchmal verebbte es. Wie Wellen am Strand.

Sie schloss die Augen. Der heutige Tag war nicht ganz nach Plan verlaufen. Sie hoffte, die Patienten, deren Wünsche sie zusammengetragen hatte, wären nicht zu sehr darüber verärgert, dass das Wunschkonzert nicht wie geplant hatte stattfinden können. In ihrer nächsten Sendung würde sie sich entschuldigen, auch wenn sie nicht sicher sein konnte, dass einer von denen, die sie heute aufgesucht hatte, dann noch da war. Sie würde es mehr für sich tun. Außerdem beunruhigte es sie, dass sie Sandy im Stich gelassen hatte – auch wenn sie wusste, dass die junge Mutter untröstlich wäre, wenn sie sie jetzt so sehen könnte, und ihr sofort verzeihen würde.

Sie versuchte sämtliche Gedanken auszublenden und sich auf das Rauschen und die Musik zu konzentrieren. Warum sich den Kopf zerbrechen über das, was auf der Treppe passiert war? Warum sich den Kopf zerbrechen wegen der Zukunft, die sie verpasst hatte, oder wie Moggins reagieren würde, wenn eine fremde Person ihm seinen Mitternachtssnack gab? Das alles lohnte sich nicht. Es lohnte sich nicht, sich Sorgen zu machen. Punkt.

Sie kam zur Ruhe.

Und bald wurde aus der Ruhe Schlaf.

Alles war gut, bis …

Sie träumte vom vorigen Tag, einer alternativen Vergangenheit, in der sie die Damen der Stickgruppe zur Tür hinauskomplimentierte und das Radio im Wohnzimmer anschaltete. Sie saß in ihrem Sessel und hörte zusammen mit Gabes Geist und Moggins auf dem Schoß die Nachrichten von Mallet AM. Alltäglicher Kleinkram, bis der letzte Punkt angesprochen wurde. »Und zum Schluss haben wir noch eine traurige Nachricht zu vermelden. Heute Abend, 13. Februar 2021, um 19.04 Uhr, brach Shirley Steadman auf der Treppe des Chester-le-Street Hospital zusammen, wo sie ehrenamtlich für den Krankenhausfunk arbeitet. Noch ist unklar, was sich genau ereignet hat, aber Steadman verbleibt bis auf weiteres im Krankenhaus. Die Aussichten stehen nicht gut.«

Der Traum endete in Dunkelheit und im Ungewissen.

01.11

Chester-le-Street
Sonntag, 14. Februar 2021
Morgenstunden bis 15.30 Uhr

Valentinstag. Er hatte für Shirley kaum noch eine Bedeutung. Für sie war es nur ein Tag, an dem andere Bilanz zogen und daran erinnert wurden, sich einander zu sagen, dass man sich liebte. Auf der Station drängten sich Besucher, manche hatten Luftballons und Geschenke dabei. Sie alle gingen an ihrer offen stehenden Tür vorbei.

Sie war um halb fünf morgens aufgewacht und nicht mehr eingeschlafen. Der Kopfhörer war ihr heruntergerutscht, und es war nichts außer der ohrenbetäubenden Stille der Abteilung zu hören gewesen. Jemand war offensichtlich mitten in der Nacht hereingekommen, denn die Tür zu ihrem Zimmer stand weit offen. Sie konnte in den dunklen Gang hinaussehen und manchmal die vorbeieilende Silhouette einer Schwester erkennen.

Minuten kamen ihr wie Stunden vor, Stunden wie Tage. Im Krankenhaus zu sein gehörte zu den schlimmsten Erfahrungen ihres Lebens. Es war ein nutzloses Dasein. Sie konnte nur hier liegen. In der Luft hing ein seltsamer Geruch – es roch leicht nach Medizin, aber auch nach Essen. Die Mischung war ein Angriff auf ihre Nase.

Schließlich, um halb sechs, war eine Schwester gekommen und hatte das EKG-Gerät abgelesen. Als sie sah, dass Shirley wach war, ließ sie sie einen Fragebogen zu ihrem Befinden ausfüllen. Es gab keine Möglichkeit, »schnarchlangweilig« anzukreuzen. Die Schwester brachte ihr altbackenen Toast mit geschmackloser Marmelade und einen Pappbecher mit Tee. Shirley aß und trank mit so viel Begeisterung, wie es die Situation zuließ.

Vor Langeweile vergaß sie fast, warum sie überhaupt hier war. Sie fühlte sich absurd gesund. Sie zog die blöden Schläuche aus der Nase – die brauchte sie nicht, sie machten ja eh nichts. Hätte sie nur nicht um Hilfe gerufen, als sie zusammengebrochen war. Vielleicht hatte sie nur kurzzeitig das Bewusstsein verloren und sie wäre auf der Treppe wieder aufgewacht und hätte einfach mit ihren Vorhaben weitermachen können.

Nur ein Gutes hatte die ganze Situation – sie hatte wieder mit Callie Kontakt, ein unschätzbares Geschenk. Nicht nur das, sie hatte auch jemandem von Mallet AM erzählt. Selbst wenn Callie ihr nicht glauben sollte, tat es gut, mit jemandem darüber reden zu können.

Shirley wusste, dass es ein langer Tag werden würde, noch bevor sie den sich ewig hinziehenden Vormittag durchlitten hatte. Ihre kleine Hoffnung, gleich einen Arzt zu sehen, wurde zunichtegemacht, als eine Schwester hereinkam und verkündete, die sonntägliche Visite finde immer nachmittags statt. Sie schien bester Laune zu sein, als wären das nicht die schlimmsten Neuigkeiten überhaupt, was in Shirley den Wunsch weckte, ihr mit ihrem Stock eins überzubraten. Hätte sie doch bloß ihren Stock mit dabei und die Kraft, ihn zu schwingen. Aber das Krankenhaus schien ihr alle Energie zu rauben. Sie fühlte sich ans Bett gefesselt – als würden die Schläuche in ihrem Arm (die mit einem Fusionsständer verbunden waren, wie sie erst bemerkte, als die Schwester hinters Bett griff, um den Beutel zu wechseln) Gift in sie hineinpumpen und keine Flüssigkeiten, die sie wach und munter hielten.

Um Mittag kam eine andere Schwester, entfernte ihr die Nadel im Arm und nahm den Fusionsständer mit, was Shirley für ein gutes Zeichen hielt. Dennoch war es ihr peinlich, als sie die Schwester erkannte. Denn es war die Schwester, die sie am Abend zuvor getroffen hatte – diejenige, die sich mit einem Lachen »Shove This Jay-Oh-Bee« gewünscht hatte. Die Schwester nahm den Beutel und die Kanüle weg, ohne sie auch nur anzusehen, schließlich fiel ihr Blick doch noch auf Shirleys Gesicht. Die Schwester wirkte verwirrt und sah sich um, als hätte sich jemand mit ihr einen Spaß erlaubt.

»Waren Sie …« Die Schwester stolperte über die Worte. »Waren Sie nicht …?«

Shirley ließ der Schwester ihre Verwirrung. Der Tag wollte kein Ende nehmen, sie brauchte wenigstens ein klein bisschen Unterhaltung. Schließlich ging die Schwester und sah sich ein letztes Mal zu Shirley um. Shirley lachte. Manchmal waren es die kleinen Dinge.

Nach einem schrecklichen Mittagessen mit einer undefinierbaren Pasta tauchte endlich der Arzt auf. Er war jünger als Gabe zum Zeitpunkt seines Todes. Jeder schien mittlerweile immer jünger und jünger zu werden und in immer höhere Positionen aufzusteigen. Wenn das so weiterging, würde in ein paar Jahrzehnten das ganze Land von Kleinkindern regiert. (Manche würden sagen, das sei sowieso schon der Fall.) Manchmal war Shirley froh, dass sie dann schon tot sein würde und das Tohuwabohu nicht mehr mitansehen musste.

Der Arzt war ein großer, relativ schlaksiger, jungenhafter Mann mit eckiger Brille, der sich sehr beherzt gab. Ganz eindeutig musste er sich gegenüber seinen älteren Kollegen beweisen, was für sie persönlich nichts Gutes verhieß. In seinem abgehetzten Zustand wirkte er fahrig, ja geradezu verwirrt.

Callie erschien, bevor er ihr seine Neuigkeiten, die schlechten wie die guten, mitteilen konnte. Shirley brauchte einige Zeit, bis sie kapierte, dass Callie darum gebeten haben musste, zur Visite gerufen zu werden. Sie setzte sich auf einen Stuhl neben Shirleys Bett und hielt ihr die Hand – legte ihre weiche, glatte in Shirleys alte, runzlige, raue Hand. In Callies Gesicht war etwas, ein sorgenvoller Ausdruck, der zuvor nicht da gewesen war. Shirley wollte nicht darüber nachdenken, was er zu bedeuten hatte.

»Ich bin Doktor Graham Turner«, sagte Dr. Graham Turner und musste sich die Brille wiederholt auf der Nase nach oben schieben, weil er so sehr schwitzte. »Ich bin Ihr, ähm, Arzt. Nach unseren Untersuchungen scheinen Sie letzten Abend ein mildes Herzereignis erlitten zu haben.«

»Herzereignis? Was ist das?«, fragte Shirley.

Callie sah sie an und lächelte traurig. »Ich glaube, Doktor Turner meint damit einen Herzinfarkt.«

»Ja«, sagte Dr. Turner, »das heißt es, leider. Zum Glück war es nicht sehr schwer, das bedeutet aber, die Wahrscheinlichkeit für ein weiteres Herzereignis … äh … einen weiteren Infarkt … ist hoch. Sie werden in Ihrem Leben einige Veränderungen vornehmen müssen, um das Risiko zu verringern.«

»Veränderungen?«, wiederholte Shirley. »Was soll das heißen? Ich rauche nicht, ich trinke kaum. Was soll ich denn ändern?«

Callie sagte es ihr. »Vielleicht solltest du alles ein wenig langsamer angehen lassen.«

»Ja«, sagte der Arzt. »Nehmen Sie den Aufzug, nicht die Treppe.« (*Wirklich, Marsha, du kannst mich kreuzweise,* dachte Shirley.) »Vielleicht sollten Sie sich nicht mehr so viel vornehmen. Sie stehen vor einem komplizierten Lebensabschnitt und …«

»Entschuldigung«, unterbrach Shirley. »Was soll das für ein Lebensabschnitt sein?«

»Ähm …« Dem jungem Arzt schien bewusst zu werden, dass er sich auf dünnem Eis bewegte, er fuhr trotzdem fort. »Dem letzten.«

Shirley gab eine laute Unmutsäußerung von sich und sah ihn missbilligend an.

»Kann ich einen Blick aufs Kurvenblatt werfen?«, sagte Callie und erhob sich. »Ich bin hier Krankenschwester. Callie Brennan.«

Der Arzt reichte ihr wortlos die Mappe, und Callie begann zu lesen, während er sich kopfüber ins selbst aufgestellte Fettnäpfchen stürzte. »In Ihrem Alter ist es wichtig, die eigenen Grenzen zu kennen, und wenn das heißt, auf die eine oder andere Tätigkeit zu verzichten, überhaupt etwas kürzerzutreten, dann ist das keine Schande. Die Schwestern haben mir erzählt, dass Sie ehrenamtlich bei uns arbeiten?«

Der Schwester war also doch noch eingefallen, woher sie Shirley kannte. »Ja, ich arbeite beim Krankenhausfunk.«

Der Arzt schien verwirrt. »Wir haben einen Krankenhausfunk?«

»Ja, und das werde ich nicht aufgeben. Nur über meine Leiche.«

»Ich sage nicht, dass Sie das müssen, vielleicht sollten Sie nur etwas daran ändern.«

»Ändern? Ich werde gleich bei Ihnen etwas …«

»Okay«, sagte Callie und drückte dem Arzt die Mappe an die Brust. »Beruhigen wir uns alle und nehmen uns etwas Zeit. Doktor Turner will nur helfen, auch wenn der Eindruck vielleicht ein anderer ist. Er sagt die Wahrheit, es sieht wirklich so aus, als hättest du einen kleinen Herzinfarkt, wahrscheinlich kam er nur davon, dass du die Treppe genommen hast und nicht den Aufzug. Kleine Veränderungen wie diese können die Wahrscheinlichkeit eines weiteren Infarkts merklich verringern.«

»Ja, so ist es.« Dr. Turner nahm den Faden begierig auf. »Ich habe einige Bücher, die ich Ihnen geben könnte, falls Sie einen Blick reinwerfen wollen.«

Shirley machte ein finsteres Gesicht. »Bücher darüber, wie man mit irgendwelchen Sachen aufhört. Was für ein Spaß.«

Der Arzt blickte Hilfe suchend zu Callie, aber diese sah nicht so aus, als wollte sie ihm beistehen. Also fuhr er fort: »Außerdem haben wir Medikamente, die ich Ihnen gern …«

»Aha«, sagte Shirley sehr laut. »Darum geht es also. Gut, geben Sie mir die Pillen zu denen, die ich eh schon habe, und dann verdünnisieren Sie sich. Ich hab Hämorrhoiden, die älter sind als Sie.«

Callie warf Shirley einen tadelnden, aber amüsierten Blick zu, während sie den Arzt hinausbegleitete, der allerdings das letzte Wort haben wollte. »Wenn Sie wollen, kann ich Ihnen auch eine Hämorrhoidencreme verschreiben …«

»War nur ein Scherz«, hörte sie Callie noch sagen, bevor die Tür geschlossen wurde.

Nun ja. Was soll's, wenn sie einen kleinen Herzinfarkt gehabt hatte? Leute hatten ständig Herzinfarkte, und es ging ihnen gut damit. Sie wollte nicht kürzertreten. Der Krankenhausfunk war doch das Beste an der ganzen Woche, sie musste raus, um sich überhaupt noch am Leben zu fühlen. Was war denn die Alternative? Hier im Bett rumliegen und auf den Tod warten?

Und jetzt konnte sie damit schon gar nicht aufhören. Jetzt, nachdem sie Mallet AM entdeckt hatte. Wenn überhaupt, war jetzt der Zeitpunkt, um noch einen Zahn zuzulegen. Hoffentlich halfen die Pillen, lieber hätte sie einen tödlichen

Herzinfarkt, als sich mit der Idee anzufreunden, »kürzertreten«.

Zehn Minuten später kam Callie zurück. »Okay«, seufzte sie, »ich hab nicht viel aus ihm rausgekriegt, aber du kannst jederzeit gehen, wenn du willst.«

»Gott sei Dank«, sagte Shirley. Sie wollte sofort aufstehen.

»Nein, warte kurz.« Callie lächelte verlegen. »Da zeigt sich gleich wieder die alte Shirley. Aber du musst dir darüber im Klaren sein, wie ernst es war.«

»Es war ernst«, bestätigte Shirley.

»Nein. So nicht«, sagte Callie. »Wir müssen darüber reden.«

»Können wir woanders darüber reden?«

»Ja«, räumte Callie ein. »Das sollte machbar sein.«

»Gut. Ich hab nämlich einen Scheißhunger.«

01.12

Chester-le-Street
Sonntag, 14. Februar 2021
17.30 Uhr

Wie sich herausstellte, war die Entlassung aus dem Krankenhaus nicht so einfach. Selbst mit Callie, die alles beschleunigte, dauerte es eineinhalb Stunden, bis der Papierkram erledigt war – und dann mussten sie nur noch auf das Rezept für Shirleys neue Herztabletten warten.

Während dieser bürokratischen Vorgänge hatte Shirley nur einen Gedanken im Kopf – dass Deena sie umbringen würde, falls sie erfuhr, dass sie eine Nacht im Krankenhaus verbracht hatte, ohne ihr Bescheid zu geben. Deena durfte von dieser kleinen Episode nie erfahren. Sonst würde ihre Tochter sie in Watte packen, würde sie noch häufiger besuchen – oder, schlimmer noch, sie in ein Heim stecken. Damit hatte Deena schon mal gedroht, nachdem Shirley gestürzt war. Danach hatte sie einen Monat lang mit ihrer Tochter nicht geredet. Allein der Gedanke an ein Heim kotzte sie an.

Als sie das Krankenhaus endlich verlassen konnten, knurrte Shirley vor Hunger vernehmlich der Magen. Also steuerten sie The Watering Hole an, das relativ neue Pub an der Front Street. Das Krankenhaus lag gleich auf der anderen Straßenseite, sie würden also selbst bei Shirleys drastisch verminderter Gehgeschwindigkeit schnell wieder zu den Mallat-AM-Nachrichten zurück sein. Dennoch sah Shirley an ihrem Fensterplatz mit Blick auf das klobige Krankenhausgebäude immer wieder auf ihre Uhr.

»Fish and Chips für uns beide sind unterwegs«, sagte Callie, als sie die Getränke brachte. Sie stellte ein Bier vor sich, für Shirley eine Limonade.

»Ich wollte ein Glas trockenen Weißwein.«

»Ja«, sagte Callie. »Ist bestellt. Sie müssen nur eine neue Flasche holen.«

Shirley lachte. »Du hast mich ganz schön erschreckt. Ich dachte schon, du würdest mir gegenüber die Krankenschwester rauskehren.«

»Nein«, sagte Callie, erwiderte das Lachen aber nicht. »Hin und wieder ein Glas Wein ist in Ordnung. Trotzdem musst du es wirklich ruhiger angehen lassen, Shirley. Wenn schon nicht deinetwegen, dann doch für die, denen du wichtig bist.«

Shirley verschluckte sich fast bei dem Gedanken, dass Callie jetzt wieder zu jenen gehörte, denen sie wichtig war. Die vielen Jahre, in denen sie sie gemieden hatte – alles verschwendete Zeit, und nur, weil sie vor der Begegnung Angst gehabt hatte. Sie hätte die ganze Zeit mit Callie befreundet sein können.

»Ich weiß nicht, wie das geht – es ruhiger angehen lassen. Nach Bobs Tod hatte ich so viel nachzuholen. Ich hatte die Schnauze voll davon, immer nur rumzusitzen und mir alles gefallen zu lassen, weißt du?«

Callie nickte und lehnte sich zurück, als die Bedienung Shirleys Weißwein brachte. Hastig nahm Shirley einen Schluck. Nicht das beste, aber auch nicht das schlimmste Gesöff. »Ich verstehe. Aber du bist nun mal nicht mehr die Jüngste. Und ich weiß, dass es dich maßlos nervt, wenn ich oder dieser Blödmann von Arzt dir das sagen – der mich übrigens nach dir ausfragen wollte. Aber es ist leider so. Wenn du so weitermachst wie bisher, wirst du vorzeitig ins Grab fahren. Du kannst mich doch nicht noch mal alleinlassen.«

Shirley ging nicht auf die Bemerkung ein. »Was hast du auf diesem Kurvenblatt gesehen?«, fragte sie misstrauisch.

»Nichts, was die Medikamente, die er dir verschrieben hat, nicht wieder hinbekommen. Zusammen mit seinem gut gemeinten, aber schlecht aufgenommenen Rat, dass du dein Leben ändern sollst. Denk wirklich mal darüber nach.«

Shirley seufzte. »Ich werde darüber nachdenken.« Sie sah auf ihre Uhr. »Wie ging es mit Moggins?«

Callie spießte eine Pommes auf die Gabel und steckte sie sich in den Mund. »Gut. Er hat mich ein bisschen angefaucht. Hast du für ihn den Fernseher angelassen?«

»Nein.«

»Ah, aber der Fernseher war an.«

»Ja?« Shirley versuchte sich zu erinnern, als sie am Vortag das Haus verlassen hatte. Sie glaubte nicht, den Fernseher angelassen zu haben. So etwas war ihr noch nie passiert. Anscheinend aber doch. Vielleicht war ja doch was dran, dass sie alt und vergesslich wurde.

Callie erriet ihre Gedanken. »Es ist nicht schlimm, solche Sachen zu vergessen. Vielleicht wäre es wirklich besser, mal innezuhalten und einen Tick langsamer zu machen.«

Shirley dachte darüber nach. »Vielleicht. Aber du weißt nicht, wie das ist mit diesem Radiosender. Es ist nämlich sehr faszinierend. Wenn du ihn erst mal gehört hast, wirst du genauso aufgeregt wie ich sein.«

»Ah«, sagte Callie, als hätte sie alles schon wieder vergessen, was ihr Shirley erzählt hatte. »Mallet FM.«

»AM.«

»Wo ist der Unterschied?«

»Das sind zwei unterschiedliche Modulationsverfahren«, sagte Shirley. »Ich hab vergessen, wie jung du bist.«

»Shirley, ich bin fünfunddreißig«, sagte Callie bestimmt.

Shirley zuckte zusammen. Ihr wurde schwindlig, wenn sie nur daran dachte, wie viel Zeit vergangen sein musste. Callie war fünfunddreißig. Sie war kaum achtzehn gewesen, als Shirley sie zum ersten Mal gesehen hatte. Jetzt war sie eine Frau. Gabe wäre im nächsten Monat vierzig geworden – der Gedanke war schier unerträglich. Alle wurden älter, sie eingeschlossen. Im Grunde stand sie mit einem Fuß im Grab. Vielleicht hatten dieser Schwachkopf von Arzt und Callie ja doch nicht so unrecht.

Aber das konnte sie sich nicht eingestehen, noch nicht. »Warte nur, bis du die Nachrichten hörst. Dann verstehst du es.«

Recht viel mehr erzählten sie sich nicht mehr beim Essen. Nach dem schrecklichen Krankenhausfraß füllten die Fish and Chips ein gewaltiges Loch, trotzdem konnte Shirley nur mit Mühe alles aufessen. Sie wollte nur so schnell wie möglich ins Studio kommen und den alten Rundfunkempfänger anschalten. Als sie daher endlich fertig waren und die Uhr 18.45 Uhr anzeigte, konnte sich Shirley kaum noch zurückhalten.

Callie blieb es nicht verborgen, als sie das Pub verließen und Shirley zum Krankenhaus voranging. »Was ist denn in dich gefahren? Dir ist schon bewusst, dass du gestern einen Herzinfarkt hattest?«

»Ja, ja«, antwortete Shirley, während sie darauf wartete, die Straße überqueren zu können. »Warum musst du ständig darauf herumreiten?«

»Äh, weil es vielleicht ein Herzinfarkt war? Normalerweise schließt sich eine Erholungsphase an – du solltest dich ausruhen. Wir sollten dich nach Hause schaffen.«

Shirley drehte sich zu ihr um – ohne darauf zu achten, dass die Fußgängerampel auf Grün geschaltet hatte. »Du verstehst das nicht.«

Ein Mann hinter ihnen knurrte Unverständliches, weil er, um über die Straße zu kommen, um sie herumgehen musste.

»Was?«, fragte Callie leise.

»Du verstehst nicht …« Sie ließ den Satz unvollendet. Woher kam ihr Interesse, ja, ihre regelrechte Obsession?? Ging es nur um die Merkwürdigkeit dieses Ereignisses – dass sie einmal in ihrem Leben auf etwas gestoßen war, das sich nicht erklären ließ? Dass nur sie davon wusste, dass sie es als Erste entdeckt hatte und jetzt entscheiden konnte, ob sie das Geheimnis in die Welt entlassen sollte? Oder war der Grund dafür, dass sie sich sehr lange einfach nur gelangweilt – zu Tode gelangweilt – hatte und nun auf etwas so Ungewöhnliches gestoßen war, dass ihr gewohntes Leben aus den Fugen geriet? Oder weil sie endlich einen Sinn und Zweck sah – endlich etwas zu tun hatte? »Du verstehst nicht, wie wichtig es für mich ist.« Dafür entschied sie sich – eine Mischung aus allem. Ja, das war gut.

Callie sah sich um, vermutlich um sicherzugehen, dass sie nicht noch anderen im Weg standen, und kam dann auf Shirley zu. »Nein«, sagte sie leise. »Ich verstehe das nicht.«

»Hör dir den Sender doch einfach mal an.«

»Ich weiß nicht, ob ich das will.«

Das war es also. »Du meinst, ich hätte das alles erfunden? Alles ist nur Einbildung?«

»Ich meine, du bist überzeugt davon, dass sich das alles wirklich ereignet hat.« Callie wählte ihre Worte mit Bedacht.

»Aber hör dir doch selbst mal zu. Ein Radiosender, der die Nachrichten vom nächsten Tag bringt – kannst du es mir übel nehmen, wenn ich da so meine Zweifel habe? Es ist reinste Science-Fiction. So etwas gibt es in der Realität nicht.«

Zugegeben, Shirley konnte Callie in der Tat keinen Vorwurf machen. Callie hatte das alles nicht mitbekommen, hatte nicht mit eigenen Augen gesehen, wie die Ereignisse tat-

sächlich eingetreten waren. Sie hoffte, Callie würde mit ins
Studio kommen. »Versuch es doch mal unvoreingenommen
zu sehen.«

»Ich weiß nicht.«

»Du hast versprochen, du kommst mit und hörst dir die
Nachrichten an. Du hast mich gebeten, im Krankenhaus zu
bleiben, bis die Untersuchungen abgeschlossen sind und ich
meine Diagnose habe. Darum hast du mich gebeten. Kannst
du dann nicht im Gegenzug das für mich tun?«

Damit hatte sie sie. Callie schüttelte den Kopf, sagte aber:
»Natürlich. Ja, tut mir leid.«

Dankbar lächelte Shirley und drückte erneut auf den
Knopf an der Ampel, um die Grünphase anzufordern.

Im Krankenhaus war noch weniger los als am Tag zuvor.
Sonntagabend war für Krankenhäuser so etwas wie die Geis-
terstunde. An diesem Tag geschah nichts – es gab keine Untersuchungen, keine Visiten, selbst am Empfang war niemand. Im nächsten Gebäude, der Notaufnahme, war natürlich einiges los, sie beide aber standen vor dem Eingang, der
zur Verwaltung und zu den Stationen führte.

Shirley führte Callie durch die leeren Gänge und brachte
sie hinauf in den dritten Stock, nicht ohne besonders darauf
hinzuweisen, dass sie den Aufzug nahmen. Callie rollte mit
den Augen, lachte aber, und Shirley war dankbar, dass sie ihr
zuhörte. Oben im Gang scannte Shirley ihren Ausweis der
ehrenamtlichen Mitarbeiter und führte Callie durch den
schmalen Gang zum Radiosender.

Die meisten Türen waren geschlossen, nur eine stand weit
offen, darin ein geisterhafter Lichtschein, dazu war Tastatur-
geklapper zu hören. Einer der Ärzte, der ebenso fehl am
Platz zu sein schien wie sie.

»Wer arbeitet hier denn noch?«, flüsterte Callie, als sie an
der Tür vorbeigingen.

»Keine Ahnung. Weißt du es nicht?«

»Ich wusste noch nicht mal, dass es diesen Gang überhaupt gibt.«

An der Tür zum Senderaum gab Shirley den Code ein und ließ Callie eintreten.

Der Raum war exakt so, wie sie ihn verlassen hatte. Der ruhige Krankenhaustag machte sich auch hier bemerkbar. An den Sonntagen gab es keine Live-Programme oder Wunschkonzerte. Shirley hatte das Thema bei der letzten Versammlung angesprochen und leidenschaftlich dafür plädiert, auch am Sonntag ein Programm zu senden, da ja auch an diesem Tag Patienten auf den einzelnen Abteilungen lagen. Die Leitung des Krankenhausfunks war nicht besonders erpicht darauf, es gäbe ja kaum genügend Freiwillige für sechs Tage in der Woche, geschweige denn für sieben. Worauf Shirley entgegnet hatte, die vier Leiter des Rundfunks könnten ihre Kumpelshow am Freitagabend doch aufteilen, dann gäbe es mehr als genug Moderatoren für den Sonntag. Der Vorschlag war nicht gerade auf Wohlwollen gestoßen. Aber immerhin kam ihr jetzt am Sonntag hier niemand in die Quere.

Shirley hängte ihren Mantel auf und schlängelte sich durch den Raum – wich den Stühlen aus, ging am Tisch und den gestapelten Aktenordnern vorbei zum Studio zwei.

Callie war sehr erstaunt, wie Shirley sah, als sie sich umdrehte. »Ich hab mir was Größeres erwartet, keine Abstellkammer.«

»Es war eine Abstellkammer, bevor der Krankenhausfunk eingerichtet wurde. Mehr hat sich die Verwaltung nicht leisten können.«

»Verstehe«, sagte Callie. »Du bist wirklich die ganze Zeit hier?«

»Ja«, antwortete Shirley. »Man gewöhnt sich dran. Winzige Wohnräume liegen heutzutage doch im Trend, oder?«

»Ja, aber nicht winzige Senderäume für Radiostationen.«
Shirley zuckte mit den Schultern. »Wir müssen ins andere,
ins Studio zwei.«

Jetzt war Callie beeindruckt, als sie feststellte, wie viel hier
tatsächlich untergebracht war. Sie sah sich um, während sie
Shirley folgte. »Was?«, sagte sie.

Shirley lächelte. »Siehst du?« Sie betrat das zweite Studio,
wo der alte Empfänger noch auf dem Tisch stand. Der Kopfhörer lag dort, wo sie ihn hingelegt hatte. Sie stöpselte den
Kopfhörer aus und schaltete den Audioausgang auf Lautsprecher. Die übliche Mallet-AM-Musik ertönte im Studio.

Callie schob den Kopf zur Tür herein.

»Das ist es«, sagte Shirley.

Callie nickte. Shirley überließ ihr den Drehstuhl und holte
sich einen weiteren Stuhl aus dem Nebenraum. Als sie zurückkam, war ein Folksong zu hören. Von der gleichen Band,
wie Shirley sofort wusste, die sie schon beim letzten Mal gehört hatte.

»Eingängige Melodie«, sagte Callie.

Ja, das stimmte. Diesmal ging es um eine Beziehung, die
so übel war, dass man lieber hart arbeiten, richtig schwer
schuften würde, als damit weiterzumachen. Es war wohl das,
was die jungen Leute einen »Diss-Track« nannten, dachte
sich Shirley.

Callie rückte mit ihrem Stuhl zur Seite, damit Shirley noch
zwischen Tisch und Wand Platz fand. Zu zweit war es noch
enger.

»Das ist doch verrückt«, sagte Callie, deren Knie gegen
den Tisch mit dem Regler drückten. »Wie kannst du hier
bloß arbeiten?«

»Ich hab Glück gehabt. Normalerweise sind jeden Abend
mindestens zwei hier, aber am Dienstag bin ich mittlerweile
allein. Mein Kollege hat sich aus dem Staub gemacht, obwohl

ich nicht weiß, ob man das so sagen kann, schließlich hat er einen richtigen Job gefunden.«

»Wer war dein Kollege?«

Shirley antwortete nicht, sondern drückte nur einige Knöpfe, loggte sich in den Audiokanal von Studio eins ein, und über dem Folksong erklang eine neue, nur allzu bekannte Stimme.

Callies Miene hellte sich auf. »Ist das Ken Vox?«

Ken Vox unterhielt sein Publikum mit der Geschichte, wie er während einer Konferenz in einem Londoner Wolkenkratzer Feueralarm auslöste, nachdem er Flammen aus dem Pausenraum hatte schlagen sehen, und damit verhinderte, dass das ganze Gebäude abbrannte und es wer weiß wie viele Tote gab.

Shirley wollte schon einen bitterbösen Kommentar abgeben, aber unter Vox' nervtötender Stimme wurde der Folksong langsam ausgeblendet. Sie schaltete Studio eins ab – Callie würde das Ende von Vox' Geschichte nicht mehr hören, aber das war schon in Ordnung so. Shirley konnte sie ihr erzählen, immerhin hatte sie sie schon tausendmal gehört.

Sie drehte die Lautstärke von Mallet AM hoch.

Der Folksong verklang. Dann Stille.

Die übliche Leere, bevor sich der Nachrichtensprecher meldete.

Shirley sah zu Callie. »Bereit?«

Callie wirkte nicht ganz sicher. Offensichtlich suchte sie nach Anhaltspunkten, die beweisen könnten, dass das alles nicht so war, wie Shirley glaubte. Aber Callie war hier, das ließ sich nicht leugnen. Entweder war alles Lug und Trug, oder es war wirklich so. In den nächsten Minuten würden sie es jedenfalls erfahren.

Callie nickte.

01.13

Chester-le-Street
Sonntag, 14. Februar 2021
19.30 Uhr

Shirley sah zu Callie, als die Moderatorenstimme aus dem Lautsprecher erklang. »Und das war die Lokalband The Oil Barons mit ›Some Kinda Nothing‹. Leute, das war große Klasse!«

Callie lehnte sich zurück und hörte zu. Warum auch nicht? Bislang klang Mallet AM wie jeder x-beliebige Radiosender. Mit Ausnahme einer Kleinigkeit – der Stimme des Moderators.

»Er klingt wie ein Computer«, sagte Callie.

»Die Stimme wird verzerrt, nehme ich an«, sagte Shirley. Callie nickte.

»Gut, es ist fast auf den Punkt halb acht, der perfekte Zeitpunkt für unsere Nachrichten. Was sind wir wieder pünktlich. Heute ist Montag, der fünfzehnte Februar, und hier ist Mallet AM mit den Schlagzeilen für Chester-le-Street.«

»Hörst du, die Nachrichten von morgen«, flüsterte Shirley. Callie nickte nur und hob die Hand. Sie lauschte jetzt gebannt.

»Als Erstes haben wir ein Update zu einer Meldung von einigen Tagen zuvor. Das Debakel um das Freizeitzentrum in Chester-le-Street. Leider sieht es wirklich so aus, als wäre sein Schicksal besiegelt. Die Chester Baths sollen noch diese

Woche schließen. Die Pläne zum Abriss liegen bereits vor, schon nächste Woche soll das Schwimmbecken trockengelegt werden. Die Neuigkeiten sind ein schwerer Schlag für die Stadt, für die das Zentrum seit über fünfzig Jahren eine wichtige Einrichtung war. Die Stadtverwaltung ließ mitteilen, dass durch den Abriss des Freizeitzentrums Platz geschaffen wird für die Errichtung von über vierzig Wohneinheiten, die für den Zuzug junger Familien nach Chester-le-Street genutzt werden können. Wie diese Familien ihren Kindern dann das Schwimmen beibringen sollen, weiß noch keiner. Wie immer haben wir im Abgeordnetenbüro nachgefragt und um eine Meinung gebeten. Aber ich würde nicht sehr viel darauf geben.«

Callie zuckte mit den Schultern. »Davon hab ich schon gehört. Das sind noch nicht mal für mich Neuigkeiten, geschweige denn Nachrichten von morgen.«

»So ist es immer«, flüsterte Shirley. »Er lullt einen ein. Erst kommen zwei Themen, die nicht viel hermachen, dann verblüfft er dich mit einer großen Sache.«

»Na ja, einen Unfall mit einer Leiter und einem Milchlaster würde ich nicht unbedingt als *große Sache* bezeichnen, aber ich verstehe, was du meinst.«

»Unser zweites Thema handelt von der heutigen Eröffnung des Creamy Creamy Ice Cream am unteren Ende der Front Street. Punkt zehn begrüßten der ortsansässige Unternehmer Matthew Tharigold und Geschäftsführerin Tiffany Laidlow den ersten Kunden ihres amerikanischen Ice-Cream-Diners. Und schon im Lauf des Vormittags konnte man sehen, dass das Geschäft boomt. Aufgrund der Einschränkungen im dunklen Jahr und dem Mangel an wirklich guter Eiscreme in Chester-le-Street scheint Creamy Creamy Ice Cream einen wahren Ansturm ausgelöst zu haben. Trotz des schrecklichen Namens scheint dem neuen Unternehmen eine strahlende Zukunft bevorzustehen. Damit hat Matthew Tharigold deutlich klargemacht, dass er in der Region angekommen ist. Wir werden ihn weiterhin im Auge behalten!«

»Siehst du«, sagte Shirley. »Wieder nur was ganz Allgemeines. Hier wird nichts vorhergesagt, hier muss nichts klargestellt werden. Seit Langem ist bekannt, dass Creamy Creamy Ice Cream morgen aufmachen wird. Ich hab es selbst im *Advertiser* gesehen.«

Callie schien alles andere als überzeugt. Aber wenn Mallet AM seinem gewohnten Vorgehen treu blieb, war die nächste Nachricht die, auf die sie gewartet hatten.

Und Shirley bekam, was sie wollte. Auch wenn sie sich das Gegenteil wünschte, als der Moderator mit seiner verzerrten Computerstimme fortfuhr: »Zum Schluss haben wir noch eine äußerst traurige und entsetzliche Nachricht. Chester-le-Street ist vom Terror heimgesucht worden, denn Frank Peterson wurde in seinem Haus in der South Street ermordet aufgefunden.«

Shirley hatte das Gefühl, als würde sich der Boden unter ihr auftun. Sie glaubte, sie würde, wenn sie sich nur ein kleines bisschen bewegte, vom Stuhl fallen und für alle Ewigkeit im Nichts verschwinden. Ein kalter Schauer lief ihr über den Rücken. Mord? Das konnte nicht sein …

Sie sah zu Callie. Die junge Frau saß nur wie zuvor da und hörte zu. Ihre Blicke trafen sich. Callie musste die Angst in Shirleys Augen erkannt haben, denn sie wollte etwas sagen, Shirley aber brachte sie mit einem Zischen zum Schweigen.

Die kalte Computerstimme fuhr fort: »Ja, es handelt sich um einen Mord, wie Chester-le-Street ihn schon lange nicht mehr erlebt hat. Die South Street war Schauplatz eines schrecklichen Verbrechens. An diesem sonnigen und unscheinbaren Tag hat um 15.57 Uhr eine schemenhafte Gestalt das kleine Reihenhaus von Frank Peterson betreten und ihn brutal ermordet. Der sechsunddreißigjährige Frank Peterson, der immer als Einzelgänger galt, wurde von einer Nachbarin gefunden, als seine Katze vor der Eingangstür kratzte und jaulte. Die Tür stand einen schmalen Spaltbreit offen, Peterson lag leblos auf dem Küchenfußboden. Allem Anschein nach wurde er erdrosselt. Der Täter selbst hat keinerlei Spuren hinterlassen, was die Aufklärung des Verbrechens erschweren dürfte. Ein Mörder befindet sich in unserer geliebten Stadt Chester-le-Street auf freiem Fuß. Frank Peterson hinterlässt neben seinen Eltern einen Bruder und eine Schwester.«

Shirley war völlig fassungslos. Das Atmen fiel ihr schwer, aber diesmal lag es nicht an einem drohenden Herzinfarkt. Verschlimmert wurde alles noch durch Callie, die offensichtlich völlig ungerührt blieb.

»Und mit dieser traurigen Meldung beschließen wir die Nachrichten für Montag, den fünfzehnten Februar 2021. Als Nächstes auf unserem Programm: der Pups-Witz des Tages.«

Shirley drehte die Lautstärke herunter. Dann saß sie einfach nur da. Sie wusste nicht, was sie sagen sollte.

Callie atmete hörbar aus – es war nicht ganz ein Seufzen. »Das also sollte ich mir anhören?«

»Ja.«

»Ich … weiß nicht, was das war.« Callie sah so ratlos aus, wie Shirley sich fühlte. Es gab nichts zu sagen, gleichzeitig gab es eine ganze Menge zu sagen. Im Raum war es eiskalt und gleichzeitig sengend heiß. Unverbrüchliche Wahrheiten wurden infrage gestellt, als hätte Shirleys Wirklichkeit Risse bekommen. Shirley schien stärker von der Meldung berührt als Callie, die sich vorbeugte und sagte: »Aber eines weiß ich.«

Shirley sah sie an. Sie wusste, was Callie sagen würde, noch bevor sie es aussprach.

»Was er gesagt hat, ist nicht wahr. Es wird nicht passieren.«
Shirley wusste nicht, was sie tun sollte. Sie verließ das Studio, nahm den Wasserkocher und füllte ihn am Ende des Gangs am Waschbecken auf. Eine einfache, vertraute Tätigkeit, die ihr etwas zu tun gab. Zumindest für kurze Zeit.

Auch Callie hatte das Studio verlassen. Sie lehnte an der Wand und war mit ihrem Handy zugange. »Keine Toten in Chester-le-Street heute, schon gar keine Morde. Das falsche Datum ist schon mal ausgeschlossen.«

Shirley sagte nichts, ihre Gedanken standen in Flammen. Ein Mensch würde sterben. Für sie gab es nicht den geringsten Grund zu zweifeln, dass es geschehen würde. Morgen Nachmittag um 15.59 Uhr würde jemand in Frank Petersons Haus einbrechen und ihn erdrosseln. So wie Seb Starith von seiner Leiter gefallen war. So wie Roy Farrow mit seinem Milchlaster gegen den Briefkasten gekracht war. Sie hatte die Macht von Mallet AM selbst erlebt. Im Moment war nicht wichtig, wie es möglich war, dass der Moderator die Zukunft vorhersagen konnte, im Moment ging es einzig und allein um ein Menschenleben.

»Du verstehst nicht«, sagte Shirley und reichte Callie eine Tasse Tee.

Callie nahm sie entgegen und seufzte. »Kann man überprüfen, was der Moderator gesagt hat? Damit ich ihm ein bisschen mehr glauben kann. Meiner Meinung nach hat sich das alles einer nur ausgedacht. Bei den ersten beiden Punkten – dem Freizeitzentrum und der Eisdiele –, wurden keinerlei Einzelheiten, keine bemerkenswerten Vorfälle erwähnt, nichts, was beweisen würde, dass er das alles nicht von irgendeiner Website abgelesen hat. Bei der Eisdiele kündigt ein Schild seit einer Woche an, wann sie eröffnet. Und bei den Chester Baths steht seit einer Ewigkeit die Schließung im Raum, vor allem nach dem letzten Jahr.«

»Hast du von der letzten Meldung vorher schon mal gehört? Gibt es dafür irgendwelche Anzeichen?«, fragte Shirley.

»Shirley, ich bin vollauf damit beschäftigt, das alles auf die
Reihe zu kriegen, okay?«

Shirley hielt inne. Callie hatte recht. Shirley selbst hatte
ebenfalls einige Zeit gebraucht, um alles »auf die Reihe zu
kriegen«.

»Haben wir schon mal was von einem Frank Peterson gehört? Können wir irgendwie bestätigen, dass er in der South
Street wohnt, ohne dass wir dort an die Türen klopfen müssen?«

Shirley schnippte mit den Fingern – eine unbedachte Bewegung, für die sie später schmerzhaft büßen würde. »Die
South Street liegt in Pelaw, oder?«

»Ja, glaube schon.«

»Colleen wohnt dort in der Nähe. Meine Stickfreundin«,
sagte Shirley, kramte in ihrer Tasche und holte ihr Handy heraus. »Einen Moment.« Sie rief Colleen an. Zum Glück hatte
sie Empfang – im Studio war das immer etwas heikel. Leider
war Colleen nicht zu Hause. Sie hinterließ eine Nachricht,
fragte betont beiläufig, ob sie zufällig einen Frank Peterson
kenne, und sagte noch, der Höflichkeit halber, dass sie sich
schon auf das nächste Treffen der Stickgruppe bei ihr freue.

Als sie auflegte, war Callie ebenfalls mit ihrem Handy beschäftigt. »Und?«

»Nichts. Und du?«

»Ich hab gelesen, dass man Grundbucheintragungen einsehen kann, wenn man Leute aufspüren will. Einen Moment,
dann wollen wir mal.« Kurz schwieg sie und tippte mit einer
Geschwindigkeit, die Shirleys Finger schon lange verloren
hatten, auf ihrem Handy herum. »Frank Peterson. Wir müssen nur seinen Namen eingeben. Und dann fünfzehn Pfund
zahlen.«

»Ich hol meine Karte.«

»Nein«, sagte Callie und hob die freie Hand. »Schon geschehen. Das Ergebnis wird per E-Mail zugeschickt.«

Shirley kam nur mit Mühe hinterher. Wenige Sekunden später gab Callies Handy einen Piepton von sich. Sie blickte kurz auf die Nachricht und hielt sie Shirley hin. Shirley las die ganze Seite – einen Hauseintrag für einen Frank Peterson in South Street 11. Er hatte 2014 das einstöckige Reihenhaus gekauft. Wahnsinn, wie schnell solche Informationen verfügbar waren.

Deshalb war Shirley nicht bei den sozialen Medien und betrieb kein Online-Banking. Aber es schien sowieso keine Rolle zu spielen – es gab auch für sie einen Grundbucheintrag, also war diese Information ebenfalls online verfügbar, ohne dass sie dem jemals zugestimmt hätte. Bob würde sich im Grab umdrehen (was das einzig Gute wäre).

Callie nahm wieder ihr Handy. »Es gibt also einen Frank Peterson in der South Street. Aber du hast gesehen, wie leicht so was herauszufinden ist. Der Nachrichtensprecher hätte einfach das Gleiche tun können. Er hätte sich diesen Typen auswählen und vorgeben können, dass ihm etwas zustößt.«

Shirley konnte sich gerade noch ein Fingerschnippen verkneifen. »Du vergisst die beiden Vorfälle, bei denen er – falls diese Person denn ein Mann ist – richtig gelegen hat. Ich hab die Videoaufzeichnung der Bäckerei gesehen und war selbst am Briefkasten. Ich weiß, es ist verrückt, aber genauso ist es geschehen.«

»Ja«, antwortete Callie vorsichtig. »Aber das waren nur kleine Unfälle, oder? Nichts Schwerwiegendes. Ereignisse, wie man sie jeden Tag erleben kann. Vielleicht nicht unwichtig im Leben der betreffenden Personen, aber unwichtig im Hinblick auf die Stadt, ganz zu schweigen von der Welt. Solche Dinge können halt einfach passieren, oder?«

»Was willst du mir damit sagen?«

Callie sah aus, als wollte sie es gar nicht aussprechen. »Zufälle.«

»Callie! Jedes Detail war richtig vorhergesagt.«

»Gut«, räumte Callie ein. »Gut. Es gibt zwei Möglichkeiten. Entweder glaubst du, diese Ereignisse waren unheimlich ausgeklügelte Zufälle und der Nachrichtensprecher hatte einfach Glück … oder alles wurde wirklich vorhergesehen, und der Nachrichtensprecher kann die Zukunft vorhersagen.«

»Warum fällt es dir so schwer, Zweiteres zu glauben?«, fragte Shirley.

»Wenn du Zweiteres glaubst«, erwiderte Callie, »warum fällt es dir dann so schwer, an Ersteres zu glauben?«

Darauf wusste Shirley nichts zu erwidern. Sie nippte eine Weile schweigend an ihrem Tee, während Callie sich wieder ihrem Handy widmete. Letztlich ging es doch darum, welche Option weniger unwahrscheinlich war. Aber Shirleys Bauchgefühl sagte ihr, dass sie recht hatte – dass die fantastischere Option die richtige war. Und überhaupt, selbst wenn die erste Option zutraf, war sie es diesem Nachrichtensprecher, diesem Fremden auf jeden Fall schuldig, nachzuprüfen, dass die zweite Option nicht doch stimmte.

Nach einigen Minuten, in denen Shirley Tee trank und Callie auf ihrem Handy herumtippte, unterbrach sie das Schweigen. »Ich werde zur Polizei gehen. Gleich morgen früh. Ich werde alles von Mallet AM erzählen, von den Nachrichten, von dem Mord. Die Polizei muss es erfahren.«

»Was willst du ihnen erzählen, Shirley? Dass ein Mann, der noch froh und munter ist, ermordet werden soll? Dass du weißt, dass er um 4 Uhr nachmittags ermordet wird? Weil eine geisterhafte Stimme dir das gesagt hat?«

»Was? Das kann nicht dein Ernst sein. Jemand im Radio ist keine geisterhafte Stimme!«

»Okay. Tut mir leid. Ich … ich hab es nur gern, wenn ich alles im Griff habe, verstehst du? Und das hier passt einfach nicht in mein Weltbild.«

»Kommst du mit zur Polizei, Callie? Wenn du dabei bist, halten sie mich vielleicht nicht nur für eine verrückte Alte.«

»Das geht nicht, Shirley. Ich muss morgen arbeiten. Dreizehn-Stunden-Schicht. Den ganzen Tag. Ich sollte langsam ins Bett. Und du solltest dich auch ausruhen. Du hast gerade einen Herzinfarkt hinter dir.«

»Einen *kleinen* Herzinfarkt.« Shirley traute ihren Ohren nicht. »Und das Leben eines Menschen steht auf dem Spiel.«

»Angeblich«, sagte Callie.

»Gut – *angeblich* steht morgen das Leben eines Menschen auf dem Spiel. *Angeblich* wird morgen ein Mensch umgebracht. Aber es liegt an uns, alles zu tun, um das zu verhindern. Und du sagst mir, dass du arbeiten musst.« Das Gespräch wurde hitziger. Shirley wollte sich nicht mit Callie streiten, aber ihrer Meinung nach wollte Callie einfach nicht einsehen, was hier auf dem Spiel stand.

Callie zuckte traurig mit den Schultern. »Ja, ich muss arbeiten. Ich bin nämlich auch damit beschäftigt, Menschenleben zu retten. Dazu trage ich meinen kleinen Teil bei, Tag für Tag. Vielleicht rette ich keine *angeblichen* Mordopfer vor *angeblichen* Fremden, aber ich tue meinen Teil.«

»Ja«, sagte Shirley. »Das tust du.«

Callie lächelte, kam auf sie zu und legte ihr eine Hand auf die Schulter. »Ich kann absolut nichts tun, um dich daran zu hindern, oder?«

Sie mussten beide lächeln. »Absolut nichts«, sagte Shirley.

Lächelnd setzte sich Callie auf den Tisch. »Was, wenn es ein ausgefeilter Trick ist, um Shirley Steadman durch Überanstrengung ins Grab zu bringen?«

»Ich glaube, das kann ich schon sehr gut allein, danke.«

Callie legte den Kopf auf Shirleys Schultern. Und erst jetzt wurde Shirley klar, wie sehr sie ihr gefehlt hatte. »Wenn du willst, kann ich dich um 8 Uhr zur Polizei fahren. Bevor mein Dienst anfängt. Aber ich werde keine Zeit haben, mit dir reinzugehen.« Mehr würde sie nicht bekommen, Shirley wusste es. Also nickte sie. »Okay.«

»Tut mir leid«, sagte Callie. »An einem anderen Tag …«

»Nein. Alles wunderbar«, unterbrach Shirley sie. Callie war nicht überzeugt – es stand ihr ins Gesicht geschrieben. Und warum sollte sie es auch glauben? Es war verrückt. Jeder, der Shirleys Mutmaßungen oder sogar selbst den Radiosender hörte, würde sich wahrscheinlich gar nicht mehr einkriegen vor Lachen oder so schnell wie möglich Reißaus nehmen. So verärgert sie über Callie auch war, Shirley durfte nicht vergessen, wie glücklich sie sich schätzen konnte, dass die junge Frau überhaupt noch hier war.

Im stillen Einverständnis, dass keine der beiden ihren Willen durchsetzen konnte, tranken sie wieder schweigend ihren Tee; ein Kompromiss war die einzige Lösung. Shirley spülte in der Küche die Tassen, stellte sie in den Schrank und schlüpfte in ihren Mantel.

Als sie gingen, kamen sie erneut an der offen stehenden Tür vorbei, noch immer war das Klacken der Tastatur zu hören. Die Ärztin oder der Arzt hatte nichts davon mitbekommen, was sich weiter unten im Gang abgespielt hatte. Shirley wünschte, sie könnte das von sich auch behaupten.

»Wenn du mir vor fünf- oder sechsundzwanzig Stunden erzählt hättest, dass der heutige Tag so ablaufen würde, hätte ich dir nicht geglaubt«, sagte Callie, als sie den schmalen Gang verließen und ins Hauptgebäude traten.

Das galt auch für Shirley. So vieles war geschehen.

»Schon eine verrückte Welt«, pflichtete Shirley ihr bei.

»Wenn du bei dieser Radiosache auch nur zur Hälfte recht haben solltest, dann ist alles noch viel verrückter, als ich verarbeiten kann.«

»Um unser aller willen hoffe ich, dass du recht hast.« Shirley hoffte es wirklich. Hier ging es nicht mehr um ein geprelltes Steißbein oder um ausgelaufene Milch, hier ging es um Ernsteres. Shirley wünschte sich, es wäre so, wie Callie gesagt hatte: reiner Zufall.

Aber sie wusste, das konnte nicht sein. Als sie das Krankenhaus verließen und Callie sie nach Hause fuhr, wurde ihr mit einem Mal etwas Schreckliches bewusst, was sie aber erst in Worte fassen konnte, als sie schon durch ihren Garten ging und den Schlüssel ins Türschloss steckte.

Es ging ihr nicht um Macht … aber sie war nun mal die Einzige. Vielleicht in ganz Chester-le-Street. Vielleicht auf der ganzen Welt. Sie wünschte sich von ganzem Herzen, es wäre anders. Was aber nichts an der Tatsache änderte. Sie war die Einzige, die Frank Peterson das Leben retten konnte.

01.14

Chester-le-Street
Montag, 15. Februar 2021
01.17 Uhr

Schlaf hätte sich kaum eingestellt, selbst wenn Shirley es gewollt hätte. An die abendliche Routine wollte sie gar nicht denken – Moggins füttern, alle Lichter und Steckdosen ausschalten, Vorder- und Hintertür absperren, eine Schale mit heißem Wasser bereitstellen und zwei Waschlappen einweichen, dann die halbstündige Prozedur, die nötig war, um in den Schlafanzug zu schlüpfen und die alten Sachen in den Wäschekorb zu geben, schließlich Zähne putzen und Gesicht waschen. Das alles, bevor sie sich endlich hinlegen konnte, nur um dann festzustellen, dass der Schlaf wieder nicht kommen wollte.

Nein. Nicht heute Abend. Lediglich die Katze hatte sie gefüttert, die andernfalls auf der Küchenanrichte so lange miaut hätte, bis Shirley ihrer Pflicht nachgekommen wäre. Jetzt saß sie am Küchentisch, dachte über alles und dachte über nichts nach. Und während sie so dachte oder nicht dachte, raffte sie sich dazu auf, einen weiteren Punkt auf ihrer Liste abzuhaken – die Türen abzusperren.

Als sie zurückkam, saß Gabe am Küchentisch. »Warum das denn?«

Shirley setzte sich und legte den Kopf in die Hände. »Da draußen geht ein Mörder um.«

»Streng genommen ist er noch kein Mörder«, sagte Gabe.

»Du bist der Zweite, der das sagt«, antwortete Shirley.

Keiner wollte es verstehen. Keiner konnte es verstehen – bis er es mit eigenen Augen gesehen hatte. Sie konnte es nicht erklären, weil es ganz und gar unerklärlich war. Sie war die Einzige. Es sei denn …

Ihr Blick wanderte aus dem Zimmer, hinaus zum Schrank im Flur, wo ihr Laptop verstaut war. Arnie von den Enigma Files. Vielleicht konnte er ihr helfen. Aber er war eine gesichtslose Gestalt, ein Fremder am anderen Ende einer Telefonleitung. Sie musste davon ausgehen, dass ihm noch weniger zu trauen war als dem, der vorhatte, Frank Peterson zu ermorden.

Trotzdem wanderte ihr Blick immer wieder zum Schrank. Als würde sie allein schon durch ihr Hinstarren eine Mail verfassen und sich bereit erklären, sich mit ihm zu treffen.

Nein. Eine ganz dumme Idee, würde Deena sagen. Und hätte damit ausnahmsweise einmal recht.

Also sah Shirley woandershin und versuchte sich abzulenken. »Ich hab dir noch gar nicht erzählt, dass ich Callie wieder getroffen habe.«

»Callie?«, sagte Gabe, in einem Ton, der wahres Entsetzen verriet. So, wie sie glaubte, dass er es sagte.

»Ja«, sagte Shirley. »Wie dumm das alles. Es hat sich herausgestellt, dass ich sie gemieden habe. Nicht andersherum. Schon seltsam, was wir uns manchmal antun. Wie wir uns zurückziehen und glauben, uns schützen zu müssen, und dann zeigt sich, dass man sich vor gar nichts schützen muss. Weil uns nämlich gar keine Gefahr droht.«

»Du solltest das aufschreiben, kein schlechter Gedanke.«

Shirley versuchte zu lächeln, konnte aber nicht. »Ich soll dir wirklich kein Schinken-Bananen-Sandwich machen?«

»Wenn es dir dann besser geht«, sagte Gabe.

Also machte sie ihm eines. Sie briet den Schinken, schnitt die Bananen klein, butterte den Toast und stellte mit jahrzehntelanger Erfahrung das Sandwich zusammen. Gabe war sieben Jahre alt gewesen, als er auf die ungewöhnliche Kombination verfallen war, seitdem war es sein Lieblingssandwich. Sie hatte es einmal probiert und war zu dem Schluss gekommen, dass es am warmen Schinken liegen musste, der die Bananen etwas klebrig machte, warum Gabe es so sehr mochte. Auch wenn es ihr selbst weniger zusagte.

Als sie fertig war, stellte sie es Gabe hin.

Gabe starrte es nur an. Er sah aus, als hätte er Hunger. Aber er nahm nichts davon. Natürlich, er konnte nicht. »Es sieht gut aus«, sagte er fast sehnsüchtig. Zumindest fasste sie es so auf.

»Ich weiß nicht, was ich machen soll«, sagte Shirley.

»Mach, was du für richtig hältst, so wie immer. Es ist nicht einfach, das war es nie.«

Shirley nahm den Teller mit dem Sandwich und trug ihn zur Anrichte. »Aber wie soll ich ihn retten?« Sie drehte sich zum Tisch um.

Gabe war verschwunden.

Sie seufzte.

Die restliche Nacht saß sie in ihrem Wohnzimmer und sah BBC 1, Kindersendungen mit einer in der Ecke eingeblendeten Gebärdensprachdolmetscherin. Sie versuchte zu sticken, aber das ging nicht, weil ihre Hände zu sehr schmerzten. Also füllte sie ihre Abwaschschüssel mit heißem Wasser und holte die Waschlappen aus dem Badezimmer. Sie ließ sich wieder im Wohnzimmer nieder, hatte die Hände in den Waschlappen und sah sich eine *Balamory*-Folge mit Gebärdensprache an und versuchte, nicht allzu sehr an den folgenden Tag zu denken.

Jetzt in diesem Moment würde Frank Peterson schlafen.

Er würde, wenn er aufwachte, nicht wissen, dass er sein letztes Frühstück zu sich nehmen, zum letzten Mal *Morning Coffee* sehen, zum letzten Mal seine Katze füttern würde. Aber er wusste auch nicht, dass es dort draußen jemanden gab, der ihm zur Seite stand, der alles unternehmen würde, um ihm das Leben zu retten.

Shirley wusste, dass ihr niemand glauben würde. Selbst Callie glaubte ihr nicht. Nie und nimmer würde ihr ein Polizist glauben. Sie würde sich anstrengen müssen, um die Polizei zu überzeugen. Ihrer Ansicht nach konnte sie so etwas ganz gut, aber das fand auf einem ganz anderen Niveau statt. Morgen, streng genommen heute schon, würden ihre Fähigkeiten auf die Probe gestellt, und auf dem Spiel stand das Höchste überhaupt.

Auf *Balamory* folgten Wiederholungen der *Teletubbies*, und immer noch wollte sich der Schlaf nicht einstellen. Sie wechselte die Waschlappen, sagte sich schließlich, Scheiß drauf, brachte die ganze Wasserschüssel ins Wohnzimmer und tauchte die Hände ein. Sie beobachtete die Gebärdensprachdolmetscherin im Fernsehen und ihre schnellen, sicheren Handbewegungen und wünschte sich in eine Zeit zurück, in der sie so etwas auch gekonnt hatte. Wäre sie fünf Jahre zuvor auf Mallet AM gestoßen, hätte sie mehr Energie aufbringen können. Sie musste ihre Einschränkungen akzeptieren.

Sie beobachtete die Zauberkunststücke, die die Frau mit ihren Händen vollführte und damit in einer Sprache kommunizierte, die sie nicht verstand. Ihre Bewegungen hatten fast etwas Rhythmisches, Tröstendes. Es schien so einfach (sie meinte das Konzept, nicht die Ausführung), das alles für ein ganz neues Publikum zu übersetzen, damit es Gefallen daran fand. Es war schön.

Moggins kam und beäugte ihren Schoß, wo die Wasserschüssel stand. Er stupste sie mit der Nase an, putzte sich und rollte sich zusammen und schlief. Er hatte keine Ahnung, was ihr durch den Kopf ging, er hatte überhaupt keine Ahnung von irgendwas. Ein beschauliches Leben – ein Leben wie das ihre vor dieser Geschichte.

Wie sehr sich alles in so kurzer Zeit verändert hatte. Schon bemerkenswert. Und wie sehr änderte einen das selbst? Sie fühlte sich belebt, getrieben. Nach Bobs Tod hatte sie beschlossen, mehr zu unternehmen. Das hatte sie getan. Aber wie viele andere fiel auch sie in den immer gleichen Trott – die gleichen Angewohnheiten, die gleichen Gesichter, die gleichen fruchtlosen Gespräche. In gewisser Weise hatte sie das Gefühl, sich selbst abhandengekommen zu sein. Diese Sache – was immer es war – hatte sie wieder zu sich zurückgeführt. Mallet AM war Segen und Fluch zugleich.

Sie bezweifelte, ob Frank Peterson es auch so sehen würde.

Sie sah auf ihre Uhr – 02.46 Uhr. Sie sollte wirklich etwas schlafen. Sie musste aufhören zu grübeln – den Kopf freibekommen. Sie konzentrierte sich auf die Gebärdensprachdolmetscherin – die Tinky Winky beim Tubby-Pudding-Machen übersetzte, den dieser daraufhin den anderen Teletubbies servierte. Shirleys Kopf sträubte sich – und versuchte ihre Gedanken wieder auf Mallet AM zu lenken. Dann gab sie doch nach und konzentrierte sich auf den Bildschirm.

Moggins begann im Schlaf zu schnurren. Er träumte etwas Schönes.

Shirley erhoffte sich das auch für sich, was aber nicht sehr wahrscheinlich war. Sie drückte auf den seitlich angebrachten Knopf am Sessel und neigte ihn nach hinten. Sie stellte die Schüssel mit dem mittlerweile lauwarmen Wasser auf den Tisch neben sich. Sie hatte für den Morgen keinen Wecker gestellt, aber aus irgendeinem Grund meinte sie, wäre das kein Problem.

Sie lehnte den Kopf zurück und beobachtete die Dolmet-
scherin aus dem Augenwinkel heraus. Und als die Teletubbies den Clip eines Mädchens im Tanzunterricht sahen und
»noch mal, noch mal!« riefen, fiel sie in einen unruhigen
Schlaf.

Einen Schlaf voller Albträume mit Würgern und Wahrsa-
gern.

01.15

Chester-le-Street
Montag, 15. Februar 2021
07.31 Uhr

Callie holte sie um halb acht ab und rief sie noch von der Straße aus an. Shirley kam nach draußen und schloss ab. In der Straße herrschte Totenstille, als würde die Welt den Atem anhalten und darauf warten, was der Tag bringen würde. Shirley war möglicherweise die Einzige, die wusste, was er bringen würde – schließlich bezweifelte sie, dass Callie daran glaubte. Wenn es allerdings nach Shirley ging, würde er nicht das bringen, was Mallet AM vorhergesagt hatte. Sie würde den Lauf der Dinge aufhalten – und dafür sorgen, dass Mallet AM wenigstens einmal falschlag. Ja, das klang gut.

Bevor sie sich auf den Weg machte, griff sie sich noch ihren Stock. Es würde ein langer Tag werden.

»Bereit?«, fragte Callie mit einem Zögern, so, als wollte sie Shirley eigentlich fragen, ob sie gut geschlafen habe. Nach einem Blick auf Shirleys zerknautschtes Gesicht konnte sie sich das allerdings sparen.

»Ich bin bereit«, erwiderte Shirley, nahm auf dem Beifahrersitz Platz und stellte den Stock zwischen ihre Beine.

Sie sprachen kaum, während Callie durch die Stadt kurvte. Die Polizeidienststelle in Chester-le-Street lag in der Newcastle Road, der Verlängerung der Front Street. Shirley war noch nie dort gewesen, kannte sie aber gut, weil gleich nebenan die alte Stadtverwaltung untergebracht war, wo sie früher immer ihre Kommunalsteuer entrichtet hatte.

Callie hielt so nah wie möglich am Eingang und fuhr wieder los, nicht ohne sich vorher bei Shirley erneut und mehrmals zu entschuldigen, dass sie wirklich keine Zeit habe. Shirley sah ihr hinterher. Als der Wagen um die Ecke verschwand, gab es keinen Grund mehr, noch länger zu zögern. Sie ging hinein.

Drinnen empfing sie ein leerer, kleiner und dunkler Empfangsraum. In der Ecke ein Wartebereich mit Plastikstühlen und einer Auswahl von Zeitschriften. Schwarze Wände und graue Teppichböden verliehen dem Raum eine triste Atmosphäre, dazu lag über allem ein leicht muffiger Geruch. Es sah eher wie ein Ort aus, wo man ein Verbrechen beging, nicht, wo man eines zur Anzeige brachte. In der gegenüberliegenden Wand war ein Schalter mit einem Fenster eingelassen, durch das wenigstens etwas Licht fiel. Durch die Scheibe war ein Dienstraum zu erkennen – mit einem einzelnen Polizisten, einem Mann mittleren Alters mit angehender Glatze, der an einem der Tische arbeitete. Vom Radio am Fenster ertönte leise Popmusik. Radios – man fand sie überall.

Shirley trat an den Schalter. »Hallo?«

Der Polizeibeamte sah noch nicht mal auf.

»Hallo?«

Nichts.

Allmählich war sie verärgert, sie klopfte gegen die Scheibe. »Entschuldigung!«

Der Polizist hob den Kopf und war sichtlich überrascht, so früh am Tag jemanden zu sehen. Er blickte zur Uhr an der Wand und widmete sich wieder seinem Papierkram.

Shirley konnte es nicht glauben. Wieder klopfte sie gegen die Scheibe. »Entschuldigung! Ich bin hier!«, rief sie und fügte, leiser, ein »verdammt noch mal« an.

Erneut blickte der Polizist auf, raffte sich zum größten Seufzer auf, den sie jemals gehört hatte (einem, den die Gebärdensprachdolmetscherin nachts zuvor nicht hätte übersetzen müssen), und kam zur Scheibe. »Sie könn' hier nich' irgendwelche Rechnungen zahlen, gute Frau. Das war mal in der Stadtverwaltung nebenan, aber die ist da nich' mehr.« Das schien ihm ausreichend, um sich umdrehen und wieder an seinen Schreibtisch zurückziehen zu können.

»Warten Sie!«, brüllte Shirley ihm hinterher. Der Polizist kam tatsächlich zurück. »Ich will keine Rechnungen zahlen, ich bin wegen der Polizei hier.«

»Na, ich fürchte, für Anfragen machen wir erst in 'ner Dreiviertelstunde auf, gute Frau. Komm' Sie um halb neun wieder.«

»Was zum Teufel soll das heißen? Für Anfragen nicht geöffnet?«

»Das heißt, für Anfragen nich' geöffnet, ganz einfach.«

Shirley blieb die Spucke weg. Was für eine Frechheit! »Ich bin wegen was Wichtigem hier.«

Der Polizist zuckte mit den Schultern. »Wenn's wichtig ist, isses um halb neun auch noch wichtig. Wenn Sie mich dann entschuldigen wollen, die Zeit jetzt, die gehört nämlich mir, okay? Eine Stunde, bevor's losgeht, ohne Frau und Kinder, da leg ich was von TayTay auf und mach mein' Papierkram.«

»Es geht um einen Mord.«

Der Polizist hielt mitten in seiner Bewegung inne. Das Wort konnte er nun doch nicht ignorieren. Er kam wieder ans Schalterfenster. »Wie bitte?«

»Es geht um einen Mord, ganz einfach«, sagte sie spitz.

»Okay, zwei Sekunden«, sagte er, ging zu seinem Schreibtisch und wühlte herum. Er kam mit einem Klemmbrett zurück – es musste das Klemmbrett für Morde sein.

Erst jetzt fiel Shirley auf, dass ihr neuer Freund Kaugummi kaute, was sie mehr nervte als alles andere. Ein Mann würde umgebracht werden, und dieser Typ kaute Kaugummi.

»Okay, Sie wollen also einen Mord melden«, sagte er in einem Ton, der eher danach klang, als wollte Shirley eine Urlaubsreise bei ihm buchen.

»Ja, bitte.«

»Warum haben Sie nich'n Notruf angerufen?«, fragte er.

»Na ja, ähm …« Shirley kam ins Stottern. Sie hatte sich nicht überlegt, was sie sagen wollte, wie ihr jetzt erst klar wurde. Sie hatte einfach angenommen, die Polizei würde ihr helfen, weil … na ja, weil sie die Polizei war. Die Polizei, dein Freund und Helfer. Jetzt aber, da sie alles erklären musste, war sie überfordert. Die falschen Worte konnten in einer Katastrophe enden, die richtigen wollten ihr aber nicht einfallen. »Der Mord hat sich eigentlich noch gar nicht ereignet.«

Der Polizist sah sie seltsam an. Im Grunde war er nun erst recht alarmiert, was das genaue Gegenteil dessen war, was sie erwartet hatte. »Wer hat vor, jemanden umzubringen? Moment, haben Sie etwa vor, jemanden umzubringen?«

»Nein, natürlich nicht. Ich weiß nicht, wer den Mord begeht.« Sie musste es ihm erklären. »Ich weiß nur, dass das Opfer ein gewisser Frank Peterson ist. Er wohnt in der Nähe der Church of England School in Pelaw – South Street 11. Er wird am Nachmittag kurz vor 4 Uhr ermordet.«

Der Polizist hatte aufgehört, sich Notizen zu machen, und kratzte sich mit dem Stift hinterm Ohr. »Wovon sprechen Sie, gute Frau?«

»Frank Peterson wird umgebracht werden!«, schrie Shirley nun. Gott sei Dank war sonst niemand hier. Im Moment gab sie doch einen leicht irren Eindruck ab.

»Ja, gute Frau, hab ich mitgekriegt. Ist notiert. Aber Sie müssen mir's schon erklären. Woher wissen Sie das?«

»Na«, sagte Shirley, »ich, ähm … hab es im Radio gehört.«

»Sie …« Der Polizist verstummte. Das musste er erst verarbeiten. »Sorry, könn' Sie mir das noch mal vorspielen?«

»Ich hab es im Radio gehört. Es gibt da so einen Sender, der …«

»Im Radio? Dann ist es also schon gemeldet worden? Ist es gestern passiert? Ich hab von einem Mord nichts gehört.«

»Nein. Bitte hören Sie mir zu, es gibt einen Radiosender, auf den ich gestoßen bin, er nennt sich Mallet AM.« Sie wurde ganz nervös unter dem Blick des Polizisten. »M-A-L-L-E-T. Wenn Sie es aufschreiben wollen.« Sie bemerkte, dass er sich nichts notierte. »Der berichtet von den Dingen immer einen Tag im Voraus. Seb Starith ist von seiner Leiter gefallen – Sie müssen davon gehört haben. Und, ähm, der Milchwagen, oben bei den Avenues. Roy Farrow ist gegen einen Briefkasten gekracht, weil er einer Frau ausweichen musste. Mallet AM hat von beiden Ereignissen am Abend davor berichtet. Ich hab selbst gesehen, wie es passiert ist. Und jetzt hat er berichtet, dass Frank Peterson heute um 15.57 Uhr ermordet wird.«

Der Polizist sah sie an, als wäre sie ein Zauberwesen, da war aber noch etwas in seinem Blick. Etwas, woran sie sich als älterer Mensch gewöhnt hatte, insbesondere als ältere Frau – Mitleid. Mitleid mit der alten Schachtel, die immer noch nicht abgetreten war, obwohl es längst an der Zeit war. »Könn' Sie mir das alles noch mal langsamer durchgeben. Also, ein Radiosender …«

»Der von Dingen berichtet, bevor sie sich ereignen. Ja.«

»Wie Morde?« Ein neuer, kecker Ton hatte sich in seine Stimme geschlichen. Er konnte sich ein Kichern nicht verkneifen.

»Wie heißen Sie, junger Mann?«, schnauzte Shirley.

»Sorry, sorry«, sagte er, immer noch im gleichen Ton. »Ich heiße Dave.«

»Dave«, wiederholte sie, so bissig, wie sie nur konnte. »Wenn Sie mir nicht glauben, dann schalten Sie doch den Sender ein.«

Dave sah sie an, bevor er beide Hände hob. »Klar. Warum nich'?«

Zum ersten Mal in diesem Gespräch sah Shirley so was wie einen Hoffnungsschimmer. »Okay, Sie finden ihn auf 66,40 AM. Nicht vergessen – AM.«

Dave seufzte, legte sein Klemmbrett weg, ging zum Fenster und spielte an den Knöpfen des Radios. Dann drehte er am Rädchen, die Popmusik verstummte. Und wurde ersetzt von Rauschen. Überwältigendem Rauschen.

»66,40 AM«, erinnerte Shirley ihn.

»Das ist 66,40 AM«, sagte Dave flapsig.

»Warten Sie einen Moment, manchmal dauert es, bis er durchkommt.«

»Nichts kommt hier durch«, sagte Dave und ging zu ihrer Enttäuschung vom Radio wieder zu ihr. »Gute Frau, ich weiß nich', was ich Ihnen sagen soll. In Ihrem Fall ist noch kein Verbrechen verübt worden. Und nur weil Sie den sechsten Sinn haben und meinen, dieser Fred Peterfield …«

»Frank Peterson!« Der Arsch konnte sich seinen Sarkasmus sparen.

»Verzeihung, dieser Frank Peterson wird abgemurkst, heißt das aber noch lange nich', dass wir da irgendwas tun könn'. Wir richten uns nich' nach Vermutungen oder Kristallkugeln oder was weiß ich. Wir halten uns an Tatsachen.«

Shirley schlug mit der Hand gegen die Scheibe. »Ich sage Ihnen, es wird sich ein Mord ereignen. Und Sie könnten einem Menschen das Leben retten.«

»Wie?«, fragte Dave ganz nüchtern. »Sie haben mir nichts mitgeteilt. Den Radiosender, von dem Sie das angeblich gehört haben wollen, gibt's nich' …«

»Nein!«, schrie Shirley. »Nein! Wahrscheinlich ist auf dieser Seite der Stadt das Signal nur schwächer. Oben im Krankenhaus können Sie ihn hören.«

»Das Signal zu schwach? Wie bequem aber auch.«

»Sie«, zischte Shirley, »reden Sie mit mir nicht wie mit einer Irren.«

»Hören Sie«, sagte Dave mit nun vor Mitleid triefender Stimme, »Sie meinen, Sie wären der einzige alte Mensch, die uns mit so 'ner Geschichte kommt? Sie haben sich ein bisschen zu viel *Mord ist ihr Hobby* oder was auch immer reingezogen, und jetzt sehen Sie überall Verschwörungen und Morde. Wegen Leuten wie Ihnen verschwenden wir hier eine Menge Papier.«

»Leuten wie mir?«, knurrte Shirley.

»Ja, Leuten wie Ihnen«, bekräftigte Dave selbstgefällig. Wahrscheinlich wäre er etwas weniger selbstgefällig gewesen, wenn nicht eine Glasscheibe zwischen ihnen gewesen wäre. »Ich sag's nur ungern, aber ich hab größte Zweifel, dass es Ihren ›Radiosender‹ überhaupt gibt.«

»Es gibt jemanden, der ihn mit mir gehört hat.« Grässlich, wie kleinlaut sie klang. Deshalb hätte sie Callie gern mit dabei gehabt – um sich gegen die Voreingenommenheit zu schützen, die jemandem in ihrem Alter entgegenschlugen.

»So, so«, meinte Dave. »Ich wette, Sie reden auch mit Leuten, die gar nich' da sind.«

»Ich …« Gut, vielleicht hatte er in diesem Fall sogar recht. Gabe war bei ihr zu Hause mittlerweile zu einem festen Mitbewohner geworden. In letzter Zeit erschien er in schöner Regelmäßigkeit.

»Sehen Sie«, sagte Dave. »Warum soll ich Ihnen also glauben, dass Sie diese Stimme im Radio gehört haben, wenn Sie auch Stimmen in Ihrem Kopf hören? Hat Ihnen Ihre Stimme auch gesagt, dass ich im Lotto gewinne? Bitte sagen Sie Ja.«

»Sie können mich mal«, entgegnete Shirley.

»Okay, gute Frau, ich muss Sie bitten, das Gebäude zu verlassen, Sie können keinen Polizeibeamten beleidigen.«

»Sie sind doch nichts anderes als ein besserer Portier!«

Das brachte Dave kurz zum Schweigen. Anscheinend hatte sie einen Nerv getroffen. In seiner Miene blitzte etwas auf – ein Mann, der mit seinem Job unzufrieden war, ein Junge, dessen Traum es gewesen war, Polizist zu werden, und als er es dann geschafft hatte, fand er sich in einem Schreibtischjob wieder, was so gar nichts mit der Filmversion seines Berufs zu tun hatte, nach der er sich gesehnt hatte. Kein Wunder, dass er so ein abgestumpfter Arsch war. »Sehen Sie zu, dass Sie hier verschwinden«, knurrte er.

»Oh, bin schon weg. Keine Sorge«, sagte Shirley, packte ihren Stock und wandte sich zur Tür.

»Und belästigen Sie keine Leute, sonst muss ich Sie festnehmen.«

»Sie haben noch nicht mal die Befugnis, den Fotokopierer festzunehmen.«

»Netter Versuch. Scheren Sie sich zurück zu Ihrem Strickzeug.«

»Sie!«, zischte Shirley und funkelte ihn böse an. Dann drohte sie ihm mit dem Stock, als könnte sie ihn damit mit einem Fluch belegen. Wenn er sie wie eine alte Schachtel behandelte, dann tat sie ihm den Gefallen und benahm sich auch wie eine. »Sie sollten sich schämen.«

»Das tu ich regelmäßig. Aber das hat nichts mit dem hier zu tun«, antwortete Dave, zuckte erneut mit der Schultern – was charakteristisch für ihn zu sein schien – und zog sich zurück.

Shirley konnte nicht mehr bleiben, sonst hätte sie wirklich noch etwas getan, was eine Festnahme gerechtfertigt hätte. Mit einem letzten vernichtenden Blick, der Daves Rücken traf – und sich ihm hoffentlich in den Schädel bohrte –, verließ sie die Polizeidienststelle und knallte mit Vergnügen die Tür hinter sich zu.

Der Wind hatte aufgefrischt, die Sonne erhob sich gerade über die fernen Dächer. Es lag eine derart kompakte Kühle in der Luft, dass sie sie fast umzuwerfen drohte. Sie hatte in den letzten Jahren so viel an Gewicht verloren. Früher war sie ebenfalls schlank, aber auch robust gewesen. Jetzt kam sie sich wie eine gläserne Christbaumkugel vor – eine, die so zerbrechlich war, dass man sie kaum anzufassen wagte, und bei der es sich nicht lohnte, sie aufzuhängen, weil sie sowieso gleich wieder runterfiel. Der Wind versuchte sie wegzublasen, als wollte er sich über sie lustig machen. Alles deutete auf einen weiteren bitterkalten Februartag hin.

Shirley wusste nicht recht, was sie tun sollte. Was gab es denn zu tun? Callie war in der Arbeit, Deena hatte keine Ahnung, was los war, und Gabe konnte ihr nicht helfen. Was würde ihr Gabe in dieser Situation raten? Diesmal dachte sie nicht an den realen, einst lebenden Gabe, sondern an den, den sie sich in ihrer Vorstellung zurechtgelegt hatte. In diesem Sinne stellte sie sich diese Frage also eigentlich selbst. Durch den Umweg über Gabe konnte sie klarere Gedanken fassen. Und sie kam zu einer mit seiner Stimme verkündeten Schlussfolgerung. Klar. Dave, der Polizeibeamte, hatte es ihr doch glasklar zu verstehen gegeben.

Sie war auf sich allein gestellt.

01.16

Chester-le-Street
Montag, 15. Februar 2021
Morgenstunden bis 12.40 Uhr

Zur South Street ging es eine weitere Steigung hinauf – nur war diese doppelt so steil wie die der Front Street. Shirley hatte es auf zwei Beinen und ihrem Stock unter Beibehaltung eines gleichmäßigen Tempos zum Beginn des Anstiegs geschafft. Ihr begegneten frühmorgendliche Passanten, die ihre Hunde ausführten, Leute, die in ihre Autos stiegen, um zur Arbeit zu fahren. Für den flachen Abschnitt von der Polizeidienststelle zum Beginn des Anstiegs hatte sie zwanzig Minuten gebraucht. Alle, die in ihre Richtung unterwegs waren, überholten sie und gaben ihr unmissverständlich zu verstehen, dass sie noch nicht mal auf flachem Terrain schnell unterwegs war. Als sie schließlich vor dem stand, was aus ihrer Sicht gut und gern als Berg durchging, war es halb neun.

Die Zeit lief ihr davon, sie musste irgendwie zur South Street hinauf.

Sie machte sich an den Aufstieg. Sofort spürte sie, dass es ihr schwerer fiel, den Stock hügelaufwärts zu schwingen, noch schwerer war es, die Beine in diese Richtung zu bewegen. Sie konzentrierte sich auf ihren Atem, meinte, ein gewaltiges Gewicht hinter sich herzuschleifen. Sie kam sich vor wie ein Husky in einem Schlittengespann, wenn sie sich aber umdrehte, war da nichts.

Je höher sie kam, desto mehr glaubte sie, dass sie sich nicht einmal mehr umdrehen konnte. Allein durch die Bewegung wurde ihr schwindlig. Am liebsten wäre sie keinen Schritt weitergegangen – aber wenn sie stehen blieb, so glaubte sie, würde sie den Halt verlieren und nach unten purzeln. Dort würde man dann einen Knochenhaufen finden, der nur noch entfernt so aussah, als gehörte er einmal zu einem Menschen.

Auf halber Strecke musste sie anhalten. Dankenswerterweise gab es eine Bank, auf die sie sich setzen konnte, um neue Kraft zu schöpfen. Außerdem hatte sie Schmerzen in der Brust – zum Glück nicht auf der Seite des Herzens. Was die Schmerzen nicht weniger schlimm machte. Ihr ging durch den Kopf, was dieser Idiot von Arzt denken würde, könnte er sie jetzt sehen. Würde es ihn persönlich berühren, dass er sie nicht hatte aufhalten können – vielleicht wäre er ja zu ihr durchgedrungen und hätte ihr klarmachen können, wie ernst die Lage war, wenn er eben ein besserer Arzt wäre? Oder würde er sie bloß für eine dämliche Kuh halten? Im Grunde war es egal – und in gewisser Weise wollte sie auch gar nicht, dass er sich schlecht fühlte. Das alles ging einzig und allein auf ihre Kappe: Sie hatte entschieden, die Regeln zu missachten, sie hatte entschieden, an die Grenzen zu gehen, ihre Gebrechen auszublenden. Aber wenn das Erklimmen dieses Monstergipfels sie umbringen sollte, dann hoffte sie zumindest, dass der Schnitter sich mit seiner Sense noch einen Tag Zeit lassen würde, damit sie davor noch jemandem das Leben retten konnte.

Sterben, indem man einen anderen rettete? Klang nicht nach dem schlechtesten Abgang.

Sie gab sich einen Ruck und stand auf, aber nach der Ruhepause fiel ihr das Gehen noch schwerer. Die Gelenke waren in der Kälte steif geworden, der Wind wurde immer stärker, je höher sie kam. Sie begann die Autos zu hassen, die sie

166

bergauf überholten – vor allem hasste sie die Insassen dieser Autos.

Einmal, dachte sie, würde jemand anhalten, um sie mitzunehmen, was sie ebenso freute wie beschämte. Aber er fuhr nur an den Straßenrand heran und holte jemanden ab. Als die abgeholte Person den Bürgersteig überquerte, fiel deren Blick auf Shirley, und Shirley glaubte, darin etwas zwischen Verwirrung und Traurigkeit wahrzunehmen. Sie antwortete mit einem bockigen Blick.

Sie sah aufs Straßenschild – Archer's Street. Sie hatte sich am Vorabend die Karte angesehen, als Callie ihr den Grundbucheintrag gezeigt hatte. South Street, wusste sie, war gleich die nächste Straße. Sie hatte es geschafft – wie lange es auch immer gedauert hatte. Und ihr blieb noch mehr als genug Zeit, um Frank Peterson zu retten.

Nach der schmalen Straße entdeckte sie das Schild der South Street und machte sich nun Gedanken über ihr weiteres Vorgehen. Frank Peterson sollte um 15.57 Uhr sterben. Sie wusste nicht, was sie mit der noch verbliebenen Zeit anfangen sollte. Das Erste wäre wohl, Frank Peterson von seinem Schicksal in Kenntnis zu setzen. Dann könnten sie gemeinsam dem Schicksal eins auswischen.

Die South Street bestand aus zweigeschossigen – wahrscheinlich vermieteten – Reihenhäusern auf der einen und größeren Doppelhaushälften auf der anderen Seite. Ein zu Stein gewordener Klassenunterschied, bei dem die Ärmeren den unverstellten Blick auf die Wohlhabenderen genießen durften. Shirley ging durch die Straße und suchte nach den Hausnummern. Es waren nicht an allen Gebäuden welche angebracht. Schließlich, am Ende der Straße, stieß sie auf ein Haus, an dem die Nummer 10 prangte.

Also bewegte sie sich zum Haus nebenan, wo sie klopfte. Was sollte sie sagen? Sie hatte keinen blassen Schimmer. Einfach alles so gut wie möglich erklären, die Wahrheit und nichts als die Wahrheit erzählen. So, wie es aussah, konnte sie sich darüber aber noch länger Gedanken machen, denn es kam niemand an die Tür.

Sie trat einen Schritt zurück und sah zum Fenster im oberen Stockwerk. Die Vorhänge waren zugezogen, als sie aber hinaufblickte, bemerkte sie eine Gestalt, die sie leicht zur Seite schob. Erneut klopfte sie und erwartete, dass die Person nach unten kam und ihr öffnete. Aber das geschah nicht. Die Person oben musste beschlossen haben, sie sei es nicht wert, ihretwegen an die Tür zu kommen. Zur Sicherheit klopfte sie ein weiteres Mal, auch wenn klar war, dass niemand kommen würde.

Sie seufzte. Was jetzt? Es war 10.45 Uhr. Vielleicht wollte Mr Peterson ausschlafen.

In der folgenden Stunde spazierte sie durch das Viertel und hielt nach allem Ausschau, was ihr seltsam und ungewöhnlich erschien. Natürlich fand sie nichts. Schließlich hatte der Mörder ja nicht angekündigt, wann er auftauchen würde, und wahrscheinlich war er ja auch noch gar nicht hier. Es sei denn, er wohnte in der Nähe. Sollte das der Fall sein, würde sie das erst erfahren, wenn es bereits zu spät war.

Gegen 11.45 Uhr kehrte sie zur South Street 11 zurück und klopfte erneut. Immer noch keine Reaktion. Wieder sah sie zum Fenster hinauf – die Vorhänge waren immer noch geschlossen. Vielleicht war Frank Peterson nicht zu Hause, vielleicht war er tagsüber unterwegs. Vielleicht hatte er sich jetzt bereits Mallet AMs Prophezeiung entzogen. Sie konnte es nur hoffen.

Sie trat noch weiter zurück – bis hinaus auf die Straße – und versuchte zu erkennen, ob sich irgendwo die Vorhänge bewegten. Nein, nichts. Entweder schlief er, oder …

168

»Hallo, fremde Frau«, zwitscherte eine nur allzu vertraute Stimme.

»Scheiße«, murmelte Shirley, bevor sie sich mit einem strahlenden Lächeln umdrehte. »Hallo, Colleen, wie geht's?«

Langsam, von ihren beiden angeleinten Chihuahuas mitgeschleift, kam Colleen die Straße herunter. Als die beiden spitzohrigen, glubschäugigen Hunde Shirley sahen, fletschten sie die Zähne und begannen zu bellen. Anscheinend mochten sie alte Damen nicht. Was, da sie mit Colleen zusammenwohnten, eine Herausforderung für sie sein musste.

»Was machst du denn hier in meiner Gegend, meine Liebe?«, fragte Colleen und umarmte Shirley, so gut dies mit zwei Hundeleinen in der Hand ging. Die Chihuahuas setzten sich und knurrten sie an. »Wie schön, dich zu sehen. Hier, das sind Daisy und Maisy.«

»Wer ist wer?«, fragte Shirley, auch wenn sie das keinen Deut interessierte.

»Ah, wer weiß das schon«, lachte Colleen. »Ich bring sie ständig durcheinander.« Einer der Chihuahuas hatte langes Fell und war weiß, der andere hatte kurzes Fell und war sandfarben. Völlig schleierhaft, wie man sie verwechseln konnte. »Was machst du denn hier oben in Pelaw? Das ist ein gutes Stück von dir entfernt, oder?«

»Ja, nun«, grummelte Shirley. »Ähm, manchmal geh ich eben gern spazieren.« Ihre Knie pochten schmerzhaft, als wollten sie sagen: *Willst du uns verarschen?*

»Moment«, sagte Colleen, als ihr auffiel, vor welchem Haus sie standen. »Du bist doch nicht wegen diesem Frank Peterson hier, oder? Ich hab mich schon gefragt, was deine Nachricht auf dem Anrufbeantworter gestern zu bedeuten hatte.«

»Kennst du ihn?«, fragte Shirley.

Colleen begann zu erzählen, aber die Chihuahuas wurden ungeduldig. Jaulend zerrten sie an ihren Leinen, Colleen fragte daher, ob Shirley sie nicht ein Stück begleiten wolle. Shirley konnte sich nichts Schlimmeres vorstellen, willigte aber trotzdem ein. Falls Colleen irgendwas wusste, was dazu beitragen könnte, Frank Peterson zu schützen, dann musste sie es erfahren.

»Frank Peterson ist keiner, von dem ich gedacht habe, du könntest mit ihm zu tun haben. Woher kennst du ihn?«, wollte Colleen wissen.

»Ich kenne ihn eigentlich gar nicht«, sagte Shirley. »Du?«

»Ja, ich kenne ihn«, sagte sie und zog die Hundeleinen ein, als sie einem Passanten ebenfalls mit Hund begegneten. »Er hat hier in der Gegend seinen Ruf weg. Nicht unbedingt jemand, den man zum Nachbarn haben möchte.«

»Warum nicht?«

»Zu laut, stellt den Müll nicht raus, wenn er raussollte, hinten in der Gasse liegt also sein Abfall rum. Solche Dinge. Anscheinend säuft er den ganzen Tag wie ein Loch. Hat früher im Steinbruch gearbeitet, ist aber im dunklen Jahr ausgestellt worden. Im Moment versäuft er seine Abfindung, tut aber so, als würde er noch arbeiten. Ach ja, und seine Katze.«

Katze. Mallet AM hatte eine Katze erwähnt, die an der Tür kratzte, was die Nachbarin alarmierte. Das erste Detail stimmte also schon mal. »Seine Katze wird wie eine Königin behandelt und hat nur Augen für Frank. Sie faucht und will jeden vertreiben, der ihr zu nahe kommt. Einmal wollte sie sogar meine arme Daisy anfallen. Oder war es Maisy?«

Einer der Chihuahuas krümmte den Rücken und presste sich mitten auf der Straße ein Häufchen heraus. Dabei blickte er zu Shirley auf und sah sie während der gesamten Prozedur mit großen Murmelaugen an. Es war gruselig. Shirley mochte Hunde aus der Ferne, selber einen zu besitzen hatte für sie allerdings nicht den geringsten Reiz. Es missfiel ihr, sich von einem Tier herumkommandieren zu lassen. Katzen konnten zum größten Teil auf sich selbst aufpassen – Moggins musste nur zweimal am Tag gefüttert werden, und sie musste nichts entsorgen, wenn bei ihm am anderen Ende was herauskam.

»Willst du so nett sein?«, sagte Colleen und hielt ihr eine Tüte hin. Shirley musste sich zusammenreißen, um nicht laut auszusprechen, was ihr durch den Kopf schoss: *Scher dich zum Teufel!* Sie war angefressen – schließlich war sie hier, um einen Mord zu verhindern, nicht um Hundekacke wegzuräumen. Aber Colleen wirkte so schwach, und ihrem Rücken ging es wirklich nicht gut, also erbarmte sich Shirley. Sie überreichte ihrer Freundin die volle Tüte, die sie verknotete und beim Weitergehen um ihren Finger kreisen ließ.

Shirley war definitiv eher für Katzen.

»Hat Frank irgendwelche Feinde?«, fragte Shirley, um wieder aufs Thema zurückzukommen.

»Feinde?«, krächzte Colleen überrascht. »Na, ja, keiner mag den Dreckskerl, aber ich würde jetzt nicht sagen, dass er Feinde hat. Man bemitleidet ihn vielleicht ein wenig, man regt sich über ihn auf, klar, aber Feinde? Nein. Nicht, dass ich wüsste. Woher kennst du ihn?«

»Ach«, antwortete Shirley und wusste nicht, was sie sagen sollte – im Lügen war sie noch nie gut gewesen. Das war einer der Gründe, warum Bob immer so auf ihr herumgehackt hatte – weil sie ihm immer die Wahrheit erzählt hatte. Was er dann gegen sie verwenden konnte. »Ich … ähm …« Was konnte sie sagen? Sie konnte Colleen nicht mit der Wahrheit kommen. Das alte Mädel war zu geschwätzig und zu fantasievoll – wahrscheinlich würde sie Shirley sogar glauben, aber nicht so, dass ihr das eine Hilfe wäre. »Ich bin im Krankenhaus jemandem begegnet, auf meiner Runde, beim Zusammentragen der Musikwünsche, und der hat ihn gekannt. Ich soll ihm was ausrichten.« Keine schlechte Lüge.

Colleen schien es ihr abzukaufen. »Na ja, vor ein Uhr wirst du ihn wahrscheinlich nicht zu Gesicht bekommen. Er muss immer erst seinen Rausch ausschlafen.«

Schließlich verlagerte sich ihre Unterhaltung aufs Sticken und dass Colleen sie in wenigen Tagen bei sich zu Hause empfangen würde. Laut Colleen sei das Treffen bei Shirley ein phänomenaler Erfolg gewesen. Shirley wünschte sich nur, Marsha würde das ebenso sehen. Sie wusste nur eins: Marsha würde gegenüber Colleen gnadenlos sein und alles niedermachen, von ihrem Haus bis zu den rattenhaften Chihuahuas und ihrem Teeservice.

Shirley verließ Colleen und die Hunde, als sie sich dem Hang näherten, mit dem sie sich mittlerweile eingehend vertraut fühlte. Sie wollte ihn gar nicht sehen, geschweige denn, hinunter- und wieder hinauflaufen. Sie verabschiedete sich von Colleen und, da es ihre Freundin zu erwarten schien, auch von den beiden Hunden, wenngleich verhaltener, und kehrte in die South Street zurück.

Es war 13.15 Uhr, als sie wieder vor der Hausnummer 11 stand.

Shirley klopfte an die Tür. Nach einer Minute, als sich keiner meldete, pochte sie noch fester.

Schließlich steckte ein Mann den Kopf zur Tür heraus. Er wirkte sehr viel älter, als er tatsächlich war, ragte vor ihr auf, war beleibt und hatte einen langen Bart und eine Gleitsichtbrille. Seine rote Knollennase war mit violetten Äderchen überzogen, die vom jahrelangen Saufen zeugten. Er beäugte sie und krächzte: »Was woll'n Sie? Ich schau fern.« Wenn er sprach, kamen seine schwarzen, schiefen Zähne zum Vorschein, außerdem roch er nach einer ganzen Wagenladung Bier. Colleen hatte recht – er war betrunken.

»Sind Sie Frank Peterson?«, fragte Shirley.

»Und wer sind Sie?« Also, ja. Immerhin.

»Ich bin … eine besorgte Bürgerin.«

»O verdammte Scheiße, verdammte Scheiße, ich sag's zum letzten Mal, ich dreh die Musik nicht leiser. Ich reiß mir im Steinbruch den ganzen Tag den Arsch auf, und wenn ich heimkomme, will ich den Sound aufdrehn, das sollte, Scheiße noch mal, erlaubt sein.« Nach diesem Ausbruch war er außer Atem.

Würde er tatsächlich den ganzen Tag im Steinbruch schuften, was machte er dann um 13.15 Uhr hier?, ging Shirley durch den Kopf. Aber sein Denkfehler schien ihm gar nicht aufzufallen.

»Sir«, sagte Shirley und brachte Frank damit zum Schweigen. Offensichtlich hatte ihn noch nie jemand »Sir« genannt. »Ich bin nicht wegen der Musik hier. Es geht um Ihr Wohlbefinden.«

»Mein Wohlbefinden? Scheiße noch mal, wovon reden Sie?«

Und offensichtlich hatte sich auch noch nie jemand nach seinem Wohlbefinden erkundigt.

»Ich habe Grund zu der Annahme, dass jemand Ihnen nach dem Leben trachtet. Heute.«

»Mir nach dem Leben trachtet? Ich kann Ihnen nicht ganz folgen«, sagte Frank, räusperte sich vernehmlich und schluckte, so wie es sich anhörte, einen ordentlichen Batzen Schleim hinunter. Darauf verschwand er kurz und kam mit einer Bierdose zurück. Ihr fiel kein Grund ein, warum irgendjemand Frank Peterson umbringen wollte; noch ein Jahr, und er schaffte das wahrscheinlich mühelos auch allein.

»Jemand will Sie umbringen«, rief Shirley jetzt.

Frank sah sie verschwiemelt an, dann brach er in schallendes Lachen aus. Er musste sich sogar auf den Knien aufstützen und lachte noch mehr, hustete Schleim hoch und spuckte ihn auf die Stufen. Shirley stand nur da und hatte keine

Ahnung, was daran so witzig war. Dieser Mann würde sterben, und es interessierte ihn einen Scheißdreck.

»Das war ein verdammt guter Witz. Hab schon lang nicht mehr so gelacht. Was kümmert Sie das denn?« Er rülpste ihr ins Gesicht. Wie reizend. Frank Peterson wusste wirklich, wie er andere für sich einnahm.

»Ich hab gesagt«, betonte Shirley, »dass jemand Sie umbringen wird.«

Erneut brach er in dröhnendes Gelächter aus. »Sie sind mir schon eine. Ich meine, wirklich?« Er schüttete sich den Rest des Biers in den Mund, zerquetschte die Dose in der Faust und warf sie über die Schulter nach hinten. Sie landete klappern im Flur. Unweigerlich fragte sich Shirley, wie viele Bierdosen dort bereits lagen. »Auf den Spaß trink ich einen, aber jetzt muss ich mich wieder um Wichtigeres kümmern.« Frank wollte rein. Shirley hätte wetten wollen, dass das Wichtigere aus einem Karton mit achtzehn Dosen bestand.

»Warten Sie«, sagte Shirley, deren Hand zur Tür glitt und schmerzhaft zurückzuckte, als sie dagegenstieß. »Kennen Sie jemanden, der Sie umbringen möchte?«

Frank knurrte und ließ seine schwarzen Zähne sehen. »Wer soll mich schon umbringen wollen? An mir wäre doch bloß ein schöner Mord verschwendet. Und jetzt hauen Sie ab.« Und damit knallte er Shirley die Tür vor der Nase zu.

Fassungslos stand sie da. Sie wollte ihn retten, und er wollte nichts davon wissen. Kurz überlegte sie, sich nicht weiter um ihn und um seinen Mörder zu scheren. Aber das ging schnell vorüber, so beschloss sie, sich auf der gegenüberliegenden Straßenseite auf eine Backsteinmauer zu setzen und zu warten.

Nachdem sie sich niedergelassen hatte, starrte sie eine halbe Ewigkeit auf das Haus South Street 11. In der Straße war nicht viel los – sah man von Anwohnern ab, die hin und wieder Recyclingtonnen mit blauem Deckel auf die Straße stellten. Die Mauer war nicht sehr bequem – die Backsteine drückten sich ihr in den Hintern. Noch etwas, was morgen wehtun würde. Sollte sie diesen Mord wirklich verhindern können, würde sie sich eine Woche Schlaf gönnen.

Noch immer hoffte sie, dass sie und Mallet AM sich irrten – dass der Zauberbann des Radiosenders gebrochen war. Zufall, hatte Callie gesagt. Nie hatte sich das Wort wohliger angefühlt.

Um 14.30 Uhr brachte ein Mann aus Hausnummer 10 seine Mülltonne nach draußen. Die ganze Zeit starrte er dabei Shirley an. Sie erwiderte seinen Blick. Dann zückte er sein Handy und telefonierte mit jemandem, erst verstohlen, dann ganz offen. Sie hörte nur, wie er sagte, er glaube, die Leute von den Rundfunkgebühren seien da. Dann stieg er in seinen Wagen und fuhr davon.

Dort, wo der Wagen gestanden hatte, sah Shirley eine gefleckte, kurzhaarige Katze die Straße entlangschlendern. Shirley wusste, dass es Frank Petersons Katze war, noch bevor diese Shirley erblickt hatte und sie anfauchte. Shirley war noch nie von einer Katze angefaucht worden, sie glaubte sogar, eine unausgesprochene Verbundenheit mit ihnen zu haben, und war überrascht, wie sehr sie das jetzt kränkte.

Wie vorhergesehen, bog das großspurige Vieh an der Hausnummer 11 ab und tippte mit der Pfote gegen die Tür. Nach ein paar Minuten öffnete Frank die Tür. »Hey, Big Mac.« Während die Katze ins Haus glitt, blickte Frank auf und musste dann zweimal hinsehen. »Verdammte Scheiße, was hocken Sie denn da rum? Lassen Sie mich in Ruhe.«

»Das kann ich nicht«, rief Shirley. »Ich muss Sie beschützen.«

»Verziehen Sie sich, oder ich sag den Weißkitteln Bescheid, die holen Sie dann ab, Sie durchgeknallte Alte.«

Shirley verschlug es die Sprache, doch sie rümpfte lediglich die Nase, verschränkte die Arme und blieb sitzen.

Frank gluckste, ging wieder rein und rief noch, dass er sich wünschen würde, sein »verdammter Schutzengel« wäre noch »jung und knackig«.

Shirley ignorierte den letzten Kommentar. Die Uhr sprang auf 15 Uhr. In einer Stunde würde sie hundertprozentig wissen, ob Mallet AM wirklich die Zukunft vorhersagen konnte. Im Moment aber tat sie so, als gäbe es daran nicht den geringsten Zweifel. Jeder potenzielle Mörder würde sich – hoffentlich – abschrecken lassen, wenn er eine Siebzigjährige vor dem Haus des Mordopfers sitzen sah.

Im Verlauf der folgenden Stunde wurde Shirley aber bewusst, dass ihr Plan eine Schwachstelle hatte. Es gab ja noch eine Hintertür – was, wenn der Mörder diese benutzte? Plötzlich sah sie alles klar vor sich. Da es sich um Reihenhäuser handelte, musste sie die ganze Straße runter, um in die schmale Gasse zu kommen, die sich an der Rückseite der Grundstücke entlangzog. Selbst wenn sie laufen würde – was sie nicht konnte –, würde sie nicht zwei Eingänge gleichzeitig im Auge behalten können.

So schnell sie konnte, was alles andere als schnell war, ging sie hinten herum. Dort gab es sogar einen breiteren, für Autos befahrbaren Weg, der an eine Backsteinmauer grenzte, hinter der die Gärten der einzelnen Häuser lagen. Sie hatte keine Ahnung, wo Hausnummer 11 war, da alle gleich aussahen und sie nicht über die Mauer sehen konnte.

Zum ersten Mal bröckelte ihre Zuversicht. Sie sah auf ihre Uhr. 15.15 Uhr. Was machte Frank Peterson jetzt – vor der Glotze sitzen und saufen? Was führte ihn in die Küche, wo sein Leichnam später gefunden würde? Vielleicht eine neue Bierdose? Vielleicht hatte er die aktuelle verschüttet und brauchte einen Lappen, um alles aufzuwischen. Vielleicht hörte er etwas, ein Geräusch, vielleicht stieß der Mörder etwas um, und Frank stand auf, um nachzusehen. Aber alles, was ihn erwartete, wäre sein Tod. Er würde erdrosselt werden. Was würde der Mörder tun – wie würde er das Haus verlassen? Durch die Vorder- oder durch die Hintertür?

Shirley ging wieder nach vorn – dort wusste sie zumindest, auf welches Haus sie sich konzentrieren musste. Außerdem hatte sie hinten nichts Verdächtiges bemerkt. Es war 15.35 Uhr. Noch gut zwanzig Minuten. Sie musste es noch mal probieren.

Sie hämmerte gegen die Tür. Ihre Fäuste waren schon ganz taub.

Frank Peterson machte nur einen Spaltbreit auf, das aber so gewaltsam, als wäre er zur Tür gestürmt. »Verdammte Scheiße.«

»Mr Peterson, bitte. Ich will Ihnen nur helfen. Ich habe Grund zu glauben, dass Sie in den nächsten zwanzig Minuten sterben werden.«

»Na, ist das nicht nett? Verpissen Sie sich. Oder ich ruf die Polizei.«

Shirley witterte ihre Chance. »Wissen Sie was? Ja. Ja, das ist eine großartige Idee. Rufen Sie die Polizei. Rufen Sie sofort die Polizei.«

»Sie sind doch völlig übergeschnappt, das sind Sie. Mein Gott!« Frank schien sehr viel betrunkener zu sein als beim letzten Mal, obwohl seitdem nicht so viel Zeit vergangen war. Er verschliff die Worte, seine einschüchternde Statur wirkte auch nicht mehr so bedrohlich, wenn er vor ihr hin und her schwankte. »Ich sag's zum letzten Mal, lassen Sie mich in Ruhe.« Er knallte die Tür zu. Es war in der Tat das letzte Mal, dass er ihr etwas sagte – so oder so.

Sie wusste, er würde nicht die Polizei rufen, und selbst wenn, würde ihn vermutlich keiner ernst nehmen. Selbst am

Telefon würde der zuständige Beamte wahrscheinlich seine Fahne riechen.

Shirley überquerte wieder die Straße, gleichzeitig hörte sie ein lautes Dröhnen, das von einem Piepen und einem Rutschgeräusch begleitet wurde. Ein Mülllaster hatte vor dem ersten Haus in der Straße angehalten. Der Lärm, den diese Gefährte erzeugten, wäre die perfekte Tarnung für einen Mord. Langsam kam der Wagen näher. Aber es kam noch jemand.

Ein Mann mit einer Wollmütze und einer Atemschutzmaske kam die Straße entlang. Er hielt regelmäßig an und sah zu jedem Haus. Shirley spannte sich an. Kein Zweifel, das war er. Das war der Mörder. Wunderbarerweise – verrückterweise – hatte er sie nicht gesehen, als er Hausnummer 11 erreichte.

Der Mörder sah zum Haus und zog sein Handy heraus, als wollte er etwas überprüfen. Er las vom Display ab, sah die Straße hinunter und ging weiter. Er wollte zum Hintereingang, ganz sicher. Aber er würde Frank nicht umbringen, denn sie würde ihn davon abhalten.

Er ging schnell, sie hatte alle Mühe, ihm zu folgen. Ihr Körper war ein einziger Schmerz, aber sie ließ nicht locker. Sollte es zur Entscheidung kommen, ob sie oder Frank Peterson, würde sie wahrscheinlich den Kürzeren ziehen müssen – jemand anders sollte eine Chance bekommen. Selbst wenn es jemand wie Frank Peterson war.

Der Mörder ging bis zu dem mit Bäumen und Büschen bewachsenen Ende der Straße. Es schien dort keinen Weg zur Rückseite der Häuser zu geben, sie war sich daher nicht sicher, was er dort wollte. Schließlich verschwand er im Dickicht, in dem sich ein kleiner, ausgetretener Pfad auftat, der über einen Hügel führte. Vielleicht kannte er einen anderen Weg.

Shirley erreichte etwa eine Minute nach dem Mann die Büsche. Es war 15.55 Uhr. Er musste sich also beeilen, und sie auch. Sie zückte ihr Handy und gab schon mal den Notruf ein. Sie sah sich um – der Mülllaster kroch nach wie vor wie ein geriatrischer Drache rumpelnd durch die Straße. Im Schutz dessen Lärms würde ein schreckliches Verbrechen stattfinden.

Sie schlug sich mit ihrem Stock durch das Dickicht. Sie entdeckte den Mörder ... und ihr Magen verkrampfte sich.

Auf der anderen Seite des Dickichts lag eine Straße, eine, auf der sehr viel mehr los war und die parallel zur South Street verlief. Und gegenüber lag die Church of England School. Ihr »Mörder« stand vor dem Schultor, warf wiederholt einen Blick auf sein Handy und wartete. Und dann sah sie einen Jungen mit einem Gitarrenkoffer durch das Tor kommen.

»Scheiße«, murmelte Shirley, während der Mann dem Jungen durch die Haare strich und sie anschließend gemeinsam die Straße entlanggingen.

Aber wenn er nicht der Mörder war ...

Nein. Nein. Nein.

Es war 15.56 Uhr.

Shirley kehrte um, schob sich durch das Dickicht, landete wieder in der South Street und geriet fast ins Stolpern, als ihr der Stock aus der Hand flog. »Ahhh«, ächzte sie und unterdrückte einen Schmerzensschrei. Taumelnd hob sie ihren Stock auf, während der Mülllaster das Ende der Straße erreichte.

»Alles in Ordnung?« Sie sah auf. Vor ihr stand einer der Männer in Neonjacken.

»Alles okay«, zischte sie so giftig, dass der Mann sofort den Rückwärtsgang einlegte und sich wieder seiner Arbeit zuwandte.

Sie richtete sich auf. Der Laster verstellte ihr den Blick auf South Street 11. Schnell humpelte sie an ihm vorbei und ignorierte die Tatsache, dass sich ihr linkes Bein anfühlte, als wäre es in die falsche Richtung gebogen worden. Dann war sie am Laster vorbei und sah …

Nein.

Die Katze. Big Mac. Der kleine anmaßende Scheißer. Er saß auf den Eingangsstufen. Miaute und kratzte an der Tür. Nein, wie war er wieder nach draußen gekommen? Frank Peterson musste ihn hinten rausgelassen haben. Und die Katze musste beschlossen haben, dass sie wieder rein wollte, und war nach vorn gelaufen. Deshalb saß sie jetzt da und sah ziemlich angearscht aus. Die Tür war zwar einen Spaltbreit geöffnet, aber zu schwer, um sich von den weichen Katzenpfoten bewegen zu lassen.

Genau wie Mallet AM vorhergesagt hatte.

Nein, nein, nein.

Shirley sah nach links und rechts. Niemand achtete auf sie. Der Mülllaster fuhr rückwärts und veranstaltete einen Riesenradau, der den Mord vielleicht überdeckt hatte. Alles geschah exakt so wie berichtet. Jetzt konnte sie nur noch hoffen – hoffen, dass dem nicht so war.

Sie überquerte die Straße und ging zur Eingangstür. Sie klopfte, wusste aber, dass niemand antworten würde. Es gab einen kleinen Eingangsbereich mit einer Garderobe und einem Schuhregal, daneben die Treppe hinauf in den ersten Stock, dazu zwei Türen, eine direkt vor ihr – die andere an der Wand seitlich von ihr. Überall lagen leere Bierdosen.

»Hallo!«, rief Shirley. Schon verrückt, wie sehr sie die Stimme eines Mannes hören wollte, dem sie vor dem heutigen Tag nie begegnet war, eines Mannes, der sich ihr gegenüber widerlich benommen hatte – schon verrückt, wie sehr sie sich wünschte, dass Frank Peterson gesund und munter war.

Aber sie wusste es bereits – das Haus war kalt. Diesem Haus war soeben etwas entrissen worden.

Bic Mac tapste vor ihr her. Sie schob die Tür auf und folgte der Katze.

Eine kleine enge Küche – dreckig. Eine volle Spüle, die Schränke offen, in ihnen verschmutzte Teller, die aussahen, als wären sie seit Jahren nicht mehr benutzt worden. Überall Bierdosen, volle wie leere – auf der Anrichte, auf dem Boden. Es war klar, dass Frank Peterson mehr trank als aß. Wie lange das auch immer schon gehen mochte, es war jedenfalls zu lange. Es überraschte sie, dass er sich überhaupt noch auf zwei Beinen halten konnte.

Als Shirley aber zum Küchentisch sah und dann zur Katze, wusste sie, dass sich Frank Peterson nie mehr auf zwei Beinen halten würde.

Big Mac saß auf dem Boden und leckte die Überreste einer fallengelassenen Dose auf. Hinter dem moppeligen Tier erkannte Shirley einen ausgestreckten leblosen Arm. Sie holte tief Luft, wusste, was sie gleich zu sehen bekommen würde, und trat um den Küchentisch herum.

Sie versuchte sich zu wappnen, aber nichts konnte sie auf den schrecklichen Anblick vorbereiten. Ihre Hand ging zum Mund, um einen Schrei zu ersticken.

Frank Peterson lag dort, die Gliedmaßen ausgestreckt wie die einer abgelegten Marionette, um ihn herum ein Meer an Bierdosen. Die weit aufgerissenen Augen sahen sie leblos an. Keine Frage, er war tot. Sein Hals war blutunterlaufen – blaue geschwollene Striemen, die von seinen letzten Augenblicken zeugten.

Sie hatte versagt. Er war tot – und genauso gut hätte sie ihn selbst umbringen können. Wäre sie nicht diesem Mann gefolgt – der sich als ein Vater herausgestellt hatte, der nur seinen Sohn von der Schule abholte –, hätte sie vielleicht etwas gesehen. So aber war dieser Mann umsonst gestorben. Sie hatte nichts mitbekommen.

Shirley griff nach ihrem Handy, auf dem immer noch die Notrufnummer aufgerufen war. Sie drückte sie. »Bitte einen Krankenwagen.« Der würde jetzt nicht mehr viel ausrichten können. »Nein ... die Polizei. Und vielleicht einen Krankenwagen. Vor allem die Polizei.«

»Ja«, sagte die Vermittlung.

Nach einem Klicken war eine andere Stimme zu hören. »Polizei. Sie haben einen Notfall?«

Shirley schluchzte. »Da ist ... glaube ich ... Jemand ist umgebracht worden.«

»Wer ist umgebracht worden, Ma'am?«

»Fr-Frank Peterson. South Street 11, Pelaw. Er ... ich glaube, er wurde erdrosselt.« Keine Frage. Die Male am Hals, die hervorgetretenen Augen, der Brustkorb, der aussah, als würde er die Luft anhalten, ohne jemals wieder einzuatmen. »Bitte beeilen Sie sich. Der Mörder könnte noch in der Nähe sein.«

»Wo sind Sie jetzt, Ma'am?«

»In seinem Haus. Ich bin in seiner Küche. Er ist ... er liegt auf dem Boden. Er ist tot.« Shirley wich zurück und stolperte fast über eine volle Bierdose inmitten der vielen leeren Dosen.

Sie konnte seinen Anblick nicht mehr ertragen. Der Tote, mit dem sie vor Kurzem noch gesprochen hatte. Wäre sie doch nur überzeugender aufgetreten, wäre sie ihm doch nur mehr auf die Nerven gegangen, dann hätte er vielleicht doch die Polizei gerufen – und den Mörder verschreckt. Ihr Versagen war so unumstößlich wie Frank Petersons stierer Blick.

»Okay, Ma'am, Sie müssen das Haus verlassen und auf das Eintreffen der Polizei warten.«

»Ja.«

»In welcher Beziehung stehen Sie zu dem Opfer, Ma'am?«

»Ich …« Keine seltsame Frage, nur eine, über die sie nicht nachgedacht hatte. Sie musste sich was einfallen lassen, warum sie hier war. »Ich bin bloß die Nachbarin. Die Katze hat gejault, und ich hab gesehen, dass die Eingangstür offen stand.« Eine Lüge, auf die die Unwahrheit folgte. Mallet AM hatte aus ihr jemanden gemacht, der die Polizei anlog.

»Okay, Ma'am, warten Sie einen Moment …«

Er sprach weiter, aber Shirley hörte nicht mehr zu. Etwas erregte ihre Aufmerksamkeit, draußen vor dem Küchenfenster. Das Fenster ging zu dem kleinen Garten hinaus. Dort hätte eigentlich niemand vorbeigehen können. Warum hatte sie dann aus dem Augenwinkel heraus jemanden gesehen?

Und die Gestalt rührte an etwas in ihrer Erinnerung. Denn sie trug einen braunen Trenchcoat und eine Schiebermütze. Die Person. Die Person, die sie auf den Aufnahmen der Videokamera vor Starith' Bäckerei und an Farrows Unfallstelle gesehen hatte. Hier im Garten.

War es möglich, dass diese Person Frank Peterson umgebracht hatte?

War es möglich, dass diese Person gefährlich war?

Ja.

»Die Polizei ist unterwegs. Wenn Sie am Telefon bleiben könnten und …

Shirley unterbrach die Verbindung. Sie trat ans Küchenfenster und sah in den winzigen Garten hinaus. Die Tür in der Mauer stand weit offen. Die Gestalt war fort. Sie musste ihr nach. Sie selbst war die Einzige, die den Täter aufspüren konnte. Ob diese Person nun Frank Peterson umgebracht hatte oder nicht, sie würde etwas wissen. Denn genau wie Shirley hatte sie alles beobachtet. Die Person war Zeuge geworden, wie die von Mallet AM vorhergesagte Zukunft sich offenbart hatte.

Sie verließ die Küche und warf einen letzten Blick auf den Küchentisch. Nur Frank Petersons Arm war zu sehen. Big Mac saß dort, nachdem er das ganze Bier aufgeleckt hatte. Er starrte zu ihr hinauf, was sie als eine Frage interpretierte. Auch wenn sie es besser wusste, hörte sie die Frage: »*Warum hast du meinen Herrn nicht gerettet, du Menschenfrau? Woher soll ich jetzt mein Bier bekommen?*«

Shirley wankte in die Gasse hinaus, schloss hinter sich die Tür in der Mauer und sah sich um. Eine Gestalt, *die* Gestalt, bog am Ende der Gasse links in eine Straße – die Trenchcoatschöße wehten im Wind. Shirley folgte so schnell sie konnte, ihr Kopf pochte im Gleichklang mit den Schmerzen in den Beinen. Sie wollte die Person unbedingt einholen, nichts anderes zählte jetzt mehr.

Shirley erreichte die Straße, so schnell sie konnte und so langsam, wie sie befürchtet hatte, bis ihr vor Schmerzen schwarz vor Augen wurde und sich alles wie in einem Traum ausnahm. Weiter. Sie musste weiter, dieser Gestalt folgen …

TÄÄÄÄT. Mit einem Schlag war sie wieder in der Realität. Sie sprang zurück. Ein schwarzer BMW raste vorbei, der Fahrer schickte ihr Flüche hinterher.

Sie sah sich um. Die Gasse hatte sie zur Straße geführt. Shirley fuhr herum und hielt nach der Gestalt Ausschau. Aber sie sah nur zwei Kinder auf einer Wiese gegenüber beim Fußballspielen und eine junge Familie mit einem Buggy. Die Gestalt war verschwunden – wie konnte das sein? Als hätte sie sich in Luft aufgelöst.

In der Ferne waren Sirenen zu hören. Was sollte sie jetzt tun? Sie hatte versagt. Ihre Gedanken kehrten zu Mallet AM zurück und den Nachrichten. *Von einer Nachbarin gefunden*, hatte es geheißen. Weil die Katze an der Tür gekratzt hatte. Sie war diese Nachbarin. Sie hatte auf ihre Weise dazu beigetragen, dass die angekündigte Zukunft eingetroffen war.

Mallet AM hatte sie gesehen.

Und wenn der Sender sie gesehen hatte, dann hatte er auch die Person im Trenchcoat gesehen.

01.17

Chester-le-Street
Montag, 15. Februar 2021
16.30 Uhr

Shirley ging einfach weiter. Sie wusste nicht, wohin. Sie wusste nicht, wie weit. Aber als sie aufblickte, sah sie, dass sie nicht sehr weit gekommen war. Sie stand vor der Schule. Die Sirenen wurden lauter. Sie wollte nicht da sein, wenn die Polizei eintraf. Es widerstrebte ihr nicht, mit den Beamten zu reden – selbst nach der Erfahrung am Morgen –, aber sie wusste, man würde sie festhalten, während sie doch unterwegs sein musste, um den Mörder von Frank Peterson zu finden.

An jeder Ecke, um die sie bog, erwartete sie insgeheim, gegen den Mann mit dem Trenchcoat und der Schiebermütze zu stoßen. Er hatte sie definitiv gesehen. Falls er Peterson getötet hatte, würde er vielleicht dafür sorgen wollen, dass sie es niemandem erzählte.

Aber egal, welche Rolle diese Gestalt bei alldem spielte, es änderte nichts an den zwei Dingen, die ihr durch den Kopf gingen. Erstens, es gab jetzt keinen Zweifel mehr. Der Radiosender sagte die Zukunft vorher, so wie sie es immer gewusst hatte. Jetzt war es unumstößlich. Dreimal hatte der Sender richtig gelegen – und beim letzten Mal hatte es sich um einen Mord gehandelt. Würde der Sender mit den Nachrichten weitermachen? Und was dann vermelden? Sie musste anderen davon erzählen, sie musste das genaue Gegenteil dessen tun, was sie bislang getan hatte. Sie hatte das Geheimnis für sich behalten und sich an der Tatsache erfreut, dass es ganz allein ihr gehörte. Sie hätte es von den Dächern schreien, sie hätte die Menschen warnen müssen. Hätte Frank Peterson die Nachrichten selbst gehört, was hätte sich dann geändert? Oder hätte er sich trotzdem kaputtgelacht, sich den Verstand weggesoffen und damit, zumindest unbewusst, sein Schicksal besiegelt? Das würde sie wahrscheinlich nie erfahren. Aber sie konnte dafür sorgen, dass es von nun an aufhörte.

Das würde sie tun. Oder? Sie versuchte, so etwas wie Zuversicht zu empfinden, aber es gelang ihr nicht. Das war kein Job für jemanden wie sie, für jemanden, der so alt war wie sie – nein. Vielleicht, wenn sie schneller zu Fuß wäre, wenn sie mit dem Mann hätte mithalten können, den sie als den Mörder angesehen hatte – vielleicht wäre dann alles anders gekommen.

Das Zweite war, sie wusste jetzt, dass sie Hilfe brauchte. Alles war jetzt anders – Menschenleben standen auf dem Spiel. Sie musste akzeptieren, dass sie es allein nicht schaffte. Sie war alt, viel klappriger, als sie sich eingestehen wollte, und sogar ihr Verstand war nicht mehr der schnellste. Sie brauchte Unterstützung. Außerdem gab es jemanden, der vor Kurzem wieder in ihr Leben getreten war, den sie aber noch nicht zu fragen gewagt hatte. Jetzt war es an der Zeit dafür.

Bevor der Mörder sie sich schnappte.

Wie zur Bestätigung ihrer Ängste hielt ein Wagen gleich neben ihr, gleichzeitig wurden die Sirenen immer lauter. Im ersten Moment dachte Shirley, die Polizei wäre gekommen, um sie zu verhaften – schließlich war sie diejenige, die unbestritten am Tatort gewesen war –, erst dann sah sie, dass es sich um keinen Streifenwagen handelte. Sie schauderte. Es war der Mörder. Er hatte gesehen, wie sie Frank Petersons Haus betreten hatte, er wusste, dass sie alles wusste, und jetzt würde er sie ebenfalls umbringen. Mallet AM hatte nicht berichtet, was sich nach dem Mord ereignete. Sie – und bis zu einem gewissen Grad der Mörder – war mehr oder weniger im Blindflug unterwegs. Alles konnte passieren.

Langsam senkte sich die Seitenscheibe des Wagens. Gleich würde sie den Mörder zu sehen bekommen. Den Mörder, der nur auf sie wartete, der sie packen würde, und dann würde man nichts mehr von ihr hören, nie mehr. Sie würde sich nicht wehren können, sie hatte keine Kraft mehr. Sie würde gar nichts mehr tun, sie würde sich einfach ergeben. Und ihr langes Leben wäre vorüber. Wegen ihrer Neugier, und weil sie darauf bestanden hatte, sich als Heldin aufzuschwingen.

Eine schattenhafte Gestalt hinter der nach unten gleitenden Seitenscheibe. Keine Zweifel, das war …

»Shirley«, hörte sie eine vertraute Stimme.

Erleichterung. Jetzt sah sie in den Wagen und antwortete erleichtert, dankbar: »Callie?«

Callie sah völlig anders aus als am Morgen, als sie Shirley vor der Polizeidienststelle abgesetzt hatte. Was wahrscheinlich auch auf Shirley zutraf. Sie hatte dunkle Augenringe, ihr leichtes Make-up war nicht mehr ganz so perfekt. Die Haare waren noch immer zu einem Knoten gebunden, aber dieser schien mehrmals nachgebessert worden zu sein, mehrere Strähnen hatten sich gelöst. Eine Schwere und Müdigkeit haftete ihr an.

»Shirley, ich hab dich gefunden. Steig ein«, sagte Callie.

Sie folgte der Aufforderung. Sobald sie sich angeschnallt hatte, wurde sie von ihren Gefühlen überwältigt, und sie brach in Tränen aus. Sie heulte einfach drauflos und konnte nicht mehr aufhören. Callie legte ihr die Hand auf die Schulter und hätte sie sicherlich umarmt, wenn das möglich gewesen wäre. Aber es half nichts. Sie musste weinen und erzählte schluchzend von allem, was an dem Tag passiert war, davon, wie sie ins Haus gegangen war und den toten Frank Peterson gefunden hatte. Callie hörte leise, mit zunehmend düsterer Miene zu. »Ich hab keinen Toten mehr gesehen seit …«

»Ja«, sagte Callie.

Es war nicht nötig, aber Shirley beendete den Satz trotzdem. »Ich hab keinen Toten mehr gesehen seit Bob.«

»Ich weiß«, sagte Callie, griff ins Handschuhfach und holte eine Packung Taschentücher heraus. Sie gab sie Shirley. »Beruhige dich. Es ist vorbei.«

Shirley bekam den stieren Blick des toten Frank Peterson nicht aus dem Kopf. Sie putzte sich die Nase, trocknete sich die Augen und fühlte sich ein klein wenig besser. »Warum bist du hier?«, fragte sie und versuchte nicht gereizt zu klingen. Im Grunde war sie ja froh, dass Callie da war.

»Mir wollte nicht aus dem Kopf, was wir im Radio gehört haben«, sagte Callie. »Vor allem hab ich dich nicht aus den Kopf bekommen und dass du ganz allein bist. Dass du dich in Gefahr bringst. Mir ist so vieles durch den Kopf gegangen, dass ich fast bei der Medikamentenausgabe gepatzt hätte, da wusste ich, dass ich weg muss. Ich hab mich entschuldigen lassen und mich auf die Suche nach dir gemacht. Dann hab ich die Sirenen gehört. Es ist …?«

»Es ist geschehen …«, krächzte Shirley mit ausgedörrter Kehle. »Es ist genau so geschehen, wie es im Radio gesagt wurde. Frank Peterson wurde um 15.57 Uhr erdrosselt. Und ich war die ›Nachbarin‹, die ihn gefunden hat. Mallet AM sagt die Wahrheit – glaubst du mir jetzt?«

Callie blickte nach vorn, als könnte sie Shirley nicht in die Augen schauen. »Ja. Ja, ich glaube dir«, sagte sie. »Ich hätte dir von Anfang an glauben sollen. Tut mir leid. Wenn ich dabei gewesen wäre, hätten wir vielleicht was tun können, vielleicht hätte ich …«

»Nein, verstehst du nicht? Es wäre sowieso passiert, es würde immer passieren. Weil Mallet AM in die Zukunft sehen kann. Der Sender hat mich gesehen. Und er hätte dich auch gesehen. Es hat sich genau so ereignet, wie es berichtet wurde. Der Nachrichtensprecher hätte gewusst, dass ich versucht habe, den Mord zu verhindern.«

»Aber du warst doch nur da, weil du es im Radio gehört hast«, sagte Callie. »Ein Paradox, so nennt man das doch? Gabe hat früher ständig über solche Sachen geredet – Dinge, die nur passieren, weil was anderes passiert, was manche Möglichkeiten ausschließt. Oder so. Wir können es ändern. Wir können diese Dinge beenden. Glaube ich. Ich wünschte, ich hätte besser zugehört, wenn er von solchen Dingen gesprochen hat, aber damals war das für mich alles bloß belangloser Scheiß.«

Shirley dachte nach. Ein Paradox. Das hatte sie nie in Betracht gezogen. Callie hatte recht. Mallet AM hatte Shirley gar nicht sehen können, weil in der Zukunft, die der Radiosender sah, sie noch gar nicht vorkam. Sie hatte davon ja erst später erfahren. Dieser Gedanke aber drehte sich um sich selbst. Was kam als Erstes, ihr Versuch, den Mord zu verhindern, oder Mallet AM, der den Mord sah? Es war so kompliziert. Wann war ihr Leben zu Science-Fiction geworden? Seit wann drehte sich alles um die Zeit und diverse Variablen und um mögliche Zukünfte? Gabe hätte das alles verstanden. Sie wünschte sich, er wäre hier. Wäre er stolz auf sie? Oder sah er bloß die Vergeblichkeit ihres Tuns?

»Von jetzt an begleite ich dich«, sagte Callie und legte die Hand fest auf den Schaltknüppel. »Das hätte ich von Anfang an machen sollen.«

Trotz allem gelang Shirley ein Lächeln.

»Okay, bringen wir dich nach Hause«, sagte Callie.

»Nein«, erwiderte Shirley. »Ich will nicht nach Hause.«

»Was? Du musst dich ausruhen.«

»Ich muss erst woanders hin.«

»Shirley!«

»Ich finde auch alleine hin«, sagte Shirley und strich sich entschieden übers Gesicht. »Es gibt jemanden, der vielleicht helfen könnte.«

Callie seufzte und starrte einen Augenblick vor sich hin. Dann schien sie einzusehen, dass sie gegen Shirleys Starrsinn nichts ausrichten konnte. »Gut. Wohin fahren wir?«

»Newcastle«, sagte Shirley.

Callie runzelte die Stirn, sagte aber nichts. Sie ließ nur den Motor an. »Wohin genau?«

»Ich muss in meinen Mails nachsehen. Kann ich dein Handy haben?«

Callie reichte Shirley ihr Smartphone und fuhr los.

01.18

Newcastle
Montag, 15. Februar 2021
18.30 Uhr

Für einen Montagnachmittag herrschte in Newcastle geschäftiges Treiben. Während die Passanten und Angestellten in Richtung Eldon Square und der Shoppingcenter drängten, waren Shirley und Callie in entgegengesetzte Richtung zum Bahnhof unterwegs.

Callie hatte sie zwar hierhergefahren, musste aber erst dazu überredet werden, weiter mitzumachen. »Ich weiß nicht«, sagte sie, als Shirley von der rätselhaften Website, den Mails und von The Enigma Files erzählte. »Das klingt alles ziemlich fragwürdig. Und dieser Typ könnte der letzte Arsch sein.«

»Könnte«, entgegnete Shirley. »Aber es ist einen Versuch wert. Vielleicht kann er ja helfen.«

Callie nickte. »Ja, vorausgesetzt, er ist kein Drecksack, der dich nur in sein Haus locken möchte.«

Der Gedanke war ihr ebenfalls schon gekommen, nicht wahr? Schließlich gab es keinerlei Grund zur Annahme, dass dieser Arnie überhaupt von Mallet AM wusste. Der einzige Hinweis darauf war eine zufällige Zahl auf einer Website voller Zufallszeichen. Aber gegenüber Callie konnte sie schlecht zugeben, dass sie genauso Muffensausen hatte wie sie. »Bitte vertrau mir«, sagte sie bloß.

Das, antwortete Callie, tue sie. So gingen sie also weiter,

allerdings unter der Bedingung, dass Callie für Shirley einen Kaffee besorgen durfte. »Du stehst möglicherweise unter Schock. Du musst deinen Blutzuckerspiegel konstant halten. Wahrscheinlich bist du immer noch auf Adrenalin. Ist das aufgebraucht, klappst du zusammen.«

So kam es, dass Shirley den ersten Caramel Latte ihres Lebens trank – mit einer Extraportion Zucker.

Sie hatten am The Gate geparkt. Callie hatte Arnies Adresse, die nicht weit davon entfernt war, in ihr Handy eingegeben. Auf dem Weg dorthin musste Callie ihr Tempo immer wieder dem von Shirley anpassen – immer wieder war sie plötzlich zwei, drei Schritte voraus, zwang sich dann, langsamer zu gehen, und ließ Shirley ein entschuldigendes Lächeln zukommen. Es sollte nicht herablassend wirken, aber genau das war es natürlich.

Nach einem erneuten Blick aufs Handy führte Callie sie schließlich vom Bahnhof in eine Seitenstraße zu einer Reihe kunterbunt zusammengewürfelter Häuser, die irgendein Stadtplaner hier gut versteckt hatte. Sie ließ den Blick durch die Straße schweifen und heftete ihn schließlich auf die nächste Eingangstür. »Ich glaube, das ist es.«

Shirley trat an die Tür, Callie klopfte. Dann warteten sie. Und warteten. Bis hinter der Tür ein gewaltiges Klappern ertönte und geöffnet wurde. Eine Frau mittleren Alters stand vor ihnen – sie sah erschöpft aus, hatte dunkle Augenringe, die hellblonden Haare waren zu einem schlampigen Knoten gebunden, ihr weißes T-Shirt war mit grünen Farbspritzern bedeckt. Wortlos starrte sie die beiden an.

Shirley trat vor. »Hallo, ähm, wir sind wegen Arnie hier.«

Die Frau sagte immer noch nichts. Aber sie rollte mit den Augen, stieß einen langen Seufzer aus und drehte sich um. »Arnie, da sind irgendwelche Spinner für dich!«, schrie sie ins Haus hinein und knallte die Tür zu.

Shirley und Callie sahen sich an. Nach einer Weile – und einem weiteren lauten Klappern – ging die Tür wieder auf. Vor ihnen stand ein großer, schlanker Mann mit einem offenen Hemd, unter dem ein Metallica-T-Shirt zu sehen war. Er war frisch rasiert, hatte kurze Haare und sah völlig normal aus. Jedenfalls glich er keineswegs dem Internet-Psychopathen, den Shirley (und zweifellos auch Callie) vor Augen gehabt hatte.

»Hallo«, sagte er lächelnd.

»Hallo«, antwortete Shirley. »Wir suchen Arnie.«

»Das bin ich«, antwortete er. »Ach, und Sie müssen Shirley Steadman sein, richtig?«

Shirley erstarrte. »Woher zum Teufel kennen Sie meinen Namen?«

»Ganz einfach. Ich hab Ihre IP-Adresse getraced, weil ich die versteckten Daten Ihrer Mail ausgelesen habe, und mich dann in einen Underground-Mainframe gehackt, um an Ihre Identität zu kommen«, erklärte er und lachte über Shirleys und Callies furchtsame Blicke. »Außerdem haben Sie mir eine Mail mit der Adresse shirleysteadman1951@quill.com geschickt.«

Shirley und Callie gaben gleichzeitig ein dankbares Seufzen von sich.

»Nur ein kleiner Witz«, sagte Arnie. »Mach ich zu oft. Sagt jedenfalls meine Frau. Und Sie sind …?« Er sah zu Callie.

Callie machte nicht den Eindruck, als wollte sie antworten, also stellte Shirley sie vor.

Arnie ergriff Callies Hand und schüttelte sie. »Schön, Sie kennenzulernen, Callie. Ich bin Arnie Enigma.«

»Arnie Enigma«, sagte Callie. »Ist das Ihr richtiger Name?«

Arnie prustete. »Natürlich nicht. Aber ich weiß ja auch, dass Sie keinen so dämlichen Namen wie Callie haben.«

Callie zog die Augenbrauen hoch. »Nein … hab ich nicht.«

Arnie war verdutzt. »Oh ... richtig. Vielleicht wollen Sie ja
ein Alias. Sie sehen mir wie eine Electra aus oder wie eine
Banshee. Soll ich mal ein paar Namen brainstormen?«

»Arnie«, unterbrach Shirley leicht ungeduldig. »Wir sind
wegen 66,40 AM hier. Mallet AM.«

Der beunruhigende Gedanke, Arnie könnte nicht wissen,
wovon sie sprach, verschwand, als sie sein Zwinkern bemerkte. Jeder Zweifel war damit ausgeräumt. »Ja, natürlich«,
sagte Arnie, »tut mir leid, kommen Sie bitte rein.« Gott sei
Dank hielt Arnie jetzt den Mund und führte sie durch einen
schmalen Flur zu einer Treppe. Statt nach oben zu gehen,
öffnete er eine angrenzende Tür, hinter der eine Treppe in
einen düsteren Keller führte. »Hier entlang«, sagte er fröhlich in einem Ton, der in starkem Kontrast zu der Umgebung
stand.

Callie stieg als Erste die Stufen hinab, ihr Blick, den sie
Shirley zuwarf, schien zu sagen: »Sollte ich sterben ...« Shirley folgte ihr dichtauf.

Arnie schaltete das Licht an, eine nackte Glühbirne an der
Decke eines beengten Kellerraums. Gerümpel, wohin man
sah. Eingerahmt wurde alles von einem riesigen Schreibtisch, der ganze zwei Wände einnahm, darauf stand ein iMac
und ein irgendwie vertrautes Whiteboard mit ebenso vertraut anmutendem Gekritzel.

Arnie kurvte elegant um jeden Papierstapel und das Gerümpel herum. Callie blieb am Fußende der Treppe stehen
und trat zur Seite, damit Shirley neben ihr Platz fand. Die
junge Frau schien ebenso perplex zu sein, wirkte in ihrer
Krankenschwesteruniform aber fürchterlich fehl am Platz –
genauso gut könnte sie ein Clownkostüm tragen. Seufzend
sah sie sich um. Offensichtlich war sie nach wie vor der Meinung, dass sie ihre Zeit verschwendeten.

»Jemand pflegt hier sein Ego«, murmelte Callie. Shirley

folgte ihrem Blick zum Whiteboard. Darüber war ein großes, glänzendes Schild mit der Aufschrift The Enigma Files angebracht, darunter, kleiner: Die einzig wahre Zukunft.

Arnie fummelte hier und dort herum, schien tatsächlich aufräumen zu wollen und trug Papierstapel von einer überquellenden Ecke in die andere. Und zurück. »Tut mir leid«, sagte er. »Ich bin kein so guter Gastgeber. Ich mach das nicht so oft. Wollen Sie was trinken?«

»Wir wollen wirklich bloß erfahren, was Sie über den Radiosender wissen«, kam Callie zur Sache.

»Natürlich«, sagte Arnie. »Sorry. Manchmal bin ich etwas durcheinander. Ähm … Ich hab was vorbereitet … ähm …« Arnie ließ sich auf dem ledernen Schreibtischsessel nieder und fasste unter den Tisch. Er zog einen dicken Ordner hervor, aus dem an jeder Seite Blätter herausstanden, staubte ihn ab und hielt ihn Shirley hin. »Das ist mein Sammelalbum. Ich arbeite seit Jahrzehnten daran. Seit ich kurze Hosen getragen habe. Was Sie brauchen, ist eine umfassende Geschichte dieser Leute. Der Leute, die in die Zukunft sehen können. Manche nennen sie Wahrsager, andere Hellseher – zum Teufel, es gibt tausend unterschiedliche Bezeichnungen in hundert verschiedenen Sprachen. Ich hab hier einen Haufen Informationen zusammengetragen.«

Shirley nahm den Ordner entgegen.

Callie schnalzte nur mit der Zunge. »Ist das alles aus dem Internet? Ich glaub nämlich kein Wort davon.«

»Nein, nein, nein, nein«, entgegnete Arnie, der offensichtlich davon ausging, dass sie beeindruckt sein müsste, wenn sie das umfangreiche Material durchging. »Hier geht es nicht um die Simpsons, die 9/11 und Trump vorhergesagt haben sollen, oder um Paul, den Kraken, das Orakel bei der Fußballweltmeisterschaft. Das Zeug hier, das muss man ernst nehmen, okay? Alles dadrin haut einen um. Ich will nicht sagen, dass alles der Wahrheit entspricht, ganz und gar nicht. Ich sage nur, dass nicht alles bloß Fake ist.«

»Gerede«, sagte Callie.

»Vielleicht, aber Gerede, das einen überzeugt. Denken Sie doch bloß mal darüber nach, es ist gar nicht so ungewöhnlich. Tesla hat selbstfahrende Autos vorhergesagt und Sachen wie WLAN und Smartphones. Vannevar Bush hat im Grunde das Internet und moderne Computer prophezeit. Kubrick und Arthur C. Clark kündigten in *2001: Odyssee im Weltraum* iPads an. Sie erinnern sich, dieses Tablet-Teil?«

Shirley blätterte durch den Ordner. Er enthielt zahllose Zeitungsartikel. Zufällig blieb sie an einem hängen, er war sehr alt, ausgebleicht und mit »Was mag in den nächsten hundert Jahren geschehen?« betitelt. Verfasser war ein gewisser John Watkins, datiert war er auf 1900.

»Alles schön und gut, aber die alle sagen doch nicht wirklich die Zukunft voraus«, sagte Shirley.

Aufgeregt sprang Arnie von seinem Sessel auf. »Ich hab es gewusst, Sie sind gut. Ja, Sie haben recht. Diese Vorhersagen sind nichts anderes als Gedanken von großen Geistern, die ihrer Zeit weit voraus waren. Tesla, Bush, Watkins und viele andere, sie waren … sagen wir mal, extrem gut vorbereitet. Wenn man das so sagen kann. Aber diese Leute hier … denen steht etwas vor ihrem geistigen Auge, auf das sie gar nicht vorbereitet sein können. Sie sind im Grunde das Gegenteil eines Genies. Diese Leute, ich nenne sie Vertreter des Aevum, haben keine Ahnung, was sie tun. Manchmal wollen sie diese Gabe gar nicht. Aber sie sehen Dinge. Sie sind gesegnet mit der Gabe des Sehens. Sie sehen etwas, was sie nicht begreifen, jemanden, dem sie nie begegnet sind, einen Namen, den sie nicht kennen.

Der berühmteste unter ihnen war sicherlich Nostradamus. Sie haben von ihm gehört, ja? Die Medien greifen ihn immer mal wieder auf. Er hat so viel vorhergesagt, dass man ihm die Gabe des Sehens unmöglich abstreiten kann. Er hat den Großen Brand von London prophezeit, Adolf Hitlers Aufstieg in Europa, John F. Kennedys Ermordung. Die Twin Towers. Steht alles in seinen Büchern. Haben Sie Nostradamus mal gelesen?«

Shirley schüttelte den Kopf.

»Nein«, sagte Callie.

Arnie kam so richtig in Fahrt. »Manche sagen, Nostradamus hat das dunkle Jahr vorhergesehen. In einem seiner Werke kann man das eindeutig nachweisen. Einen Moment, ich hab es hier irgendwo.« Arnie lief im Zimmer herum und fand schließlich das Buch. Hektisch blätterte er es durch. »Ja. Zweite Zenturie, Quatrain dreiundfünfzig. ›Die große Pest der Stadt am Meer / Sie wird erst enden, wenn gerächt der Tod / Des gerechten Bluts, das ohne Frevel verdammt / Und die holde Frau, der Unrecht geschah durch Heuchelei.‹ Ha!«

»Na, ich weiß nicht«, sagte Callie. »Was soll das denn heißen?«

Arnie klappte das Buch zu und sah sie verstört an. »Manche wollen es einfach nicht wahrhaben, aber das ist schon okay.«

»Wissen wir, wie diese Vorhersagen zustande kamen?«, fragte Shirley.

»Eigentlich nicht«, räumte Arnie ein. »Und solange ich niemanden finde, der mit mir darüber reden will, werde ich das auch nicht wissen. Deshalb bin ich so sehr an 66,40 AM interessiert. Und deshalb hab ich einen Haufen Geld dafür ausgegeben, damit mein Radio auch noch Signale aus Chester-le-Street empfängt.«

»Wie lange hören Sie Mallet AM schon?«, fragte Shirley.

Arnie kratzte sich an der Wange. »Das lässt sich nicht so

einfach sagen.« Arnie nahm seinen Ordner, blätterte zu einer bestimmten Seite und gab ihn aufgeschlagen Shirley zurück. »Das ist eine Zeitleiste der, ähm, Projekte des Moderators.«

Shirley hatte ein grobes Diagramm vor sich – eine Linie, die mit Daten markiert war und von der weitere Linien mit Sprechblasen und handschriftlichen Anmerkungen weggingen.

»Zum ersten Mal bin ich am 15. November 2018 auf 66,40 AM aufmerksam geworden, als ich im Internet zu etwas ganz anderem recherchiert habe, ich glaube, es ging um den Vorfall mit den Fünf von Standedge, den jemand angeblich vorhergesagt haben soll. Jedenfalls bin ich da auf einen Radiosender in Diggle, Huddersfield, gestoßen. Jemand hat darüber auf Facebook gepostet – ein Radiosender, der von irgendwelchen Dingen berichtet, aber immer mit dem Datum des nächsten Tags. Danach war es ein Sender gleich außerhalb von Glasgow, einer in Kirkby Stephen, einer in Stony Heap in der Nähe von Witton Gilbert und einer in Darlington. Er war nie für einen längeren Zeitraum auf Sendung, immer unter einem anderen Namen, aber immer auf der Frequenz 66,40 AM.

Und jetzt kommt der Hammer – jede Vorhersage war falsch. Völlig daneben. So falsch, dass man darüber schon wieder lachen konnte. Es wurde vorhergesagt, jemand würde vom Zug überfahren, stattdessen fuhr diese Person in den Urlaub. Es wurde vorhergesagt, jemand würde erstochen, stattdessen gewann er im Lotto. Es wurde vorhergesagt, jemand würde sein Kind verlieren, dabei hatte er überhaupt keines. Fast so, als würde immer genau das Gegenteil dessen eintreten, was der Nachrichtensprecher auf diesem Sender verkündet hat.«

Shirley hatte viele Fragen, beschränkte sich aber auf eine. »Aber alles, was er auf Mallet AM verkündet, ist eingetreten.

Jemand ist exakt so gestorben, wie er es gesagt hat. Wie ist das möglich?«

Arnie nickte – wusste er bereits, dass Frank Peterson tot war? Oder tat er nur so? »Ich denke mir, er hat seine Gabe mittlerweile weiterentwickelt. Manchmal stellt sich diese ›Gabe des Sehens‹ erst später im Leben ein, und die betreffende Person braucht einige Zeit, um sie überhaupt zu verstehen. Vielleicht gehört der Nachrichtensprecher zu dieser Gruppe und hat beschlossen, seine Gabe zum Wohl der Menschen einzusetzen.«

Shirley sah zu Callie. Diese schüttelte den Kopf.

Arnie achtete nicht darauf, sofern er es überhaupt bemerkte. »Jede falsche Vorhersage, die er in die Welt gesetzt hat, war für ihn nur ein weiterer Schritt, um sein wahres Potenzial freizusetzen … ich wollte schon *Macht* sagen, habe aber Angst, dass sie dann auf mich losgeht«, sagte er mit Blick auf Callie.

»Das wird sie nicht«, sagte Shirley, war sich dessen aber nicht so sicher.

»Nur eines …« Callie brachte ihn mit dem ausgestreckten Finger zum Schweigen. »Woran glauben Sie noch?«

»Was meinen Sie?«, fragte Arnie und lachte.

»Also Sie kommen mir wie jemand vor, der daran glaubt, dass die Erde flach ist und das Land von Echsenmenschen regiert wird und die Mondlandung vorgetäuscht war.«

»Nein«, sagte Arnie. »Das? Das Zeug ist echt, das schwöre ich Ihnen.«

Sie redeten eine weitere Stunde – Arnie erzählte alles, was er über Mallet AM wusste. Er und Shirley verglichen ihre Notizen. Sie meinte, der Standort des Senders müsse am oberen Ende von Chester-le-Street liegen – Arnie riss ihr seinen Ordner aus den Händen und machte sich eine Notiz. Er hatte weitere Einzelheiten auf Lager – Mallet AM ging immer, jeden

Tag, um 17.15 Uhr auf Sendung und verschwand um 22 Uhr. Der Großteil des Programms bestand aus Musik, die Nachrichten allerdings waren der einzige Programmteil von Interesse.

Beide machten sich Gedanken über den Nachrichtensprecher. Shirley fiel es schwer, ihn sich als eine wirkliche Person vorzustellen, aber er musste es sein. Eine wirkliche Person mit einem wirklichen Leben. Arnie hatte ein deutlicheres Bild – »ich meine, er ist ein Mann, wahrscheinlich relativ jung. Hält sich vielleicht für eine Art Superheld. Und setzt seine Gabe zur Verbesserung der Menschheit ein. Hat wahrscheinlich nicht viele Bindungen und vielleicht einen professionellen Hintergrund. Für einen Piratensender läuft das bemerkenswert reibungslos.« Und so weiter. Arnie war Feuer und Flamme für das Thema, und Shirley stellte fest, dass er ihr zunehmend sympathischer wurde.

Callie ließ die beiden reden und schwieg. Sie stand da und hörte zu. Nur einmal hatte es den Anschein, als würde sie sich einmischen – als Shirley Arnie von Frank Peterson erzählte und dabei mit den Tränen rang. Aber dann blieb sie doch still.

Arnie bot ihnen an, zum Essen zu bleiben, aber Shirley lehnte ab, was ihr Callies dankbaren Blick eintrug. Sie versprachen, in Kontakt zu bleiben.

»Siehst du – nur ein netter Typ«, flüsterte Shirley Callie ins Ohr, als Arnie sie die Treppe hinaufbegleitete.

Er öffnete ihnen die Haustür. Callie hatte es eilig, nach draußen zu kommen.

»Ach, einen Moment noch …«, sagte Arnie. Shirley drehte sich auf der Schwelle um und sah, wie er sich an einem schmalen Schrank im Flur zu schaffen machte. Darin hingen mehrere Jacken …

Und dann war ihr, als würde sie in Eiswasser getaucht. Ihre Beine drohten unter ihr nachzugeben.

Arnie kam mit einem Zettel zurück. Shirley konnte ihm noch nicht mal in die Augen sehen. Er streckte ihr die Hand hin. »Hier sind meine Kontaktdaten. Das ist einfacher als per Mail.«

Shirley rührte sich nicht. Callie musste an ihrer Stelle den Zettel entgegennehmen und dankte ihm, wenn auch nur aus Höflichkeit.

Von der Rückfahrt oder der Unterhaltung mit Callie bekam Shirley nicht viel mit – sie funktionierte wie auf Autopilot.

Sie konnte nur an eines denken.

An das, was sie in Arnie Enigmas Garderobenschrank gesehen hatte.

Dort am Haken hing ein brauner Trenchcoat. Und darüber lag eine blaue Schiebermütze.

01.19

Chester-le-Street
Montag, 15. Februar 2021
18.40 Uhr

Wie lang saß sie schon am Küchentisch? Der Tee in der Tasse vor ihr war eiskalt, ebenso die Luft im Zimmer. Nichts hatte sich bewegt, keinerlei kinetische Energie wärmte den Raum, scheinbar seit Tagen nicht mehr – auch wenn es nur einige Stunden waren. Moment, war es überhaupt so lange?

Gabe war da, er saß ihr gegenüber am Tisch und sah aus, als wartete er auf seine Tasse Tee, auch wenn er sie nicht trinken konnte. Seit der Wiederbegegnung mit Callie schien Shirley auch Gabes Alter zu sehen. Er sah alt aus – genauso, wie er jetzt wohl aussehen würde, wäre er noch am Leben. Er betrachtete Shirley mit Augen, die die Welt gesehen und ihr eine Absage erteilt hatten – Augen, die auf dem Meeresgrund gesunken waren. »Willst du darüber reden?«, sagte Gabe mit einer raueren und älteren Stimme, als Shirley sie bislang von ihm gehört hatte.

»Es gibt nichts zu reden«, blaffte Shirley.

»In Ordnung«, sagte Gabe, wenig überzeugt. »Dann erklär mir das da.« Er sah zu dem Berg an Schinken-Bananen-Sandwiches, die Shirley gemacht hatte. Sie hatte einen ganzen Toastlaib verbraucht sowie die Scheiben, die sie anderntags vor lauter Hektik mit Butter bestrichen hatte.

»Du siehst aus, als hättest du Hunger«, erwiderte Shirley,

ohne sich einzugestehen, dass sie sich hatte beschäftigen müssen, um sich abzulenken. Sonst wären ihre Gedanken bloß wieder zu Frank Petersons toten Augen und seinem starren Blick zurückgekehrt. Sah jetzt so ihr Leben aus, das mit öden, monotonen Tätigkeiten ausgefüllt werden musste, damit sie den ihrem Gedächtnis eingebrannten Bildern entkam? Wie viele Schinken-Bananen-Sandwiches musste sie machen, um den Anblick des Toten zu löschen? »Bitte iss was.«

Sie hätte alles gegeben, nur um zu sehen, wie Gabe eines der Sandwiches nahm und hineinbiss, aber sie wusste, dass er es nicht tun würde. Es gab ihn nicht, und egal, wie sehr sie sich auch wünschte, er wäre wirklich am Leben, er würde die Mahlzeit nicht genießen. Warum machte sie sich etwas vor? Ganz einfach – weil sie Angst davor hatte, Gabe würde sonst verschwinden.

Shirley sah zur Uhr.

Gabe las ihre Gedanken. Natürlich tat er das. »Willst du dir heute die Nachrichten anhören?«

Shirley sagte nichts – sie wusste nicht, was sie darauf erwidern sollte. Mit jeder Sekunde, die verstrich, erkannte sie die nackte Wahrheit umso deutlicher.

Gabe sprach es laut aus: »Oder hast du Angst, was du zu hören bekommst?«

Treffer. Sie fühlte sich verpflichtet, zuzuhören, nur brachte sie es nicht über sich. Anfangs hatte sie gedacht, alles wäre nur ein Spaß. Es kam ihr vor, als wäre es Jahre her, dabei war seitdem noch nicht mal eine Woche vergangen. Jetzt wünschte sie sich, sie wäre nie auf 66,40 AM gestoßen. Was hätte sie getan, wenn sie in die Zukunft hätte sehen können, als sie am Dienstagabend an dem alten Rundfunkempfänger herumgespielt hatte? Hätte sie es dann bleiben lassen?

Und jetzt – was jetzt? Die Zukunft war bereits festgelegt.

Was sah der Nachrichtensprecher für sie voraus? Sollte sie zuhören, oder sollte sie nicht zuhören? Welchen Sinn hatte es noch, etwas zu tun, wenn alles schon passiert war – wenn jemand es gesehen hatte?

Also zuhören. Was, wenn Mallet AM etwas berichtete, was sie nicht hören wollte? Was, wenn von einem weiteren Mord berichtet würde? Sollte sie erneut all ihre Kraft zusammennehmen und versuchen, ihn zu verhindern? Wie viele Tage wie diese hatte sie überhaupt noch – wie viele Morde konnte sie noch versuchen aufzuhalten, bevor sie sich damit selbst ins Grab brachte?

Also nicht zuhören. Sie saß hier mit ihrem toten Sohn. Sie ergab sich ihrer Angst. Mal wieder. Wie sie es immer getan hatte, früher. Sie hatte sich gesagt, sie würde sich nicht mehr von ihrer Angst beherrschen lassen. Sie würde den Schatten nicht mehr in ihr Haus lassen.

Ein Trenchcoat. Arnie Enigma würde zuhören. War er es, der Mallet AMs Vorhersagen in die Tat umsetzte? Oder war er nur ein unbeteiligter Beobachter? Wenn er so unschuldig war, warum hatte er ihr dann nicht gesagt, dass er am Tatort von Frank Petersons Ermordung gewesen war – dass er an allen zukünftigen Tatorten sein würde?

»Das ist alles ein großer Irrtum, Gabe«, sagte sie auf dem Weg zur Anrichte, um den Wasserkocher neu zu füllen. »Mallet AM ist nicht das, wofür ich den Sender gehalten habe. Ich dachte, er würde sich für das Gute einsetzen, für etwas, auf das man sich freuen, an das man glauben kann. Aber er ist genau wie alles andere auf der Welt – ein Fluch.«

»Ein Fluch?«, sagte Gabe.

»Ja«, antwortete Shirley unsicher. »Ein Fluch und ein Schatten.« Hatte sie nicht schon genug gelitten? Obwohl die Zeit sich redlich bemüht hatte, um die Wunden zu heilen, war er immer noch da.

Nicht Gabe.

Sondern Bob.

Bob war der Schatten, in dem sie lebte. Seine untersetzte Gestalt ragte noch immer über ihr auf. Es reichte nicht, dass er tot war. Immer noch hatte sie das Gefühl, er könnte zurückkommen. Manchmal, wenn sie mitten in der Nacht aufwachte, was viel zu oft vorkam, vergaß sie für einen Augenblick, dass er tot war. Dann füllten sich ihre Augen mit Tränen, und sie brach in unkontrolliertes Schluchzen aus. Dann war sie da, wo sie immer gewesen war – angsterfüllt und stumm.

Trotz ihres Umzugs erwartete sie manchmal, wenn sie nach Hause kam, dass sie immer noch den Fernseher hörte – ein Pferderennen – und Schreie aus dem Wohnzimmer. Oder, schlimmer noch, seinen stummen, stieren Blick im Licht des Fernsehschirms.

Aber es war keiner mehr da. Bob war nicht mehr. Und sie sollte jetzt eine selbstbewusstere, freimütigere Frau sein. Dieser Mann hatte ihr die besten Jahre ihres Lebens geraubt, und sie war gezwungen gewesen, dazusitzen und ihm dabei zuzusehen. Er hatte ihr ihre Freiheit, ihre Stimme und, am schlimmsten, ihren Sohn geraubt.

Zu oft dachte sie an jenen Tag zurück. Den Tag, der alles verändert hatte. Den Tag, der Gabe auf den Weg in den Tod geschickt hatte. Er war so tapfer gewesen – aber das hatte ihm alles nichts genützt. Er hatte seine Eltern am Küchentisch Platz nehmen lassen und gesagt, er habe ihnen etwas mitzuteilen, und das hatte er dann getan. Es hatte sie nicht beunruhigt, sie hatte ihn deswegen nicht weniger geliebt. Wenn überhaupt, dann war sie überzeugt, dass er so selbstbewusst war, den eigenen Bedürfnissen zu folgen – einzustehen für das, was er war. In diesem Augenblick, mehr als sonst, hatte sie gewusst, dass ihrem zweitgeborenen Kind nichts zustoßen würde, es würde auch allein in der Welt zurechtkommen, ohne Hilfestellung derer, die liebevoll seine Eltern genannt wurden. Es würde ihm nichts passieren. (Dieses Gefühl rief sie ständig in sich wach – es war der letzte wirklich glückliche Augenblick ihres Lebens gewesen. Danach folgten nur noch Trostlosigkeit und Schmerz.)

Diese positive Energie war verebbt, als sie beide – Mutter und Kind – zum Mann, zum Vater sahen. Nie hatte Shirley einen so hässlichen Menschen gesehen – und hatte geglaubt, einen hässlicheren auch nie mehr zu sehen. Denn gab es Hässlicheres als einen Mann, der seinen Sohn hasste? Hinter Bobs Augen wüteten Hassgewitter, versteckt unter Blitzen aus Heiterkeit und Bedauern, in denen sie – auf hoher See, bemüht, den Sturm abzuwettern – untergehen konnte. Aber er war aufgestanden, der Küchenstuhl war kreischend über den Boden geschrammt.

Das alles sah sie jetzt in Gabes Gesicht. Die Vergangenheit, die in seinen Falten eingeschrieben war. Sie sah die darauffolgenden wenigen Monate nach seinen dramatischen Worten in den Falten auf seiner Stirn. Den Zeitpunkt, als er Callie im Wintergarten alles erzählte, und wie sehr sie ihn unterstützt hatte. Den Zeitpunkt, als er Deena davon erzählte, die ihn daraufhin umso mehr geliebt hatte. Aber Gabe bekam nie die Akzeptanz, nach der er sich sehnte, und Shirley wusste, wie sich das anfühlte. Bob war eine größere, fiesere Marsha. Von solchen Menschen wollte man akzeptiert werden. Aber Akzeptanz hatte Gabe nicht bekommen.

An jenem Tag hatte Bob das Haus verlassen, und Shirley hatte natürlich vergeblich gehofft, er würde nie mehr zurückkommen. Sie hatte es für sich, für Deena, für Gabe gehofft. Er kam zurück, roch nach kaltem Rauch und Bier. Und allmählich, im Lauf der stillen Tage, formulierte er einen Plan. Er ließ Gabe am Tisch Platz nehmen, der ihre Einheit hätte symbolisieren sollen, und zerstörte alles. Er zwang Gabe auf den Stuhl, schrie Shirley an, sie solle ihm ein Bier bringen, und zeigte seinem Sohn das Formular. »Die Royal Navy. Da hat man mir gezeigt, wo es langgeht, als ich jung war. Und dir zeigt man das auch. Da bringt man dir Disziplin bei. Da zeigt man dir, was es heißt, ein Mann zu sein. Das wird man in dich reinprügeln, wenn es sein muss.« Bob hatte gelächelt dabei, und Shirley hätte sich fast übergeben. Sie hatte dazwischengehen, ihren Sohn beschützen wollen, hatte es aber nicht gekonnt. Sie war wie versteinert. Eine stumme Zuschauerin.

Gabe sagte, er wolle nicht. Bob sagte, es gebe nichts zu diskutieren. Wenn Gabe hierbleiben wollte, und das musste er, er hatte nichts, wo er sonst hinkonnte, dann habe er sich dem Herrn im Haus zu fügen. Und wer sollte Bob aufhalten? Shirley? Vielleicht hätte sie das einmal gekonnt, früher. Aber sie war immer und immer wieder auf Linie getrimmt worden.

Dann hatte Bob gebrüllt. Wie viel er für die Familie getan habe! Wie viel er geleistet habe! Und Shirley hatte sich gewunden bei jeder Bemerkung. Bei jedem Satz knallte Bob die Bierdose auf den Tisch, sodass der Schaum hervorquoll, über den Tisch lief und vom Rand tropfte. Gabe versuchte stark zu sein, aber Shirley wusste nur allzu gut, dass Bob letztlich gewinnen würde. Letztlich gewann immer Bob. Am Ende seiner Tirade stand er auf und holte seine Jacke. Gott sein Dank ging er – zweifellos zum Arbeiterclub –, zuvor gab er aber noch eine Bemerkung ab, die Gabe erschüttern sollte. »Man wird es dir austreiben. Oder du bist für mich gestorben. Weil ich keine Schwuchtel zum Sohn haben will.«

Mehr musste nicht gesagt werden. Shirley erinnerte sich an Gabes Abschied. Zum Schluss hatte es so viele Widersprüche gegeben. Shirley und Gabe hatten die gleichen Gefühle durchlaufen – Gabe musste fort, und vielleicht wäre es ja besser für ihn. Manchmal wünschte sich Shirley, sie würde ebenfalls gehen. Das Gleiche hatte sie gefühlt, als Deena zur Uni weggegangen war. Diesmal war das Gefühl nur stärker. Bei den geringsten Kleinigkeiten ging Bob hoch, fast bis zur körperlichen Gewalt – eine Grenze, die er nie zuvor überschritten hatte. Die Drohung allein verschaffte ihm Sicherheit – nur war er jetzt ständig um Haaresbreite davon entfernt, wirklich gewalttätig zu werden. Nie redete er mit Gabe, nie sah er ihn an. Er redete nur mit Shirley, wenn er etwas wollte oder wenn er Dampf ablassen musste – also fast immer. Er verließ das Haus nicht mehr – außer um sich Bier oder Essen zu holen. Er gab nicht nach, solange Gabe nicht fort war.

»Ist jetzt nicht mehr mein Problem«, murmelte er, als sie davonfuhren – und ihren Sohn preisgaben. Wäre sie damals stärker gewesen, hätte sie den Wagen ins Meer gelenkt und sie beide der Tiefe überantwortet. Dann hätte ihr Sohn vielleicht nicht dort enden müssen.

Fast hörte sie jetzt Bobs Stimme. »Was verdammte Scheiße machst du da? Hol mir ein Bier und hör auf rumzujammern.« Hastig sah sie sich um. Plötzlich befiel sie die unglaubliche Angst, dass ihr Verstand – der gleiche Verstand, der Gabe heraufbeschworen hatte – auch Bob heraufbeschwören könnte. Aber der war nicht da. Nur sein Schatten.

»Du solltest zuhören«, sagte Gabe.

»Ihm?« Shirley konnte es nicht glauben.

»Was? Nein. Dem Radiosender.«

Oh. Shirley legte den Kopf in die Hände. Sie musste aufhören, in der Vergangenheit zu leben. Sie musste loslassen. Aber solange ihr dieses Hirngespinst gegenübersaß, würde sie dazu nicht in der Lage sein. »Gabe«, flüsterte sie. Sie konnte kaum lauter sprechen. Tränen liefen ihr übers Gesicht. »Ich glaube, ich muss allein weitermachen.«

»Was meinst du?«, fragte Gabe.

Es wäre nicht gut. Deena hatte schon recht. Es schadete nur. Sie musste Gabe endlich loslassen, ein für alle Mal. Wenn sie bei klarem Verstand sein, wenn sie mit dieser neuen Sache zurechtkommen wollte, diesem neuen Abschnitt in ihrem Leben, dann musste sie ihn gehen lassen. »Du darfst nicht mehr hierherkommen.«

Lächelnd winkte Gabe ab. »Ich bin wegen dir hier, Shirley. Ich habe in der Sache nichts zu sagen.«

»Kannst du mich nicht einfach Mum nennen?«, schluchzte Shirley. »Einmal nur.«

Gabe schüttelte den Kopf. »So funktioniert das nicht. Das weißt du. Hör mit diesem Unsinn auf, mach noch ein Sandwich, wenn es dir dann besser geht, mach vielleicht das Radio an. Hör dir an, was der morgige Tag bringt.«

Sie wollte ihn nicht wegschicken. Sie konnte es in Gabes Gesicht sehen. Aber sie musste. »Nein, Gabe. Ich muss …«

Die Eingangstür wurde geöffnet und mit einem Knall geschlossen.

Shirley und Gabe sahen sich an.

Gabe benahm sich seltsam, auch sein Gesicht war anders, so, wie sie es schon lange nicht mehr gesehen hatte. Er wirkte verängstigt – wie früher im Beisein seines Vaters. Ein Gesichtsausdruck, den sie jeden Tag an ihm gesehen hatte nach jenem Gespräch, das ihn ihr weggenommen hatte.

Vielleicht hatte dieser Gabe Angst, weil sie Angst hatte? Weil sie ganz genau wusste, wer soeben gekommen war. Und sie wusste, welcher Wirbelsturm jetzt gleich über sie hereinbrechen würde.

Shirley wischte sich mit einem Taschentuch übers Gesicht.

Klar, ein Ruf aus dem Flur. Dee kam ihr schon entgegen. »Warum zum Teufel hast du mir nicht gesagt, dass du eine Nacht im …« Sie verstummte. Sie stand einfach nur da.

»… Krankenhaus warst«, flüsterte sie so leise, dass Shirley glaubte, sie hätte es sich nur eingebildet. Deena wurde kreidebleich.

Wahrscheinlich wunderte sie sich, warum Shirley in der Küche saß und mit sich selbst redete. Aber das war nicht alles – da war noch etwas. Irgendwas stimmte nicht, ganz und gar nicht.

Deena fielen die Schlüssel aus der Hand.

Shirley stand auf, mit ihr Gabe, der neben ihr stand. Shirley sah Deena an. Die Lippen ihrer Tochter bewegten sich stumm. Es sah aus, als würde sie zittern. Auch sah sie nicht zu Shirley, sondern auf etwas neben ihr, auf …

»Wer zum Teufel bist du?«, sagte Dee mit einer Stimme, die nicht die ihre war. Die Stimme war kalt, roboterhaft, aber auch unheimlich wütend. Die Stimme derjenigen, die einen Geist gesehen hatte.

»Was?«, sagte Shirley. Sie war zu keinem Gedanken fähig. Sie konnte nicht …

»Wer zum Teufel bist du?!«, kreischte Deena.

Shirley sah neben sich zu Gabe. Und dann wieder zu ihrer Tochter. »Du kannst … Du kannst …« Sie schnappte wie ein an Land gespülter Fisch nach Luft. »Du kannst ihn sehen?«

Jeder Gedanke an das, was sich vergangene Woche ereignet hatte, war vergessen, denn jetzt ging es nur noch um das, was hier vor ihr passierte. Mallet AM gab es nicht mehr.

»Geh weg von ihr. Geh weg, verdammt«, brüllte Deena, wühlte in ihrer Handtasche und zog eine Dose heraus, die wie Pfefferspray aussah. »Geh weg von meiner Mutter.«

Shirley wandte den Kopf ab und versuchte ihn aus dem Augenwinkel heraus zu beobachten. Er war immer noch hier – Gabe. Er wirkte besorgt, nicht mehr ängstlich. Er rührte sich nicht. »Das ist Gabe«, sagte Shirley. Das war alles, was ihr durch den Kopf ging.

»Es kann nicht Gabe sein, Mum.« Deena sah zu ihr, als sie ihr das sagte, dann richtete sie den Blick wieder auf ihn. »Du. Ich weiß nicht, für wen du dich hältst, hier einfach so aufzutauchen, aber damit ist es jetzt vorbei.« Sie schleuderte die Pfefferspraydose nach ihm und zückte ihr Handy.

Die Dose traf Gabe auf der Brust. Traf ihn wirklich. Prallte gegen seine Brust und fiel zu Boden. Shirley starrte erst auf seine Brust, dann zu ihm. Gabe seufzte, und plötzlich zeichnete sich ein Lächeln auf seiner Miene ab. Er sah aus, als wäre er verrückt, als wäre er durch und durch böse. Nie hatte sie Gabe so erlebt, nie mit so einem Gesicht. Sonst hätte sie ihn sich nicht einbilden können.

Denn das hier war keine Einbildung. Der Geist, mit dem sie sich seit über einem Jahr unterhalten hatte, war überhaupt kein Geist.

»Polizei. Im Haus meiner Mutter hält sich ein Fremder auf«, brüllte Deena ins Handy. »Ja. Ja. Ja, ich sehe ihn vor mir. Ja, vielleicht ist er gewalttätig. Yharnam Crescent 28. Bitte, kommen Sie so schnell wie möglich.«

»Gabe?«, flüsterte Shirley heiser zu dem Geist, dessen Existenz sie sich nur scheinbar eingebildet hatte.

»Hallo, Shirley«, sagte Gabe grinsend. Das Lächeln war ihr fremd, nicht aber die Stimme. Er fasste um sie herum zu dem Stapel mit den Schinken-Bananen-Sandwiches. »Dann kann ich mir ja jetzt eins gönnen. Nachdem du dir so viel Mühe gegeben hast«, sagte er abschätzig, während er eines der Dreiecke fast am Stück verschlang. »Ich hab Hunger.«

Er war echt. Und er war Gabe. Ihr Gabe.

Sie spürte, wie der Boden unter ihren Füßen nachgab, dann fiel sie in die Dunkelheit.

02.00

Die Gegenwart, wiedererzählt

00.00 (Neuauflage)

Colm MacArthur
Montag, 15. Februar 2021
16.48 Uhr

Er knallte die Tür des Route One zu, lehnte sich dagegen und wäre vor Erleichterung beinahe zusammengeklappt. Er war die ganze Strecke gerannt. Mussten einige Kilometer gewesen sein.

Seine Lieblingskneipe in Chester-le-Street lief sich für den Abend warm. Die Musik war etwas lauter als sonst, das Lokal etwas besser besetzt. Nach Colms plötzlicher, lautstarker Ankunft waren alle verstummt, alle Blicke hatten sich auf ihn gerichtet.

Jeder in der Kneipe wusste jetzt, dass er da war. Sie würden es nicht so schnell vergessen. Der alte Colm hatte seinen großen Auftritt hingelegt. Sogar ihm unbekannte Gesichter (von denen es tatsächlich ein paar gab) würden sich an den langhaarigen, angegrauten, verschwitzten Typen erinnern, der einfach so in die Kneipe geplatzt war.

Die Kneipe hatte ihn gerufen – das tat sie immer. Er brauchte einen Drink. Scheiße, wenn es jemanden gab, der jetzt einen Drink brauchte, dann er. Er zog seinen Mantel aus und hängte ihn neben die Tür.

Er zitterte am ganzen Körper. Seine Haut war sengend heiß und eiskalt – schon seltsam, wie sich so was gleichzeitig anfühlen konnte. Seine Lunge sog Luft ein, konnte sie aber nicht schnell genug wieder ausstoßen, was ihm das Gefühl gab, ständig in Bewegung zu sein, während er sich überhaupt nicht rührte. Er existierte im Zwischenraum von allem.

Das Pack in der Bar verlor schnell das Interesse an ihm, es wandte sich wieder seinen Gesprächen, den Drinks, seinen Sorgen zu, und Colm tat sein Bestes, um sich zur knallroten Theke zu schlängeln, die er so gut kannte. Dort fand er sein Zuhause, sein Gleichgewicht, auf demselben Hocker, auf dem er immer saß, seitdem er das Lokal entdeckt hatte.

»Harter Tag, Colm?«, begrüßte Margaret ihn, als sie zu ihm rüberkam. Ihr gehörte der Laden, und sie war älter, als die Einrichtung vermuten ließ. Manchmal war sie für ihn ein Mutterersatz, obwohl seine Mutter durchaus noch am Leben war.

Zu seiner Überraschung konnte er reden, auch wenn die Laute, die er rausbrachte, dicke, geraspelte Brocken waren. »Das Übliche.«

»Das übliche Teure oder das übliche Billige?«

Colm zückte die Brieftasche und öffnete sie. Er wusste bereits, dass er darin nicht viel finden würde. Wohin war das Geld schon wieder verschwunden? »Das Billige.«

Margaret zapfte ihm ein Pint und betrachtete ihn währenddessen mit dem kalten, abschätzenden Blick der Wirtin. Colm zuckte zusammen. Konnte sie sehen, was ihm Sorgen bereitete? Wovor er gerade fortgelaufen war?

Er versuchte sich locker zu geben – strich sich mit der Hand über den zotteligen Bart, der schon wieder gewachsen zu sein schien, seitdem er ihn sich das letzte Mal angesehen hatte. Wann hatte er ihn sich das letzte Mal angesehen? Er konnte sich nicht erinnern.

Margaret stellte ihm sein Pint hin. »Hab dich heute nicht so früh erwartet. Ich dachte, du wärst oben bei Caliente.«

»Was?«, sagte Colm und zitterte so stark, dass er das Glas

nicht greifen konnte. »Nein, den hab ich den ganzen Tag nicht gesehen.« Eine glatte Lüge, offensichtlich.

Margaret schien etwas sagen zu wollen, überlegte es sich aber anders. Sie ließ ihn einfach stehen.

Also trank er, wie an den meisten Tagen. Das vierte Glas endlich zeigte die gewünschte Wirkung. Die Ängste und Sorgen fielen mit jedem Schluck mehr von ihm ab – die Polizei hätte längst hier sein müssen, falls sie ihm auf den Fersen war, selbst wenn jemand ihn jetzt gesehen und sie erst vor Kurzem verständigt hatte. Irgendwie hatte er es geschafft, sich loszureißen – von diesem Anblick … Er wollte nicht daran denken … sechs Stunden Saufen waren dafür nötig. Er hatte nicht den Kopf verloren und war weggekommen. Irgendwo hatte er sich noch einen Hauch Restverstand bewahrt.

Aber er musste nachdenken. Er hatte so viele Fragen. Und im Mittelpunkt stand: Warum war *sie* dagewesen? Von allen Leuten, mit denen er gerechnet hatte, war sie die Letzte, an die er gedacht hätte.

Sie hätte … Nein. Unmöglich.

Oder?

Colm blieb den Nachmittag und den Großteil des Abends in der Kneipe, und als die Stammgäste eintrudelten und seine Freunde bei ihm saßen, hatte er fast vergessen, was ihn so beunruhigt hatte. Es gab Höhen und Tiefen, klar – als ein Freund meinte: »Wo steckt Caliente?«, da musste er aufs Klo und kotzte alles raus, was er sich bis dahin reingeschüttet hatte – aber die wohlige, zeitweilige Zufriedenheit des Biers war nicht zu verachten. Zumindest vorübergehend verschaffte ihm das Frieden.

Und als die letzte Bestellung eingeläutet wurde – was im Route One ein Gong besorgte –, war der Tag für Colm eine längst vergessene Illusion, ebenso wie die schreckliche Vergangenheit, wie die Navy und Gabe und dessen Vater und die ganze verdammte Existenz. Und mit einem letzten Pint packte er das alles für immer unter Verschluss.

Für immer bedeutete für heute Nacht. Er wusste, es war nicht für immer – wenn er morgens aufwachte, war alles wieder da. Seine Probleme waren wieder da. Die Bilder des Tages, die sich in sein Gehirn gebrannt hatten, kehrten zurück. Und er hatte sich seinem Bild im Spiegel zu stellen.

Aber es ernst zu nehmen, fiel ihm schwer.

Er bestellte ein letztes Getränk, mit dem beschränkten Vokabular des Betrunkenen musste er Margaret davon überzeugen, dass er ihr morgen das Geld geben würde. Sie ließ sich darauf ein, wie immer – aus irgendeinem Grund hatte er bei ihr einen Stein im Brett.

Er trank das letzte Bier zu schnell und bekam Schluckauf. Er glitt von seinem Hocker, und sofort begann die Welt zu kippen und zu schwanken wie eine Schiffschaukel. Aber er schaffte es zur Tür – darin war er Profi.

»Bis dann, Colm«, sagte Margaret, und Colm fuhr herum. »Und wenn du Caliente siehst, sag ihm, dass wir ihn vermissen.«

Caliente – die Bilder drohten zurückzukommen. Sie nannten ihn Caliente, weil er diese Whiskeymarke mochte. Aber Frank Peterson mochte es, wenn Colm ihn einfach bei seinem Namen nannte. Das jedoch würde Colm nie wieder tun. Denn Frank war tot.

Du steckst ziemlich tief in der Scheiße, Junge, hätte Frank gesagt.

»Colm?«, sagte Margaret.

Colm gab sich einen Ruck, er lächelte, winkte seinen Freunden zu und machte sich auf den Weg zu seiner einsamen Wohnung, in Gedanken schon bei den beiden Bierkästen, die er unter dem Bett verstaut hatte.

Davor aber nahm er noch seinen Mantel. Und seine Mütze.

02.01

Chester-le-Street, Nordosten von England
Montag, 15. Februar 2021
23.59 Uhr

Shirley riss die Augen auf. »Gabe!«, rief sie in die Dunkelheit.

Sie lag auf dem Sofa, das sie sich mit dem Kopfkissen und ihrer Bettdecke hergerichtet hatte. Jemand hatte ihr einen Waschlappen auf die Stirn gelegt – den sie jetzt in ihrem Schoß fand. Aber warum lag sie hier auf dem Sofa? Was war geschehen? Sie erinnerte sich an Mallet AM und Frank Peterson und dessen Gesicht. Lag sie deshalb hier? Sie war ohnmächtig geworden – so viel wusste sie.

Dann fiel es ihr schlagartig wieder ein.

Gabe.

Nein …

Rumms.

Ein Geräusch aus dem Flur, weit weg, aber auch sehr nah. Ihr war, als stimmte die Wirklichkeit nicht mehr – Wahrheit und Lügen gingen fließend ineinander über, wechselten sich unablässig ab. Alles war dermaßen kaputt, dass sie sich sogar einbilden konnte, alles wäre nur ein Traum. Mallet AM, die Nachrichten, Gabe, alles. Ihr Leben lag vor ihr ausgebreitet. Erst wurde aus dem Radiosender Science-Fiction, jetzt war ihr Sohn von den Toten auferstanden.

Das hatte sie sich nicht eingebildet. Jedes Mal, wenn sie gedacht hatte, Gabes Geist stünde vor ihr, war er es leibhaftig gewesen. Sie hatte gedacht, er ließe sich nur im Haus blicken, weil sie in der Öffentlichkeit nicht gesehen werden wollte, wie sie mit sich selbst sprach. Doch er war es leibhaftig gewesen, weshalb er ihr auch nie außerhalb des Hauses erschienen war. Sie hatte geglaubt, ihr Verstand wollte ihn so sehen, wie er jetzt war, dabei hatte er älter ausgesehen, als sie ihn in Erinnerung hatte, weil er selbst es gewesen war. Und immer hatte er durstig gewirkt, wenn sie ihm eine Tasse Tee hinstellte, und hungrig, wenn sie ihm ein Schinken-Bananen-Sandwich vorsetzte. Er hatte seine Mutter ausgenutzt – eine kleine alte Frau, die ihn wahrscheinlich nicht hörte, wenn er sich hinter ihrem Rücken davonschlich, die all die kleinen Details nicht sah, die verrieten, dass er selbst es war.

Gabe war real.

Jetzt hielt sie alles für möglich.

Vielleicht kam der Lärm im Flur von Bob, der mit aller Gewalt gegen die Wand trat, weil Shirley ihm noch nichts zu essen gemacht hatte. Fast sah sie ihn vor sich, wie er gerade aus dem Pub nach Hause kam, mit sechs Bier intus und zahllosen Zigaretten, und sein Gestank sich im ganzen Haus festsetzte. Sie würde ihm was zu essen zubereiten müssen – nach einem Besäufnis meistens Hühnerpastete – und dann weitermachen. Die letzten zehn Jahre ihres Lebens waren nichts anderes als ein fröhlicher Albtraum gewesen.

Nein, das wäre zu einfach. Ihr Leben war dermaßen im Arsch, dass es sich fast nach den guten alten Tagen der Unterdrückung sehnte. Aber genau das hatte sie in diesem Gefängnis festgehalten.

Shirley setzte sich auf und schälte ihren alten Körper aus der relativen Wärme der Bettdecke. Im Haus war es kalt und dunkel – das einzige Licht kam von der Leselampe in der Ecke des Wohnzimmers, die jemand angestellt hatte. Gabe war nicht hier, nirgendwo im Haus – sie wusste es sofort. Sie hörte

220

ein Miauen, dann sah sie Moggins auf Bobs Sessel ihr gegenüber sitzen. Die Katze betrachtete sie mit glänzenden Augen, unfähig zu verstehen, was hier vor sich ging. Aber Moggins hatte auf seine unzulängliche Weise versucht, sie zu warnen. Er war nie ins Zimmer gekommen, wenn Gabe da war, oft hatte er im Flur gefaucht, ohne dass Shirley einen Grund dafür erkennen konnte. Weil er gewusst hatte, dass Gabe lebte. Gabe war da gewesen, die ganze Zeit. Sie hatte ihn für einen Geist gehalten. Aber er war es gewesen. Sie hatte Angst, wusste nicht, warum ihr Sohn sie dermaßen hintergangen hatte – warum hatte er zugelassen, dass sie so lange um ihn trauern musste? Dennoch war sie auch unglaublich glücklich, eine Freude war in ihr, die sie seit Jahren nicht mehr empfunden hatte. Denn ihr Sohn – wie sehr er sie auch getäuscht, wie sehr er auch sein Spiel mit ihr getrieben hatte – war am Leben.

Sie zog sich an den Sofalehnen auf ihre wackeligen Beine. Sie hätte ihren Stock bei sich gehabt, aber der lehnte draußen an der Wand. Ihre Beine trugen sie nicht, sie stolperte und fiel fast über den Beistelltisch. Hätte sie nicht die Arme ausgestreckt, wäre sie auf dem Hintern gelandet.

Rumms.

Sie nahm eine Bewegung wahr. Sie sah alles, was nicht ganz nah war, nur verschwommen. Blinzelnd konnte sie erkennen, wie die Tür aufging und eine Gestalt hereinkam. Die zu ihr eilte. »Mum.« Deena packte sie am Arm und richtete sie wieder auf. »Du solltest nicht aufstehen.« Deenas Make-up war völlig verschmiert, die Überreste hatte sie nur halbherzig weggewischt. Sie hatte heftig geweint. Ihre Augen waren ganz rot. »Du hattest einen Schock, du bist ohnmächtig geworden. Wir wissen nicht, ob du dir beim Sturz was gebrochen hast.«

»Gabe – wo ist Gabe?« Ihre Stimme kaputt und zerschrunden. *Sie* war kaputt und zerschrunden.

Deena zögerte einen Moment – dann zog sie ihre Mutter zu sich heran und umarmte sie. »Die Polizei hat ihn mitgenommen. Sie behalten ihn bei sich, bis klar ist, was vor sich geht. Hast du – ich muss dich das fragen …« Sie löste die Umarmung und sah ihr in die Augen. »Hast du gewusst, dass Gabe …?«

»Lebt?«, sagte Shirley ungläubig. »Natürlich nicht.«

Deena nickte. »Ich weiß. Natürlich. Ich musste nur … Du weißt.«

»Ich hab dir immer gesagt, dass ich ihn sehe …«

»Ich weiß.«

»Du hast mir das Gefühl gegeben, ich wäre verrückt.«

Deena brach wieder in Schluchzen aus. »Ich weiß, ich weiß. Es tut mir leid, Mum. Ich hätte auf dich hören sollen – wirklich auf dich hören. Aber das klang alles so … Du weißt schon.«

»Weil ich oll und bekloppt bin«, spöttelte Shirley.

»Nein!«

Rumms.

Shirley sah zum Flur. Die Schläge kamen definitiv aus der Richtung. »Woher zum Teufel kommt der Lärm?«

Deena wischte sich über die Augen und schniefte. »Das ist … Tom. Tom ist draufgekommen. Du hast mir gesagt, du hast Gabe nie außerhalb des Hauses gesehen, richtig?«

Shirley zuckte mit den Schultern. »Was hat das mit dem infernalischen Lärm zu tun?« Sie wollte an Deena vorbei zur Tür, aber sobald sie sich bewegte, wurde ihr schwindlig.

»Nimm den«, sagte Deena und drückte ihr den Stock in die Hand. Sie musste ihn von draußen geholt haben. Shirley war ihr dankbar, wollte es sich aber nicht anmerken lassen. Sie humpelte zur Tür, Deena folgte. »Du hast Tom darum gebeten, vergiss das nicht.«

»Worum? Ich verstehe nicht«, rief Shirley, als sie an der

222

Tür war. Es gab nicht mehr viel, was sie überhaupt noch verstand.

Deena wollte etwas sagen, aber Shirley öffnete die Tür und ging hinaus in den Flur. Künstliches Licht blendete sie, sie musste gegen den schummrigen gelben Schein die Augen zukneifen. Dann erkannte sie die Ursache des Lärms.

Tom stand vor ihr – massig, hoch aufragend, gleich hinter der Küchentür, und in der Hand hatte er etwas Schweres. Es sah wie ein Rammbock aus, aber er hielt ihn senkrecht und schlug damit gegen die Decke. *Rumms.*

»Was zum Teufel soll das?«, schrie Shirley. Tom fuhr erschrocken zusammen und hätte sich die Ramme fast auf den Fuß fallen lassen.

»Verdammte Scheiße«, sagte er, ging in die Knie, verstärkte den Griff an der Ramme und holte zum nächsten Schlag aus.

Deena trat an Shirleys Seite. »Wir dachten, er muss hier wohnen, schließlich ist er sonst nirgends gesehen worden. Und dann ist es Tom wieder eingefallen. Es gibt hier nur einen Raum, den du nicht aufsuchst …« Shirley hob die Hand und gebot ihr Einhalt. Sie wusste, worauf Deena hinauswollte.

Und als wäre ihr Wissen der Schlüssel für dieses fragliche Schloss, ließ Tom die Ramme nach oben schnellen, die Luke gab nach und wurde nach oben in die Dunkelheit des Dachbodens geschleudert – wo Shirley seit Jahren nicht mehr gewesen war.

»Wo ist deine Leiter?«, fragte Deena.

Shirley sagte es ihr, dann wurde ihr wieder schwindlig. Sie lehnte sich an die Wand, während Deena und Tom die Leiter holten und unter der Luke aufbauten. Tom setzte den Fuß auf die unterste Sprosse.

»Nein!«, schrie Shirley. Beide zuckten zusammen und drehten sich zu ihr um. »Das ist mein Haus. Ich gehe als Erste.« Sie ging zur Leiter und wollte hochsteigen, bevor Deena oder Tom etwas sagen konnten, aber sie kam nicht weit. Sie schaffte gerade mal die erste Sprosse. Es war schwerer, als sie gedacht hatte, die metallenen Sprossen drückten sich in ihre Fußsohlen.

»Ich helfe dir«, sagte Tom. Sie stützte sich auf seine Schultern, und mit seiner Hilfe schaffte sie es tatsächlich durch die Luke bis nach oben. Sie befand sich in einem stickig-heißen, pechschwarzen Raum. Das letzte Mal war sie kurz nach dem Umzug hier oben gewesen und hatte die Möbelpacker angewiesen, wo sie die Sachen aus dem alten Haus in Houghton-le-Spring abstellen sollten, die sie nicht mehr brauchte. Vor allem Bobs Sachen, das ganze Zeug, das sie nicht weggeworfen hatte, weil sie meinte, es könnte eines Tages noch einen gewissen Wert haben – seine Plattensammlung, die alten Zeitungsstapel mit den wichtigen Ereignissen, seine Motorradjacken. Obwohl alles hier oben untergebracht war, war der Raum ziemlich leer. Zumindest hätte er das sein sollen.

Sie schaltete die Beleuchtung an – und wünschte sofort, sie hätte es bleiben lassen. Der Dachboden war zu einer Höhle umgewandelt worden – Gabes Höhle. Alle Kartons waren an die Seiten gerückt und bildeten unterhalb der Dachschrägen jetzt fast drei Wände. In der Ecke des verbliebenen Raums lag eine Matratze mit einem zerschlissenen Kissen und einer Decke, die Shirley früher übers Sofa drapiert hatte – und die vor etwa einem Jahr verschwunden war. Neben der Matratze fand sich ein kleiner Bücherstapel, naturwissenschaftliche Titel aus Gabes Kindertagen. Eines lag tatsächlich aufgeschlagen auf der Matratze, als hätte gerade jemand darin gelesen.

An der hinteren Wand hing Gabes alte Kleidung auf einem Garderobenständer, wie man sie aus Einkaufshäusern kannte. Es hatte einen Grund, warum sie ihn immer in Sachen gesehen hatte, die sie kannte – was also nichts mit ihrer Erinnerung zu tun hatte. Unter dem Garderobenständer stand ein Kübel, von dem ein unguter Geruch ausging – Shirley wollte lieber nicht daran denken, wofür der war.

»Heilige Scheiße.« Deena, die gleich hinter ihr nach oben gekommen sein musste. Shirley achtete nicht auf sie. Sie wandte nur den Kopf nach links.

Und was sie dort sah, war zu viel.

Ein langer Tisch mit einem verdreckten Schreibtischstuhl, der vom Tisch weg in ihre Richtung gedreht war. Über dem Tisch ein Whiteboard, das mit Gabes unverkennbarer krakeliger Schrift vollgeschrieben war. Aber nicht dem galt ihre Aufmerksamkeit. Sie ging auf den Tisch zu – schob den Drehstuhl aus dem Weg. Und was sie sah, war ihr äußerst vertraut.

Es war ein Mischpult – so eines, wie sie es auch im Krankenhaus hatten. Eine Anlage mit so vielen Knöpfen und Schiebereglern, dass man eine Anleitung brauchte, um überhaupt den Einschaltknopf zu finden. Die Anlage war mit einem Monitor verbunden, der lief und auf dem die gleiche Software zu sehen war, die sie auch für den Krankenhausfunk verwendeten. Kopfhörer waren eingestöpselt. Shirley konnte sich gerade noch zurückhalten, sie nicht aufzusetzen. Sie sah zum Monitor und wusste, auch ohne einen Ton zu hören, dass nichts lief. Neben dem Monitor waren zwei weitere Geräte mit der Anlage verbunden. Eines kannte sie sehr gut – ein Mikro. Das andere war ein komisch aussehendes Ding, das, wenn sie raten müsste, eine Art Signalverstärker war. Oben auf dem Monitor war ein weiterer, kleinerer Bildschirm angebracht, der ein Schwarz-Weiß-Bild anzeigte, das an und aus ging – es war der Blick in den Flur, ihren Flur, von einer Ecke an der Decke aus gesehen. Die Kamera war auf den Eingang gerichtet.

»Was zum Teufel …?« Auch Tom war jetzt nach oben gekommen. Irgendwo hinter Shirley weinte Deena leise vor sich hin. Tom stieß ein paar Flüche aus. Sie hatte jetzt keine Zeit für die beiden. Sie musste dahinterkommen, was das alles sollte. »Er muss irgendwie die Schalsteine über die Luke geschoben haben, damit du nicht hoch kannst, wenn er da war«, sagte Tom nüchtern.

Das letzte Puzzleteil entdeckte sie, als sie sich dem Whiteboard zuwandte. Sie musste sich konzentrieren, um Gabes Handschrift zu entziffern. Er hatte eine absolute Arztklaue – einfach fürchterlich. Seine »a« glichen einem »e«, und die sahen ein wenig wie ein »c« aus.

Zunächst betrachtete sie die Wörter in Großbuchstaben – Linien führten von ihnen weg. Drei Namen standen dort. Einer – Moment …

Einer lautete SEB STARITH.

Ein weiterer ROY FARROW.

Den letzten wollte sie gar nicht mehr sehen. Also erst die kleineren Anmerkungen in den Blasen. Sätze wie »fällt von der Leiter«, »Milchlaster kracht gegen Briefkasten«, »von Überwachungskamera eingefangen« und »Frau läuft vor den Wagen«. Am Rand der Tafel befand sich eine Liste, überschrieben mit BEOBACHTUNGEN, darunter waren Datum und Uhrzeit vermerkt.

Jetzt war alles klar. Gabe war der Moderator und Nachrichtensprecher von Mallet AM, so musste es sein. Er war derjenige, dem sie die ganze Zeit gelauscht hatte. Der Sender befand sich in ihrem Haus. Das ergab Sinn – es lag nahe dem Krankenhaus, weshalb sie das Signal dort so klar empfangen konnte und die Polizeidienststelle nicht. Woher hatte Gabe das Fachwissen, das alles einzurichten? Und woher wusste er, was geschehen würde? Dann wandte sie sich dem letzten Namen zu.

Der letzte Name in Großbuchstaben lautete FRANK PE-
TERSON.

Ihr wurde übel. Zwei Wege gab es, denen ihr Verstand
jetzt folgen konnte. Es wäre so einfach, wieder auf Science-
Fiction zurückzufallen, wieder zu glauben, dass jemand in
die Zukunft sehen konnte. Es wäre so einfach, zu glauben,
Gabe sei immer noch der Junge, den sie in Erinnerung hatte.
Aber jetzt lag alles anders. Und sie lebte in der Realität – so
hätte sie von Anfang an die ganze Situation betrachten sollen.

Also drehte sie sich zu Deena und Tom um und sagte so
nüchtern, wie es ihr möglich war: »Ich glaube, Gabe steckt in
großen Schwierigkeiten.«

02.02

Chester-le-Street
Dienstag, 16. Februar 2021
08.30 Uhr

Die ganze Nacht verbrachte Shirley damit, den Dachboden nach Hinweisen zu durchsuchen, die ihre Vermutungen entweder bestätigten oder widerlegten. Deena drängte sie, sich auszuruhen, aber davon wollte Shirley nichts wissen. Zu Shirleys Überraschung kam ihr Tom zu Hilfe, womit er sich allerdings keinen Gefallen tat, da sich die beiden anschließend unten im Flur stritten, während Shirley auf ein Notizbuch von Gabe stieß. Es schien eine Art Tagebuch zu sein, war aber mit »Beobachtungen« überschrieben. Ansonsten war es in einer Art Code verfasst. Shirley hatte einen Blick zum Whiteboard geworfen – zu den Datums- und Zeitangaben. Sie nahm die erste – 10.09.13, 23.16 – und versuchte sie im Notizbuch aufzuspüren. Als sie sie fand, war sie keinen Deut schlauer – Gabe hatte sich unter dem Datum »Schlinge, Welt, Mikey« notiert. War es eine Art Traumjournal?

Fast wünschte sie sich, sie könnte Arnie Enigma befragen, ob der Eintrag auch in seinem Ordner stand, allerdings konnte sie ihm nicht trauen. Dann suchte sie im aufgeschlagenen Notizbuch nach Einträgen zu Starith, Farrow oder Peterson. Alles, was sie fand, war nur Kauderwelsch für sie. Sie behielt das Notizbuch trotzdem.

Nachdem sie unter der Schreibtischplatte eine Tastatur

und eine Maus entdeckte, setzte sie sich an den Computer. Sie zog die Tastatur hervor und klickte in dem ihr so vertrauten Computerprogramm herum. Auf jeden Klick folgte ein Warnton, dazu erschien ein Pop-up mit dem Hinweis »Zugang verweigert«.

Sie war den restlichen Dachboden durchgegangen, hatte aber nichts gefunden, was irgendwie von Wert gewesen wäre. So legte sie das Notizbuch auf den Stapel mit den naturwissenschaftlichen Büchern, und nachdem er ihr als zu schwer erschien, rief sie Tom, damit er ihr den Stapel nach unten trug. Shirley wollte die ganze Nacht durch lesen – sie wollte verstehen, was in Gabes Kopf vor sich ging.

Als sie damit durch war, wusste sie, dass sie mit Deena reden musste.

Sie wies ihre Tochter an, Platz zu nehmen, und erzählte ihr alles, was sich in den letzten Tagen ereignet hatte. Sie ließ nichts aus – nicht einmal ihren kleinen Herzinfarkt (bei dessen Erwähnung Deena aussah, als würde sie gleich explodieren) –, und als sie schließlich geendet hatte, saß Deena einfach nur da. Es war ihr anzusehen, dass sie nicht alles glaubte, aber das spielte keine Rolle.

»Was machen wir jetzt?«, fragte Deena.

»Das weiß ich nicht«, erwiderte Shirley.

»Du glaubst wirklich, dass es Gabe ist? Dass dieser Mann Gabe ist?«

Shirley hatte Deena das Notizbuch vom Dachboden gezeigt. »Das ist Gabes Handschrift.«

»Zufall«, sagte Deena und legte es auf den Tisch, ohne auch nur einen Blick hineinzuwerfen.

Shirley seufzte. Sie konnte es Deena nicht verdenken. Sie war sich ja selbst nicht ganz sicher.

Nach einer Minute Schweigen sagte Deena: »Gut, wir müssen es der Polizei erzählen.«

Shirley stimmte zunächst zu, widersprach dann aber. Deena warf die Hände in die Luft, wollte wissen, warum. »Wenn wir es ihnen sagen, darf ich ihn vorher nicht mehr sehen«, antwortete Shirley ganz ruhig.

So kam es, dass Deena, Tom und Shirley um 8.30 Uhr vor der Polizeidienststelle im Auto saßen. Deena wiederholte zum x-ten Mal, dass sie es für eine schlechte Idee hielt. Sie besaß die große Gabe, das immer Gleiche auf tausend unterschiedliche Arten zu sagen. Und wieder bekräftigte sie, dass sie sich weigerte, mitzumachen und mit ihrer Mutter die Dienststelle zu betreten. Shirley sah auf ihre Uhr, stellte fest, dass es an der Zeit war, und stieg aus.

»Mum, bitte, denk noch mal darüber nach«, sagte Deena durch die offene Seitenscheibe.

»Er ist mein Sohn«, sagte Shirley nur. »Ich muss wissen, warum.«

»Du glaubst wirklich, dass der da drin Gabe ist, oder?«, sagte Deena.

Shirley drehte sich wortlos um und ging. Sie kannte die Antwort auf diese Frage nicht, sie wusste nur, dass sie sie dadrin finden würde. Deena hatte ihr gesagt, Gabe würde in einem Befragungsraum festgehalten, bis die Polizei sich ein Bild von der Situation gemacht hätte.

Nachdem sie einem Beamten am Empfang, der dankenswerterweise nicht ihr Freund Dave war, nach Gabe gefragt hatte, wurde sie in einen Vernehmungsraum geführt und gebeten, zu warten. Nach einigen Minuten erschien ein mittelalter Beamter in Anzug, mit traniger Miene und einem halbvollen Kaffeebecher aus einem Fastfood-Laden.

»Ms Steadman«, begrüßte er sie und gab ihr die Hand. »Ich hätte Sie sowieso hierhergebeten, und da sind Sie schon.« Er lächelte, zückte einen Notizblock und legte ihn auf den Tisch zwischen ihnen. Dann begann er darin zu schreiben, obwohl sie ihm noch gar nichts mitgeteilt hatte. »Ich bin DI Mike Fletchinder. Bitte nennen Sie mich Fletch. Ich möchte Ihnen ein paar Fragen stellen, damit ich einen Eindruck davon bekomme, was sich hier abspielt.«

Im Lauf der nächsten halben Stunde befragte DI Fletchinder sie zu den Ereignissen der letzten Tage. Shirley erzählte ihm von allem, denn im Grunde war sie froh, sich einem Fremden, einem unbeteiligten Dritten anvertrauen zu können. Sie wusste nicht, ob Fletch ihr wirklich glaubte – dass sie gedacht hatte, ihr toter, aber in Wahrheit quicklebendiger Sohn wäre bloß eine von ihrer angeschlagenen Psyche heraufbeschworene Illusion? Fletch schien es nicht so drastisch zu sehen, wortlos kritzelte er weiter in seinem Notizblock. Shirley wand sich etwas beim Thema Mallet AM und Arnie Enigma und Frank Peterson, log nicht, erzählte aber auch nicht die ganze Wahrheit. Sie blieb in der glücklichen Mitte und bahnte sich ihren eigenen Pfad durch die Vergangenheit.

Als sie fertig war, zog DI Fletchinder demonstrativ einen Schlussstrich unter die Aufzeichnungen, sah auf und seufzte. »Okay, ich lasse Sie jetzt zu ihm.«

»Kann ich Sie etwas fragen?«, sagte Shirley. »Das dadrin ist definitiv mein Sohn?«

Wieder seufzte Fletchinder. »Letztlich werden Sie das besser beurteilen können als wir. Aber nach allem, was er uns bislang erzählt hat, ist das zumindest eine sehr interessante Geschichte. Sie werden vermutlich mehr aus ihm herausbekommen. Ich denke, Sie verdienen Antworten, Sie müssen uns aber versprechen, dass Sie sie an uns weitergeben. Wahrscheinlich wird er Ihnen mehr erzählen als uns – allem Anschein nach haben Sie sich in den vergangenen Monaten ja einige Male unterhalten, auch wenn diese Unterhaltungen, na ja, recht einseitig waren. Er ist ihr Sohn – ich muss Ihnen nicht sagen, was Sie zu tun haben. Ich gebe Ihnen zwanzig Minuten.«

»Danke, DI Fletchinder«, sagte Shirley.

»Fletch, bitte.«

»Fletch. Danke, Fletch.«

DI Fletchinder seufzte erneut und beugte sich zu ihr vor. »Eines allerdings muss ich Ihnen noch sagen: Wir werden ihn heute noch gehen lassen müssen.«

»Was?«, kam es von Shirley scharf. Damit hatte sie nicht gerechnet.

DI Fletchinder fuhr fort: »Im Grunde ist er nichts weiter als ein Hausbesetzer. Er wurde von der Polizei aufgegriffen und aus dem Gebäude entfernt. Er hat sich in dem nahezu einem Jahr, in dem er bei Ihnen war, nicht gewalttätig gezeigt. Eigentlich hat er bloß rumgesessen und mit Ihnen geredet, wahrscheinlich hat er Ihre Toilette benutzt und sich bei Ihren Lebensmitteln bedient, wenn Sie nicht da waren. Er hat Sie ausgenutzt, ja, andere Straftaten können wir ihm jedoch nicht zur Last legen.«

Ja, sie verstand. Das wäre der Zeitpunkt gewesen, ihm von Mallet AM und ihrem Gefühl – nein, ihrer Überzeugung – zu erzählen, dass Gabe Frank Peterson getötet hatte. Wenn sie Fletchinder jedoch jetzt davon berichtete, ließ er sie vielleicht nicht zu ihm. Aber sie brauchte zuerst Antworten.

»Nun«, fuhr Fletchinder fort, »falls bestätigt wird, dass dieser Mann Ihr Sohn ist, werden wir uns mit seinem Vortäuschen des eigenen Todes beschäftigen müssen. Ich glaube nicht, dass das streng genommen illegal ist, aber vielleicht hat er während dieser Zeit ja andere Straftaten begangen. Und er ist nicht mehr Bürger des Vereinigten Königreichs, da es ihn ja nicht mehr gibt.« Fletchinder klopfte sich mit dem Stift gegen die Stirn. »Es dürfte Sie nicht überraschen, dass ich noch nie mit so einem Fall, der Vortäuschung des eigenen Todes, befasst war, für mich ist es also komplettes Neuland.«

»Aber wenn er eine Straftat verübt hat«, wollte Shirley sichergehen, »lassen Sie ihn dann trotzdem frei?«

»Wir können niemanden festhalten, nur weil wir glauben, er hätte eine Straftat begehen können«, erklärte Fletchinder. »Wir brauchen Beweise – die Wahrheit. Es wird einige Zeit dauern, um Beweismaterial zusammenzutragen. Wir werden ihn aus dem Gewahrsam entlassen, ja, ihn aber weiterhin im Auge behalten. Wir werden ihn bitten, den Nordosten nicht zu verlassen, vor allem aber werden wir ihn anweisen, dass er nicht mehr zu Ihnen kommt. Bis dahin werde ich weiter versuchen, mir ein Bild zu machen. Auch dabei könnten Sie mir helfen.«

»Ja«, sagte Shirley.

»Wir sprechen später noch mal miteinander.« Fletchinder lächelte, steckte sein Notizbuch in die Tasche und erhob sich. »Dann können Sie mir auch die Dinge erzählen, die Sie mir jetzt verschwiegen haben.«

Besorgt stand Shirley auf. Er war gut, trotzdem wusste er nicht, was sie vor ihm verbarg. Was sie aus gutem Grund verbarg. Ja, sie dachte, Gabe hatte es vielleicht getan. Aber vielleicht hatte er eine triftige Erklärung für alles. Vielleicht hatte Mallet AM einen Informanten – jemanden, der aus welchem Grund auch immer von Frank Petersons Ermordung gewusst hatte. Da sie nicht wusste, was sie sagen sollte, sagte sie lediglich: »Danke, DI Fletchinder.«

Sie verließ mit ihm den Raum, während er ihr die Auflagen erklärte, unter denen sie den nächsten Befragungsraum betreten konnte – den Raum mit ihrem gleichzeitig lebenden und toten Sohn. Schrödingers Sohn, dachte sie.

Fletchinder zog einen Schlüsselbund aus der Tasche,

233

entriegelte die Tür und erinnerte sie noch mal daran, dass sie zwanzig Minuten hatte, keine mehr. Shirley nickte, und Fletchinder fügte noch an: »Achten Sie darauf, dass Sie ihm nicht zu nahe kommen.«

Er öffnete die Tür, und Shirley holte tief Luft. Sie trat ein. Fletchinder schloss hinter ihr die Tür.

Sie versuchte so selbstsicher wie möglich aufzutreten, keine leichte Sache mit ihren wackeligen Beinen. Der Raum glich exakt jenem, den sie gerade verlassen hatte. Ein kleiner Raum mit einem großen Tisch in der Mitte.

Gabe saß dort, den Kopf gesenkt. Er hatte die Hände, die mit metallenen, im Licht der nackten Glühbirne schimmernden Handschellen an den Tisch gefesselt waren, über Kreuz vor sich auf dem Tisch liegen. Entweder hörte er sie nicht eintreten, oder er wollte sie nicht hören.

Und sie wusste es mit absoluter Sicherheit. Es war Gabe.

Ihr Magen geriet ins Schlingern, beinahe hätte sie sich übergeben. Was für eine schreckliche Situation. Wie hatte das alles überhaupt geschehen können?

»Gabe?«, sagte Shirley.

Er sah auf. Wie anders er war – das ging ihr durch den Kopf. Er hatte mehr Bartstoppeln also sonst, wenn er ihr erschienen war. Offensichtlich hatte er sich bei ihr zu Hause rasiert. Auch seine Augen tanzten lebhaft, was ihn leicht irre aussehen ließ, so, wie sie ihn an ihrem Küchentisch nie erlebt hatte. Er sah aus wie Gabe, ja, glich ihm aber viel weniger als bei den letzten Begegnungen, als sie geglaubt hatte, er wäre bloß in ihrem Kopf. »Hallo, Shirley.« Auch klang er wesentlich weniger selbstsicher. Eine Nacht hier drin hatte ihn vermutlich sehr mitgenommen.

»Du kannst mich nicht Mum nennen? Noch nicht mal jetzt?«, schluchzte Shirley.

Gabe lächelte traurig. »So funktioniert das nicht.«

Noch immer könnte Shirley sich einreden, sie bildete ihn sich bloß ein, wäre seine Anwesenheit nicht von so vielen anderen bestätigt worden.

Kein Zweifel, es war ihr Sohn. Die ganze Situation überforderte sie. Gabe war am Leben, er war hier – er saß direkt vor ihr. So vieles gab es zu sagen, aber sie konnte sich nur auf dem Stuhl ihm gegenüber niederlassen und nach Atem ringen. Es gab in der Welt nicht mehr genügend Luft für sie.

»Warum bist du so geschockt?«, fragte Gabe leise. »Freust du dich nicht, mich zu sehen?« Ein seltsamer Satz. Als hätte er gewusst, was er sagen wollte, bevor er das falsche Wort wählte. Das sah Gabe ganz und gar nicht ähnlich – er war immer so wortgewandt gewesen. Vielleicht war es doch nicht Gabe, der hier vor ihr saß – nur jemand mit seinem Gesicht. »So lange, ständig hast du mich gesehen. Jetzt bin ich hier.«

Shirley lagen eine Menge Fragen auf der Zunge, die sie am liebsten alle gleichzeitig gestellt hätte. »Wie hast du es getan? Warum hast du es getan? Warum hast du mich im Glauben gelassen, du wärst tot?«

Gabe war verwirrt. »Welche Frage … soll ich zuerst beantworten?« Er redete leise, unsicher, abgehackt. Was stimmte mit ihm nicht?

»Wie?«

Gabe machte den Eindruck, als wollte er einzig diese Frage beantworten. Fast stolz erzählte er von seinem Plan, von jener Nacht 2012, als er sich ins Wasser fallen ließ, die Fußfesseln löste und zurück an die Wasseroberfläche trieb. »Ich war tot, und hab ich mich nie … nie … so lebendig gefühlt. Ich hab gewusst, gewusst, dass ich schwimmen muss, um am Leben zu bleiben. Dass ich zu den Koordinaten zurück muss, die ich mir … ein… eingeprägt habe. Dort war ein Boot, ein kleines Motorboot, mit dem bin ich zum Festland. Und im Irak hab ich mir einen gefälschten irakischen Pass besorgt und bin dahin gegangen, wohin ich wollte. Einige Jahre hab ich dort gelebt, dann über die Grenze nach Syrien, das waren zwei wilde Monate. Bis ich mich um einen Flug nach Österreich gekümmert und einige Jahre in den österreichischen … ähm … spitzen … ja, Bergen gelebt, aber nicht so viel Arbeit gefunden habe, wie ich wollte. Allmählich ist mir das Geld ausgegangen, und ohne vernünftige Papiere war ich aufgeschmissen. Also hab ich gemacht, was jeder macht. Ich bin zurück nach Hause.

Die längste Zeit war ich weg. Ich bin eine Weile durch England gereist. Hab in Gassen, auf Straßen, ich meine, ja … auf der Straße geschlafen. Mir war klar, dass ich irgendwo unterkommen muss. Dann hab ich in der Zeitung eine To… eine Todesan… Todesan…«

»Todesanzeige?«, sagte Shirley traurig. Gabe nickte nur. »Du hast gesehen, dass dein Vater tot war?« Auch das also. Auch dafür war Bob verantwortlich gewesen. Sogar nach seinem Tod hatte er die Fäden in der Hand gehalten.

»Da hab ich gewusst, ich kann … nach Hause kommen. Ich bin nach Houghton-le-Spring getrampt und hab festgestellt, dass du das Haus verkauft hast. Ich war froh – das Haus, das Haus ist voller, voller …«

»Schlechter Erinnerungen?«, kam Shirley ihm zu Hilfe.

»Ja«, sagte Gabe dankbar und schlug sich mit der Handfläche gegen die Stirn. Wozu er sich etwas nach vorn beugen musste, weil die Handschellen nicht so weit reichten. »Also hab ich mich auf die Suche nach dir gemacht. Das hat gedauert, ohne … Geld und … wenn man niemanden kennt. Ich hab einen Typen in einem Pub kennengelernt, der hat mir geholfen. Der … hat dich sofort gefunden. Also bin ich nach Chester-le-Street gekommen und hab dein Haus gesehen. Und in dem Moment bist du rausgekommen und weggegangen. Mit einem Stock.

Da ist mir … klar … geworden … dass zu viel Zeit vergangen ist. Du bist dort eingezogen, du bist älter geworden … ohne mich. Ich wollte reden mit, dich reden über alles mir. In meinem Kopf wollte ich … Haus … kommen, und alles wäre wie früher. Aber das … konnte nicht sein. Also bin ich eingebrochen … hab mir überlegt, wie ich an dein… deinem Leben teilnehmen kann, ohne dass du weißt, dass ich da … bin. Da hab ich den Dachboden entdeckt … und eine Möglichkeit, um mit dir zu reden. Ganz zufällig.

Du erinnerst dich noch? … Das erste Mal, als wir uns gesehen haben?«

»Du warst am Küchentisch«, sagte Shirley. »Hast einfach dagesessen. Als wäre nie was geschehen. Du hast älter ausgesehen, nicht nur äußerlich, auch seelisch, du warst mein Gabe und auch wieder nicht. Ich dachte mir, ich würde mir dich nur einbilden, so als eine Art Strafe, damit ich zu sehen bekomme, was aus dir geworden ist. Aber es war viel schlimmer – du bist wirklich zu dem geworden.«

Gabe schüttelte den Kopf. »Ich wollte es nicht … nicht. Ich dachte, du wärst weg. Ich hab ein Sandwich gegessen. Ich dachte mir, als du reingekommen bist … alles gesehen … mich gesehen hast ... Dachte ich, es wäre vorbei. Mein glückliches … kleines … Dasein … alles vorbei. Aber du hast nicht geschrien. Fast … hast du … dich gefreut.«

Shirley spürte, wie ihr die Tränen kamen. Sie schniefte sie entschieden weg. »Natürlich hab ich mich gefreut. Du bist mein Sohn. Jetzt sitze ich hier und kann mein Glück nicht fassen, dass du noch am Leben bist.« *Und gleichzeitig ist mir hundeelend*, dachte sie, sagte es aber nicht. »Egal, was passiert ist oder immer noch passiert.«

»Ich hab mich auch gefreut. Ich hab gewusst, ich kann … was vorgaukeln. Es ist besser, wenn ich so tue, wenn ich so tue, dass ich Gabe bin. Dann ist der ganze … ganze … ganze

Rauch, nein, Dampf, nein, Nebel, ja, der Nebel … ist weg. Dann bin ich wieder der alte Gabe, der ich für dich sein muss.«

»Was ist mit dir passiert?«, fragte Shirley. »Warum bist du so? Das mit deiner Sprache?«

Gabe zuckte mit den Schultern. »Weiß nicht … keine Ahnung. Ich bin so aus dem Wasser gekommen. Manchmal bleiben mir die Wörter im … Hals stecken. Als tue ich so. Tue so, als wäre ich Gabe …«

»Du bist Gabe.« Shirley wollte seine Hände berühren, unwillkürlich riss er sie zurück. Die Handschellen schnitten ihm in die Handgelenke, was der einzige Grund war, dass er nicht vom Stuhl fiel.

Ihre mütterlichen Instinkte, ihren Sohn zu schützen, kehrten wieder – mit aller Macht. Vielleicht sollte man meinen, dass man mehr geschockt sein müsste, wenn man feststellt, dass jemand, um den man getrauert hat, noch lebt, jemand, der einem so nahestand. Dachte sich Shirley. Aber in diesem kalten Augenblick hatte sie nur Liebe in ihrem Herzen.

Dann riss Gabe sie aus ihren Gedanken. »Vielleicht bin ich Gabe, aber ich bin viel mehr.«

Shirley stutzte. »Mehr?« Genau das hatte sie befürchtet, den Bruch in ihrem Gespräch, der eintreten musste. Zu ihrer Überraschung ging die Initiative dazu von Gabe aus. »Tust du auch so, als wärst du Radiomoderator?«

Gabe sah sie verstört an. »Du warst oben im … oben?«

»Im Dachboden, ja.«

Gabe nickte. »Als Radiomoderator kann ich normal reden. Wenn möglich, bin ich Mallet. Tue so.«

Shirley griff in ihre Handtasche und legte Gabes Notizbuch auf den Tisch. Sie achtete auf seine Reaktion oder, besser, das Fehlen einer solchen. »Was ist Mallet AM, Gabe? Du tust so, als könntest du in die Zukunft sehen? Wozu, welchen

Grund gibt es dafür? Und was, wenn deine Vorhersagen nicht eintreffen … was dann? Du sorgst dafür, dass sie eintreffen.«

Damit hatte sie einen Punkt berührt. Gabe war mit einem Mal unglaublich wütend. Er knallte beide Hände mit den Handschellen auf den Tisch. »Nein, nein, nein, nein, NEIN. Shirley. Nein. Ich hab … ich hab … ich hab … Verstehst du … Nein.«

Shirley versuchte ihn zu beruhigen. »Okay, okay, Gabe. Atme ganz tief ein. Alles ist gut. Du sollst mir nur sagen, was Mallet AM ist. Du hast mich dazu überredet, dir zuzuhören. Das habe ich getan. Fang noch mal ganz von vorn an.«

Gabe atmete ein und aus. Shirley meinte, es seinem Blick ansehen zu können, wie er in der Zeit zurückging. Shirley erwartete, dass er mit einer tollen Story ankam, aber er sagte nur: »Ich habe die Gabe des Sehens.«

»Was soll das heißen?«, fragte Shirley fassungslos.

Schließlich setzte er zu seiner Geschichte an. »Es hat begonnen auf dem … Schiff. Ich hab gesehen … geträumt, wie … ich es tun werde. Wie ich mich selber sterbe. Ich wollte es, nach Dad. Ich wollte mich umbringen, mehr als alles andere. Ich hab alles für ihn getan, und er hat mir alles vor die Füße geworfen. Mir vor die Füße geworfen, als wäre ich … nichts … als wäre ich nichts für ihn.«

Shirley gestattete sich ein paar Tränen. Sie hätte erneut Gabe zu berühren versucht, wenn sie sich vor seiner Reaktion nicht so gefürchtet hätte. »Es tut mir leid, Gabe. Es war meine Schuld. Ich hätte mehr tun, dich besser schützen sollen. Aber ich hab es nicht getan, ich konnte es nicht. Ich war wie gelähmt.«

Gabe schüttelte den Kopf. Sie wusste nicht, was er damit zum Ausdruck bringen wollte, bis er sagte: »Du warst es nicht. Du hast mich nicht hin… zurück… fortgeschickt.

Sondern er. Als ich gehört habe, dass er tot ist … als ich die Todesanzeige gesehen … warum meinst du, hab ich sie gelesen? … ich hab danach gesucht, immer. Auf den Computern in den Bibliotheken. Eines Tages … hab ich sie gefunden. Ich war so glücklich, dass ich dachte, ich würde verrückt werden … wie glücklich kann man sein, wenn jemand st…st…stirbt? Ich hab mich für einen guten Menschen gehalten, aber er hat mich zu was anderem gemacht.

Aber ich wollte von der Gabe des Sehens erzählen …«, sagte er und wechselte das Thema. Shirley war froh darüber. Je mehr er über Bob sprach, desto schwerer wurde ihr ums Herz. »Die Gabe des Sehens hat eingesetzt, als ich wusste, wie ich es tun werde. Und so hab ich es dann gemacht. Als ich aus dem Wasser gekommen bin, ist es stärker geworden. Ich hab von echten Menschen geträumt – aber von Menschen, die ich nicht … kenn. Kannte. Dinge, die ihnen zustoßen. Aber morgen. Einen Tag im Voraus. Ich kann einen Tag voraussehen. Ich weiß, es klingt verrückt, ich weiß, es klingt komplett irre, aber du musst mir glauben … ich kann in die Zukunft sehen.«

Shirley musterte ihn. Er glaubte es wirklich – aus ganzem Herzen. War diese Illusion wirklich so stark, dass er an etwas glaubte, was in den Fernsehsendungen seiner Kindheit hätte vorkommen können? »Gabe, so etwas gibt es nicht. So etwas ist unmöglich. Verstehst du das nicht?«

Gabe wirkte verwirrt. »Aber du hast es doch geglaubt? Du glaubst es. Hast du selbst gesagt.«

Shirley lachte kurz auf. »Ich hab es geglaubt, als eine Leiter umgekippt oder ein Milchlaster gegen einen Briefkasten gefahren ist. Ich hab es sogar geglaubt, als der Tod eines Menschen angekündigt wurde. Ich habe versucht, ihm zu helfen. Aber als Frank Peterson tot war – war es umso unwirklicher. Wir sind hier nicht in irgendeiner Fantasiewelt, sondern in der

Wirklichkeit, Gabe. Vergiss das nicht – du hast vielleicht erfolgreich deinen eigenen Tod vorgetäuscht und damit ebenfalls eine Art Fantasiewelt erschaffen, aber so etwas ist zumindest im Bereich des Möglichen. Die Wahrnehmung kann beeinflusst werden. Die Zukunft vorhersagen aber ist unmöglich.

Hast du mich gesehen bei deiner Vorahnung zu Frank Peterson? Hast du mich in seiner Küche stehen stehen, über seinem Leichnam, mit der verdammten Katze, die das verschüttete Bier aufschleckt? Hast du einen Mann mit Trenchcoat und Schiebermütze gesehen, der mich dabei beobachtete? Ich bezweifle das nämlich.« Reglos hörte Gabe zu, schüttelte noch nicht mal den Kopf. Hätte Shirley ihren Sohn nicht gekannt, hätte sie vielleicht glauben können, sie könnte zu ihm durchdringen. Aber er war halsstarrig, stolz, sie kannte seine Miene nur allzu gut. »Und ich glaube, egal, was dir, egal, was deinem Gehirn zugestoßen ist … es hindert dich daran zu erkennen, dass du nicht die Zukunft vorhersagen kannst. Als dir also irgendeine Stimme eingeflüstert hat, dass Frank Peterson sterben wird, konntest du damit nicht umgehen. Und daher bist du los und hast dafür gesorgt, dass es genau so passiert, wie du vorhergesagt hast.«

»Nein, nein, nein«, knurrte Gabe, schlug sich mehrmals gegen die Stirn und knallte wieder die Hände auf den Tisch. »Ich kann es sehen. Ich habe die Gabe des Sehens. Ich erzähle es anderen, ich berichte darüber. Weil die Menschen es wissen müssen. Sie müssen wissen, was auf sie zukommt.«

Shirley schüttelte den Kopf – sie hätte Gabe so gern geglaubt. »Nein, Gabe. Tut mir leid, aber ich denke, du hast Frank Peterson umgebracht, weil du Angst hattest, du könntest die Zukunft doch nicht vorhersagen.«

»*Ich war es nicht!*«, schrie er und versuchte sich zu erheben, aber die Handschellen zogen ihn zurück auf seinen Stuhl. Zum ersten Mal hatte Shirley Angst vor ihrem Sohn.

Und nach seinem Gesichtsausdruck zu schließen hatte er ebenfalls Angst vor sich selbst. »Ich war es nicht«, sagte er leiser. »Du musst … mir glauben. Ich kann es dir zeigen.«

»Nur zu«, sagte Shirley. Nichts leichter als das. »Was wird morgen passieren?«

Gabe sagte nichts.

»Was wird morgen passieren?«

Immer noch nichts. Aber diesmal sah er weg.

»Was wird morgen passieren, Gabe?«, schrie Shirley.

Gabe warf den Kopf zurück und zischte: »Das kann ich dir nicht sagen.«

»Wie bequem aber auch.«

»Nein«, sagte Gabe. »Ich kann es dir nicht sagen, weil es so nicht geht. Nicht geschieht. So nicht geschieht.«

»Was meinst du?«

Gabe lachte. »Du musst verstehen, die Zeit ist ein … ein … Man meint, die Zeit ist eine Linie, aber sie ist eher ein … ein … ein …« Er schlug sich an die Stirn, offensichtlich verärgert darüber, dass ihm das Wort nicht einfiel. »Ein Streudiagramm. Wenn zwei Punkte, egal wo, sich auf derselben … Linie … befinden. Ich hab es gesehen. So lange schon, einen Tag im Voraus.«

»Warum kannst du mir dann nicht sagen, was morgen geschehen wird?«

»Das versuche ich dir ja zu erklären. Ich kann dir nichts von morgen sagen, weil heute schon vorbei ist. Und wie es passiert ist, sagt mir nicht, was ich dir sagen soll. Ich kann es nicht ändern. Es ist einfach nur heute – noch mal erzählt.«

Shirley glaubte zu verstehen, was er meinte, dennoch klang es in ihren Ohren wie ein Ausrede. Sie hatte genug. Sie nahm das Notizbuch wieder an sich, steckte es in ihre Handtasche und stand auf. »Ich sollte der Polizei erzählen, was du getan hast.«

»Nein«, sagte Gabe panisch. »Wenn du das tust, wird die Polizei mich suchen … sich … auf mich konzentrieren und den wahren Mörder laufen lassen. *Ihn laufen lassen.* Du musst mir eine Chance geben.«

Shirley sah auf Gabe hinab. Gabe – der vor ihr saß, lebte und atmete. Der alte Gabe hätte nie jemanden umgebracht – so ein Mensch war er nicht. Aber der neue Gabe hatte bereits jemanden getötet – sich selbst. Zeigte nicht das schon ein gewisses Maß an Gewalt? Konnte diese Gewalt nicht jederzeit wieder hervorbrechen? Zweifellos glaubte Gabe den Mist, den er von sich gab. Aber sie konnte ihn nicht glauben. Gab es denn keine andere Möglichkeit?, fragte sie sich auf dem Weg zur Tür, bevor sie sich noch einmal umdrehte und zu der kümmerlichen Gestalt am Tisch sah. Sie war seine Mutter, wer sollte ihm sonst glauben, wenn nicht sie?

»Gut«, sagte sie, »ich werde es der Polizei erst morgen sagen. Morgen Vormittag. Du hast einen Tag Zeit, um zu tun, was du willst.« Gabe sah nervös zu ihr. »Schließlich ist es ja schon passiert, oder?« Damit überließ sie Gabe sich selbst und ging hinaus.

Fletchinder wartete bereits auf sie. Shirley hoffte, er habe nicht mitgehört, aber seine erste Bemerkung zerstreute ihre Befürchtungen. »Hat er irgendwas Nützliches gesagt?« Erst dann sah er ihre Miene. »Alles in Ordnung?«

Shirley fasste sich ans Gesicht und wischte die Tränen fort. Sie hatte geweint, ohne es zu merken. »Alles in Ordnung. Es ist nur der Schock.« Das war nicht gelogen. Die ganze Mallet-AM-Sache stand dermaßen im Vordergrund, dass sie ganz vergessen hatte, wie verrückt Gabes Anwesenheit überhaupt war. Auch andere konnten ihn jetzt sehen, weil er wirklich da war. »Von jetzt an wird er voll und ganz mit der Polizei kooperieren.«

»Hat er Ihnen das gesagt?«

»Nein«, antwortete Shirley, nahm ihren Stock und machte sich auf den Weg. »Das ist nur eine Vorhersage.«

Fletchinder folgte ihr nicht. Tatsächlich glaubte sie zu hören, dass er zu Gabe in den Befragungsraum ging. Worüber würden sie sich unterhalten?, fragte sie sich. Aber sie hatte schon über genügend anderes nachzudenken. Gabe hatte sehr überzeugend reagiert, als sie sagte, sie würde der Polizei erzählen, dass er Frank Peterson getötet hätte. Was hatte er gesagt? Dass sich die Polizei auf ihn konzentrieren würde, statt den Mörder zu suchen. Das hatte er sehr entschieden und klar vorgetragen, während es ihm bei vielem anderen schwergefallen war, sich überhaupt zu artikulieren.

Auf dem Weg nach draußen kam sie am Schalter vorbei, wo sie kurz anhielt. »Entschuldigung.« Sie erkundigte sich nach Frank Peterson, sagte, sie habe davon in den Nachrichten gehört – und hoffte bei Gott, dass mittlerweile auch die üblichen Sender darüber berichtet hatten und nicht nur Mallet AM.

Der Beamte zögerte keine Sekunde mit seiner Antwort. »Selbstverständlich ermitteln wir im Mordfall Frank Peterson. Es gibt eine Reihe von Spuren, über die ich Ihnen natürlich nichts sagen kann. Darf ich fragen, warum Sie das wissen wollen?«

»Meine Freundin wohnt ganz in der Nähe«, sagte Shirley. »Nur Altweiberklatsch.« Großartig, jetzt log sie dem Polizisten mitten ins Gesicht. Aber als alte Frau hatte sie so oft mit diesen beschissenen Vorurteilen zu kämpfen, dass es regelrecht erfrischend war, das auch mal zu ihren Gunsten einzusetzen.

»Wer ist Ihre Freundin?«, fragte der Beamte und hielt schon den Stift bereit, um es sich zu notieren.

»Colleen Adams«, antwortete sie und entschuldigte sich im Stillen bei Colleen.

Der Polizist schrieb sich den Namen auf. »Alles gut. Wir brauchen bloß Hintergrundinformationen. Der Typ scheint eher ein Einzelgänger gewesen zu sein. Es ist schwer, jemanden zu finden, der etwas über ihn weiß. Sagen Sie Ihrer Freundin, sie braucht sich keine Sorgen zu machen.«

Shirley nickte. Sie wollte raus, als sie aber die Tür öffnen wollte, ging diese auf, und Dave kam herein – der Polizist, mit dem Sie frühmorgens über Frank Petersons Ermordung gesprochen hatte, bevor dieses Ereignis überhaupt eingetreten war. Sie hielt die Luft an und senkte den Kopf, Dave allerdings war mit seinem Handy beschäftigt und blickte noch nicht mal auf. Er registrierte sie zwar, hielt ihr die Tür auf, war aber so auf sein Display konzentriert, dass er vermutlich noch nicht einmal ihre Füße wahrnahm, als sie an ihm vorbeiging und die Dienststelle verließ.

»Ja«, hörte sie Dave noch zum Polizisten am Schalter sagen. »Zufällig schon die Person ausfindig gemacht, mit der ich mich gestern unterhalten habe?«

Fast hätte Shirley gelacht – hätte Dave nicht auf sein Handy gestarrt, hätte er sie erkannt. So viel zur modernen Technik.

»Nein«, antwortete sein Kollege am Schalter. »Aber wir haben den Tatverdächtigen identifiziert.«

Shirleys Arm schoss vor und ergriff die zufallende Tür, um sie noch einen schmalen Spalt offen zu halten. Sie musste den Namen hören.

Was dann allerdings kam, erwischte sie eiskalt.

»Der Verdächtige ist ein Penner namens Colm MacArthur.«

Den Namen hatte sie schon lange nicht mehr gehört.

02.03

Chester-le-Street
Dienstag, 16. Februar 2021
09.15 Uhr

Eine weitere Autofahrt mit Deena und Tom hätte Shirley nicht mehr ertragen. Also trat sie zu Deena an die Beifahrerseite und teilte den beiden mit, dass sie zu Fuß nach Hause gehen würde.

»Mum, was ist dadrinnen passiert?«, fragte Deena.

»Das erzähl ich dir später«, antwortete Shirley und machte sich bereits auf den Weg.

»Du kannst nicht die ganze Strecke zu Fuß gehen«, rief Deena ihr hinterher.

Shirley wusste, dass ihre Tochter ausgestiegen wäre und sie gezwungen hätte, bei ihnen mitzufahren, wenn Tom keine Einwände vorgebracht hätte. »Lass sie doch, wenn sie unbedingt zu Fuß gehen will«, war Tom ihr erneut zu Hilfe gekommen und erneut das Opfer von Deenas Zorn geworden. Was Shirley aber nicht mehr richtig mitbekam, weil sie schon außer Hörweite war.

Sie folgte der Straße und entfernte sich von der Polizeidienststelle. Es gab so vieles, worüber sie nachzudenken hatte, alles nichts Gutes. Die Schmerzen, die sich auf halber Strecke einstellten, als sie sich dem Anstieg der Front Street näherte, waren eine nette Begleitung zu dem Schmerz, den ihre Gedanken hervorriefen.

Sie machte sich an den Aufstieg. Jedes schmerzhafte Stechen war wohlverdient. Wie hatte alles so schnell so kompliziert werden können? Zwei Wochen zuvor war sie eine ganz normale alte Frau gewesen. Zwei Wochen zuvor hatte sie aber auch einen toten Sohn und so gut wie keinen Grund gehabt, das Haus überhaupt zu verlassen.

Jetzt war Gabe da. Und steckte bis über beide Ohren in der ganzen Sache. Genau wie sie. Und Callie. Und Arnie Enigma.

Und jetzt auch noch … Colm. Wie passte er in das Puzzle von Mallet AM? Sie war Colm seit Jahren nicht mehr begegnet – es musste an die fünf Jahre her sein, dass sie ihn das letzte Mal in der Stadt ein Pub hatte betreten sehen. Sie hatten sich nicht unterhalten, er hatte sie auch gar nicht bemerkt. Aber jetzt war er wieder in ihrem Leben, zumindest sein Name. Als Verdächtiger im Mordfall Frank Peterson.

Der Hauptverdächtige allerdings war Gabe.

Sie versuchte den Kopf freizukriegen: sich nur aufs Gehen konzentrieren. Und auf Klarheit hoffen.

Shirley brauchte zweieinhalb Stunden, bis sie zu Hause war. Eine gesunde Person hätte nicht mal halb so lange dafür gebraucht. Aber sie hatte unterwegs einige Stopps eingelegt, bei Starith' Bäckerei – nicht um Fragen zu stellen, sondern weil sie Lust dazu hatte. Ein Fremder stand hinter dem Tresen, jemand, den sie noch nie gesehen hatte. Offensichtlich war eine Aushilfe engagiert worden, solange sich Starith von seinem Sturz erholen musste. Sie kaufte einige Scheiben vom Tigerbrot, danach bekam sie einen Anruf von Deena. Es überraschte Shirley, dass sie erst jetzt anrief. Deena war alles andere als glücklich, dass Shirley sie auf dem Parkplatz einfach so hatte stehen lassen, noch weniger glücklich war sie über Shirleys Antworten jetzt, die sie als »frostig« und »schnippisch« bezeichnete. Sie wollte alles über Gabe erfahren, aber Shirley hatte keine Lust, ihr alles zu wiederholen. Sie sagte Deena nur, wenn sie was wissen wolle, solle sie Gabe doch selbst besuchen. Damit beendete sie den Anruf.

Am Ende der Front Street, als sie am Chester-le-Street Hospital vorbeikam – einem Ort, der vor so langer Zeit (obwohl es doch bloß ein paar Tage her war) ein Teil von ihr gewesen zu sein schien –, wurde ihr bewusst, dass es einem Außenstehenden vorkommen musste, als würden Deena und sie sich hassen. Was nicht stimmte. Ja, sie hatten eine angespannte Beziehung, aber die Anspannung beruhte auf gegenseitiger Liebe. Egal, wie sehr sie sich auf die Nerven gingen, es gab das stille Einverständnis, dass jede für die andere nur das Beste wollte. Auch wenn Deena ihr die meiste Zeit auf den Wecker ging – was wohl ebenfalls auf Gegenseitigkeit beruhte.

Mit Gabe hingegen verband sie die übliche Mutter-Kind-Beziehung. Sie beide verstanden sich blendend. Als er klein gewesen war, hatten sie zusammen im Garten gespielt, im Teenageralter hatte sie sich seine Probleme angehört, und später, als Erwachsene, hatten sie sich einander ihre Probleme erzählt. Ständig telefonierten sie. Und dann hatte sich alles geändert.

Als sich Gabe am anderen Ende der Welt aufhielt, blieb Shirley nachts lange wach, weil ja die unwahrscheinliche Möglichkeit bestand, dass er anrufen könnte. Meistens tat er es nicht, schließlich hatte er ja zu tun. Manchmal aber kam ein Anruf – dann saß sie da und redete mit ihm, bis sie die Sonne aufgehen sah und die schrecklichen Geräusche von Bob hörte, der sich oben im Schlafzimmer regte.

Sie erinnerte sich an den Anruf wegen Gabe. Wie immer war sie aufgeblieben und hatte auf seinen Anruf gehofft. Sie wollte Gabe von dem neuen Mitglied ihrer Stickgruppe erzählen – jemandem, der im Lauf der Jahre zu einer Freundin werden sollte –, von Edna und ihrer albernen Liebe zu Kanarienvögeln. Außerdem machte sie sich Sorgen wegen Gabes Schlaf. Bei ihrem letzten Gespräch hatte er ihr erzählt, dass er seit etwa einem Monat keine Nacht mehr durchgeschlafen habe. Er wurde von überrealistischen Träumen und Albträumen geplagt und hatte Schwierigkeiten, sie von der Realität zu unterscheiden. Shirley hatte sich deswegen Sorgen gemacht, weil sie wusste, was fehlender Schlaf anrichten konnte (sie kannte das seit Jahren), aber auch, weil sie nichts tun konnte, um ihm zu helfen. Für sie war Gabe auf einem anderen Planeten, und die einzige Verbindung zu diesem Planeten bestand über das Telefon.

Beim ersten Klingeln hatte sie abgenommen und erwartet, seine Stimme zu hören. Stattdessen hatte sie eine sachliche, fast außerirdische Stimme in der Leitung. Der Mann sagte, es habe einen Vorfall gegeben. Und während er die Geschichte erzählte, brach sie zusammen – weinte und heulte so sehr, dass sogar ein mit sechs Bier abgefüllter Bob aufwachte. Er kam die Treppe heruntergerumpelt, lauthals fluchend, was noch schlimmer wurde, als er die kreischende und am ganzen Leib zitternde Shirley erblickte. Er riss ihr den Hörer aus der Hand und bellte hinein. Dann hörte er zu, was der sachliche Mann ihm zu sagen hatte.

Bob weinte nicht, nie. Bob sagte nie ein Wort. Bob tröstete nicht seine Frau oder seine Tochter. Er machte nur alles in seinem Leben noch schlimmer – wurde gewalttätiger, durstiger, ausfälliger. Und Shirley hasste ihn noch mehr, als sie es jemals für möglich gehalten hatte.

Die Zeit danach war die dunkelste Zeit, bevor Bob in seinem Sessel, vor einem Pferderennen, wegen einer Lungenembolie das Zeitliche segnete. Die Kommunikation zwischen ihnen war längst eingestellt – sie redeten nicht mehr miteinander, außer Bob wollte etwas. Der Inhalt des Kühlschranks bestand zu über der Hälfte aus Bierdosen. Sie nahm an, dass er seine Trauer auf andere Weise zum Ausdruck brachte – obwohl Trauer ein zu starker Begriff war. Eher gab er zu verstehen, dass sich manche Dinge geändert hatten.

Es stellte sich heraus, dass Shirley ihm immer noch zu viel zugutehielt. Eines Abends, nach einem besonders langen Pubaufenthalt, kam er nach Hause und fand Shirley weinend am Küchentisch vor – demselben Küchentisch, der jetzt in ihrem Bungalow stand. Bob war um sie herumgetorkelt und hatte sich ein weiteres oder auch drei weitere Bier aus dem Kühlschrank geholt. Er hatte sie alle in einer Hand, da rutschte ihm eines weg und fiel zu Boden. Als er es aufhob, trafen sich ihre Blicke.

»Was verdammte Scheiße flennst du?«, hatte er gefragt.

Shirley sagte erst nichts. Das irre, trunkene Feuer in seinen Augen jagte ihr Angst ein. »Was meinst du denn, warum ich weine?«

»Doch nicht um den verfluchten Gabe, oder?«, sagte er, als wäre überhaupt nichts gewesen. »Willst du's wissen? Ich bin verdammt froh, dass es so ist. Jetzt kann ich nämlich sagen, ich hab einen toten Sohn und keine Schwuchtel zum Sohn. Sich umbringen, das war das Beste, was er je gemacht hat.«

Das war der einzige Augenblick in ihrem Leben, in dem sie sich hatte vorstellen können, jemanden zu töten. Hinter Bob, hinter seiner Schulter auf dem Regal befand sich der Messerblock. Es wäre ein Leichtes gewesen, vor ihm dorthin zu kommen. Oder, falls sie es nicht darauf ankommen lassen wollte, hätte sie auch ihre Teetasse auf dem Tisch zerschmettern und mit einer Scherbe Bob die Kehle aufschlitzen können. Oder, falls das nicht klappte, einfach sich auf ihn werfen – er war stärker, aber sie hätte sich an ihn gekrallt und ihm ins Gesicht geschlagen, bis seine Visage oder, wahrscheinlicher, ihre Hände bloß noch Matsch gewesen wären.

Aber sie hatte ihn nicht getötet. Sie hatte nichts gesagt. Und dieser Augenblick des möglichen Mordes wurde zu ihrem Moment der größten Scham. Über diesen Augenblick würde sie in den folgenden Jahren grübeln. Es wäre die Sache wert gewesen – und sie meinte, sie wäre es Gabe schuldig gewesen. Das glaubte sie immer noch, sogar jetzt noch, nachdem sich alles ins Gegenteil gewendet hatte – jetzt war Bob tot, und irgendwie, auf sonderbare Weise, war Gabe noch am Leben.

Wie seltsam sich das anfühlte, daran dachte sie auf dem Nachhauseweg – so sehr, dass sie ihre schmerzenden Knochen kaum spürte und gar nicht wahrnahm, wie sie sich dahinschleppte.

Zur Sicherheit nahm sie den Stock mit hinein, falls sie ihn zum Aufstehen brauchte, und lehnte ihn an die zweite Sprosse der Leiter. Shirley hatte Tom angewiesen, die Dachbodenluke offen zu lassen und die Leiter bereitzustellen, damit sie jederzeit nach oben konnte, wenn sie Gabes Sachen durchsehen wollte. Sie hatte Deena versprechen müssen, nur auf den Dachboden zu steigen, wenn andere da waren, worauf sie sich umstandslos einließ. Nicht dass sie sich daran halten würde, aber wenn es ihrer Tochter damit besser ging, versprach sie es eben.

Nachdem sie Moggins zu fressen gegeben hatte, setzte sie sich in Bobs Sessel im Wohnzimmer, fand aber keine Ruhe. Schließlich wusste sie, warum. In der nächsten Stunde suchte sie das Haus ab. Gabe hatte mindestens ein Jahr hier gewohnt, und sie hatte nichts davon bemerkt, was bei ihr nun ein Unbehagen auslöste, das sie nicht einfach so abschütteln konnte. Auch wenn Gabe noch bei der Polizei war und, falls er entlassen wurde, wahrscheinlich auch nicht zu ihr zurückkehrte, wollte sie trotzdem jeden Winkel durchsuchen. Aber das Haus war leer – sie steckte den Kopf sogar durch die

Dachbodenluke und sah in den Raum, von dem sie erst seit Neuestem wusste, dass es ihn in dieser Form überhaupt gab.

Dann setzte sie sich wieder in den Sessel, mit dem Stock neben sich an der Armlehne. Moggins sprang auf ihren Schoß und begann zu schnurren. Sie streichelte ihn und kraulte ihn unterm Kinn, dort, wo er es mochte. Sie schloss die Augen.

Und endlich war ihr Schlaf vergönnt.

02.04

Chester-le-Street
Dienstag, 16. Februar 2021
18.45 Uhr

Anhaltendes Klopfen. Laut.

Shirley schlug die Augen auf. Als Erstes fiel ihr auf, dass ihre Hände ganz steif waren – wie sonst nach einer ganzen Nacht. Sie wusste nicht mehr, wo sie war – es war finster und kalt. Sie sah sich um und erkannte die Möbel ihres Wohnzimmers. Dann fiel ihr wieder alles ein. Sie saß in Bobs Sessel. Sie war eingeschlafen – ein tiefer, langer Schlaf ohne Träume. Ihr Verstand hatte anscheinend gedacht, dass ihr wirkliches Leben schon traumartig genug wäre. Sie fühlte sich ausgeruht, auch wenn ihr alles wehtat. Moggins hatte ihren Schoß verlassen – wer wusste, wie lange schon.

Das Klopfen.

An der Eingangstür.

Sie griff sich ihren Stock und zog sich auf die Beine. Sie erwartete Deena, auch wenn ihre Tochter vermutlich einfach reingekommen wäre. Nach dem Vorfall mit Gabe würde Deena sie wahrscheinlich nie mehr allein lassen. Sie humpelte in den Flur und öffnete die Tür.

Zu ihrer Überraschung stand Callie in ihrer Schwesternuniform davor. Sie stürzte auf Shirley zu und schloss sie in die Arme. Ein unglaubliches Gefühl der Wärme erfüllte Shirley beim Anblick der jungen Frau, sie schmolz in deren

Armen, als würde aller Stress der vergangenen Tage von ihr abfallen.

»Stimmt es?«, sagte Callie an ihrer Schulter.

»Ja«, antwortete Shirley. »Es stimmt. Woher weißt du es?«

»Deena hat mich angerufen.«

»Was?«

»Wir hatten die ganze Zeit Kontakt. Aber das ist jetzt nicht wichtig.«

Shirley hatte Fragen, fügte sich aber. Callie brachte sie ins Wohnzimmer, wo Shirley ihr alles erzählte. Absolut alles. Gabe und seine Geschichte. Dass sie Gabe hier im Haus gesehen hatte. Gabes Versteck und Mallet AM. Und schließlich, dass sie Gabe für einen Mörder hielt, nachdem er anscheinend verrückt geworden war.

Callie bekam zuweilen feuchte Augen, brach aber nie in Tränen aus. Sie war stärker als die meisten anderen. Sie hörte zu, hing an jedem Wort, bis Shirley fertig war. Dann lehnte sie sich auf dem Sofa zurück und schien nachzudenken. »Ich will ihn sehen«, sagte Callie. Offensichtlich würde für sie das alles erst Wirklichkeit werden, wenn sie ihn leibhaftig vor sich sitzen hatte. Shirley konnte es ihr nicht verdenken. Die ganze Geschichte war so ungeheuerlich, dass man das alles schon mit eigenen Augen gesehen haben musste. Und erst dann würde Callie ihre wahren Gefühle zeigen können, da war sich Shirley sicher.

»Natürlich«, sagte Shirley. »Er ist bei der Polizei, aber sie werden ihn nicht mehr lange festhalten. Ich weiß nicht, wohin er dann will.«

»Ich kann mir nicht vorstellen, dass Gabe jemanden umbringt.« Callie schüttelte den Kopf. »Mag ja sein, dass es vielleicht keine andere Erklärung gibt. Trotzdem, ich halte es für sehr unwahrscheinlich.«

»Etwas ist mit ihm geschehen. Wenn er nicht vorgibt, ein

anderer zu sein, muss er nach Worten suchen, manchmal kriegt er sie überhaupt nicht raus. Irgendwas ist passiert, als er im Wasser war.«

»Und er war die ganze Zeit hier …«, staunte Callie. »Und Mallet AM, der Sender, der ist auch hier? Das Signal muss ganz stark sein.«

»Ja.«

»Aber hast du nicht gesagt, dass du in diesem Zimmer mal versucht hast, Mallet AM reinzubekommen? Und ihn nicht gefunden hast?«

Das stimmte. »Ja, ich hab es versucht«, sagte Shirley. »Aber Gabe war hier. Er hat auf diesem Stuhl gesessen. Mallet AM war also nicht auf Sendung.« Alles passte zusammen. Gabe war klug, definitiv – alles war perfekt organisiert. Trotzdem, irgendetwas störte sie daran – wie Gabe sie angespornt hatte, die Suche nach Mallet AM fortzusetzen. Als wäre er stolz darauf gewesen, als hätte er ein Publikum gewollt. Er hatte dabei so gar nicht nach Gabe geklungen, aber das tat er ja schon lange nicht mehr. »Es ist so merkwürdig, ihn jetzt wiederzusehen. Obwohl ich ihn doch vorher schon so lange gesehen habe. Nur sehe ich ihn jetzt wirklich. Na, ich weiß nicht, vielleicht rede ich auch nur Unsinn.«

»Nein, ich verstehe dich«, erwiderte Callie. »Kann ich dir eine Tasse Tee machen?«

Shirley lachte trocken. »Wenn ich von einem die Schnauze voll habe, dann vom Tee. Ich glaube, in einem der oberen Küchenschränke steht noch eine Flasche Whiskey. Die könntest du mir holen.«

Callie lächelte. »Na, nicht dass ich es unbedingt darauf abgesehen hätte, aber …« Sie beendete den Satz nicht, ging in die Küche und kam bald darauf mit der Flasche und zwei Kristallgläsern zurück, die Bob bei einer Tombola gewonnen hatte. Eines stellte sie vor Shirley. Shirley nahm es in ihre rissigen Hände. Fast hätte sie gescherzt, wie liebend gern sie jetzt einen Strohhalm gehabt hätte, aber Callie sagte: »Anfangs hab ich nicht geglaubt, dass er tot ist. Dann hab ich alle Stadien der Trauer durchlaufen. Und dann hab ich Bob gehasst, wenn auch bei Weitem nicht so stark, wie du ihn gehasst haben musst. Schließlich habe ich losgelassen. Und mein Leben weitergeführt. Und jetzt, nachdem ich weiß, dass er noch lebt, kommt alles zurück. Jede einzelne Empfindung von damals, alles auf einmal. Und ich weiß, dass es für dich noch viel schlimmer sein muss.

Ich hab überall Gabe gesehen, so ähnlich wie du. Aber mein Gabe war nicht wirklich, und ich hab es gewusst. Es war so seltsam, als du mir Mallet AM gezeigt hast und ich ihn gehört habe. Schon klar, er hat diesen Computerscheiß mit seiner Stimme veranstaltet, aber trotzdem hab ich gewusst, dass es Gabe ist. Im Nachhinein kann man so was leicht behaupten, ich weiß, aber etwas in seiner Ausdrucksweise, wie er die einzelnen Wörter ausspricht, die Sätze konstruiert, irgendwie kam mir das bekannt vor. Als Deena mir alles erzählt hat, war ich daher nicht geschockt. Alles andere, aber das nicht. Irgendwie hab ich es gewusst.«

»Ich weiß noch, einmal hab ich ihm gegenübergesessen«, sagte Shirley, worauf beide einen großen Schluck von ihren Gläsern nahmen. »Und mir gedacht, ich würde alles geben, wirklich alles, wenn er jetzt tatsächlich hier wäre. Und dann stellt sich heraus, dass er tatsächlich immer hier gewesen ist.«

»Trotzdem – trotz allem, was er getan hat, das ganze Leben, das wir ohne ihn hatten, und das Leben, das er ohne uns hatte«, sagte Callie, »ist dein Sohn am Leben. War es das nicht wert?«

Darüber musste Shirley nicht zweimal nachdenken. Den ganzen Tag hatte sie schon über die Antwort gegrübelt, nur hatte sie ein schlechtes Gewissen deswegen gehabt. Sie erlaubte sich ein Lächeln. »Ja, dafür hat sich alles gelohnt.«

Sie fielen in ein einvernehmliches Schweigen. Fast widerwillig beendete es Shirley, denn eine Frage musste sie unbedingt stellen.

»Das mag sich jetzt seltsam anhören, aber hast du zufällig noch Kontakt zu Colm MacArthur?«

Callie runzelte die Stirn und wiegte den Kopf hin und her. »Ja – wahrscheinlich sollte er es auch erfahren.«

Shirley war so auf ihre Frage konzentriert, dass sie über Callies Antwort erst nachdenken musste. Aber natürlich stimmte, was sie gesagt hatte. Colm hatte ein Recht darauf, zu erfahren, dass Gabe noch am Leben war. Gabes Tod hatte eine verheerende Wirkung auf ihn gehabt – wie hatte es anders sein können? Es war der Anfang einer Abwärtsspirale und seiner Entlassung aus der Navy gewesen. Weiß Gott, wie schlecht es ihm seitdem ergangen war. »Ja«, sagte Shirley. »Er sollte es erfahren.«

»Wir reden nicht mehr miteinander – er war sehr verbittert nach …« Callie verstummte. »Aber ich glaube, ich habe noch irgendwo seine Nummer.«

»Gut, wir sollten ihn kontaktieren.«

Callie wollte etwas sagen, ließ es aber bleiben, als sie etwas hörte – ein Klicken, weit weg, irgendwo im Haus. Und dann ertönte plötzlich leise Musik. Musik, die unglaublich vertraut war. Shirley und Callie sahen sich verwirrt an.

»Hörst du das?«, fragte Shirley.

Callie nickte und sah in Richtung Flur. »Gabe?«

Shirley schüttelte den Kopf. »Ich glaube nicht.« Sie stemmte sich vom Stuhl hoch. »Aber die Musik kommt mir schrecklich bekannt vor. Ich kann sie nur nicht einordnen.« Es war ein Instrumentalstück. Synthetische Instrumente, die eine schmalzige Melodie spielten.

Callie erhob sich als Erste, klar. Sie ging zur Tür und war schon draußen im Flur, bevor Shirley überhaupt auf den Beinen war. Bis Shirley den Flur erreichte, stand Callie am Fuß der Leiter unter der Dachbodenluke. »Ich glaube, es kommt von oben.«

Shirley erstarrte. Vielleicht war es doch Gabe. Daher kannte sie die Musik – es war die Kaufhausmusik, die immer vor den Nachrichten auf Mallet AM lief.

Callie setzte den Fuß auf die erste Leitersprosse. »Nimm den«, flüsterte Shirley ihr zu. Sie hielt ihr den Stock hin. Callie überlegte kurz, schüttelte dann den Kopf, stieg die Leiter hinauf und steckte den Kopf durch die Luke.

Nach einigen angespannten Sekunden zog sie den Kopf wieder zurück. »Er ist nicht da«, sagte sie. »Aber der Computer läuft. Er ist auf Sendung.«

Callie stieg zum Dachboden hinauf und half Shirley, ihr nachzukommen. Das Licht des Monitors beleuchtete den Raum. Die Radiosoftware war immer noch aufgerufen, jetzt aber wurde eine gleichmäßige Wellenlinie angezeigt. Shirley schaltete das Licht an. Callie schnappte nach Luft.

»Hier hat er gelebt?«

Ohne zu antworten ging Shirley zum Computer und versuchte auf die Wellenlinie zu klicken, bekam aber die übliche »Zugang verweigert«-Meldung angezeigt. Sie stellte fest, dass sie einige Optionen in der Werkzeugleiste aktivieren konnte, aber nichts, was die Ausstrahlung beendete. Sie war ausgesperrt. So etwas kannte sie vom Krankenhausfunk nicht.

»Mein Gott«, sagte Callie, »hier muss er doch verrückt geworden sein.«

Sie hatte ja nach wie vor keine Ahnung. Shirley spielte weiter am Computerprogramm herum, die Einkaufsmusik wurde langsam ausgeblendet, und die Wellenlinie zeigte einen Zacken an. Ganz klar, die Musik änderte sich. Die Folksongs, die üblicherweise auf die Kaufhausmusik folgten, setzten ein … Aber Gabe war gar nicht da – es konnte keine Nachrichten geben. Es sei denn …

Sie sah nicht, was kommen würde, da sie das Programm ja nicht anklicken konnte. Sie konnte nur warten.

»Was zum Teufel?«, fragte Callie hinter ihr. Shirley drehte sich um. Callie hob den Deckel des Kübels an.

»Das würde ich nicht tun«, sagte Shirley, aber es war schon zu spät.

Callie musste würgen und fuhr zurück.

Shirley wandte sich wieder dem Computer zu. »Sieht so aus, als würde das Programm von allein ablaufen.«

Callie, die sich wieder etwas gefangen hatte, kam zu ihr. »Gabe ist nicht hier. Das würde ja heißen, dass es … Aber Gabe wusste doch nicht, dass er entdeckt würde, oder? Wie konnte er also …« Sie beendete den Satz nicht und verlor sich anscheinend in den Folgerungen, an die Shirley ebenfalls schon gedacht hatte.

Der Folksong – diesmal ging's um die Schafschur und was sie unerklärlicherweise mit der Liebe zu tun hatte – verklang, und Shirley hielt den Atem an. Es konnte nicht sein – es war schlichtweg unmöglich.

Der Song endete, darauf folgte die übliche Stille. Shirley wollte, dass sie ewig anhielt, aber dann …

»Und das war The Old Mill Gang mit ›Wool and Wishes‹«, erklang Gabes aufgezeichnete und computerverzerrte Stimme. Er sprach klar und bestimmt, überhaupt nicht so wie auf der Polizeidienststelle. Shirley begriff, was Callie gemeint hatte – jetzt, nachdem sie wusste, dass es Gabe war, fiel es ihr ebenfalls auf. »Sie sind wirklich eine tolle Band aus der Gegend hier. Ich meine, ich kann mich noch gut daran erinnern, als ich sie 2008 zum ersten Mal gehört habe, da …« Während er weiter über die Band sprach, hatte Shirley eine

Idee. Sie navigierte durch die Werkzeugleiste oben auf dem Bildschirm, die einzige Leiste, auf die sie klicken konnte, ging die verfügbaren Optionen durch und fand schließlich, wonach sie gesucht hatte – STIMME. Mit wenigen Klicks hatte sie sie verändert. »… das jedenfalls war eine kleine Story …«

»Hey, das ist ja Gabes Stimme«, rief Callie. »So, wie er klingt, wenn er ein bisschen angibt.«

»Ich hab die Verzerrung rausgenommen«, erklärte Shirley.

»… damit haben wir uns nun aber lange genug aufgehalten, jetzt zu dem, worauf alle – und mit ›alle‹ meine ich genau eine Person – …« Shirley stockte; meinte er damit sie? »… warten: die Nachrichten!« Wie ging das? Wenn Gabe die Nachrichten von morgen brachte, hieß das doch, dass er sie länger als einen Tag im Voraus kannte. »Wir sind hier bei Mallet AM, und heute ist Mittwoch, der siebzehnte Februar 2021.«

Morgen. Gabe hatte also alles vorbereitet und aufgezeichnet, weil er wusste, dass er entdeckt und sich während der nächsten Nachrichtensendung im Befragungsraum der Polizei aufhalten würde? Oder war es nur eine Art Back-up, falls er nicht am Computer war? Sie hatte keine Ahnung. Jetzt aber musste sie sich auf das konzentrieren, was er sagte. Sie sah zu Callie, die ebenfalls angespannt lauschte.

»Mal sehen, was wir heute haben. Wie immer drei Punkte, unsere übliche Mischung.« Es fühlte sich an, als würde er zu ihr persönlich sprechen.

»Als Erstes gibt es weitere Neuigkeiten über das Freizeitzentrum in Chester-le-Street. Seid ihr die Sache allmählich leid? Wir jedenfalls sind es. Vor allem, weil der Abriss in vollem Tempo voranschreitet. Heute wurde das Becken geleert, das sind über 300 000 Liter Wasser. Das bedeutet, am tiefen Ende des Schwimmbeckens geht es jetzt zweieinhalb Meter in die Tiefe. Das ist durchaus beachtlich. Das Kinderbecken dagegen ist lediglich einen Meter tief, zum Stolpern reicht das aber allemal aus. Das Freizeitzentrum ist mit einem hohen Zaun abgesperrt, damit soll verhindert werden, dass sich Jugendliche Zugang zum Abrissgelände verschaffen. Ein leeres Schwimmbad, kann man sich vorstellen, eignet sich ganz hervorragend zum Abhängen, Trinken und Rauchen – leider scheint es hermetisch abgeriegelt.« Wieder nur Mutmaßungen. Wie immer, plausibles Zeug für den Anfang.

»Als Nächstes ist von einer sehr explosiven Atmosphäre im italienischen Restaurant Piroetti zu berichten. Gestern nämlich musste das Restaurant nach unserer Nachrichtensendung vorzeitig schließen, weil sich Jim und Jan, die verheirateten Eigentümer des Lokals, in die Wolle kriegten. Die beiden wurden gesehen, wie sie auf dem Parkplatz handgreiflich wurden, nachdem Jan einem Gast nach draußen gefolgt war, der sich geweigert hatte, sein Essen zu bezahlen, weil er zwei Stunden darauf warten musste. Jan war ihm nachgegangen, aber nicht mehr zurückgekommen, sodass sich schließlich Jim, normalerweise als Chefkoch für die Küche zuständig, gezwungen sah, nach ihr zu sehen. Laut Augenzeugenberichten verpasste Jan ihm eine Ohrfeige! Vielleicht sollte jemand mal Gordon Ramsay Bescheid geben. Das ist ja ein einziger Küchenalbtraum!« Auch das war leicht vorherzusagen. Jim und Jan vom Piroetti waren berüchtigt für ihr feuriges Temperament. Sehr viel unwahrscheinlicher wäre es gewesen, wenn sich die beiden auf dem Parkplatz nicht gestritten hätten.

»Und zu unguter Letzt haben wir eine weitere schreckliche Nachricht zu vermelden.«

Shirley spannte sich an. Sie musste es hören, hätte aber alles für ein Paar jüngere Beine gegeben, um so schnell wie möglich das Weite zu suchen. Irgendwie wusste sie, dass ihr

Sohn einen weiteren Mord verkünden würde, und versuchte sich darauf vorzubereiten.

Leider konnte sie sich nicht auf das vorbereiten, was sie jetzt zu hören bekam. »Marsha Thompson, 85, eine Legende in der Stadt, ist im Haus ihrer Freundin Colleen Adams ums Leben gekommen.« Unter ihr tat sich der Boden auf. Marsha … »Bei einem Treffen in Colleens Haus entschuldigte sich Marsha irgendwann von der Runde und wurde später auf dem Treppenabsatz im ersten Stock tot aufgefunden. Im Moment ist noch unklar, was sich ereignet hat – ob sie eines natürlichen Todes gestorben ist oder getötet wurde. Unbestätigten Berichten zufolge soll sie ermordet worden sein, möglicherweise durch eine Schnittwunde am Hals. Colleen Adams und die weiteren Teilnehmerinnen der Zusammenkunft stehen unter Schock. Die Polizei zählt sie nicht zu den Tatverdächtigen, sucht angeblich aber nach einem männlichen Verdächtigen. Damit wäre Marsha Thompson möglicherweise das zweite Opfer eines Mörders, der bereits unter dem Namen Chester Terror bekannt ist. Möglicherweise verweist dies darauf, dass wir es mit einem Einzeltäter zu tun haben, der auch weiterhin seine Rachegelüste an der Stadt ausleben möchte. Ist das hier also erst der Auftakt zu einer Serie von Morden oder bereits das Ende? Wir wissen es nicht, aber wir werden natürlich jeden einzelnen Schritt verfolgen.

Und nun, um von diesen fürchterlichen Nachrichten abzulenken, weitere wunderbare Musik. Hier kommt der weltberühmte Track 5 von freemusic.org/funky.« Gabe verstummte, kurz darauf war Musik zu hören. Shirley hörte schon nicht mehr zu.

Sie war fassungslos, zitterte am ganzen Leib. Marsha Thompson sollte morgen bei Colleen Adams sterben! Beim Treffen ihrer Stickgruppe. Es war völlig absurd – aber genau das hatte er gesagt. Gabe hatte irgendwie mitbekommen, dass das Treffen auf morgen verlegt worden war – und er wusste, dass Marsha sterben würde. Shirley war sich so gut wie sicher, dass Gabe der Täter war.

Die Radionachrichten – Gabe – hatten ihr nicht viel mehr an die Hand gegeben, worauf sie aufbauen könnte, als bei Frank Peterson und definitiv weniger als bei den Unfällen, die Starith oder Farrow widerfahren waren. Es gab keine exakte Zeitgabe, nur den Ort und einige andere Parameter. Damit würde es ihr schwerer fallen, den Mord zu verhindern, sie hatte aber auch weniger, worüber sie sich Gedanken machen musste. Vielleicht war es sogar besser so. Zumindest musste sie sich keine Ausrede für ihre Anwesenheit am Tatort einfallen lassen.

Aber warum tat Gabe das? Warum hatte er es auf eine wehrlose alte Frau abgesehen? Außer aus Boshaftigkeit gegenüber Marsha?

Zwei Möglichkeiten kamen Shirley in den Sinn.

Erstens: Gabe war clever. Er erfand eine Geschichte, um eine Mordserie zu verschleiern. Vielleicht brauchte er das zur Rechtfertigung vor sich selbst. Vielleicht hatte er miterlebt, wie Marsha sich letzte Woche bei ihr im Haus wie ein Aas benommen hatte. Aber warum dann Frank Peterson? Ihre Theorie hinkte in diesem Punkt.

Oder zweitens: Gabe glaubte wirklich, dass er den Mord vorhersah, und redete sich jetzt ein, dass er ihn auch ausführen musste. Warum? Verdammt, wenn sie das wüsste. Vielleicht meinte er, etwas Schlimmes würde eintreten, wenn er es nicht tat – etwas Schlimmes wie das Ende der Welt oder ein Riss in der Zeit oder etwas anderes aus seinen Science-Fiction-Romanen.

Nachdem sie Gabe heute Morgen gesehen, nachdem sie ihn von der ›Gabe des Sehens‹ hatte sprechen hören, schien ihr die zweite Option wahrscheinlicher – was sie schier umbrachte. Etwas war in ihrem Sohn kaputt. Etwas stimmte nicht mehr.

»Du kennst sie«, sagte Callie mit Blick auf Shirley, »diese Marsha Thompson?«

»Ja«, antwortete Shirley. »Sie ist ein verdammtes Miststück. Aber es kommt noch besser: Ich soll morgen Nachmittag bei Colleen Adams sein. Dort findet nämlich das wöchentliche Treffen unserer Stickgruppe statt. Ich werde also dort sein. Ich werde dort sein, wenn sie stirbt.«

»Dann können wir es verhindern«, sagte Callie. »Wir halten Gabe auf, und wenn es nicht Gabe ist, halten wir eben wen auch immer auf.«

Shirley fuhr sich mit dem Daumen über die Stirn. So wie schon seit Kindertagen, wenn sie unter Stress stand. Callie wollte es immer noch nicht begreifen. »Wer soll es denn sonst sein, Callie? Gabe meint, er würde alles ›vorhersehen‹, und dann sorgt er dafür, dass es auch eintritt.«

»Gabe ist kein Mörder.«

»Nein, Gabe ist kein Mörder. Aber diese neue Person, dieser neue Gabe … da bin ich mir nicht sicher. All das hier stammt doch von ihm, oder? Der Radiosender. Die aufgezeichneten Nachrichten, damit kein Abend ausgelassen wird. Er hat alles vorausberechnet, er ist intelligent.«

»Intelligent wäre es, wenn er den Mord nicht vorher ankündigen würde.«

Shirley wollte etwas erwidern, wusste plötzlich aber nicht mehr, was sie sagen wollte. »Im Moment spielt das keine Rolle. Wichtig ist nur, dass wir wissen, wann das nächste Verbrechen stattfinden wird.«

»Du hast recht«, räumte Callie ein. »Mit Sicherheit können wir nur sagen, dass dieses Verbrechen geschehen wird.«

»Ich hab die Benachrichtigung für morgen auf meinem

Handy«, fiel Shirley ein. »Es ist unten in meiner Handtasche.«

Zehn Minuten und einen wackeligen Abstieg auf der Leiter später waren sie wieder im Wohnzimmer. Shirley fand ihre Handtasche und zog ihr Handy heraus. Sie entsperrte das Display und stutzte. Auf ihrer Mailbox war eine Nachricht eingetroffen. Sie wählte die Nummer und hielt sich das Gerät ans Ohr.

»Stell auf Lautsprecher«, bat Callie.

»Wie macht man das?« Shirley betrachtete suchend das Display.

»Hier, der Button.« Callie drückte darauf.

Die Handystimme erklang und verkündete, dass Shirley eine neue Nachricht habe. Sie wurde abgespielt. »Hallo, Ms Steadman, hier ist DI Fletchinder von der Chester-le-Street Constabulary.«

»Scheiße«, entfuhr es Shirley, die bereits wusste, was Fletchinder ihr sagen würde.

»Ich hielt es für das Beste, Ihnen persönlich mitzuteilen, dass wir, wie ich Sie schon vorgewarnt habe, Ihren Sohn Gabriel Steadman entlassen mussten. Wir konnten ihn offiziell nicht länger festhalten. Ihm wurde allerdings in aller Eindringlichkeit gesagt, dass er erneut verhaftet würde, falls er Ihr Grundstück betritt oder sich Ihnen zu nähern versucht. Unsere Nachforschungen, ob er mit der Vortäuschung seines Selbstmords eine Straftat begangen hat, dauern an und können sich noch etwas hinziehen, rechtlich gesehen haben wir aber nichts in der Hand, um ihn weiterhin in Gewahrsam zu behalten. Mir ist klar, dass Sie dadurch in eine schwierige Lage geraten, aber sollte Mr Steadman entgegen unserer polizeilichen Anweisungen Sie auf irgendeine Weise kontaktieren, teilen Sie uns das bitte unverzüglich mit, und wir schicken sofort einen Streifenwagen vorbei. Sobald mir neue Informationen vorliegen, werde ich Sie darüber in Kenntnis setzen. Melden Sie sich bitte.«

Shirley folgte der Aufforderung nicht, speicherte oder löschte aber auch nicht die Nachricht. Sie beendete die Ansage. »Gabe ist auf freiem Fuß.«

»Meinst du, er kommt hierher?«, fragte Callie. Ein Anflug von Aufregung war in ihrer Stimme zu hören.

Shirley sah sie nur entgeistert an. Worauf Callie zurückwich und Shirley ein schlechtes Gewissen bekam. Callie hatte Gabe seit zehn Jahren nicht gesehen, sie hatte ihn für tot gehalten – natürlich machte sie sich Hoffnung. Sie tat Shirley leid.

»Er wird nicht hierherkommen. Aber eines ist klar«, sagte Shirley. »Er weiß, dass ich die Sendung gehört habe. Ob er es nun vorhergesehen hat oder nicht. Und er weiß, dass ich dort sein werde. Er wird darauf vorbereitet sein, dass ich vielleicht versuchen werde, ihn aufzuhalten.«

Callie dachte darüber nach. »Aber er wird nicht wissen, dass ich auch dabei bin.«

»Was?«, fragte Shirley entgeistert.

»Ich sagte, ich komme mit. Ich werde dir helfen.«

Shirley bekam einen Kloß im Hals. Sie schluckte, und ihr war ein wenig schwindlig. Callie musste es bemerkt haben, denn sie griff nach ihrem Arm. »Danke.«

»Natürlich«, sagte Callie und lächelte. »Also, wie gehen wir vor? Erzählen wir es der Polizei?«

»Weil sie sich beim ersten Mal so sehr dafür interessiert hat? Ich kann der Polizei nicht vertrauen. Wenn ich jetzt erneut vor einem Verbrechen warnen möchte, sperren sie mich vielleicht gleich ein. Auf der Dienststelle wäre ich fast dem Polizisten begegnet, mit dem ich über Frank Peterson gesprochen habe. Sieht so aus, als würde er nach mir suchen.«

»Also sind wir auf uns gestellt«, sagte Callie. »Uns bleibt noch genügend Zeit. Wir brauchen bloß einen Plan.«

Shirley nickte und sah zur Uhr. »Marsha Thompson wird morgen nicht sterben. Wir werden Gabe aufhalten.«

Sie sagte das so entschieden, dass sie es beinahe selbst glaubte.

02.05

Chester-le-Street
Mittwoch, 17. Februar 2021
13.30 Uhr

Shirley und Callie standen mit ihren mitgebrachten Speisen auf den Stufen von Colleens Haus. Es war eine kleine, aber sehr schöne Doppelhaushälfte, nur einige Straßen davon entfernt, wo Frank Peterson ermordet worden war. Als sie mit Callie den schrecklichen Berg hochfuhr, der ihr wenige Tage zuvor fast den Rest gegeben hatte, überkam sie wieder die Angst. Der Mord in unmittelbarer Nähe, an dem sie zumindest in gewisser Weise beteiligt gewesen war, ließ sie nicht so einfach los. Erst als Callie an der South Street vorbeifuhr, legte sich dieses Gefühl wieder.

Shirley hatte für Callie Rahmen, Stoff, Nadeln und Garn besorgt – Callie meinte, sie hätte nicht die geringste Ahnung, was sie damit machen sollte. Es spielte keine Rolle. Ihr Hauptaugenmerk lag auf anderen Dingen. Das Ganze kam ihnen sowieso wie ein übermütiger Streich vor – wäre es nicht um so viel gegangen, hätten sie tatsächlich auch ihren Spaß daran haben können.

Die gesamte Nacht verbrachten sie damit, alles an Informationen zu sammeln, die ihnen helfen konnten, Marsha Thompsons Mörder zu stoppen. Sie schliefen abwechselnd in Zwei-Stunden-Schichten, während die jeweils andere weiterarbeitete. Sie luden sich Karten der näheren Umgebung herunter, Straßenansichten von Colleens Haus – studierten die Ein- und Ausgänge. Sie wussten, aus welcher Richtung Gabe kommen und wohin er verschwinden würde. Sie waren jetzt zu zweit, sie konnten also mehrere Stellen gleichzeitig im Auge behalten.

Lange hatten sie darüber gesprochen, ob sie der Stickgruppe mitteilen sollten, welches Schicksal einer aus ihrer Runde möglicherweise bevorstand. Im Grunde wären sie vielleicht dazu verpflichtet gewesen, vielleicht hätten sie damit aber auch alles nur schlimmer gemacht. Wenn sie damit alle zu erhöhter Aufmerksamkeit angeregt hätten, wäre das gut, genau das aber würde wahrscheinlich nicht der Fall sein. Colleen und Edna wären vermutlich völlig neben sich, Marsha würde dem möglichen Tod mit einem resoluten »Nein« entgegentreten wollen, und Sandys Reaktion konnten sie gar nicht einschätzen. Das Risiko war einfach zu groß. Also war es wohl besser, alles für sich zu behalten. Und falls sich Marsha aus der Runde entfernen sollte, würde eine von ihnen beiden sie unauffällig beiseitenehmen und sie ins Vertrauen ziehen.

Zum Schluss erzählte Shirley Callie von dem Mann im Trenchcoat, Arnie Enigma, und was sie auf der Polizeidienststelle gehört hatte. Sie kam nicht darum herum – Callie hatte ein Recht darauf, zu erfahren, mit wem sie es zu tun hatten. Callie fiel es schwer zu glauben, dass Colm darin verstrickt war, Enigma allerdings traute sie es durchaus zu. »Der Typ ist mir gleich komisch vorgekommen«, sagte sie mit Genugtuung und ohne einen Gedanken an das Bevorstehende.

Die Sonne ging auf, bevor sie sich bereit fühlten. Aber bereit waren sie. Es war nicht wie bei Frank Peterson – ganz und gar nicht. Shirley wusste jetzt, wozu Gabe in der Lage war. Und sie wusste, wie sie es verhindern konnte. Gabe wollte ihr glauben machen, dass Marsha Thompsons Stunden gezählt wären, er wollte sich der Tat rühmen, wollte diese verherrlichen. Mallet AMs offensichtliche Hybris hatte jedoch nur das Gegenteil bewirkt. Marsha Thompson würde heute die bestgeschützte Person in ganz Chester-le-Street sein – dafür würden sie beide sorgen.

Nie und nimmer würde Gabe damit durchkommen, davon war Shirley überzeugt.

Warum hatte sie dann so große Angst?

Callie klopfte an. Edna musste bereits eingetroffen sein, weil ihr weißer Toyota auf der Straße stand. Als Erstes hörten sie Colleens zwei Chihuahuas. Wie hießen sie noch – Maisy und Daisy? Daran erinnerte sie sich nur, weil Deenas älteste Tochter auch einen der beiden Namen trug.

Callie wollte schon ein zweites Mal klopfen, wurde aber von Shirley daran gehindert. Sie wusste, wie lange jemand ihres Alters zur Tür brauchte.

Schließlich öffnete Colleen. Sie trug ein glitzerndes, paillettenbesetztes Top und einen schwarzen Rock, der ihr bis zu den Knöcheln reichte und irgendwie trotzdem zu kurz schien. »Willkommen in meiner Casa, Shirl!«

»Hallo, Colleen«, begrüßte Shirley sie und versuchte so unbeschwert wie möglich zu klingen, was ihr unter den Umständen schwerfiel.

»Ooooh«, gurrte Colleen und wandte sich Callie zu. »Und wer ist das denn? Eine Neue?«

»Das ist Callie«, stellte Shirley sie vor. »Sie will es mal ausprobieren … um zu sehen, ob es ihr gefällt … ähm, das Sticken und so.«

»Ja«, sprang Callie ihr bei. »Ich mach nichts lieber als Nadeln einfädeln und die Nadel in ein Loch stecken und rausziehen und wieder in ein Loch stecken und so fort.«

Shirley starrte erst sie und dann Colleen an.

Colleen wirkte kurz irritiert, dann, nach einer Pause,

strahlte sie übers ganze Gesicht und sagte: »Ja, man kann gar nicht mehr damit aufhören, nicht wahr? Und was haben wir denn hier?« Mit einem Kopfnicken wies sie auf die große, in Zellophan gehüllte Platte, die Shirley vor sich hertrug.

»Ach, bloß ein paar Schinken-Bananen-Sandwiches, die mir ... übrig geblieben sind.«

»Schinken und Bananen«, sinnierte Colleen. »Interessante Kombination.«

»Gabes Lieblingssandwiches«, sagte Shirley, bevor sie eilig anfügte: »Früher mal, meine ich.« Jedenfalls wurde ihr eines klar: Sie musste ihren betagten Stick-Gefährtinnen erklären, was es mit Gabes vorgetäuschtem Selbstmord auf sich hatte – das würde ein Spaß werden. »Ich mach sie, wenn ich gestresst bin, also ... bitte.«

Colleen betrachtete den Stapel eingehend und versuchte offenkundig einzuschätzen, wie sehr Shirley in letzter Zeit gestresst gewesen sein musste. Sie nahm die Platte in Empfang und wies sie mit einem Kopfrucken an, einzutreten. »Kommt rein, kommt rein.«

Colleen führte sie ins Wohnzimmer, das verglichen mit Shirleys eigenem riesig war. Die Damen waren um einen weitflächigen Beistelltisch gruppiert. Edna und Sandy waren bereits fleißig in breiten Armsesseln zugange, die in dem überraschend modernen Zimmer fehl am Platz wirkten. Hinter ihnen, an der Rückwand, hing ein großer Flachbildfernseher, der leise gestellt war und im Moment Teppichwerbung zeigte. Marsha war nicht zu sehen – Shirley versuchte nicht zu viel hineinzuinterpretieren. Wahrscheinlich hatte sie sich nur verspätet und lag nicht schon tot im Obergeschoss.

Colleen wies Shirley und Callie zu ihren eigenen Armsesseln und notierte sich auf ihrem Handy deren Kaffeewünsche. Ungefragt zog sie damit die Aufmerksamkeit auf ihr neues Handy, mit dem sie, wie sie sagte, alles machen konnte, sogar Notizen anlegen.

»Ich muss mich nie mehr auf mein Gedächtnis verlassen!«, sprach sie den wahrscheinlich traurigsten Satz, den sie jemals von sich gegeben hatte, bevor sie in der Küche verschwand.

Sandy gluckste, Edna wirkte empört. »Moderne Technik«, grummelte sie nur.

Callie stellte sich den beiden vor, die sie herzlich willkommen hießen. Man konnte über die Stickgruppe sagen, was man wollte, aber ohne Marsha war sie wahrscheinlich die freundlichste, netteste Runde, die Shirley jemals kennengelernt hatte.

Während Callie ein bisschen von sich erzählte, half Shirley ihrer Gastgeberin mit Tee und Kaffee. Colleens Küche war ebenso groß wie ihre, aber mit allem möglichen neumodischen Schnickschnack vollgestopft. Im Grunde war Shirley vor allem wegen der Hintertür hier. Nachdem Colleen endlich das Wasser zum Kochen gebracht und Shirley einige der komplizierteren Geräte gezeigt hatte (»das hier weiß genau, wann du deinen Toast willst, und es dreht die Scheibe sogar um *und* es hält sie warm!«), beauftragte sie Shirley, zwei der großen Tassen mit der heißen braunen Flüssigkeit ins Wohnzimmer zu tragen, während sie die beiden anderen nahm.

Zuvor aber trat Shirley an die Hintertür, legte die Hand auf die Klinke, betete, dass abgesperrt wäre, und drückte sie nach unten. Es war nicht abgesperrt. Natürlich nicht. Sie selbst hätte ja auch nicht abgesperrt. Sie stammten noch aus einer anderen Zeit – liebe deinen Nächsten und so. Heutzutage herrschte nur noch Mord und Totschlag. Nur fiel es Leuten wie ihnen schwer, das zu akzeptieren.

Shirley steckte den Kopf zur Tür hinaus, betrachtete den kleinen gepflegten Garten und die Trittsteine, die zu einem

Gartentor führten, über das man leicht drüberspringen konnte. Sie wandte sich wieder der Küche zu und sah sich nach einem Haken für die Schlüssel oder einen Sims um, fand aber nichts.

Enigma oder Colm oder Gabe konnten leicht durch die Hintertür ins Haus, wenn alle lärmend im Wohnzimmer saßen. Shirley dachte über die Möglichkeit nach, die Tür zwischen Küche und Wohnzimmer offen zu halten. Sie nahm die Getränke, ging zur Tür, ohne etwas zu verschütten, was mit ihren Händen nicht einfach war. Und zu ihrer Freude entdeckte sie dort einen Türstopper aus Stoff in Gestalt eines unproportionierten Chihuahua, den sie, als sie durch die Tür war, mit dem Fuß in Position schob, sodass der große plumpe Hundekopf dafür sorgte, dass die etwa zu drei Viertel offenstehende Tür nicht wieder zufiel. Solange niemand die Tür bewusst schloss, hätte sie von ihrem Sessel aus freie Sicht auf die Hintertür. Falls Gabe dort rein wollte, würde sie ihn bemerken.

Nach Colleens Anweisungen stellte Shirley eine der Tassen vor Sandy auf den Tisch, die andere bekam Colleen selbst. Auf dem Fernsehschirm war jetzt in Großaufnahme Bradley Walsh zu erkennen. Colleen hatte also eine Möglichkeit gefunden, *The Chase* zu sehen, obwohl die Quizsendung im Moment gar nicht ausgestrahlt wurde.

Und Colleen war auch schon eifrig dabei, diesen Zaubertrick zu erläutern – »*The Chase* gibt es auf ITV Hub Plus, wisst ihr. Das kostet vier Pfund im Monat, und damit bekommst du alles, was auf ITV läuft. Du bekommst alle *Dinner Doorbells*-Folgen, alle *Ermittler vor Ort*, alle *Morning Coffee* – du musst nach den Nachrichten nur vorspulen. Einfach toll. Und es gibt an die tausend Folgen von *The Chase*. Ich könnte Bradley Walsh bis in alle Ewigkeit gucken.«

Edna äußerte sich entzückt, sinnierte dann aber: »Tausend Folgen? Meine Güte, ich langweile mich ja schon, wenn ich eine Woche lang am selben Motiv rumsticke.«

»Wisst ihr, wen ich mag? Diesen Morgan Sheppard«, sagte Edna. »Der ist schwer in Ordnung. Aber im Fernsehen sieht man den gar nicht mehr, oder? Den Neuen in *Ermittler vor Ort*, den mag ich nicht.«

So widmete sich die Gruppe dem üblichen müßigen Geplauder, das nur hin und wieder von einer Frage zum Sticken unterbrochen wurde oder der Antwort zu einer von Bradley Walshs Fragen, bevor dem Studiogast die Antwort einfiel. Bis es an der Haustür klopfte.

Colleen sprang auf, rief noch: »Das muss Marsha sein!«, und verschwand.

Shirley und Callie warfen sich einen Blick zu, gleich darauf hörten sie von draußen Colleen und Marsha. Und dann erschien Marsha in der Tür. Sie sah nicht aus, als würde sie heute noch sterben – ein seltsamer Gedanke, wie Shirley zugeben musste. Sie war auch gar nicht dafür gekleidet, obwohl ihre förmliche Kleidung, Blazer, Rock und rosarotes Halstuch, für ein ungezwungenes Sticktreffen im Haus einer Freundin etwas übertrieben wirkte.

»'tschuldigung, bin zu spät«, blaffte Marsha und schaffte es, den Satz wie eine an den ganzen Raum gerichtete Anklage klingen zu lassen. »Ich habe Probleme mit der Verdauung.« Sie sah sich im Wohnzimmer um und wandte sich an Colleen. »Ach, meine Liebe, ich hab doch gefragt, ob ich was mitbringen kann!« Die gleiche Scheißnummer hatte sie auch bei Shirley abgezogen. Sollte der Mörder doch nicht auftauchen, würde sie die Gutste eigenhändig erdrosseln, ging es Shirley kurz durch den Kopf.

Halt, sie sollte darüber keine Witze machen. Was aber einen seltsamen Gedanken weckte. Was, wenn nicht Gabe der Mörder war, sondern eine der Frauen aus der Stickgruppe?

Alle hier hätten haufenweise Motive für diesen Mord. Jede von ihnen hatte sich unzählige Male auf die Zunge gebissen, selbst Colleen sah so aus, als müsste sie sich eine Bemerkung verkneifen.

Mit einem Seufzen nahm Marsha im einzig noch freien Armsessel Platz und ließ sich ihre komisch große Handtasche auf den Schoß fallen. »Einen Tee bitte, Colleen. Ich sehe, ihr habt schon ohne mich angefangen.«

Unter allgemeinem entschuldigendem Gemurmel verzog sich Colleen in die Küche. Zu Shirleys Schmach hatte auch sie sich zu einer Entschuldigung hinreißen lassen. Marsha hatte sie alle unter ihrer Fuchtel. Shirley kannte das gut und wusste, Marsha würde immer über die Gruppe herrschen, egal, ob sie am Leben blieb oder starb.

Callie sah irritiert aus und versuchte vermutlich die Machtverhältnisse auszuloten – als lägen sie nicht offen zutage. Jede Anwesende tat genau das, was sie immer tat: sich ganz auf Marsha ausrichten, sich gleichzeitig aber auch vor ihren bissigen Kommentaren wegducken und ja nicht zeigen, dass sie einen zutiefst verletzt hatten.

Die Unterhaltung kam wieder in Gang. Sandy sprach von ihrer Familie, gelegentlich streute Marsha gewitzte Kommentare ein. Wenn sie ihr Stickzeug in der Hand hielt, war sie eine etwas weniger große Nervensäge, was aber nicht hieß, dass sie nicht trotzdem hin und wieder ihren Senf zu allem Möglichen abgab.

Colleen kehrte mit einer Teetasse zurück und schloss hinter sich die Küchentür. Shirley hätte fast laut aufgeschrien und Protest eingelegt, wusste aber nicht, wie sie ihren Wunsch nach einer geöffneten Tür hätte erklären sollen.

Einer von Colleens Chihuahuas kam angetrottet, setzte sich und starrte jeden der Reihe nach an – sie hatte keine Ahnung, welcher der beiden es war. Sofort kreischte Marsha:

»Meine Allergie, meine Allergie!« Shirley war sich ziemlich
sicher, dass Marsha mal erzählt hatte, selbst Hunde gehabt zu
haben. Allerdings hatte sie auch von ihrer Abneigung gegen
Chihuahuas gesprochen, weshalb die fragliche »Allergie«
wohl eher darauf zurückzuführen war. Colleen scheuchte
Maisy oder Daisy nach draußen, bevor sie sich wieder setzte.

»Also«, sagte Marsha, »will mich nun jemand unserem
Neuzugang vorstellen?« Ihr stechender Blick fiel auf Callie,
die Shirley in diesem Moment ausgesprochen leidtat. Sie hatten sich so intensiv mit dem potenziellen Tatort beschäftigt,
dass Shirley völlig vergessen hatte, sie vor Marshas ungeho-
belten Begrüßungstiraden zu warnen, in deren Genuss alle
kamen, die neu zur Gruppe stießen. Das war der eigentliche
Grund, warum nicht mehr bei ihnen mitmachten – das erste
Treffen war meistens auch das letzte. Alle anderen waren sich
stillschweigend einig, dass Marsha die Gruppe klein und damit auch potenzielle neue Herrschaftsanwärterinnen fernhalten wollte.

Im Lauf der nächsten Stunde, nach zwei weiteren Teerun-
den, den aufgetragenen Speisen und zahlreichen Folgen von
The Chase galt Marshas Aufmerksamkeit einzig und allein
Callie. Diese schien die Befragung mit Bravour zu meistern,
was vielleicht mit ihrem Beruf als Krankenschwester zu tun
hatte. Die anderen unterhielten sich, Shirley jedoch ließ keinen Moment die Tür zur Küche aus den Augen.

Die Hintertür war von Shirley und Callie als möglicher
Zugang für den Mörder ausgemacht worden. Hinter dem
Garten führte ein schmaler Weg vorbei, so ähnlich wie bei
den Häusern an der South Street – er war perfekt dafür ge-
eignet, um sich ungesehen zu nähern. Wenn Colleen doch
nur die Hintertür abgesperrt hätte. Trotzdem, solange sie
Marsha im Auge behielten, sollte nichts geschehen. Wenn
der Mörder kam, dürfte ihn allein der Anblick von Shirley

vertreiben. Und wenn nicht ihr Anblick, dann hatte sie noch ein Ass im Ärmel: Callie. Gabe und Colm mochten Callie von ganzem Herzen – sie würden in ihrer Anwesenheit niemanden töten. Und Enigma würde hoffentlich den Rückzug antreten, wenn er ein bekanntes Gesicht erblickte.

Im Moment jedenfalls schien Marsha keine Anstalten zu machen, nach oben zu gehen. Dazu war sie nach wie vor zu sehr damit beschäftigt, Callie ins Kreuzverhör zu nehmen.

»Schrecklich, das mit Frank Peterson, was?«, sagte mit einem Mal Edna. Shirley spitzte die Ohren.

»Man macht sich ja doch Sorgen«, sagte Sandy. »Ich kann kaum noch schlafen, wenn ich weiß, dass ein Mörder umgeht.«

Wenn ihr nur wüsstet, was noch kommt, dachte sich Shirley – und hatte gleich darauf ein schlechtes Gewissen. Ihr Wissen war eine Bürde, die sie und Callie nicht mit den anderen teilen wollten. Aber vielleicht sollten sie das. Vielleicht sollte die Runde Bescheid wissen.

»Wenn man weiß, dass es bloß zwei Straßen entfernt passiert ist«, sagte Colleen, »und noch dazu in der Nähe einer Schule der Church of England. Manche haben überhaupt keinen Respekt mehr. Hast du davon gehört, Shirl?« Colleens Blick verriet nichts – hatte ihre Freundin schon vergessen, dass sich Shirley bei ihr nach Frank Peterson erkundigt hatte? Oder dass sie ihr am Tag des Mordes im Grunde vor ihrer Haustür über den Weg gelaufen war? Oder hielt sie sich bloß mit der Wahrheit zurück, weil sie ahnte, dass der ganze Klatsch zu viel sein würde?

»Ja«, antwortete Shirley und ließ sich ebenfalls nichts anmerken. »Schlimme Sache.« Kurz sah sie den toten Frank Peterson vor sich. Und Big Mac neben ihm. Franks Augen, so voller Angst und gleichzeitig so leer. »Schlimm« war die größte Untertreibung der Welt. »Ich hoffe, sie schnappen den Dreckskerl.« *Oder ich schnappe ihn*, fügte sie im Stillen an.

Über ihnen waren jetzt Geräusche zu hören. Waren das Schritte? Shirley und Callie sahen sich an. War er schon da?

»Was war das?«, rief Shirley.

»Wahrscheinlich die Huahuas«, erwiderte Colleen und sprach Huahuas wie *Waa Waas* aus. Gleich darauf ertönte von oben schrilles Gekläffe, dann wieder Herumgeschlittere. »Ja, sie spielen bloß. Sie können sich fürchterlich anknurren, manchmal hab ich das Gefühl, sie mögen sich gar nicht!« Colleen stieß ein Lachen aus, obwohl das, was sie sagte, alles andere als lustig war.

Vielleicht waren ihnen die Hunde oben ja eine Hilfe. Schließlich sollten Hunde einen warnen, wenn Einbrecher ins Haus kommen. Marsha würde die Anwesenheit der Hunde nicht unbedingt gefallen, aber das war allemal besser, als sich die Kehle aufschlitzen zu lassen, wenn sie …

Wie aufs Stichwort erhob sich Marsha. »Ich fürchte, meine Verdauungsprobleme melden sich wieder. Ich bin mir ziemlich sicher, diese Schinken-Bananen-Sandwiches waren schon umgekippt. Wirklich, Shirley!« Sie hatte recht, die Sandwiches waren schon ein paar Tage alt. »Wo ist deine Toilette, Colleen?«

Shirley hielt den Atem an, bis Colleen sagte: »Oben.« Natürlich war sie oben.

Marsha seufzte. »Wirklich? Du hast nicht zufällig einen Treppenlift?«

Shirley war fassungslos. Die Frau, die ihr dazu geraten hatte, aus gesundheitlichen Gründen stets die Treppe zu nehmen, fragte jetzt nach einem Treppenlift. Um ein Haar hätte sie einen Kommentar dazu abgegeben. Aber falls etwas schiefging, wäre das das Letzte, was sie ihr gesagt hatte, deshalb biss sie sich auf die Zunge – wie immer.

Colleen verkündete munter, dass sie keinen Treppenlift habe, worauf Marsha erneut unendlich tief seufzte. »Dann muss mir jemand nach oben helfen ...«

Callie reagierte sofort – Shirley war beeindruckt. »Ich kann helfen. Und ich warte dann auch draußen und helf dir wieder runter.«

Marsha ließ eine Leerstelle, dort, wo ein »danke« angebracht gewesen wäre, und sagte nur: »Meinetwegen, aber nur, weil du Krankenschwester bist. Und hör mir ja nicht zu, wenn ich auf der Toilette sitze.«

Lachend stand Callie auf. »Natürlich nicht.« Sie und Shirley wechselten einen kurzen Blick. Hier war er – der Moment, der unweigerlich kommen musste, wie Gabe gesagt hatte. Gestern. Kaum wahrnehmbar runzelte Callie die Stirn, und Shirley verstand sofort: Wie zum Teufel sollte sie selbst in den ersten Stock kommen?

Da fiel ihr auch schon die Antwort ein. »Colleen, meinst du, ich könnte mal deine Hunde sehen? Ich fand sie neulich so niedlich, ich muss sie doch zumindest mal begrüßen.«

Die anderen Damen starrten sie entgeistert an. Shirley kam sich blöderweise wie ein ungezogenes Schulmädchen vor, dessen Geheimplan gerade aufgeflogen war. Aber Colleen strahlte, die anderen wandten sich wieder ihrer Stickerei zu. »Natürlich!«, sagte Colleen glücklich. »Du hörst es ja, sie tollen da oben rum. Du kannst ruhig überall hin, keine Sorge. Mi casa ist auch deine casa.«

Shirley erhob sich zusammen mit Callie und Marsha, die murmelte: »Wie schön, dass ich auch noch Publikum habe.«

Callie und Marsha verließen den Raum, und bevor die Tür zufallen konnte, war auch Shirley draußen. Arm in Arm stiegen Callie und Marsha langsam die Treppe hinauf. Shirley folgte ihnen und sah sich nach auffälligen Anzeichen um. Von oben war jetzt nichts mehr zu hören, abgesehen von den

Trappelschritten der beiden kleinen mexikanischen Köter. Die Tür zur Küche war geschlossen. Oben an der Treppe sah sie, dass sämtliche Türen im ersten Geschoss ebenfalls geschlossen waren. Das war kein gutes Zeichen – hinter jeder konnte sich der Mörder versteckt halten.

Shirley und Callie blieben an der Treppe zurück, während Marsha durch den Gang stapfte.

Was dann als Nächstes geschah, war so verworren und passierte so schnell, dass sich Shirley später die Ereignisse mehrmals vergegenwärtigen musste, um sie überhaupt zu verstehen.

Als Erstes fiel Shirley das kleine Fenster am Ende des Treppenabsatzes auf, durch das man das gegenüberliegende Haus und den Bürgersteig vor dem Grundstück im Blick hatte. Trotz ihrer schlechten Augen erkannte sie eine Gestalt, die im Trenchcoat den Bürgersteig entlanglief.

Sie eilte ans Fenster. Sie war sich sicher, dass er es gewesen war – Arnie Enigma. Vielleicht versuchte er ins Haus zu kommen. Aber als sie nun am Fenster stand, war von ihm nichts mehr zu sehen. Wenn sie doch nur etwas weiter nach rechts blicken könnte!

Aber dann fiel ihr auf, dass im Gang hinter ihr auf der rechten Seite eine Tür nur leicht angelehnt war. Sie ging zu ihr, öffnete sie und befand sich in Colleens Schlafzimmer. Die beiden Chihuahuas rangelten miteinander auf dem Boden und verdrehten die Köpfe, um zu sehen, wer sie störte. Shirley nahm sie oder die kitschige Einrichtung kaum wahr, da ihr Blick am großen Erkerfenster hängen blieb, von dem aus sie die gesamte Straße einsehen konnte. Sie machte einen Bogen um die beiden Hunde und trat ans Fenster.

Als Nächstes – dessen war sie sich ziemlich sicher – klopfte es an der Eingangstür. »Wer mag das sein?«, hörte sie sogar Colleens Stimme von unten. Von ihrem Fenster überblickte Shirley zwar die Straße, nicht aber den Eingang, sie wusste also nicht, wer vor der Tür stand. Und sie sah auch nichts mehr von Arnie Enigma. Obwohl sie überzeugt war, ihn gesehen zu haben.

»Ja?« Colleen war an der Tür.

»Colleen Adams?« Eine Männerstimme, die Shirley nicht kannte.

Dann hörte sie die Toilettenspülung, und gleich darauf spürte sie, dass jemand hinter ihr war. Sie sah zur Tür. Dort stand bereits Marsha. Shirley war unglaublich erleichtert. »Marsha, alles okay?«

»Ich bin Officer Hawking«, war von unten zu hören. »Ich habe ein paar Fragen zum Mord an Frank Peterson.«

Verdammt. Shirley dämmerte, was sich abgespielt haben musste. Die Polizei hielt fälschlicherweise Colleen für die alte Dame, die versucht hatte, die Polizei auf Frank Peterson aufmerksam zu machen.

»Natürlich.« Colleen klang ein wenig verwirrt. Sie wusste, dass sich Shirley für Peterson interessiert hatte. Würde sie zwei und zwei zusammenzählen? Um Marshas Leben willen hoffte sie, sie würde sich nicht daran erinnern. »Was wollen Sie wissen?«

»Ich denke, wir sollten das Gespräch lieber bei uns auf der Dienststelle fortsetzen, Ma'am«, sagte der Polizist.

Scheiße. Aber wenigstens war Marsha okay. Sie stand noch immer in der Tür, aber … stimmte da etwas nicht? Marsha hielt ihren Hals umklammert. Und sie sah Shirley mit blutunterlaufenen Augen an. »Natürlich ist alles okay, verdammt.« Aber dann quoll zwischen ihren Fingern Blut heraus.

Shirley konnte sich nicht von dem schrecklichen Anblick ihrer Freundin losreißen, der das Leben buchstäblich zwischen den Fingern zerrann. Callie auf dem Treppenabsatz rief etwas, dann war ein lauter Knall zu hören, dann splitterndes Glas.

Shirleys Gedanken rasten. Wie hatte das alles geschehen können? Sie schrie auf, als Marsha zu Boden fiel – auf dem Teppich breitete sich sofort eine rote Lache aus. »Hier herauf«, schrie sie, so laut sie konnte. »Nach oben! Polizei! Polizei!«

Schnell war sie an der Tür und musste über Marsha hinwegtreten, damit sie sich vergewissern konnte, dass Callie nichts geschehen war. Aber hinter der Tür sah sie bereits, dass Callie mit dem Gesicht nach unten auf dem Treppenabsatz lag, auch unter ihr war eine Blutlache. Nein. Nein. Das konnte doch nicht sein. Sie drehte Callie um. Die junge Frau blutete aus einer tiefen Wunde an der Stirn, hatte die Augen geschlossen, ihr Brustkorb aber hob und senkte sich. Sie lebte.

Officer Hawking kam die Treppe herauf. Shirley konnte den Blick nicht von Callie losreißen, weshalb sie nur in Richtung Schlafzimmer zeigte. »Da drin. Marsha, sie ist …«

Das reichte. Der Polizist stürzte schon an ihr vorbei.

Wären sie nur anders vorgegangen, hätten sie nur *irgendetwas* anders gemacht – hätten sie jemandem davon erzählt, die Polizei informiert, sich besser vorbereitet, wären sie bloß aufmerksamer gewesen, oder alles zusammen, dann wäre es vielleicht nicht passiert.

Als Shirley einen Windhauch spürte, sah sie auf. Das Fenster am Ende des Treppenabsatzes war zerbrochen. Der Mörder musste hinausgesprungen sein.

Callie rührte sich jetzt. Der lange Schnitt an der Stirn rührte vermutlich von einem Schlag her. Sie setzte sich auf und lehnte sich gegen die Wand. »Ich wollte ihn aufhalten«, sagte sie. »Ich wollte …«

»Wen?«, fragte Shirley.

»Das … weiß ich nicht«, antwortete Callie. »Aber ich hab seine Jacke erwischt … ich wollte ihn zurückzerren, aber er hat sich aus der Jacke gewunden und ist weggelaufen.« Callie zeigte neben sich. Dort lag ein Kleidungsstück, das Shirley bislang völlig entgangen war – ein lila Hoodie. Shirley hob es auf.

Sie kannte das Kleidungsstück gut. Auf der Rückseite waren die Insignien der Band Chutney and the Boys aufgedruckt, vorn die erste Zeile von »Half-Past Tomorrow«. Sie hatte sie schon lange nicht mehr gesehen.

Es bestand kein Zweifel.

Sie gehörte Gabe.

02.06

Chester-le-Street
Mittwoch, 17. Februar 2021
15.53 Uhr

Callie saß vor Colleens Haus hinten in einem Krankenwagen. Sie hatte sich geweigert, ins Krankenhaus gebracht zu werden, weshalb der Sanitäter ihre Stirnwunde vor Ort versorgte. Shirley stand neben Colleen, die eine Decke um die Schultern geschlagen hatte. »Ich kann es einfach nicht glauben«, sagte sie immer wieder. »Die arme Marsha.« Ja, Marsha mochte ein schrecklicher Mensch gewesen sein, aber sie hatte es nicht verdient, dass ihr die Kehle aufgeschlitzt wurde, schon gar nicht, wenn sie mit Verdauungsproblemen auf der Toilette saß.

Shirley hatte ein wenig um ihre Bekannte geweint. Marsha hatte keine nahen Familienangehörigen, soweit sie wusste, oder hatte sich von ihnen zumindest so sehr entfremdet, dass sie nicht über sie sprach. Es würde Shirley überraschen, wenn jemand von ihnen zur Beerdigung erschien. Marsha war in der Stadt weniger berühmt als berüchtigt gewesen. Ihr Tod würde eine seltsame Fußnote zu ihrem legendären Ruf sein, aber kaum Anlass zur Trauer. Man würde bei Cornflakes und Orangensaft aufgeregt über sie reden und einen Tag später alles vergessen haben. Also weinte Shirley um Marsha und hatte tatsächlich das Gefühl, dass diese ihr auf ihre ganz eigene Art fehlen würde.

Was würde jetzt aus der Stickgruppe werden? Marsha war die treibende Kraft gewesen, ohne sie hätte sich die Gruppe vielleicht schon längst aufgelöst (vor allem während des dunklen Jahres). Würde die Frauenrunde jetzt, nach ihrem Tod, zusammenbleiben?

Wie zur Bestätigung standen die Frauen jede für sich allein herum. Colleen und Shirley umarmten sich zwar, aber jede war in ihrer eigenen Welt gefangen. Sowohl Sandy als Edna standen nicht weit von ihnen, hielten aber die Köpfe gesenkt. Shirley versicherte der untröstlichen Colleen, dass alles gut werden würde. Da kamen ihre Chihuahuas angelaufen, von denen einer, Maisy oder Daisy, einen Blutspritzer auf der Stirn hatte. Colleen schrie auf und eilte davon, um ihren Hund zu säubern.

Angetrieben von der Vorstellung, dass Gabe in seinem Chutney-and-the-Boys-Hoodie Marsha Thompson die Kehle durchgeschnitten hatte, erzählte Shirley der Polizei alles. Sie bat darum, mit DI Fletchinder zu reden. Als er auftauchte, schüttete sie ihm ihr Herz aus. Sie erzählte von Gabe, von Mallet AM, von Gabes Wahnvorstellungen und zeigte ihm schließlich Gabes Hoodie. Dann erzählte sie auch von Colm MacArthur und Arnie Enigma und dass sie glaubte, Arnie vor dem Haus gesehen zu haben. Die Zeit für Geheimnisse war vorbei.

Fletchinder nahm alles überraschend ruhig auf, unterbrach sie kaum, nickte nur und schrieb in sein Notizbuch. Danach stellte er einige Fragen und sagte, er würde gern mit den anderen Frauen reden. Colleen würde also doch noch in die Mangel genommen werden.

Als Erstes unterhielt sich Fletchinder mit Callie. Sie beantwortete ihm so viele Fragen über den kurzen Zeitraum, den sie oben auf dem Treppenabsatz verbracht hatte, dass Shirley fast meinte, sie hätte alles selbst miterlebt.

Callie war also mit Marsha nach oben gegangen, die sehr schwach auf den Beinen gewesen war. Die alte Frau geriet sofort außer Atem, ihre Hand schwitzte. Marsha bat Callie – *befahl* traf es wohl eher –, an der Treppe auf sie zu warten, während sie allein in Richtung Toilette ging. Callie passte auf und achtete auf jedes Geräusch und jede Bewegung. Aber sie hatte keine Ahnung, was gleich darauf passieren würde. Als Marsha die Toilettentür öffnete, stürzte jemand heraus: Gabe in seinem Hoodie. Ohne das geringste Zögern schlitzte er Marsha die Kehle auf und schob sich an ihr vorbei. Marsha griff sich an den Hals. Und Callie stieß einen Schrei aus, worauf sich Gabe umdrehte. Laut Callie sei die Kapuze so tief ins Gesicht gezogen gewesen, dass sie nicht hundertprozentig erkennen konnte, ob wirklich er es gewesen war. Ihr Schrei jedenfalls ließ ihn kurz innehalten, und Callie stürzte sich auf ihn. Gabe lief in Richtung Fenster, Callie packte ihn am Hoodie, während er mit seinem Messer ausholte, Callie mit dem Griff an der Stirn traf und ihr eine Platzwunde verpasste. Dabei schälte er sich irgendwie aus seinem Hoodie, Callie riss das Kleidungsstück ganz an sich, und Gabe, nun frei, spurtete zum Fenster und sprang durch die Scheibe. Während sich das alles abspielte, hatte sich Shirley im Schlafzimmer aufgehalten.

Fletchinder teilte Callie mit, dass er sie wahrscheinlich ein weiteres Mal sprechen müsse, und bat sie um eine Beschreibung des Mannes, obwohl sie ihn nur von hinten gesehen hatte. Was sie beschrieb, entsprach jedoch der Statur von Gabe, auch wenn sie es nicht über sich brachte, ihn beim Namen zu nennen. Shirley hatte mit den Tränen zu kämpfen.

Die Polizei wollte Aussagen von allen Frauen und kündigte an, man würde erneut auf sie zukommen. Danach hatten sie wieder Colleen zu trösten, die völlig neben sich stand. Was nur allzu verständlich war – schließlich war Marsha in ihrem Haus ums Leben gekommen und deren Blut tränkte ihren Teppichboden oben im Flur.

Drei Stunden später fuhren sie nach Hause. Ein Streifenwagen folgte ihnen, danach durchsuchten DI Fletchinder und Officer Hawking Shirleys Dachboden. Shirley machte ihnen allen Tee, während Callie im Wohnzimmer saß, um sich zu erholen. Von oben hörte sie ein Knarren und Ächzen, als müsste sich der Bungalow an die vielen Menschen erst gewöhnen.

Sie hatte das Richtige getan, selbst wenn es sich falsch anfühlte. Gabe war gefährlich, er war ein Mörder. Das wog weitaus schwerer als die Tatsache, dass er ihr Sohn war. Gabes Rückkehr von den Toten hätte ein unglaublicher Segen sein sollen, doch dieses Gefühl, musste sie entsetzt feststellen, schwand schnell. Vielleicht wäre es besser gewesen, wäre er tot geblieben.

Mallet AM blieb stumm. Es wurde 19.30 Uhr, nichts war zu hören. Keine Sendung. Fast als hätte Gabe gewusst, dass die Polizei da sein würde. Shirley erzählte den Polizisten alles über den Sender und flehte sie an, den Computer nicht anzufassen. Wenn sie an ihm rumspielten, sorgten sie vielleicht dafür, dass er nicht mehr mit dem Mischpult verbunden war, vielleicht löschten sie damit auch potenzielle zukünftige, von Gabe bereits programmierte Sendungen. Sie kannte das Softwareprogramm gut, außerdem schien der Computer keine anderen Daten zu beinhalten.

Officer Hawking wollte sich, so weit möglich, einen kurzen Überblick verschaffen, was er dann auch tat, nachdem er flink die »Zugang verweigert«-Meldung umgangen hatte. Als er nichts fand, stimmte DI Fletchinder zu, das Gerät so zu belassen, wie es war, unter der Bedingung, dass jeden Abend ein Polizist kommen könne, um eventuelle Sendungen mitzuhören. Shirley erklärte sich einverstanden.

Später erschien DI Fletchinder in der Tür, in den Händen hielt er mehrere Beweismittelbeutel mit diversen Dingen. In einem befand sich ein kleines klobiges Handy, in einem anderen einige von Gabes zusammengeknüllten Kleidungsstücken, ein weiterer enthielt sein Notizbuch. Shirley überkamen Schuldgefühle – das alles hätte schon nach Frank Petersons Ermordung geschehen müssen. Schon damals hätte sie der Polizei alles erzählen sollen. Jetzt war Marsha tot.

»Wir werden alles auf der Dienststelle untersuchen«, sagte Fletchinder, legte die Beutel auf die Küchenanrichte und nahm sich seine Tasse Tee. »Wenn er jemanden kontaktiert, wenn er irgendjemanden angerufen hat, finden wir das auf dem Handy. Von seinen Sachen bekommen wir DNA-Proben, die können wir mit den DNA-Proben an den jeweiligen Tatorten abgleichen. Und wir werden uns sein Notizbuch ansehen, vielleicht lässt sich ja irgendwas entschlüsseln, was uns weiterhilft.«

»Danke, DI Fletchinder«, sagte Shirley.

»Keine Sorge.« Fletchinder spürte ihr Unbehagen. »Wir werden der Sache auf den Grund gehen. Bevor wir uns verabschieden, müssen Sie mir aber eins versprechen.«

»Ja?« Zumindest das wäre sie Fletchinder schuldig.

Fletchinder nahm einen großen Schluck von seinem Tee und stellte die noch halbvolle Tasse ab. Eindringlich sah er sie an. »Überlassen Sie in Zukunft alles uns. Versuchen Sie nicht, Kontakt mit Ihrem Sohn aufzunehmen, spielen Sie nicht die Heldin, hören Sie nicht Radio. Ich weiß es zu schätzen, was Sie bislang für uns getan haben, aber egal, wer der Täter ist, wir haben es mit einem Mörder zu tun, einem Mörder, der nicht zweimal nachdenkt, ob er jemanden wie Sie töten soll. Also versprechen Sie mir bitte, dass Sie nichts mehr unternehmen.«

Shirley dachte nach. Konnte sie das wirklich versprechen?

Es war noch nie ihre Art gewesen, sich zurückzulehnen und andere die Arbeit machen zu lassen, schon gar nicht nach Bobs Tod. Aber sie war nicht mehr die Jüngste – sie musste kürzertreten. Die Action-Heldin oder Mordermittlerin zu spielen war nicht mehr drin. »Okay«, sagte sie schließlich, auch wenn sie die Finger gekreuzt hätte, wenn das möglich gewesen wäre, ohne dass diese vor Schmerzen sofort in Flammen gestanden hätten.

Fletchinder sah nicht sehr überzeugt aus. Er nahm sich seine Beweismittelbeutel und rief Hawking. Sie verabschiedeten sich und gingen. Shirley begleitete sie zur Tür. Als sie sie wieder schloss, kehrte Stille ein. Moggins erschien aus seinem Versteck, sie fütterte ihn. Callie schlief noch immer im Sessel, der Verband hatte sich an den Stellen, wo Blut durchgesickert war, leicht rötlich gefärbt. Shirley setzte sich aufs Sofa und überlegte, was sie jetzt tun sollte.

Auf jeden Fall wollte sie nicht allzu viel ins Grübeln kommen. Denn dann würde sie nur an Gabe denken müssen – dass er jetzt irgendwo in der Stadt war und sich wahrscheinlich das Blut von den Händen wusch. Was hatte ihn dazu getrieben – bei Marsha, bei Frank Peterson? Etwas in ihm war zerbrochen, aber konnte es wirklich so schlimm sein? Konnte er wirklich denken, er würde irgendeine Prophezeiung erfüllen, wenn er Menschen umbrachte? Wie funktionierte sein Hirn? Wählte es sich irgendwelche Opfer in einer Art göttlichen Lotterie, um sie abzuschlachten? Für jemanden wie sie, die in der sehr realen Welt lebte, war das unmöglich nachzuvollziehen.

Jetzt war es Aufgabe der Polizei, das Rätsel zu lösen. Und Shirley hoffte, wenn alles vorbei war, würde sie sich mit ihrem Sohn zusammensetzen können und alles verstehen.

»Scheiße«, sagte Shirley.

Wie als Antwort darauf klingelte ihr Handy. Sie sah sich

um. Ihr Handy lag in der Handtasche im Flur. Aufzustehen und es zu holen kam ihr vor wie die Besteigung des Mount Everest. Aber vielleicht war der Anruf wichtig. Vielleicht war es Gabe. Also stand sie auf.

Shirley wühlte in ihrer Handtasche nach dem Gerät, fand es schließlich und zog es heraus. Eine unbekannte Nummer auf dem Display. Sie wusste nicht, wer dran war – jedenfalls nicht DI Fletchinder. Da hätte er tatsächlich exzellente Polizeiarbeit geleistet.

Sie hielt sich das Gerät ans Ohr und fragte vorsichtig: »Hallo?«

»Hey.« Eine raue, seltsam vertraute Stimme – die durch die Zeit verändert worden war. »Ich spreche mit Mrs S. … ich meine … Shirley Steadman, ja?«

»Ja«, antwortete Shirley beklommen. Wann war sie *Mrs S.* genannt worden?

Aber sie musste nicht lange überlegen, denn gleich darauf sagte die Stimme: »Hier ist Colm MacArthur.«

Shirley riss die Augen auf und sah sich ängstlich um, obwohl sie allein war. »Colm?«

»Ja, ich, Mrs S. Ich glaube, ich brauche Ihre Hilfe.«

02.07

Chester-le-Street
Mittwoch, 17. Februar 2021
23.09 Uhr

Callie blieb länger bei Shirley, als dieser lieb war. Als sie endlich ihre Sachen zusammenpackte und meinte, sie müsse nun wirklich nach Hause und den Verband an der Stirn wechseln, bebte Shirley regelrecht vor Ungeduld. Sie konnte Callie schlecht erzählen, dass sie sich mit Colm MacArthur treffen wollte – einem Mann, der womöglich gefährlich war.

Callie zog ihren Mantel an und drehte sich an der Tür noch mal um. Sie sagte etwas, was seltsam war, wenn man bedachte, wohin Shirley wollte. Fast so, als würde Callie intuitiv Bescheid wissen. »Ich hab nachgedacht, über die Jacke, die ich ihm weggerissen habe. Dem Mörder.«

»Gabes Hoodie?«, fragte Shirley.

»Ja«, erwiderte Callie und wickelte sich ihren Schal um den Hals, was Shirley wieder an Marsha denken ließ. »Aber nicht nur Gabe hatte so einen Hoodie. Kannst du dich nicht mehr erinnern? Die beiden haben sich zwei machen lassen. Wegen dieser schrecklichen Band, die sie so toll fanden. Und weil sie Blutsbrüder waren. Zwei gleiche Hoodies. Gabe und Colm.«

Diese letzten Worte verfolgten Shirley in die kalte Nacht hinaus und in die Stadt. Sie wusste gar nicht mehr, wann sie das letzte Mal so spät unterwegs gewesen war, noch dazu in der Stadt. Sie versuchte, in den dunklen Straßen die Ruhe zu bewahren. Viele Leute begegneten ihr nicht, nur hin und wieder stieß sie, obwohl es ein Mittwoch war, auf Gruppen von Jugendlichen in unterschiedlichem Zustand der Trunkenheit. Sie machte einen großen Bogen um sie.

Das Route One lag an der Rückseite des Gebäudes, in dem früher der alte Woolworth untergebracht gewesen war – das wusste sie von Edna, die ganz in der Nähe gewohnt und sich immer über den Lärm beschwert hatte. Sie hatte ihr nie geglaubt. Jetzt aber, als sie um die Ecke bog und das grelle Neonschild sah und die dröhnenden Bässe hörte, wurde ihr klar, dass sie ihrer Freundin unrecht getan hatte. Das Wummern aus dem Lokal ging einem durch und durch. Als sie sich der Tür näherte, hatte sie das Gefühl, sie schreite geradewegs auf ein wildes Tier mit aufgerissenem Maul zu, das sie verschlingen wollte.

Das war kein Ort für sie.

Trotzdem trat sie ein.

Drinnen war das Route One sehr viel weniger angsteinflößend. Alles, was sie sah, als sie in der Tür stehen blieb, war eine Kneipe mitten in der Woche mit unverantwortlich lauter Musik. Insgesamt hielten sich vielleicht fünfzig Gäste hier auf, die sich in dem unglaublich weiträumigen Lokal spärlich ausnahmen. Die düstere Beleuchtung tauchte alles in eine unheimliche Atmosphäre, in der die Gäste kaum zu erkennen waren. Einige waren um eine schrecklich klebrige rote Theke versammelt, die übrigen fanden sich an den Tischen in der Mitte oder in den roten Sitzgruppen an den Seiten. Im Zentrum gab es eine leere Tanzfläche, auf dem bunte Lichtstrahlen umeinander herumwirbelten.

Shirley ging zur Theke, fand einen Platz zwischen zwei Männern und versuchte die seltsamen Blicke auszublenden, die ihr folgten. Sie nahm auf dem Hocker Platz und wartete geduldig, bis die Barkeeperin sie wahrnahm.

Die Barkeeperin war an die zwanzig Jahre jünger als sie und dennoch alt genug, um an einem solchen Ort aufzufallen.

»Hi«, sprach sie Shirley an. Shirley war dankbar, dass sie sich einen Kommentar über sie verkniff.

»Hallo.« Shirley musste lauter reden und es mehrmals wiederholen, bis sie ihre eigene Stimme hören konnte. Was war das überhaupt für eine Musik? Sie klang wie statisches Rauschen in der Version des 21. Jahrhunderts, das jedes vernünftige Gespräch unmöglich machte.

»Hi«, wiederholte die Barkeeperin und konnte ihre stille Belustigung kaum verbergen. Natürlich hatte sie das »Hallo« schon das erste Mal kapiert – sie war es gewohnt, von den Lippen zu lesen. »Was wollen Sie?«

»Ich suche jemanden«, sagte Shirley.

Die Barkeeperin lachte. »Tun wir das nicht alle?«

Shirley ging nicht darauf ein – sie hatte keine Ahnung, was sie ihr damit sagen wollte. »Ich suche Colm MacArthur.«

Die Barkeeperin schien überrascht. »Ist er wegen Ihnen so durch den Wind? Normalerweise sitzt er hier – Sie sind genau an seinem Platz. Aber jetzt hockt er da hinten in einer Nische.« Sie zeigte zur entferntesten Sitzgruppe – so weit in der Dunkelheit gelegen, dass Shirley sie kaum erkennen konnte. »Da hängt er ab, seitdem wir aufgemacht haben, er ist also nicht mehr der Frischeste.«

»Danke.« Shirley wollte vom Hocker, aber die Barkeeperin berührte sie am Arm und gab ihr zu verstehen, dass sie noch warten sollte. Wahrscheinlich hatte sie auch etwas zu ihr gesagt, was Shirley aber unmöglich gehört haben konnte.

»Eine Sekunde.« Die Barkeeperin hielt einen Finger hoch. Sie zapfte ein Pint und reichte es Shirley. »Er braucht eins.«

Shirley bedankte sich mit einem Nicken und ging quer durch den Raum, wobei sie die Blicke der Gäste auf sich spürte. Je weiter sie nach hinten kam, desto leerer wurden die Abteile – bis sie die letzte Nische erreichte, ganz hinten in der Ecke. Wenigstens war die Musik hier etwas leiser.

Ein Mann saß dort, dessen Gesichtszüge sie in der Dunkelheit nicht erkennen konnte. Er hatte einen langen zerzausten Bart und schulterlange Haare, die im bunten Lichterschein glänzten. Auf dem Tisch waren fünf leere Pint-Gläser – eines lag umgekippt in einer Bierlache.

Der Mann sah zu ihr auf – sie konnte inmitten des Haarwusts noch nicht mal seine Augen erkennen.

Er musste ein Irrtum vorliegen.

Shirley stand einfach vor ihm und hatte das Pint in der Hand. »Tut mir leid, ich suche Colm MacArthur.«

Von dem Mann kam ein kehliges Lachen. »Kein Problem, Mrs S. Ich würde mich auch nicht mehr erkennen.« Und erst dann sah sie, dass der Mann vor ihr nicht lachte, sondern in seinem untrüglichen Irisch-Geordie-Mischmasch schluchzte.

»Colm?«, sagte sie und nahm Platz.

»Aye – ist das zufällig für mich?«

Shirley schob ihm das Bier hin. Gierig griff Colm danach.

»Colm, was ist mit dir passiert?«

Colm nahm einen großen Schluck. Als er das Glas wieder vor sich hinstellte, war es halb leer. »Was? Sie meinen, warum ich so bin? Na ja, nachdem mich die Navy rausgeworfen hat, weil ich meinen Kumpel hab absaufen lassen, hat's nicht mehr viel gegeben, was ich hätte werden können. Das hier erschien mir die einfachste Lösung.«

»Aber was passiert ist, war doch nicht deine Schuld«, sagte Shirley. *Sondern die von Bob. Und von Gabe … * Sie wollte es ihm sagen, wollte seinen Schmerz mindern. Zuerst sollte sie aber herausfinden, ob er der Mörder war. Außerdem wäre er in seinem jetzigen Zustand vielleicht aufgeschlossener. »Warum hast du mich angerufen?«, fragte sie. »Nach der langen Zeit. Warum hast du dich nicht schon früher gemeldet? Ich hätte dir helfen können, damit du wieder auf die Beine kommst.«

»Ich will niemandem zur Last fallen«, grunzte Colm. Das stimmte. Selbst als Heranwachsender war er ein überaus freundlicher Junge gewesen. Wann immer er da war, nach der Schule, an den Wochenenden, hatte er gefragt, ob er helfen, ob er sich nützlich machen könne, immer hatte er hinter sich aufgeräumt und war höflich und zuvorkommend gewesen. Auch wenn er jetzt so aussah, darunter steckte immer noch dieser Junge. »Aber jetzt, jetzt brauch ich Ihre Hilfe.«

»Was brauchst du?«, fragte Shirley, ohne zu wissen, was sie ihm nach der langen Zeit noch geben konnte, und ohne zu wissen, ob sie es überhaupt wollte nach allem, was in letzter Zeit geschehen war.

Colm war zwar immer noch dieser Junge, den sie gekannt hatte, dennoch schwang noch etwas anderes mit. Klar, er war vom Weg abgekommen. Er stank nach Schweiß und Alkohol, seine Augen waren nicht mehr so lebendig wie früher.

»Sie waren immer gut zu mir, Mrs S. Wie eine Mum. Ich hab doch sonst niemanden, an den ich mich wenden könnte. Ich weiß, wir haben nicht mehr miteinander geredet seit Ihr … seit Gabe … aber für mich sind Sie immer noch jemand, dem ich vertrauen kann.« Für jemanden, der sich schon den ganzen Tag zulaufen ließ, kamen ihm die Worte noch relativ leicht über die Lippen, auch wenn er sich dabei anhörte wie ein schlecht eingestelltes Radio. Es zeigte nur, dass er an große Mengen Alkohol gewöhnt war. »Verstehen Sie, Mrs S., ich bin zu weit gegangen.«

Was meinte er damit? Shirley sah sich kurz um. Plötzlich schienen alle Gäste im Lokal sehr weit entfernt.

»Ich habe Blackouts«, fuhr Colm fort. »Und Halluzinationen.« Er stöhnte vor Schmerzen und griff sich an die Brust. »Das Einzige, was hilft, ist das Trinken. Aber ich glaube, der Alkohol ist wahrscheinlich auch verantwortlich dafür. Schon komisch, wie so was immer passiert, nicht?«

»Soll ich dich ins Krankenhaus bringen?«, fragte Shirley, immer noch unsicher, wohin das führen würde.

Colm lachte – diesmal wirklich. »Nein. Dahin geh ich nicht. Unheilbar. Für das, was ich getan habe, gibt es kein Medikament.«

»Was du getan hast?«

»Ja, Mrs S.«, sagte Colm traurig. »Vor Kurzem war ich bei meinem Kumpel. Saufen. Am Morgen. Bevor die Kneipe hier aufmacht. Ich hatte ein bisschen zu viel, bin weggetreten und im Badezimmer meines Kumpels aufgewacht, mit Blut an den Händen. Ich glaube, ich hab ihn umgebracht, Mrs S. Ich bin runter, da lag er dann. Ich hab ihn getötet.«

Shirley versuchte ruhig zu bleiben. Er sprach von Frank Peterson. Sie wusste es. Er war im Haus, als … Er war im Haus gewesen. Oben. Deshalb verdächtigte ihn die Polizei. Sie saß einem Mörder gegenüber. Trotzdem war es immer noch Colm. In ihren Gedanken ging alles drunter und drüber.

Aber was er sagte … Er hatte Frank Peterson nicht wegen Mallet AM umgebracht. Was hieß das dann für Gabe und den Sender? Was es möglich, dass dennoch Gabe der Täter war?

Colms nächster Satz beseitigte jeden Zweifel. »Und wissen Sie, was komisch war? Als ich runter bin, hatte ich heftige Halluzinationen. Denn ich hab Sie da unten gesehen. Aber Sie haben doch gar nicht dort sein können, oder?«

Es schien eigentlich keine Frage zu sein, trotzdem hörte sich Shirley hastig antworten: »Nein, natürlich nicht.«

Damit der Junge sich für noch verrückter hält, als er eh schon ist.

Halt den Mund, dachte sie. Sie konnte nicht zugeben, dass sie da war – dann könnte Colm versucht sein, sie als Zeugin loszuwerden.

Aber erneut schlug das Gespräch eine Richtung ein, die sie nicht vorhersehen konnte, nachdem er einen weiteren Schluck genommen hatte. »Sie müssen für mich die Polizei rufen.«

»Was?«, rief Shirley aus.

»Ich kann es nicht. Ich hab es versucht, aber ich bin zu schwach. Ich muss dafür büßen. Ich bin jenseits von Gut und Böse, Mrs S. Und wenn man an dem Punkt ist, gibt es kein Zurück mehr. Bitte, können Sie es für mich tun? Um der alten Zeiten willen?«

Shirley wusste nicht, was sie sagen sollte. Dann fiel ihr wieder ein, dass sie etwas von ihm wissen wollte. »Hattest du heute auch einen Blackout?«

Colm schien noch nicht mal darüber nachzudenken, warum sie das wissen wollte. Er sagte nur: »Ich kann mich nur erinnern, dass ich seit ein paar Stunden hier bin.«

Colm konnte Marsha Thompson umgebracht haben. Und wahrscheinlich hatte er Frank Peterson getötet. Shirley unterhielt sich mit einem Mörder. Zufällig war dieser Mörder früher mal ein netter Junge und der beste Freund ihres Sohnes gewesen. »Einverstanden«, sagte sie. »Ich mach es.« Ihr war elend zumute.

Colm anscheinend auch. »Kann ich noch eins haben?«

Irgendwie schaffte es Shirley zur Theke und besorgte Colm sein Bier. Sie ließ sich wieder im Abteil nieder und versuchte, über etwas anderes zu reden. Egal was.

Aber Colm ließ sich nicht darauf ein – er sah, wie unangenehm ihr die Situation war, selbst jetzt ließ er sie nicht an sich heran, damit es ihr besser ging.

War das alles real? Konnte das alles wirklich passieren?

»Lassen Sie mich einfach hier, okay?«, sagte Colm. »Schön, Sie gesehen zu haben, Mrs S.«

Shirley blinzelte die Tränen weg, schniefte und versuchte zu lächeln. Was war bloß aus Colm geworden? Wie hatte sich Bobs Tyrannei auch auf sein Leben dermaßen auswirken können?

»Auf Wiedersehen, Colm.« Shirley überließ ihn seinem Bier. Als sie draußen war, rief sie die Polizei.

02.08

Chester-le-Street
Donnerstag, 18. Februar 2021
17.54 Uhr

Shirley verbrachte fast den ganzen Donnerstag mit Colleen.
Es war schrecklich und hatte trotzdem etwas Tröstliches,
wenn sie sich nicht mit ihrer eigenen Befindlichkeit befassen
musste, sondern mit der von jemand anderem. Sie musste
nicht an Colm und Gabe und die anderen denken, sondern
konnte sich darauf konzentrieren, ihrer Freundin beizustehen.

Colleen war nach wie vor völlig von der Rolle und konnte
jemanden gebrauchen, der ihr half, einen Koffer zu packen.
Zu Shirleys Erleichterung wollte sie die nächsten Tage bei
Edna verbringen. Ansonsten hätte sie ihr in ihrer Hilfsbereit-
schaft ein Zimmer angeboten, selbst wenn sie Colleen im
Moment nicht um sich haben wollte. Ihrer Ansicht nach hatte sie die Frau sowieso schon viel zu sehr in diese Geschichte
mit hineingezogen.

Shirley bot an, einige Sachen von oben zu holen. Sobald
sie aber den Treppenabsatz hinter sich hatte, wurde ihr übel.
Zwei dunkelrote Flecken zeichneten sich auf dem cremefar-
benen Teppichboden ab. Callies Flecken, recht klein, in der
Nähe der Treppe, und vor der Schlafzimmertür der von Marsha, groß und tief wie ein Ozean. Shirley hätte sich fast übergeben, als sie darüber hinwegtrat. Sie musste sich an der

Wand abstützen, damit sie das Gleichgewicht nicht verlor und den Mageninhalt bei sich behielt. So eilte sie in Colleens Schlafzimmer und knallte die Tür hinter sich zu – worauf es ihr ein wenig besser ging. Sie brauchte nur fünf Minuten, um Colleens Koffer zu packen, aber eine geschlagene halbe Stunde, bis sie sich wieder in der Lage sah, nach unten zu gehen.

Shirley blieb so lange, wie Colleen sie brauchte, begleitete sie anschließend noch im Bus zur Front Street und war dankbar um die Ausrede, nicht zu Fuß nach Hause gehen zu müssen. Am oberen Ende der Straße verabschiedete sie sich von ihrer Freundin und ließ sie mit ihrem Koffer an der Haltestelle zurück, an der sie auf einen Bus nach Sacriston zu Edna wartete.

Erst lang nach Sonnenuntergang kam Shirley endlich nach Hause. Sobald sie die Tür öffnete, wusste sie, dass etwas nicht stimmte. Im Haus war es dunkel, so wie es sein sollte, aber etwas lag in der Luft. Etwas Schlechtes. Sie lehnte den Stock gegen die Wand neben der Tür und ging durch den Flur.

Moggins saß vor der Küche – seine Augen schimmerten jedes Mal, wenn er den Kopf bewegte und durch die offene Tür blickte. Im Mondlicht sah sie, dass sein Schwanz dreimal so dick war wie sonst. Als sie näher kam, hörte sie ihn fauchen.

Jemand war da. Nein, warum dachte sie »jemand«? Sie wusste ganz genau, wer es war.

Sie ging zur Tür und sah in die Küche, ohne Licht anzumachen. Es war nicht nötig.

Am Küchentisch saß jemand. Es wirkte unglaublich bedrohlich, so, wie er im fahlen Licht des Fensters saß, reglos – wartend.

Sie ging hinein und setzte sich ihm gegenüber. Ihr Handy war in der Handtasche, die sie noch über der Schulter hatte.

300

Sie könnte es relativ leicht herausholen – selbst wenn sie dafür länger brauchte als andere. Aber daran dachte sie nicht, vorerst konzentrierte sie sich nur auf die Person vor sich. Es war so dunkel, dass sie immer noch nicht genau sagen konnte, wer es war – aber brauchte sie überhaupt eine Bestätigung?

Auf dem Heimweg hatte sie an Colm gedacht. Wie schrecklich er ausgesehen hatte. Konnte er in diesem Zustand wirklich jemanden umgebracht haben? Benutzte Gabe ihn für seine Zwecke? Saß sie hier einem weiteren Mörder gegenüber?

»Du hast uns letzten Abend nicht mit Nachrichten beehrt«, flüsterte Shirley aus irgendeinem Grund. »Wenn du gekommen bist, um mich zu töten, dann bring es hinter dich. Es ist den Aufwand kaum wert.«

Gabe rührte sich nicht. Kurz hatte es den Anschein, als würde er gar nicht reagieren. Shirley fragte sich schon, ob sie sich getäuscht hatte und einer leblosen Puppe gegenübersaß. Aber dann gab er ein langes Seufzen von sich. »Du denkst immer noch … zweidimensional. Du musst anfangen … mir … zu glau-ben. Ich sage die Wahrheit. Hab ich dir das nicht bewiesen?«

»Du hast mir zu viel bewiesen, Gabe«, sagte Shirley traurig. »Du bist zu weit gegangen. Das weißt du.«

Gabe schwieg. Sie glaubte, sie wäre tatsächlich zu ihm durchgedrungen, glaubte, er würde ihr zuhören. Aber dann sagte er niedergeschlagen: »Du verstehst es einfach nicht …« Auf eine Art, die sie daran erinnerte, wie er als Kind gewesen war, wenn er etwas ausgefressen hatte. Er ließ sich gegen die Lehne fallen, sodass sein Gesicht wieder in Dunkelheit lag.

»Callie und ich haben diesen Typen besucht«, sagte sie, »Arnie Enigma. Merkwürdiger Typ. Aber er weiß von dir. Wir wissen von deinem Herumprobieren mit dem Radiosender – den Vorhersagen. Du warst überall im Norden.

Ständig wechselnde Namen, aber immer auf 66,40 AM. Und immer hast du falschgelegen, jedes Mal, jede Vorhersage war falsch. Also, was ist passiert? Du bist hierhergekommen und hast beschlossen, dass du ab jetzt recht behalten musst?«

»Kannst du …«, begann er und suchte nach Worten. »Kannst du bitte mal versuchen … dir … eine Welt vorzustellen, in der das alles möglich ist? In der ich das kann, von dem ich behaupte, dass ich es kann?«

»Das fällt mir schwer, Gabe«, sagte Shirley, die nichts mehr wollte, als mit ihrem Sohn in diese Welt zu verschwinden. »Jedes Mal, wenn ich denke, ich wäre in diese Welt eingetreten, reißt mich etwas zurück in die Wirklichkeit. Weil es solche Dinge nicht gibt.«

»Hmmm …«, sagte Gabe und rührte sich unmerklich. Ein Zucken des Handgelenks, ein Senken des Kopfs. Er sah auf seine Uhr.

»Warst du … im Haus von Colleen Adams?«

»Was?«

»Hast du gewusst, dass ich dort bin?«

»Ja.«

»Hast du Marsha Thompson umgebracht?«

Gabe gab ein belustigtes Geräusch von sich. »Was … was … was ist das für eine Frage?«

»Die einzige, die ein vernünftig denkender Mensch stellen kann«, sagte Shirley. »Auf jeden Fall die einzige, die ein Polizist stellen würde. Die Polizei wird sich fragen, woher du von den Ereignissen wusstest, die zu Petersons Tod geführt haben, und dann wird sie sich gar nicht mehr die Mühe machen, dich auf Marsha Thompson anzusprechen, sondern dich einfach einsperren.«

»Shirley, ich bin dazu bestimmt … dein Sohn zu sein«, sagte Gabe und klang dabei, trotz seines Stotterns, fast wie der alte Gabe. »Du willst mir einfach nicht glauben.«

Seine Unverfrorenheit machte sie fassungslos. »Du hast ein Jahr lang hier gesessen und mir nicht gesagt, dass du noch lebst. Du hast mich ausgenutzt, du hast mir Schmerz zugefügt, indem du in meinem Haus warst. Du kannst von Glück reden, dass ich dich nicht rauswerfe, und trotzdem willst du, dass man dir glaubt?« Sie brüllte jetzt. »Dir glaubt? Ist dir das so wichtig? Du hast nicht mehr das Recht, dass man dir glaubt. Ich sollte auf der Stelle die Polizei rufen, ich weiß nicht, warum ich überhaupt noch mit dir rede.« Sie zog ihr Handy heraus und wollte auf die grüne Taste drücken. Aber sie konnte es nicht. Sie sah zu Gabe.

Gabe sah wieder auf seine Uhr. Warum tat er das? Sollte etwas geschehen? War er wirklich gekommen, um sie zu töten, und wartete er jetzt nur auf den richtigen Zeitpunkt? Nein, Gabe mochte mittlerweile vieles sein, aber sie brachte es nach wie vor nicht über sich, sich vorzustellen, dass er ihr etwas antun könnte. Dazu war noch zu viel von Gabe in ihm.

»Ich wünschte mir nur …« Sie hatte keine Ahnung, wie der Satz enden sollte. Sie legte das Handy vor sich auf den Tisch und wusste, sie würde es nicht benutzen – egal, was geschehen sollte.

Gabe, ihr einziger Sohn, ihr Zweitgeborener, lange für tot gehalten, saß vor ihr, und alles, was sie empfand, war eine lähmende Traurigkeit und der schreckliche Verlust dessen, was hätte sein können. Hinter ihrem Rücken schlich Bob herum, wie er es immer getan hatte, auf seine zerstörerische Art und Weise. Wenn sie dem doch nur ein Ende gemacht hätte. Wenn sie nur abgehauen wäre, so schnell sie konnte, die Kinder ins Auto gesetzt hätte und übers Land, die Welt, durchs ganze Universum gefahren wäre. Dahin, wo er sie nicht mehr erwischt hätte. Aber das hatte sie nicht getan. Sie hatte hier gesessen und alles abgekriegt, und dann mitangesehen, wie auch die Kinder alles abgekriegt hatten. Sie hatte gewusst, dass sie unglücklich waren. Sie war unglücklich. Aber er hatte ihr genüsslich vor Augen geführt, dass es keinen Ausweg gab. Wahrscheinlich hätte es einen gegeben – sie hatte ihn nur nicht sehen können in dem emotionalen Loch, in dem sie festsaß.

Am schlimmsten aber war, dass das alles unter der Oberfläche, hinter verschlossenen Türen stattgefunden hatte. Nie hatte er sie geschlagen, kein einziges Mal. Wie wünschte sie sich, er hätte es getan. Dann wäre alles greifbar gewesen, man hätte es den Menschen zeigen und ihnen sagen können: »Schaut her, was hinter dieser geschlossenen Tür geschieht.« Aber er hatte es nicht getan. Er hatte sich hinter einer Maske versteckt, und Shirley und Deena und Gabe hatten auf ihre Art dasselbe getan. Shirley konnte sich vormachen, sie hätte ihre Maske verdient. Aber die Kinder hatten sie erst von ihm und dann von ihr bekommen.

War das ihre Buße, wenn sie jetzt Gabes kaputten Verstand sah? Gabe, der ihr damals in jener dunklen Zeit ihres Lebens als einer der wenigen einen Ausweg angeboten hatte. Damals, als sie die Ratschläge ihrer Eltern in den Wind geschlagen hatte. Das kleine Bündel voller Leben in ihren Armen sollte ein neues Kapitel aufschlagen, ja, das hatte es auch, aber zum Schlimmeren.

Aber sie würde sich nicht ändern, wenn sie ihn wieder hatte. Daran zweifelte sie keine Sekunde.

Noch nicht mal jetzt.

Wieder machte Gabe diese Kopfbewegung.

»Was tust du da?«, fragte Shirley zwischen den Tränen. Wie lange hatte sie ihren Erinnerungen nachgehangen, wie lange hatte sie vor sich hin geweint, während Gabe ungerührt zugesehen hatte?

»Es sollte jetzt kommen … jeden Moment.«

»Was soll kommen?«, fragte Shirley, die allmählich genug hatte. »Rede einmal vernünftig.«

»Die Chance, deine Ansicht neu zu konfigurieren, Shirley.«

»Na, großartig«, kam es aufgebracht von ihr. »Wirklich toll. Danke, vielen Dank, mein Sohn.« Plötzlich klingelte Shirleys Handy, das Display erhellte die Dunkelheit, die Vibrationen waren stark genug, um den ganzen Tisch zum Zittern zu bringen. Sie zuckte zusammen. Gabe nicht. Mit aufgerissenen Augen starrte sie ihn an. »Wer ist das?«

Gabe lächelte, ein wenig zu selbstgefällig. »Woher soll ich das wissen?«

Shirley wollte den Anruf ignorieren, nur um ihn zu ärgern. Aber da fiel ihr Blick aufs Display, und sie sah, wer der Anrufer war. Wortlos stellte sie Gabe eine Frage, während sie zum Handy griff und sich meldete. »Hallo?«

Die vertraute, jetzt vor allem unendlich herzliche Stimme von DI Fletchinder: »Hallo, Shirley, hier ist DI Fletchinder. Ich dachte, ich bringe Sie auf den neuesten Stand bezüglich Ihres Sohns und seiner möglichen Verstrickung in die Morde an Frank Peterson und Marsha Thompson.«

»Ja. Danke, DI Fletchinder.«

»Noch mal, bitte Fletch. Wie auch immer, zuerst das Grundlegende. Wir haben uns Gabes elektronische Geräte angesehen und sie überprüft. Was wir gefunden haben … oder, genauer … was wir nicht gefunden haben … Es gibt nichts, was irgendwie von Belang wäre. Das Einzige auf dem Laptop: Gabe hat angefangen, einige seiner Notizbücher zu digitalisieren. Weder auf dem Laptop noch auf dem Handy gibt es irgendwelche Korrespondenzen – es ist so gut wie ausgeschlossen, dass Gabe einen Komplizen oder einen Freund hat. Natürlich können sie auf andere Art kommuniziert haben, aber damit alles wie beabsichtigt und von Mallet

AM vorausgesagt ablief, hätten sie ständig in Verbindung sein müssen.«

»Was wollen Sie mir damit sagen?«, fragte Shirley. Fletchinder spielte auf etwas an, sie wollte nur, dass er endlich zum Punkt kam.

Kurz schwieg er, als müsste er sich erst sammeln für das, was nun folgte. »Okay. Wir haben mit dem Zeitpunkt des Mordes an Marsha Thompson angefangen und dazu Gabes Bild rumgehen lassen. Es gab genau einen Treffer auf den Überwachungskameras der Stadt, dann haben wir uns umgehört. Seit er Ihr Haus verließ, hat er in dem schmalen Weg hinter dem Ramschladen geschlafen. Für den Zeitpunkt des Mordes haben wir eine eindeutige Aufnahme von ihm. In hoher Auflösung, es besteht kein Zweifel. Wir sind uns über jeden begründeten Zweifel sicher, dass es Ihr Sohn ist.«

Shirley war verwirrt. Nein, wie konnte das sein? Es ergab keinen Sinn.

»Dann haben wir uns den Mord an Frank Peterson vorgenommen. Das war einfacher. Als der Mord verübt wurde, hat Ihr Sohn in der städtischen Bibliothek gesessen und in einer Enzyklopädie gelesen. Er muss sich aus Ihrem Haus geschlichen haben. Wir haben mehrere Zeugen plus Aufnahmen der Überwachungskameras. Auch hier: keinerlei Zweifel.«

»Einen Moment«, unterbrach Shirley barsch. Alle möglichen Gedanken prasselten wild auf sie ein.

»Keiner der beiden Morde konnte von Gabriel Steadman begangen worden sein. Wir haben ihn von unseren Ermittlungen ausgeschlossen. Vollständig.«

»Dann … Aber …« Shirley rang um Worte. »Ich verstehe nicht. Wenn er nichts damit zu tun hat, wenn er keinen Komplizen hat …« Shirley sah zu Gabe, starrte ihn an. Er saß nur regungslos da. »Was heißt das denn, DI Fletchinder?«

»Für uns heißt das, dass unsere Ermittlungen weitergehen. Wir haben einen anderen Verdächtigen, der vor Kurzem reingebracht wurde ...«

Fast hätte Shirley den Namen *Colm MacArthur* laut ausgesprochen, aber das hätte bloß zu einem neuen, langwierigen Gespräch geführt.

»Und wir sehen uns diesen Arnie Enigma an, den Sie erwähnt haben. Ich halte Sie auf dem Laufenden. Was es für Sie bedeutet ... da bin ich mir nicht sicher. Das müssen Sie für sich selbst klären. Trotzdem ist Ihr Sohn für uns noch von Interesse. Weil er ... ähm ...«

»In die Zukunft sehen kann«, sagte Shirley und glaubte zu erkennen, dass Gabes Mundwinkel nach oben ging.

»Das habe ich nicht gesagt. Aber ... Hören Sie, ich melde mich wieder.«

»Danke, DI Fletchinder.« Sie beendete das Gespräch, bevor er noch etwas sagen konnte, und legte das Gerät auf den Tisch. »Du warst es nicht.«

»Nein«, sagte Gabe nur. So einfach war es. Er war es nicht. War es nie gewesen. Und vielleicht hatte er alles Recht, sich so selbstgefällig zu geben.

Vielleicht hätte sie ihrem Sohn vertrauen sollen.

Damit fiel der letzte Steinblock, die Wand stürzte ein – die Wand namens »Das ist die Wirklichkeit«. Wenn es stimmte, was DI Fletchinder sagte ... und Gabe nicht der Täter sein konnte ... weil es unmöglich war ... So viele Fäden, so viele Überschneidungen, Überlappungen, die alle zu dem zurückführten, was allmählich zu ihrer unumstößlichen, uneinnehmbaren Festung der Wahrheit wurde. Eine Festung, die ihr Sohn schon eine Weile besetzt hatte.

»Brauchst du mich, damit ich ... es weiß ... nein, wieder erkläre, ja ...?«, sagte er.

»Nein«, erwiderte sie entschieden. »Du musst mir nie wieder etwas erklären. Denn ich tue jetzt das, was ich von An-

fang an hätte tun sollen. Du bist mein Sohn. Das ist dein Zuhause. Weil ich dir glaube.« Gabe rührte sich nicht. Er zwinkerte nicht einmal. Für ihn war Glauben die einfachste Sache
der Welt. Es fiel ihm einfach so zu. Auf irgendeine Weise
konnte Gabe Steadman in die Zukunft sehen. »Ich glaube alles.«

Und sie, Shirley Steadman, siebzig Jahre alt, konnte nicht
glauben, dass sie das tatsächlich auch so meinte.

03.00

Die endgültige Zukunft

00.00 (Reprise)

Gabriel Steadman
British Royal Navy – Operation Kingmaker (Minensuche)
50 Seemeilen vor der irakischen Küste
Freitag, 12. Oktober 2012
01.12 Uhr

Die freiwillige Meldung zur Nachtwache war der riskanteste Teil des Plans. Wer verfickt noch mal, der irgendwie bei Trost war, meldete sich freiwillig für den langweiligsten Job der Welt? Ehrlich, den meisten Jungs wäre ein neuer Krieg lieber gewesen, damit sie was zu tun hatten. Aber die hohen Tiere kümmerte das wenig. Gabe hatte nur ein schlechtes Gewissen, weil er Colm mehr oder weniger gezwungen hatte, sich ebenfalls freiwillig zu melden. Manchmal war er einfach ein zu guter Freund.

Gabe hatte vor ein paar Tagen diesen Traum gehabt – oder war es eine Vision gewesen? Er hatte alles vor sich gesehen – wie er hier rauskam, wie er sich sein Leben zurückholen würde. Alles war ihm so lebhaft vor Augen gestanden, dass er sich beim Aufwachen unglaublich traurig fühlte, weil es noch nicht Realität geworden war. Da fing es an, dass Dinge so geschahen, wie er sie vorhergesehen hatte. Die Vision hatte ihn dazu gebracht, die Sachen zu klauen – das Atemgerät, die Wathose, die Wärmepads. Der Persische Golf war nicht das kälteste Gewässer – und würde sich nach Sonnenaufgang definitiv erwärmen, im Moment aber war das Wasser kalt. Gabe würde sich ja doch eine ganze Weile darin aufhalten.

Er hatte lange überlegt, ob er Colm ins Vertrauen ziehen sollte. Colm war sein ältester Freund, er kam gleich nach Callie und würde sein Geheimnis auf jeden Fall für sich behalten. Außerdem könnte es sein, dass Gabe danach Hilfe bräuchte. Gabe Steadman würde sterben und aus diesem beschissenen Dasein erlöst werden. Dann konnte er allein sein Leben leben – trotzdem gab es Bereiche, wo er auf jemanden angewiesen war. Galt er offiziell als tot oder zumindest als vermisst, würde er nichts unternehmen können, ohne sofort die Aufmerksamkeit auf sich zu lenken. Colm könnte ihm dann beistehen. Letztlich beschloss er trotzdem, nichts zu sagen.

Colm war ein äußerst schlechter Lügner, wie Gabe aus seiner Kindheit wusste. Er erinnerte sich, dass sie als Kinder an die Türen fremder Leute geklopft oder auf die Klingel gedrückt hatten, um anschließend fortzulaufen und sich irgendwo in der Nähe zu verstecken und sich über die verwirrten Hausbesitzer zu amüsieren, die an die Tür kamen und niemanden vorfanden. Ein im Nachhinein betrachtet völlig blödsinniges Spiel, aber Gabe liebte es damals. Einmal war Colm nicht schnell genug weggerannt und wurde von dem Bewohner an der Tür zurechtgewiesen. Während sich Gabe als gewiefter kleiner Lügner aus der Situation herausgeredet hätte, nannte Colm dem Mann tatsächlich seinen vollen Namen, Telefonnummer und Adresse. Nein, er würde ihm nichts erzählen.

Sie begaben sich auf ihre Nachtwache und trennten sich – Gabe patrouillierte die eine Schiffsseite, Colm die andere. Er würde ihn noch einmal sehen, bevor es so weit war. Aber das Letzte, was er ihm jetzt sagte, lautete: »Bis später dann.« Und das Letzte, was Colm ihm sagte, war: »Ja, ja, schon gut.« Er war immer noch verärgert, dass Gabe ihnen den Dienst eingebrockt hatte. Gabe hätte ihn darin erinnern können, dass er sich freiwillig gemeldet hatte, aber er wollte den Augenblick nicht kaputtmachen. Schließlich war es einer der letzten Augenblicke im Leben des Gabriel Adam Steadman, und er wollte ihn auskosten. Er zweifelte nicht, dass er für den Rest seines Lebens darauf zurückblicken würde.

Gabe versah zunächst gewissenhaft seinen Dienst, während Colm, wie er wusste, wie immer alles schleifen ließ. Colm würde auf seine, Gabes, Schritte lauschen, die ihm sagten, ob er irgendwo herumsaß oder auf der anderen Seite vor der Kapitänskabine stand. Gabe musste sich daher beeilen. Er holte einen Betonschalstein aus dem Stauraum an Deck des Schiffes. Er hatte nie verstanden, wofür sie so was an Board hatten, aber so ein Stein war ausgesprochen nützlich, wenn man sein Leben beenden wollte – oder zumindest so tun wollte als ob. Er hievte ihn sich auf die Schulter und eilte zurück. Im Schutz der Kabine setzte er den Stein ab und holte die Kette heraus, die er im Lauf des Tages unter aufgespleißten Tauen versteckt hatte. Er beeilte sich, band das eine Ende der Kette um den Schalstein und das andere an seinen Knöchel. Er setzte sich auf die Reling und ließ die Beine an der Außenseite baumeln. Dann holte er den Kulturbeutel nach, den er mit Luft aufgeblasen hatte, damit er auf dem Wasser trieb. Darin hatte er ein Atemgerät, die Wathose und Wärmepads verstaut, dazu zwei Wasserflaschen, fünf Päckchen trockene Astronautennahrung und zwei Kreditkarten. Er warf ihn über Bord, mit einem großen Platschen landete er im Wasser.

Colm musste es gehört haben. Und, klar, gleich darauf war von der anderen Schiffsseite zu hören: »Gabe?« Nachdem keine Antwort kam, folgte ein zweites »Gabe?«. Er musste wissen, dass etwas nicht stimmte, also würde er herüberkommen, dorthin, wo er das Geräusch vermutete. Gabe hatte ein schlechtes Gewissen, ein sehr schlechtes Gewissen, aber der Plan funktionierte nur, wenn er gesehen wurde. Wie er ins Wasser sprang. Zusammen mit dem Schalstein, der mit einer Kette an seinem Fußgelenk befestigt war.

Eine Woche lang hatte Gabe in seiner dienstfreien Zeit verschiedene Möglichkeiten durchprobiert, um die Fußfessel am Knöchel wieder zu lösen. Er hatte auf dem Bett gelegen und so getan, als hätte er sich ins eisige Wasser fallen lassen, angekettet an einen Schalstein, der ihn in die Tiefe zog. Die offensichtliche Lösung wäre gewesen, die Fußfessel nicht zu schließen, aber das brachte eigene Probleme mit sich. Was, wenn sich die Schelle vom Knöchel löste, bevor er ins Wasser eintauchte? Die ganze Illusion wäre zunichte, wenn Colm die gelöste Kette sah. Also schloss er sie und verbarg den Inbusschlüssel im Hosenbund. So übte er also das Aufschließen der Fußfessel, versuchte sich vorzustellen, wie es sich anfühlte, ins Wasser einzutauchen und sich unter gewaltigem Druck nach unten zu beugen und das Schloss zu öffnen. Er schob sich über den Bettrand, bis Kopf und Schultern fast den Boden berührten und die Beine in die Luft ragten, dann beugte er den Oberkörper nach oben in Richtung der Beine, bis er die Fußfessel zu fassen bekam. Das übte er so lange, bis er überzeugt war, es innerhalb von zehn Sekunden zu schaffen. Dann übte er weiter. Unter realen Bedingungen, wusste er, würde es trotzdem ganz anders sein.

Jetzt spürte er den Schlüssel im Bund. Er sah aufs Wasser und erkannte das schwache Lämpchen, das er an seinem Beutel mit den lebensnotwendigen Dingen befestigt hatte. Er musste es auf dem Weg nach unten erwischen, oder sein Plan würde ihn das Leben kosten. Wenn etwas schiefging, war es vorbei.

Es war fast so weit …

Colm kam um die Ecke der Kapitänskabine. Was ging ihm durch den Kopf? Wie er Colm kannte, würde sich dessen Fantasie bereits das eine oder andere Extremszenario zurechtgelegt haben, kapernde Piraten zum Beispiel oder lauernde Haie oder kapernde Haie und lauernde Piraten. Colm sah in die andere Richtung, die ganze Länge des Schiffs hinunter. Klar – dort hätte Gabe ja auch seine Runde drehen sollen.

Dann wandte sich Colm um, und sofort stand ihm das Entsetzen im Gesicht, als er Gabe in seiner Navy-Uniform dort sitzen sah, halb über der Dunkelheit. »Gabe … was zum …?« Gabe sah zu ihm – zu seinem besten Freund. So vieles hatten sie zusammen erlebt. Aber jetzt waren sie an ein Ende gelangt. Gabe konnte nur hoffen, dass Colm nicht sich die Schuld dafür gab. Und vielleicht würde er doch insgeheim wissen, dass Gabe nach wie vor irgendwo da draußen war.

Er wünschte sich, es gäbe eine andere Möglichkeit. Aber die gab es nicht. Nur so konnte er seiner Vergangenheit entkommen. Die einzige Möglichkeit, um aus dem Schatten seines Vaters zu treten. Gabriel Steadman. Er sah zu ihm. Aber … »Sollte nicht sein«, sagte er laut. Und dann, als er den Schalstein über die Schiffsseite schob, sah er noch, wie Colm die Augen aufriss, bis sie groß waren wie das Meer.

Die nächsten Momente liefen wie in Zeitlupe ab. Die Kette strich rasselnd über die Bordwand und verschwand in der Tiefe. Das Bein wurde ihm fast aus der Hüfte gerissen, er wurde über die Schiffsseite gezogen, holte tief Luft und packte den Beutel, als er unten auf dem Wasser aufschlug.

Es war kälter, als er gedacht hatte. Aber nicht sehr viel. Er war dafür ausgebildet worden. Und er wurde nach unten gezogen, immer tiefer. Jede Bewegung im Wasser fiel schwer, trotzdem schob er die Hand in den Hosenbund und zog den

Inbusschlüssel heraus. Er war so glücklich, dass er sogar nach oben sah und lächelte und dachte – auch wenn er sich das wohl nur einbildete –, ein Kopf würde sich über die Bordwand strecken.

Keine Zeit, darüber nachzudenken. Er beugte sich nach unten und ertastete die Fußfessel am Knöchel. Versuchte den Inbusschlüssel einzusetzen, verfehlte die Vertiefung, verfehlte sie erneut und noch einmal. Allmählich ging ihm der Sauerstoff aus. Und das Atemgerät konnte er erst ansetzen, wenn er das hier hinter sich gebracht hatte. Wenn er zu tief sank, war er tot, mit oder ohne Atemgerät.

Er sank zu schnell – schneller, als er kalkuliert hatte. Fast sah er nicht mehr die Vertiefung für den Schlüssel. Er versuchte ein letztes Mal, den Schlüssel in die Vertiefung zu stecken – und schaffte es endlich. Er drehte den Schlüssel, und die Fessel löste sich.

Noch nie in seinem Leben hatte er sich so erleichtert gefühlt wie jetzt.

Der Schalstein und mit ihm die Kette sanken in die Tiefe. Er aber trieb nach oben. Er öffnete den Beutel, nahm das Atemgerät heraus, schob es sich in den Mund und konnte endlich einatmen.

Es hatte funktioniert. Er war frei. In mehr als einer Hinsicht.

Er schwamm nach oben und ließ alle Gedanken an Gabriel Steadman in die Tiefe sinken.

03.01

Chester-le-Street
Donnerstag, 18. Februar 2021
22.01 Uhr

»Du glaubst mir?«, sagte Gabe immer noch in seinem monotonen Tonfall. Wenn Shirley etwas in seiner Miene lesen konnte, dann vielleicht seine Skepsis. Und dann geschah etwas, was sie völlig aus der Bahn warf. Er begann zu weinen. Völlig unvermittelt brach er in Tränen aus.

»Danke«, flüsterte er heiser. Tränen liefen ihm über die Wangen, so heftig, dass sie das Mondlicht reflektierten. »Danke, danke, danke!«, wiederholte er.

Shirley eilte zum Schalter und machte das Licht an. Sofort wich Gabe vor dem hellen Schein zurück und bedeckte das Gesicht mit den Armen. Shirley ging zu ihm und zog seinen Arm nach unten. Gabes Gesicht war übersät von zahllosen Schnitten und Abschürfungen.

Shirley schnappte nach Luft. »Was ist passiert?«, fragte sie.

Gabe sah traurig zu ihr auf und zuckte mit den Schultern – unter Schmerzen fuhr er zusammen. »Im … Fr-r-r… Freien geschlafen«, keuchte er.

Shirley brach es das Herz. Sie wusste zwei Dinge: Das war ihr Sohn, ihr eigen Fleisch und Blut, und was immer geschehen war, es war vorbei, und jetzt brauchte er seine Mutter.

Und sie wusste, dass der Mann, der hier vor ihr saß, nie und nimmer jemanden umgebracht hatte. Sie verabscheute sich selbst dafür, dass sie so etwas auch nur eine Sekunde hatte denken können. Sie glaubte ihm, wenn er sagte, er habe diese Morde irgendwie vorhergesehen, so verrückt das auch klang, aber es war ausgeschlossen, dass er sie begangen hatte. Seitdem sie sich in den Kopf gesetzt hatte, Mallet AMs Vorhersagen Einhalt zu gebieten, hatte sie eine einfache Sache außer Acht gelassen – dass sie Gabriel Steadman kannte. Das war der Junge, der ohne Licht nicht einschlafen, der sich keine Gruselfilme ansehen konnte, bis er fünfzehn war, der Spinnen lieber einfing, statt sie zu töten. Er war noch immer dieser kleine Junge.

»Wer hat dir das angetan?«, fragte Shirley.

Gabe sah sie an, als wäre es die dümmste Frage der Welt. »Ich weiß … weiß es nicht. Sie sind … mitten in der Nacht über mich her… hergefallen. Sie haben bloß den Becher … trinken … meinen KAFFEE wollen. War noch nicht mal mehr warm.« Wieder begann er zu schluchzen.

Shirley nahm ihn in den Arm und zog ihn zu sich heran. »Sch, sch, sch, schon gut, schon gut. Alles ist gut.« Sie hätte ihn mit offenen Armen aufnehmen sollen, sie hätte sich nicht von der Mallet-AM-Sache so beeinflussen lassen dürfen. Das war Gabe, und er war verletzt. »Okay, gehen wir ins Wohnzimmer, und ich mach dir eine heiße Schokolade. Willst du eine heiße Schokolade?«

»Ja, bitte.« Zwei Worte, und sofort wurde er wieder zum kleinen Jungen.

Shirley führte ihn ins Wohnzimmer und setzte ihn aufs Sofa, bevor sie ihm die heiße Schokolade machte. Sie hatte ganz hinten im Küchenschrank immer seine Lieblingsschokolade vorrätig gehalten – zum einen, falls er nach Hause kommen sollte, zum zweiten, weil sie sich nicht davon trennen konnte. Gabe war jetzt wieder zu Hause, und Shirley wollte verdammt sein, wenn er jemals wieder gehen sollte. Sie hatte ihren Sohn zurück.

Shirley wärmte die Milch in der Mikrowelle auf und brachte Gabe das Getränk. Er saß auf dem Sofa, schien sich etwas beruhigt zu haben und starrte zu Moggins, der irrigerweise auf Bobs Sessel gesprungen war. Die Katze ihrerseits starrte mit aufgestelltem Schwanz ihren Sohn an und fauchte gelegentlich.

»Ich glaube, sie … mag … mich nicht«, sagte Gabe, immer noch schluchzend, während sie ihm die heiße Schokolade reichte.

Shirley scheuchte Moggins fort, nahm auf dem Sessel Platz und sah auf die Uhr. Sie war müde, richtig müde. Mehr noch, sie hatte das Gefühl, dass sie schlafen könnte. Moggins sprang auf den Beistelltisch, reckte den Hintern in die Höhe, fauchte ein letztes Mal lange und ausgiebig und stolzierte aus dem Zimmer.

Shirley musste schmunzeln. »Er braucht seine Zeit, bis er sich an dich gewöhnt. Du warst ja ziemlich lange der Eindringling hier.«

»Ja«, sagte Gabe. »Das tut mir … leid.«

»Schon gut«, sagte Shirley, und zu ihrer eigenen Überraschung war es das tatsächlich.

Gabe nahm einen Schluck. »Ich bin müde.«

»Ich auch.« Shirley hatte so viele Fragen an ihren Sohn, dass sie damit ein ganzes Buch hätte füllen können. Fragen über die Zeit seines »Todes«, über seinen »Selbstmord«, über seine Prophezeiungen – die Gabe des Sehens –, aber das konnte alles bis morgen warten. Nur eine Sache musste sie sofort loswerden. »Woher wusstest du, dass Colm Frank und Marsha umgebracht hat?«

Gabe nahm einen großen Schluck von seiner Schokolade, anscheinend spielte er auf Zeit. Schließlich sagte er: »Colm kann es nicht sein. Colm ist gestorben.«

»Was?«

»Colm ist gestorben«, sagte er. »Am fünfzehnten Oktober, letztes Jahr – um 10.20 Uhr. Hab es selbst gesehen.«

Dann hast du dich getäuscht, dachte Shirley. *Weil ich gestern Colm gegenübergesessen habe.* Sie hatte ihn zwar zunächst nicht erkannt, aber es war definitiv Colm gewesen. Dieses Wissen würde Gabe jetzt nicht viel helfen, vor allem, weil er sich ziemlich ungerührt gab. Also fragte sie weiter: »Woher hast du dann gewusst, dass sie sterben werden?«

Gabe sah sie an; mit diesem Blick, der ihr zu verstehen gab, dass sie es immer noch nicht begriffen hatte. »Es stand geschrieben«, sagte er klar und deutlich mit seiner alten Stimme. Er glaubte daran, felsenfest. Und sie ebenfalls, wobei sie nicht wusste, ob sie die Aussage an sich glaubte oder lediglich ihrem Sohn, von dem diese Aussage stammte.

»Okay.« Shirley nickte. »Ich werde dir das Gästezimmer herrichten. Was zum größten Teil eh schon getan ist. Dann schlafen wir uns aus, und morgen kümmern wir uns um alles Weitere. Ich möchte alles erfahren über deine ›Gabe des Sehens‹. Du wirst vielleicht über Dinge reden müssen, die dir unangenehm sind, aber ich will es wissen. Ich will es verstehen. Ja?«

Gabe nickte. »Ja«, sagte er so leise, dass sie ihn kaum hörte.

»Aber jetzt lass uns schlafen. Und morgen wachen wir mit klarem Kopf auf. Wir gehen es gemeinsam an, okay? Im Moment bist du hier absolut in Sicherheit. Der Einzige, der dir in diesem Haus vielleicht Übles will, ist der verfluchte Moggins.«

Unwillkürlich musste Gabe lachen.

»Also, ruh dich aus, und morgen ist auch noch ein Tag.«

Verloren sah sich Gabe um. »Warum … warum bist du … so nett zu mir?«

Shirley lächelte traurig. »Weil du mein Sohn bist.«

Auch Gabe lächelte.

Gabe wollte nicht ins Gästezimmer, er sagte, das überfordere ihn. Also streckte er sich auf dem Sofa im Wohnzimmer aus, während Shirley ihm eine Decke und ein Kissen und ein Glas Wasser holte. Sie machte ihm eine Wärmflasche, aber als sie sie ihm gab, verzog er nur das Gesicht und legte sie auf den Beistelltisch. Er hatte Wärmflaschen noch nie gemocht, schon als Kind nicht – er kam dadurch nur ins Schwitzen, und wenn er es sich aussuchen konnte, wollte er lieber frieren als schwitzen. Sie gab ihm die Decke und schüttelte das Kissen auf und schob es ihm unter den Kopf. Sie musste daran denken, wie sie sich um ihn gekümmert hatte, wenn er krank gewesen war.

Und vielleicht traf dieser Gedanke mehr zu, als sie glaubte. Gabe war krank. Nicht nur funktionierte sein Gehirn nicht so, wie es sollte, er war auch völlig zerschlagen, voller Schnittwunden, und vielleicht täuschte sie sich, aber er schien auch leicht zu hinken. Wenn sie zu viel darüber nachdachte, würde sie nicht einschlafen können. Sie sollte sich an ihren eigenen Ratschlag halten und einfach ins Bett gehen.

Noch einmal schüttelte sie leicht das Kissen auf, obwohl schon Gabes Kopf darauf lag. Sie richtete ihm die Decke und schlug sie ihm unter, obwohl er das sicherlich auch allein konnte. Dann kippte sie das Fenster, damit er frische Luft bekam, auch wenn er nicht darum gebeten hatte. Und erst jetzt, während sie ihn umsorgte, bemerkte sie einen strengen Geruch an ihm, der ihr bislang nicht aufgefallen war – einen Geruch nach Fäulnis und Mief. Sie würde ihn morgen unter die Dusche schicken müssen.

»Gute Nacht, mein Sohn«, sagte sie. Wie seltsam, etwas zu sagen, von dem sie gedacht hatte, dass ihr das nie mehr gestattet wäre. Sie küsste ihn auf die Stirn und merkte, dass seine Haut klamm war vor kaltem Schweiß. Es war ihr egal – es zählte nur, dass er hier bei ihr und wieder zu Hause war.

Gabe sah zu ihr auf und lächelte. »Gute Nacht, Shirley.«

Shirley erwiderte das Lächeln, auch wenn es ein Anflug von Traurigkeit umspielte. Sie schaltete das Deckenlicht aus und ließ die Leselampe neben Bobs Sessel brennen, weil Gabe Licht zum Schlafen brauchte. Aber vielleicht hatte sich das ja geändert. Draußen auf der Straße hatte er auch kein Licht gehabt. Sie wollte nicht daran denken, dass Gabe allein draußen gewesen war, noch weniger konnte sie den Gedanken ertragen, dass sie ihn aus ihrem Haus getrieben hatte. Hatten sie unbedingt als Erstes die Polizei rufen müssen, nachdem sie herausgefunden hatten, dass er noch lebte? Sie hätte Deena daran hindern sollen.

Sie ließ Gabe allein und versuchte, nicht allzu traurig darüber zu sein, dass er sie immer noch nicht »Mum« nannte. Sie hatte es nicht anders verdient – jetzt noch weniger als früher. Sie sah Bob vor sich, der ihr verächtlich sagte, sie habe es nie verdient gehabt, eher würde ihr Sohn sterben, bevor er sie wieder auf diese Weise ansprach. Der Bob in ihrer Vorstellung war selbstkritischer und sagte ihr, sie hätte Gabe vor ihm schützen sollen. Sie brachte ihn zum Verstummen und schwor sich, alles zu tun, um sich die Anrede wieder zu verdienen.

Sie ging ins Badezimmer, wusch sich, machte sich fertig fürs Bett, ging in ihr Schlafzimmer und schaltete das Nachtlicht an. Moggins hatte sich am Fußende zusammengerollt und schlug anklagend seine großen Augen auf, als sie ins Bett kam. Würde sich die Katze je an Gabe gewöhnen, nachdem dieser so lange hier herumgeschlichen war? Damals – es fühlte sich bereits an, als wäre es lange her – war Moggins der Einzige gewesen, der gewusst hatte, was vor sich ging.

Shirley legte sich hin, endlich kam ihr schmerzender Körper zur Ruhe. Moggins schmiegte sich an sie und zeigte ihr, dass er ihr nichts übel nahm. Er lag an ihrem Kopf und schnurrte ihr ins Ohr, ein wohltuender Rhythmus, der sie beruhigte. Dann begann er zu schnarchen, und Shirley empfand eine überwältigende Zufriedenheit. Zum ersten Mal hatte sie das Gefühl, dass vielleicht – nur vielleicht – alles wieder in Ordnung kommen könnte.

Dann sank sie, sank in den tiefsten Schlaf seit vielen Jahren – einen allumfassenden Schlaf, der, hoffte sie, ein Zeichen für das Kommende war.

Leider war es der einzige gute Schlaf, den sie in nächster Zeit haben sollte.

03.02

Chester-le-Street
Freitag, 19. Februar 2021
07.13 Uhr

Shirley schlug die Augen auf, als die Morgensonne durch die Gardinen sickerte. Es war noch früh – wie immer. Aber sie fühlte sich ungemein ausgeruht. Was weniger für Moggins galt, der noch zu schlafen schien. Sonst weckte er sie, damit sie ihm zu fressen gab. Als sie aber an diesem Morgen aufstand, streckte er sich nur und drehte ihr den Bauch hin, damit sie ihn kraulte.

Als sie das Zimmer verließ, kam es ihr so vor, als hätte sie sich den vergangenen Abend nur eingebildet – möglicherweise beflügelt durch ihren Wunsch, alles möge wieder in Ordnung sein. Vielleicht hatte sie deshalb Gabes Bild heraufbeschworen, so wie sie sich im vergangenen Jahr eingeredet hatte, er würde sie »besuchen«. Vielleicht würde sie ins Wohnzimmer kommen und auf dem Sofa eine zurechtgelegte Decke und ein Kissen vorfinden, sonst nichts. Vielleicht hatte sie den Verstand verloren – das Alter, das sie eingeholt hatte. Damit war sie nicht allein. Man würde sie in ein Heim verfrachten, in dem endlose Bingoabende und Gespräche über die alten Zeiten auf sie warteten. Deena und Tom würden sie zum Arztbesuch begleiten, wo das Wort »senil« niemals ausgesprochen würde, aber immer im Raum schwebte.

Nein. Als sie leise die Tür zum Wohnzimmer öffnete, lag

Gabe auf dem Sofa, hatte ein Bein unter und das andere außerhalb der Decke. Er war hier, er war am Leben. Das Heim würde noch etwas warten müssen, weil die alte Shirley Steadman noch nicht dazu bereit war. Gabe rührte sich, und zu ihrer Überraschung trottete jetzt auch Moggins herein, sprang ihm auf die Brust und schnurrte. Die Szene gehörte zu den glücklichsten, die sie in ihrem Bungalow bislang erlebt hatte und an die sie sich immer erinnern würde.

Sie war so glücklich, dass sogar der Anblick von Gabes Bein ihre Freude kaum trüben konnte. Gabes rechtes Bein – das unter der Decke herausragte und das er letzten Abend etwas nachgezogen hatte –, es hatte eine seltsame leicht grünliche Farbe.

»Guten Morgen«, sagte Shirley, als Gabe die Augen aufschlug.

»Guten … Tag … Morgen«, erwiderte Gabe und sah zu seiner Brust, auf der die schwere Katze thronte. Gabe fuhr hoch, und Moggins sprang zur Seite, krallte sich in den Sofarand und fing sich. Bei der Bewegung streifte Gabe mit dem Bein über den Sofabezug, worauf er laut stöhnte. Etwas stimmte nicht mit dem Bein. Und als Gabe die Boxershorts etwas hochzog, bemerkte sie eine eiternde Wunde, einen tiefen Schnitt seitlich am Oberschenkel, der von abgestorbenem schwarzen Hautgewebe und verkrustetem, schwärendem Fleisch umgeben war. Vorsichtig fasste er zu der Stelle und stöhnte erneut.

Shirley versuchte sich ihre Panik nicht anmerken zu lassen, kam aber sofort in die Gänge. »Nein, nein«, sagte sie. »Ich hol Wasser, dann säubern wir das.« Sie eilte davon, brachte eine Schüssel mit warmem Wasser, einige Wattebäusche und ein weiches Handtuch.

»Danke«, sagte Gabe, während sie sich auf den Beistelltisch setzte und die Wunde in Augenschein nahm.

Die Haut und das Fleisch waren bereits in Fäulnis übergegangen – daher zweifellos der Gestank. So nah an der Wunde fiel ihr fast das Atmen schwer. Sie hatte keine Ahnung, wie Gabe damit leben konnte, ganz davon zu schweigen, wie es sich angefühlt haben musste, als ihm die Wunde zugefügt worden war. Sie befeuchtete die Watte und betupfte den Schnitt. Bei jeder Berührung ächzte Gabe vernehmlich. Shirley redete ihm ermutigend zu.

Sie brauchte fünfzehn lange Minuten, bis die Stelle einigermaßen sauber war. Was zum Vorschein kam, war fast noch schlimmer. Das Wasser in der Schüssel war rot, die Wunde von fast allem eingetrockneten Blut befreit. Erst jetzt war zu sehen, wie schrecklich die Verletzung wirklich war. Die Haut um den Schnitt war schwarz, in der Mitte war das frei liegende Fleisch dunkelgrün-lila angelaufen.

»Du musst das ansehen lassen«, sagte Shirley.

Gabe stöhnte, richtete sich auf und verbarg die entsetzliche Wunde wieder. »Danke.«

»Hat dir das jemand angetan? Wann ist es passiert?«

Gabe sah auf sein Bein, als würde er sich an etwas Schreckliches erinnern, sagte aber nur: »Ich weiß es nicht mehr. Es fühlt sich an, als hätte ich es schon mein Leben lang.«

»Das nun jedenfalls nicht«, erwiderte Shirley und erhob sich. Sie musste Callie anrufen, auch wenn sie wusste, dass Gabe protestieren würde. Sie wollte es ihm schonend beibringen, indem sie ihm erst eine Schale Cornflakes machte und Tee in seiner TARDIS-Tasse, was sie ihm auf einem Tablett mit zwei Biskuits servierte.

Gabe nahm das Tablett entgegen. Sein Blick verriet, wie ausgehungert er war.

»Hast du was dagegen, wenn ich Hilfe hole?«, fragte Shirley. »Auch wenn du es nicht magst?«

Gabe winkte ab, signalisierte halbherziges Einverständnis,

während er bereits gierig Cornflakes in sich hineinschaufelte, als wären sie die größte Köstlichkeit der Welt. Anscheinend konnte er sich nicht auf zwei Dinge gleichzeitig konzentrieren. Als hätte er einen eingleisigen Verstand, der sich nicht vorstellen konnte, dass die Richtung auch gewechselt werden konnte. Es machte ihr Angst.

Sie nahm ihr Handy und rief Callie an. Zum Glück war sie nicht in der Arbeit.

»Hallo?«, gähnte Callie.

Nach kurzem Austausch von Freundlichkeiten erzählte Shirley, worum es ging. »Kannst du kommen?«, fragte sie, während Gabe zur Fernbedienung des Fernsehers griff, als wäre es ein fremder Gegenstand, den er nie zuvor gesehen hatte. Als der Fernseher losplärrte und Gabe, dem nun klar wurde, mit wem sie redete, stumm das Wort »nein« artikulierte, verzog sich Shirley in die Küche. Klar, er wollte Callie nicht sehen, er wollte überhaupt niemanden sehen außer ihr. Aber irgendwann musste er auch anderen begegnen – irgendwann musste er wieder mit seinem Leben anfangen, sich daran gewöhnen, dass es ihn offiziell wieder gab. Nachdem sie die Tür geschlossen hatte, beschrieb sie Callie so gut sie konnte Gabes Wunde am Bein.

Callie schwieg eine Weile, was Shirley zunächst auf ihre Worte zurückführte. Als das Schweigen aber anhielt, wurde ihr klar, dass Callie sich vermutlich über etwas ganz anderes Gedanken machte. Sie hatte Gabe bislang noch nicht gesehen. Was Shirley leicht vergaß, schließlich hatte sie mit ihm seit mittlerweile über einem Jahr zu tun. Gut, die meiste Zeit hatte sie ihn für ein Hirngespinst gehalten, trotzdem war das viel Zeit gewesen, um sich wieder an Gabe zu gewöhnen. Für Callie war alles neu – sie hatte sich noch nicht über ihre Gefühle klarwerden, hatte Gabe noch keinen neuen Platz zuweisen können; Tote blieben für gewöhnlich tot. Nur zu verständlich, dass Callie nervös war.

Stattdessen aber: »Natürlich komme ich«, sagte sie, wenngleich mit einem Anflug von Besorgnis. »Keine Sorge, es ist bestimmt nichts Schlimmes.« Aber sie klang nicht, als würde sie es glauben. Durch ihre Arbeit für den Krankenhausfunk und ihren Umgang mit den Kranken wusste Shirley, dass es, erstens nie was Schlimmes war, und zweitens, dass Krankenschwestern das immer sagen mussten. »Ich bin gleich bei …« Callie verstummte.

Shirley wartete eine Sekunde, bis sie wusste, dass nichts mehr kommen würde. »Callie?«

»Scheiße«, zischte Callie ins Telefon.

»Was ist?«

»Mach den Fernseher an«, kam es von Callie.

»Was?«

»Mach den Fernseher an. Channel 3. *Morning Coffee.*«

»Was ist los?«, fragte Shirley, ging ins Wohnzimmer und nahm Gabe, der sich eine Wiederholung von *Homes Under The Hammer* ansah, die Fernbedienung ab.

»Er hat uns verarscht«, sagte Callie. »Das ist los.«

Shirley schaltete um. Es lief gerade eine Werbeunterbrechung, gleich darauf aber kamen die Moderatoren ins Bild, die auf einem hellen Sofa vor einem großen Fenster mit Blick auf die Themse saßen.

»Hallo«, sprach die Gastgeberin, eine glamouröse, schon ältere Frau mit einem breiten Lächeln in die Kamera. »Hier sind wir wieder bei unserem täglichen *Morning Coffee* mit Farkel und Alma. Nun …« Am unteren Bildschirmrand erschien eine Einblendung, die Shirley augenblicklich am ganzen Leib zittern ließ.

VON DEN TOTEN AUFERSTANDEN: DER PROPHET DER ZUKUNFT?

Und in kleinerer Schrift: *Gabriel Steadman, totgesagt, angeblich aber wohlauf, berichtet von Dingen, die morgen passieren.*

»Mein Gott«, sprach Shirley ins Handy und sah zu Gabe. Gabe saß nur da und sah entgeistert zum Fernseher, so, als wüsste er, dass das alles so kommen musste. Vielleicht wusste er es ja wirklich.

»Dieser beschissene Arnie Enigma«, sagte Callie nur.

Die Fernsehmoderatorin, nun in Nahaufnahme, fuhr fort: »Wie fühlt es sich an, wenn ein Freund oder Familienmitglied, das vor fast zehn Jahren Selbstmord begangen hat, plötzlich putzmunter wieder auftaucht? Und nicht nur das, sondern dazu auch noch die Zukunft vorhersagen kann? Nun, genau das widerfährt im Moment einer Familie in Newcastle-Upon-Tyne, und wir haben diese Story von jemanden, der sich nur Arnie Enigma nennt. Arnie will die besagte Person, einen Gabriel Steadman, persönlich getroffen haben …«

Shirley sah zu Gabe, der, immer noch mit leerer Miene, den Kopf schüttelte. Es sah so aus, als hätte er keine Ahnung, wer dieser Arnie Enigma war. »Er lügt«, sagte Shirley zu Callie.

Callie lachte nur. »Klar lügt er, verdammt noch mal.«

»Enigma ist Betreiber einer Website, die sich The Enigma Files nennt und sich Verschwörungstheorien verschrieben hat. In einer Mail hat er uns auf diese bizarre Geschichte aufmerksam gemacht.«

Der kaum noch als mittelalt zu bezeichnende und mit dem wirklich bescheuerten Namen Farkel gesegnete Moderator räusperte sich und sah verdrießlich in die Kamera. Sein Blick verriet, was er von seinem einstmaligen Traumjob mittlerweile hielt. »*Morning Coffee* hat gestern diese erstaunliche E-Mail erhalten, lächerlich spät eigentlich, offensichtlich aber früh genug, um sie heute noch in die Sendung aufzunehmen«, sagte der beleibte Farkel, während seine Mitmoderatorin zurückzuckte und nur den Kopf schüttelte. »Dieser Gabriel Steadman war demnach Korporal in der Royal Navy und soll Selbstmord verübt haben, indem er im Persischen Golf über Bord gesprungen ist. Laut besagter Mail und dem Bericht, den wir von The Enigma Files erhalten haben, einer, wie man mir sagt, ›mäßig populären‹ Verschwörungssite, ist Gabriel oder Gabe angeblich am Leben und wohnt mittlerweile in Chester-le-Street im Nordosten von England. Aber nicht nur das. Denn er soll sich, ich kann es nicht anders sagen, übermenschliche Kräfte angeeignet habe … und kann jetzt in die Zukunft sehen. Von ihr berichtet er auf einem Piratensender, den er im Haus seiner Mutter betreibt – wo er heimlich untergekommen ist und wo er sich, man stelle sich vor, als Geist ausgibt. Wir haben uns bei seinen Freunden erkundigt, nicht aber bei der Familie, denn es handelt sich, falls das alles nicht stimmen sollte, doch um ein sehr sensibles Thema.«

Die Kameraeinstellung wechselte zur Totalen. Eine Frau in einem langen lila Kleid und mit viel Schmuck an den Armen saß den Gastgebern gegenüber.

Zögerlich, vom Teleprompter ablesend, fuhr der Moderator fort: »Um dieses Thema weiter zu vertiefen, haben wir – halten Sie sich fest – Mystic Meg eingeladen. Meg, hallo … ich muss zugeben, ich habe gedacht, Sie wären längst tot.«

»Jetzt wird sich alles ändern«, sagte Gabe. Shirley stellte den Fernseher leiser. Sie hatte sowieso alles gehört, was sie hören musste. Ihr Sohn hatte recht. Alles würde sich jetzt ändern.

»Ich komme sofort«, sagte Callie am Telefon und legte auf.

»Kann ich … zu Homes Under The Hammer … umschalten … jetzt? Es gibt da eine abgewohnte … Doppelhaus… HÄLFTE … in Hull und …«

»Machst du dir gar keine Sorgen wegen dem da?«, fragte Shirley. »Dieser Idiot hat die Öffentlichkeit über dich informiert.«

Gabe zuckte mit den Schultern und widmete sich wieder seinen Cornflakes.

»Gabe, du hast es selbst gesagt … alles wird sich ändern. Man wird wissen, dass du am Leben bist. Und was du kannst. Die Menschen reagieren seltsam auf solche Dinge. Sie werden dich jagen. Und das sind bloß die Normalen. Die Durchgetickten wie dieser Dreckskerl Enigma, die werden dich nicht in Ruhe lassen.«

Gabe sah zu ihr, dann fiel alles Zögerliche von ihm ab, er nahm die Stimme des Mallet-AM-Sprechers an, seine alte, eigentliche Stimme. »Sie werden kommen, ich weiß es. Sie werden kommen und ihr Ende erleben. Sie werden kommen, um den Freak zu sehen, zu dem ich geworden bin, und um von der Zukunft zu profitieren …«

Shirley wäre fast vor ihm zurückgewichen, wenn er so redete. Als wäre etwas über ihn gekommen. Als wäre er nur der Übertragungskanal, aus dem jemand anderes sprach.

Gabe hielt inne, sann über etwas nach, bevor er sagte: »Weil es so vorhergesehen wurde.«

03.03

Chester-le-Street
Freitag, 19. Februar 2021
08.13 Uhr

Shirley saß mit Gabe im Wohnzimmer und sah ihm dabei zu, wie er *Homes Under The Hammer* sah. Bei der Auktion der Doppelhaushälfte in Hull zeigte er mehr Emotionen als zuvor bei der Fernsehsendung, die auf Betreiben von Arnie Enigma der ganzen Welt seine Existenz offenbarte. Sie beobachtete ihn, als wäre er nicht ihr Sohn, sondern etwas völlig Unbekanntes – bei dem sie sich fragte, was es als Nächstes tun würde. In Wirklichkeit war er irgendetwas dazwischen.

Was hatte Enigmas Vorgehen zu bedeuten? Wollte er alles noch verworrener machen – noch mehr Chaos anrichten, um Shirley zu verwirren, die wusste, dass er sich an beiden Tatorten aufgehalten hatte? Und bedeutete das, dass er mehr war als nur ein zufälliger Beobachter?

Sie war überfordert. So etwas war sie nicht gewohnt. Gabe war jetzt berühmt. Wie viele Leute sahen *Morning Coffee*? Wahrscheinlich einige Millionen, die Story wurde gebracht, bevor alle zur Arbeit, zu ihrem ganz normalen Job aufbrachen, damit sie alle ihr ganz normales Leben weiterführen konnten. Ihnen war ein Fenster zu Shirleys kaputtem, irrealem Dasein geöffnet worden.

Noch vor wenigen Wochen hätte sie selbst zu diesen Menschen gehört, die sich so etwas auf *Morning Coffee* angesehen und darüber gelacht hätten, weil es ihnen völlig verrückt vorkam. Nicht zu fassen, dass das jetzt ihr Leben sein sollte. Sie brauchte Callie.

Aus *Homes Under The Hammer* wurde *Bargain Hunt* und dann *Eat Well For Less*, und noch immer saß Gabe vor dem Fernseher, als wäre nichts gewesen. Shirley wollte schon etwas sagen, als es laut an der Tür klopfte – so laut, als wollte sich jemand gewaltsam Zutritt zu ihrem Haus verschaffen.

Shirley sah zur Tür. Callie hätte einfach reinkommen können. Das Pochen hielt an. Also ging sie zur Tür und öffnete.

Vor ihr stand nicht Callie. Sofort wünschte sich Shirley, sie hätte die Tür nicht geöffnet. Sie wünschte sich, sie hätte sie verriegelt und wie in einem Comic mit Holzplanken verbarrikadiert.

Der große korpulente Mann auf ihrer Schwelle war gerade dabei, erneut an die Tür zu hämmern, als er an ihrer Stelle plötzlich das Gesicht einer alten Frau vor sich hatte. Er wich zurück, geriet dabei ins Stolpern, konnte sich aber gerade noch und unter einigen Anstrengungen auf den Beinen halten.

Sein Gesicht war ihr nur allzu vertraut.

»Hallo, ich bin Ken Vox von Metro Radio«, sagte er mit seinem Wabbelkinn. Sein Konterfei klebte überall in Newcastle auf den Anschlagbrettern. Sie sah es jedes Mal, wenn sie mit dem Bus in die Bibliothek fuhr und von der A1 abbog, wo sie von seinem digital aufgehübschten strahlend weißen Grinsen beglückt wurde.

»Ich weiß, wer du bist, Ken. Wir haben drei Jahre lang zusammen Radio gemacht«, sagte Shirley und sah zu der sehr jungen, ein iPhone hochhaltenden Frau hinter ihm, die wohl als Kamerafrau durchging. Ken hatte ein kleines Mikro in der Hand, das an nichts angeschlossen war und vielleicht nur der Show diente.

»Und hier bin ich, melde mich zum Dienst«, erwiderte Ken Vox und schlug ihr etwas übereifrig auf den Arm. Wahrscheinlich würde ein blauer Fleck zurückbleiben.

»Warum bist du hier? Du bist schnell, sogar für einen Geier.«

»Ach«, gluckste Ken Vox. »Da ist er wieder, dein flinker Verstand. Ich hab von unserem gemeinsamen Freund Arnie Enigma eine Mail bekommen, in der erzählt er mir, dass ich persönlich von deiner Geschichte berichten soll.«

Der verfluchte Arnie Enigma. Er musste über sie recherchiert und herausgefunden haben, dass sie Vox kannte und ihn wahrscheinlich – weil das jeder tat – hasste. Ihr Vox auf den Hals zu hetzen würde sie vermutlich ausbremsen. Worauf hatte es Enigma abgesehen?

»Also bin ich hier, dein stets dienstbeflissener Ken Vox.« Er hatte die unendlich nervige Angewohnheit, immer seinen vollen Namen zu nennen. Selbst im Radio nannten seine Gäste ihn mit vollem Namen. Als würde er ihn vergessen, wenn nicht andere oder er selbst ihn ständig daran erinnern würden. »Wie geht es dir? Du scheinst älter geworden zu sein? Kommt mir fast so vor, als wären gut zehn Jahre vergangen seit dem Krankenhausfunk.«

»Es ist erst zwei Jahre her«, knurrte Shirley.

»Oh, ähm …« Er räusperte sich und sah über die Schulter zu seiner Kamerafrau. »Wie auch immer, zum Geschäftlichen, ich bin wegen eines Interviews mit Gabriel Steadman hier, dem Mann der Stunde sozusagen. Ich will dieser ganzen Zukunftsweissagungs-Sache auf den Grund gehen.«

»Metro hat dich also zu Hausbesuchen abkommandiert? Und was zum Teufel macht sie da?« Shirley deutete zu dem iPhone mit Beinen.

»Oh.« Ken Vox wies mit dem Daumen nach hinten. »Tu einfach so, als wäre sie gar nicht da. Wir zeichnen alles auf, mit deiner Einwilligung natürlich. Ich glaube, wir haben auch irgendwo ein paar Vertragsformulare, die du bitte unterschreiben möchtest – alles astrein und legal. Ich will nämlich einen Ken-Vox-Youtube-Kanal starten. Ich nenne ihn Ken's Vox Pops. Weil ich da auf die Straße gehe und die richtig harten Fragen stelle, verstehst du?«

»Großartig«, sagte Shirley. »Viel Erfolg dabei. Aber ich fürchte, wir werden nicht dein erster Beitrag sein. Adieu.« Sie wollte die Tür schließen, aber Vox stemmte die Hand dagegen.

»Hör zu«, sagte er mit einem Lächeln. »Viele werden diese Story aufgreifen, aber ich dachte mir, ich sollte persönlich vorbeikommen, du weißt schon, da wir ja gute Freunde sind.« Shirley hatte keine Ahnung, worauf er hinaus wollte. Sie hätte etwas sagen können, aber das wäre zwecklos gewesen. Regel Nummer 1 beim Umgang mit Ken Vox: Glaub ihm nicht ein Wort. »Ich dachte mir, deine Story sollte von jemandem erzählt werden, dem du vertrauen kannst, von jemandem, der deine … hmm … Befindlichkeiten kennt. Weißt du?«

»Von jemandem wie dir?«, blaffte Shirley. Hätte ihr Blick töten können, wäre selbst der mächtige Ken Vox jetzt tot umgefallen.

Aber wie immer war er entweder blind für alles oder es ließ ihn kalt. »Ja, ich sitz in meinem Studio und denke mir, das wäre eine tolle erste Episode für Ken's Vox Pops, und du würdest die Gelegenheit zu schätzen wissen, deine Story einem so großen Publikum näherbringen zu können. Ich meine, die Sendung hat Hunderttausende von Hörern, wir sind die größte Morgensendung im Nordosten! Und es gibt keinen Grund zu glauben, dass wir die nicht auf Youtube mit rübernehmen könnten. Also, was meinst du?«

Shirley musterte ihn von oben bis unten. »Du bist wirklich eine ganz miese Schlange, weißt du das?«

Ken Vox blinzelte kurz – der einzige Beweis dafür, dass er doch noch ein Mensch war. »Wie bitte?« Wieder sah er zu seiner Kamerafrau, als wollte er sichergehen, ob er sich nicht verhört hatte. Sie hielt ihm nur das Handy vors Gesicht.

Shirley trat einen Schritt auf ihn zu. »Du meinst, ich würde ›die Gelegenheit zu schätzen wissen‹? Du kannst mich mal, Ken. Du mit deiner Scheißfresse und deiner Scheißstimme, du kannst mich kreuzweise!«

Ken wich zurück. Seine Kamerafrau folgte. »Ich muss dich bitten, weniger zu fluchen, sonst wird das Video aus dem Verkehr gezogen.«

»Es gibt keine Scheißvideos, Ken. Du wirst dich von mir fernhalten, und du wirst dich von meinem Sohn fernhalten, oder ich hol die verdammte Polizei.« Noch nie war sie so wütend gewesen, was auch Ken und seine Kamerafrau zu spüren schienen – mittlerweile waren sie fast am Gartentor angelangt. Trotz ihrer Stinkwut registrierte Shirley, dass ein Wagen vor ihrem Haus hielt. »Wenn ich jemandem diese Story ganz bestimmt nicht anvertraue, dann dir. Nein, selbst wenn du der Einzige auf dieser beschissenen Welt wärst, selbst dann würde ich nicht zu dir kommen. Also pack deine beschissenen Vox Pops und deine Praktikantin ein und scher dich aus meinem Leben fort, du abscheuliches, kleines, fettes, verficktes Windei.«

»He!«, ertönte eine Stimme. Es war Callie. »Was ist da los?«

Sie alle drehten sich zu ihr um. Shirley war froh, dass Ken Vox jetzt auf ihre Freundin zuging. »Ah, hallo, meine Liebe, nur eine nette kleine Unterhaltung, weil wir mit Ms Steadman ein wenig über die neuesten Ereignisse reden möchten.«

»Ich denke, Sie sollten aufhören, meine Freundin zu belästigen«, sagte Callie entschieden.

Ken Vox geriet kurz aus dem Takt. »Kein Grund zur Sorge, meine Liebe. Überhaupt kein Grund zur Sorge. Wir wollen bloß nett plaudern. Sie kennen mich vielleicht, ich bin Ken Vox, ich arbeite für Metro Radio.«

Callie sah ihn mit leerer Miene an. »Wer?«

Vox war perplex. »Ken Vox von Metro Radio.«

Callie schüttelte den Kopf. »Nein, nie gehört.«

Ken sah aus, als hätte man ihm soeben mitgeteilt, dass seine Sendung abgesetzt würde. »Ich … Was … Ich …« Er sah zur Kamerafrau, dann zu Shirley, dann zu Callie, dann warf er die Hände in die Luft – er wusste nicht mehr weiter.

»Können Sie jetzt verschwinden?«, sagte Callie und hielt den beiden das Gartentor auf.

Nach einem letzten Blick wies Ken Vox schließlich mit einem Nicken zu ihrem Wagen, und die Kamerafrau und er marschierten an Callie vorbei hinaus zur Straße. Sie stiegen ein und fuhren davon. Callie sah ihnen nach, bis sie außer Sicht waren.

Schließlich drehte sich Callie zu Shirley um, lächelte, trat durchs Tor und kam näher. Shirley war ihr sehr dankbar.

»Weißt du wirklich nicht, wer er ist?«, fragte sie.

Callie prustete. »Natürlich weiß ich, wer er ist. Der ganze Nordosten kennt ihn.«

Shirley lachte. »Wahrscheinlich hast du ihn jetzt seelisch zerstört.«

»Er hat nichts anderes verdient«, sagte Callie. »Ich nehme an, er wollte über Gabe reden.«

Shirley nickte.

»Dann ist er wirklich hier?«

»Ja, komm rein«, sagte Shirley und ließ sie ins Haus. Erst zögerte Callie, dann aber überholte sie Shirley und eilte zur geschlossenen Wohnzimmertür voraus. Dort, die Hand auf der Klinke, blieb sie stehen. Shirley hörte nicht nur den Fern-

337

seher durch die Tür, sondern ganz leise auch Gabe, der mit sich selbst redete. Nach Callies Miene zu schließen hörte sie es ebenfalls.

»Was ist mit ihm?«, fragte Callie.

Shirley wiederholte in knappen Worten alles, was sie bereits am Handy erzählt hatte, und endete mit der Wunde am Bein. Sie wollte Callie aber auch auf ihn und seinen Anblick vorbereiten. »Es sind nicht nur die körperlichen Veränderungen. Er ist ein anderer Mensch. Irgendwas in seinem Kopf … stimmt nicht. Er bleibt an Wörtern hängen, verheddert sich in seinen Gedanken. Ich weiß nicht, was ihm zugestoßen ist, aber in dieser Hülle steckt immer noch der alte Gabe.«

Callie nickte und atmete tief durch. »Okay, du kannst das. Du kannst das«, murmelte sie halblaut und sah zu Shirley. »Ich glaube, ich möchte mit ihm allein sein.«

Shirley umarmte sie. »Ich bin draußen, und du wirst nicht allein sein. Du hast ihn.«

Callie lächelte mit verschleiertem Blick.

Dann trat sie ein und schloss hinter sich die Tür. Shirley konnte nichts mehr tun, außer ihr alles erdenklich Gute zu wünschen.

03.04

Chester-le-Street
Freitag, 19. Februar 2021
11.00 Uhr

Shirley blieb vor der Tür, bis es ihr zu unbequem wurde. Sie hörte nicht, was sich drinnen abspielte, nur unverständliches Murmeln drang zu ihr. Manchmal wünschte sie sich, sie hätte ein richtiges Haus und keinen Bungalow, dann könnte sie sich jetzt wenigstens auf die Treppe setzen. Sie ging im Flur auf und ab, anschließend zog sie sich für eine Weile in ihr Schlafzimmer zurück. Sie wusste nicht, warum sie so nervös war, es gab doch eigentlich gar keinen Grund. Wegen Callie? Oder wegen dessen, was sie sagen würde, wenn sie rauskam? Sie hätte gern gewusst, was sich hinter der Tür abspielte, hätte gern Mäuschen gespielt. Nicht weil sie neugierig war – na ja, nicht nur –, sondern weil sie sich Sorgen machte. Callie würde auf den neuen Gabe vielleicht anders reagieren als sie. Schließlich waren die beiden mal ganz eng miteinander gewesen, selbst nachdem sie sich getrennt hatten, vor Bob und der Navy und seinem vorgetäuschten Selbstmord. Was, wenn Callie den neuen Gabe nicht leiden konnte?

Shirley konnte sich auf nichts anderes konzentrieren. Sie ging in die Küche, wollte sich eine Tasse Tee machen, entschied sich dagegen und begann aufzuräumen, bis ihr klar wurde, dass die größte Unordnung im Wohnzimmer herrschte. Letztlich putzte sie dann nur das Badezimmer, und bevor sie sich versah, waren zwei Stunden rum.

Sie war im Flur, vor der Wohnzimmertür, als Callie aus dem Zimmer kam – für sie musste es aussehen, als hätte Shirley an der Tür gelauscht. Aber das schien Callie nicht zu kümmern.

Wortlos und besorgt führte sie Shirley in die Küche. Kein gutes Zeichen, dachte Shirley. Aber hätte sie nicht ein wenig aufgeregter sein müssen, nachdem sie Gabe zum ersten Mal seit Gott weiß wie vielen Jahren wiedergeschcn hatte?

»Was ist?«, fragte Shirley alarmiert.

Callie seufzte. »Die Schnittwunde am Bein ist entzündet. Sie muss wahnsinnig wehtun. Sie hätte gleich verbunden und mit Antibiotika behandelt werden müssen. Er muss sie schon länger haben. Sie sieht schlimm aus.«

»Wie schlimm?«

Callie sagte nichts, sie mied nur ihren Blick.

Shirley ließ nicht locker. »Wie schlimm, Callie?«

Callie dachte nach und entschied sich dann für die Wahrheit. »So schlimm, wie es nur sein kann. Mir ist so was noch nie untergekommen. Es überrascht mich, dass das Bein noch nicht abgefallen ist. So schlimm.«

Shirley war entsetzt. Fast wünschte sie sich, Callie hätte sie angelogen. Gabe war krank, ernsthaft krank. Konnte er sich die Wunde im Wasser zugezogen haben? Nein, das war zu lange her. Aber woher stammte sie dann? War Gabes Zustand lebensbedrohlich? Sie brauchte keine Antwort – Callies versteinertes Gesicht sagte alles.

Callie holte ihr Handy aus der Tasche. »Ich werde versuchen, dass er heute noch im Krankenhaus aufgenommen wird.« Callie klemmte sich das Handy zwischen Schulter und Ohr und trat an die Spüle, um sich ein Glas mit Wasser zu füllen – die Frage blieb unbeantwortet. »Hallo, Jordan, ja, hier ist Callie …«

Shirley wusste nicht, was sie tun sollte. Ihre Gedanken wirbelten wild durcheinander, keiner davon schien von irgendeinem Nutzen zu sein. Sie wollte ins Wohnzimmer, um Gabe zu sehen, konnte sich aber plötzlich nicht dazu durchringen – nicht, solange kein Plan vorlag, solange sie keine Bestätigung hatte, dass das Problem gelöst würde.

Sie setzte sich an den Küchentisch, hörte Callie zu, die unglaublich schnell in ihr Handy sprach, bis sie ihr irgendwann nicht mehr folgen konnte und stattdessen in ein tiefes Loch von vielen »was wäre, wenn« fiel. Was, wenn Gabes Bein amputiert werden musste? Was, wenn Gabe lange ins Krankenhaus musste? Was – und das war die große Frage –, wenn ihr Sohn einfach zu krank war? Wenn er zu lange nicht behandelt worden war? Wenn Gabe ihr erneut weggenommen würde? Sie wusste nicht, ob sie stark genug war, das auch noch zu ertragen – wieder nicht zu wissen, ob sie ihn jemals wiedersehen würde. Aber diesmal wäre es anders – diesmal würde sie wissen, dass es das letzte Mal wäre.

Callie beendete das Gespräch, füllte endlich das Glas Wasser, was sie bereits während des gesamten Gesprächs hätte tun wollen, und nahm Shirley gegenüber Platz. »Okay, er wird aufgenommen und auch gleich untersucht, aber ich kann dir jetzt schon sagen, er muss sofort behandelt werden. Ich habe auch seine kognitiven Probleme erwähnt, hoffentlich kann er noch zu einer MRT dazwischengeschoben werden, damit klar wird, was in seinem Gehirn vor sich geht. Du hast recht, er verheddert sich – ihm gerät einiges durcheinander. Sein Verhalten ist für mich fast noch schlimmer als die Wunde am Bein.«

»Ich hatte gehofft, dich genügend vorbereitet zu haben«, sagte Shirley.

Callie nickte. »Es ist, als würde er durch einen Nebel waten – er weiß erst, was er sagen will, wenn er es sagt, und wenn ihm ein Wort nicht einfällt, kommt er ins Stolpern.«

Sie hatte recht. »Er hat gesagt, es hilft ihm, wenn er so tun kann, als wäre er ein anderer. Wie zum Beispiel sein eigener Geist oder Nachrichtensprecher von Mallet AM. Dann kann er sich auf anderes konzentrieren, nicht nur auf die Wörter.«

»Ich bin keine Neurologin, aber das würde mit gewissen Hirnverletzungen übereinstimmen. Ist das Gehirn abgelenkt, muss es sich nicht auf die erzwungenen Einschränkungen konzentrieren. Ungefähr so, wenn du als Stotterer Musik hörst.«

Shirley runzelte die Stirn. »Das erklärt aber nicht, warum er glaubt, er könne die Zukunft vorhersagen. Und es erklärt schon gar nicht das, was geschehen ist und was seine Vorhersagen tatsächlich bestätigt.«

»Das bringt mich auf was anderes. Etwas, was Gabe mir gesagt hat – hat er es dir auch erzählt? Er meint, die Wunde sei der ›Grund‹ von allem gewesen. Glaubt er, die Verletzung ist der Grund seiner – ich will es gar nicht aussprechen, weil es so absurd klingt – Befähigung?«

»Keine Ahnung«, antwortete Shirley.

Callie leerte das Glas in einem Zug. »Wenn er glaubt, die Wunde wäre der Grund für seine vorgetäuschte Befähigung, dann hoffe ich jedenfalls, dass er sich nicht dagegen sträubt, wenn die Wunde verarztet wird.«

Shirley schwieg. »Hmmm …«

Callie setzte das Glas ab. »Moment, hast du gerade ›bestätigt‹ gesagt? Du kannst dieses ganze Zeug doch nicht glauben. Shirley, werd du mir nicht auch noch völlig gaga.«

»DI Fletchinder hat mich angerufen. Gabe hat für die Tatzeiten der beiden Morde ein glaubwürdiges Alibi. Er kann es nicht gewesen sein.«

Shirley erwartete, Callie würde die Behauptung anzweifeln, da sie ja direkten Kontakt mit dem Mörder und sogar eine Verletzung davongetragen hatte. Stattdessen sagte sie:

»Mir ist was anderes durch den Kopf gegangen, die ganze Zeit schon. Jetzt habe ich Gabe wiedergesehen. Ich glaube, der Typ, den ich gesehen habe, war etwas kleiner als Gabe und auch etwas kräftiger.«

»Das hört sich an, als würde dir jemand Bestimmtes vorschweben«, sagte Shirley. Callie sollte endlich auf den Punkt kommen.

»Na, dir etwa nicht?«, entgegnete Callie. »Mir fällt nur einer ein, der was gegen Gabe oder uns haben könnte. Einer, der sich vielleicht als Freund ausgibt, Gabe aber soeben den Medien ausgeliefert hat. Einer, der Gabe leicht als Täter hinstellen könnte, während er hintenrum abkassiert.«

»Oh«, sagte Shirley nur, der dämmerte, worauf Callie hinauswollte.

»Ja«, sagte Callie. »Wir sollten Gabe ins Krankenhaus bringen, dafür sorgen, dass er wieder gesund wird, und dann Mr Arnie Enigma einen weiteren Besuch abstatten.«

03.05

Chester-le-Street
Freitag, 19. Februar 2021
13.30 Uhr

Shirley saß im Krankenzimmer und beobachtete Gabe in seinem Krankenhauskittel, während er mit dem TV- und Radiosystem zurande zu kommen versuchte. Sie hatte es für ihn angemeldet – was sie nun innerhalb von wenigen Tagen gleich zweimal getan hatte. Einmal für sich und jetzt für Gabe …

Ihr schien, als wäre es ewig her, dass sie selbst in so einem Kittel hier gelegen hatte. Es kam ihr belanglos vor, jetzt umso mehr. Warum sollte sie sich Sorgen um sich machen, wenn ihr Sohn hier war – und es ihm scheinbar immer schlechter ging? Ein Herzinfarkt war heutzutage doch kaum noch der Rede wert – fast wäre es zum Lachen gewesen, denn ihr Herzinfarkt war das geringste der Probleme, mit denen sie sich in letzter Zeit hatte herumschlagen müssen.

Bei näherer Betrachtung musste sie allerdings feststellen, dass alles miteinander verbunden war – sie hatte es mit einer Reihe von unglücklichen Ereignissen zu tun, die sie hierhergeführt hatten. Sie hatte einen Herzinfarkt erlitten, danach war Deena so wütend auf sie gewesen, dass sie zu ihr ins Haus gestürmt kam und Gabe am Tisch erwischte. Und den Herzinfarkt hatte sie bekommen, weil Marsha Thompson ihr eingeredet hatte, sie müsse die Treppe nehmen – unerbittlich gegen andere, aber jetzt war sie tot. Alles lief an einem Punkt zusammen, alles führte auf sich selbst zurück. Eine schäbige Geschichte, eine Geschichte ohne Ende – bislang jedenfalls. Aber irgendwie schien alles um das Krankenhaus zu kreisen.

Es hatte viel Überzeugungsarbeit gekostet, Gabe überhaupt dazu zu bewegen, mitzukommen. Callie und Shirley waren gemeinsam ins Wohnzimmer zurückgekehrt und hatten lange auf ihn einreden müssen. Ihm fehle nichts, hatte er nur gesagt, und vielleicht würden die Ärzte ja versuchen, ihn wieder gesund zu kriegen, aber dabei könnten sie doch auch alles versauen. Shirley wusste nicht, was sie darauf antworten sollte, sie versicherte Gabe nur wiederholt, dass alles, was kaputt sei, auf jeden Fall geheilt werden müsse. Callie versuchte es anders und behandelte Gabe nicht wie eine Mutter. Sie setzte sich neben ihn und flüsterte ihm etwas zu, so leise, dass Shirley es nicht verstand, dann warf sie Shirley einen Blick zu, der besagte, dass alles in Ordnung sei. Statt weiterhin ihren Sohn zu bedrängen, packte sie ihm eine Tasche mit Wäsche und einem seiner Bücher. Als sie ins Wohnzimmer zurückkam, erhoben sich Callie und Gabe. Er war bereit.

»Was hast du zu ihm gesagt?«, flüsterte Shirley ihr zu, als sie alle drei auf dem Weg zu ihrem Auto waren.

»Ich hab nur an seine jetzigen Gefühle appelliert«, erwiderte Callie, während sie Gabe hinten einsteigen ließ. Nachdem die Tür geschlossen war, konnte sie etwas lauter sprechen.

»Was soll das heißen?«

Callie seufzte. Sie sah alles andere als glücklich aus. »Ich hab ihn gefragt, ob er schon mal darüber nachgedacht hat, dass seine Gabe des Sehens nicht schlechter, sondern vielleicht … sogar noch besser werden könnte, wenn er wieder gesund ist.«

Shirley konnte nicht glauben, dass Callie so etwas über die Lippen kam. Schon der Gedanke, Gabe könnte tatsächlich über eine solche Gabe verfügen, schien Callie regelrecht körperliche Pein zu bereiten.

Die gesamte Fahrt zum Krankenhaus schwieg Callie. Dort angekommen, führte sie sie in die Abteilung, die Shirley nur allzu gut kannte. Abteilung 11, die Station, auf der alle lagen, die sonst nirgends untergebracht werden konnten. Gabe hatte ein Zimmer für sich, das genauso aussah wie das, in dem sie gelegen hatte.

Eine junge Schwester war gekommen, hatte alle nötigen Unterlagen ausgefüllt und gesagt, der Arzt würde sich bald blicken lassen. Shirley hatte genug Zeit in Krankenhäusern verbracht, um zu wissen, dass »bald« alles zwischen fünf Minuten und fünf Stunden heißen konnte. Sie stellte sich auf eine lange Wartezeit ein und hoffte, Gabe würde es ebenfalls tun. Die Schwester und Callie unterhielten sich lange draußen vor der Tür, dann kam die Schwester zurück und besah sich Gabes Bein. Sie ließ sich nichts anmerken, Shirley glaubte aber einige Besorgnis in ihrem Blick wahrzunehmen. Die Schwester notierte sich einige weitere Dinge und ging.

Ihr Sohn war sehr still, seitdem sie hier waren. Gabe hatte Krankenhäuser noch nie gemocht – wann immer es ging, hatte er sie gemieden. In ein Krankenhaus war er nur gegangen, um von seinen Großeltern Abschied zu nehmen, die alle vier kurz hintereinander und alle an Krebs gestorben waren. Krankenhäuser waren für ihn Vorboten des Todes und der Trauer. Shirley hoffte bei Gott, dass dieser Besuch ihn eines Besseren belehrte.

Der Arzt erschien, ein mittelalter Mann mit akkuratem braunem Kinnbart, der sich als Dr. Gimble vorstellte, ein irgendwie humorvoller Name für einen mürrischen Zeitgenossen wie ihn. Er untersuchte Gabe gründlich, widmete vor allem dem Bein seine Aufmerksamkeit und stellte einige beiläufige Fragen, um Gabes Geisteszustand zu prüfen.

Dr. Gimble dachte lange nach, schließlich sagte er: »Okay, als Erstes werden wir eine Biopsie der Wunde vornehmen. Dadurch können wir den Grad der Infektion bestimmen, trotzdem ist sofort eine Spritze notwendig. Zweitens veranlasse ich eine MRT, die so schnell wie möglich durchgeführt werden sollte. Zum Glück ist, wenn ich mich nicht irre, morgen Vormittag noch ein Fenster frei. Damit können wir dann erkennen, was genau in Ihrem Kopf vor sich geht, Gabe. Und damit sind wir in der Lage, das weitere Vorgehen besser einzuschätzen. Im Moment lässt sich dazu nicht viel sagen. Ich werde alles in die Wege leiten, dann sehen wir weiter.«

Gabe schien ihn zu mögen. »Danke … Doktor.«

Shirley hatte erwartet, ihr Sohn würde ihn rundweg ablehnen, stattdessen lächelte er.

Ihr selbst war alles andere als danach zumute. »Wie schlimm könnte es sein, Doktor?«

Der Arzt antwortete an Gabe gewandt: »Ich will nicht lügen, es ist schlimm. Wir müssen die Infektion eindämmen, mit der entsprechenden Behandlung muss sofort begonnen werden. Es sieht so aus, als wäre sie auf das rechte Bein beschränkt, anscheinend hat sie noch nicht auf den übrigen Körper übergegriffen, worüber Sie sich unglaublich glücklich schätzen dürfen.

Zu Ihrem mentalen Zustand: Nun, da müssen wir erst einmal reinschauen, damit wir erkennen, womit wir es zu tun haben, und was wir machen können. Oft geht es nur darum, sich an gewisse Dinge anzupassen oder sie neu zu erlernen. Sie scheinen mir ein aufgeschlossener Mann zu sein und sich sowieso bereits an einiges angepasst zu haben. Jetzt müssen wir erst mal herausfinden, was genau passiert ist, und den Grund für Ihren jetzigen Zustand feststellen.«

Gabe nickte nur. Er schien die Neuigkeiten gefasst aufzunehmen. Shirley war erstaunt, wie gut er damit zurechtkam. Ihr Sohn, der sich das alles selbst angetan hatte. Ihr Sohn, der auf einen Weg gebracht worden war, der … im Grunde, nein, der ganz und gar nicht der seine gewesen war.

Jemand anders trug die Verantwortung dafür.

Sie. Und Bob.

Callie wirkte ebenfalls besorgt, aber auch verärgert. Auf Shirley? Sah sie die gleichen Zusammenhänge, die auch Shirley sah?

Dr. Gimble ging, danach waren sie allein. Shirley hielt Gabe die Hand, schließlich zwang sie sich zu einem Lächeln, auch wenn ihr innerlich nach Schreien zumute war. Callie sah ihr nicht in die Augen, sondern beschäftigte sich mit ihrem Handy.

Bald darauf kam dieselbe junge Schwester wieder, kümmerte sich um Gabes Bein, nahm einen Abstrich vor, schnitt einen Teil der toten Haut ab und gab sie in einen Beweismittelbeutel – so sah er jedenfalls aus. Gabe zuckte noch nicht einmal zusammen, als sie die verfaulte Haut wegschnitt – sie war ja tot. Shirley wand sich unwillkürlich, die junge Schwester allerdings tat so, als hätte sie das alles schon zigmal erlebt, was ja vielleicht auch tatsächlich zutraf.

Nachdem die Schwester fort war, kam eine andere und verkündete, dass Gabes MRT für 10 Uhr am folgenden Morgen bestätigt, dass die Besuchszeit nun vorüber sei und Shirley und Callie gehen müssten. Sie könnten am Morgen wiederkommen und ihn zur MRT begleiten.

Shirley sträubte sich anfangs – sie wollte bei Gabe bleiben, sie wollte, falls nötig, mit im Zimmer schlafen. Callie allerdings versicherte der Schwester, dass sie gehen würden. Shirley nahm ihr das ziemlich übel, aber Gabe meinte, es sei schon in Ordnung, er würde sowieso gern allein sein. Schweigend sammelte Shirley also ihre Sachen ein, verabschiedete sich mit einem Kuss auf die Stirn von Gabe und verließ mit Callie das Zimmer.

Nachdem sie die Abteilung verlassen hatten, überkam Shirley plötzlich das überwältigende Gefühl, als würde ihr die Zukunft völlig entgleiten. Sie konnte nichts mehr tun, außer sich zurückzulehnen und zuzusehen, was als Nächstes geschehen würde – und das jagte ihr einen fürchterlichen Schrecken ein. Callie sagte noch immer nichts.

»Gibst du mir die Schuld?« Shirley konnte sich die Frage nicht verkneifen.

»Was?« Verwirrt sah Callie sie an.

»Gibst du mir die Schuld?«, wiederholte Shirley.

Abrupt blieb Callie stehen und hielt Shirley an den Armen fest. »Shirley, hör mir zu. Keiner gibt dir die Schuld. Weder Gabe noch ich. Noch die Ärzte oder die Schwestern. Und du solltest es auch nicht tun. Keiner gibt dir irgendeine Schuld. Im Moment bleibt uns nichts anderes übrig, als mit dem zurechtzukommen, was ist. Okay?«

»Okay«, sagte Shirley und wusste nicht, ob sie ihr auch nur ein Wort glauben sollte. »Was jetzt?«

Callie seufzte und zog ihr Handy aus der Hosentasche. Sie hielt es Shirley hin. Sie hatte auf einer Karte eine Fahrtroute eingegeben. »Wir können in dreiundzwanzig Minuten in Newcastle sein. Um einem alten Freund einen Besuch abzustatten.« Callie wiegte auffordernd den Kopf hin und her.

Shirley nickte. »Gut, fahren wir. Ich hab Arnie Enigma das eine oder andere zu sagen.«

Callie lächelte. »Mal sehen, ob er unseren Besuch vorhersieht.«

03.06

Newcastle
Freitag, 19. Februar 2021
15.57 Uhr

Diesmal parkte Callie nicht am The Gate. Sie fuhr um Newcastle herum und dann durch die verwinkelten Straßen der Innenstadt, um direkt zu Arnie Enigmas Haus zu kommen. Sie raste mit der Rücksichtslosigkeit der Jugendlichen, die sich, wie Shirley gehört hatte, mitten in der Nacht um den Avenues herum austobten. Auf dem Motorway war sie mindestens dreißig Stundenkilometer zu schnell unterwegs, blieb die gesamte Zeit auf der Überholspur und ließ alle Lkw und Lieferwagen hinter sich. Shirley hatte sie noch nie so erlebt, ängstlich klammerte sie sich an den Griff der Beifahrertür. Callie war ganz offensichtlich stinkwütend – und Shirley hatte das Gefühl, dass sie sie, falls sie bei Enigma in einem Stück ankamen, am besten von ihm fernhalten sollte.

Schweigend, mit der Sicherheit derjenigen, die die Strecke schon tausendmal zurückgelegt hatten, schlängelte sich Callie durch die Stadt. Shirley versuchte nichts davon mitzubekommen, als sie aber aufsah, befanden sie sich in einer bekannten Straße. Der Straße, in der Arnie Enigma wohnte.

Callie parkte ein Stück entfernt vom Haus, schwang sich aus dem Wagen, zwang Shirley zur Eile und war schon auf Enigmas Grundstück, bevor Shirley überhaupt die Wagentür zugeworfen hatte. Shirley hastete hinterher, während Callie laut gegen die Tür pochte, drei schnelle Schläge, die durch die ganze Straße zu hallen schienen.

»Wie sieht unser Plan aus?«, fragte Shirley, als sie, völlig außer Atem, an der Tür ankam.

»Mit ihm reden«, kam es schroff von Callie. »Ihm Fragen stellen und versuchen, ihn nicht zusammenzuschlagen.«

Shirley wollte etwas erwidern, hielt aber den Mund. Callie zeigte alle Emotionen, die in so einer Situation zu erwarten waren. Arnie Enigma hatte es auf Gabe abgesehen und ihn an die Medien verkauft. Wahrscheinlich wäre sie ebenso geladen gewesen, wenn sie sich nicht so verdammt erschöpft gefühlt hätte. Aber Callie hatte sie noch nie so erlebt, so aufgebracht, nicht mehr sie selbst. Es war fast erschreckend.

Wieder klopfte Callie, diesmal noch fester.

Dahinter war nun Bewegung zu hören. Langsam, nur einen Spaltbreit, ging die Tür auf, und dieselbe Frau wie bei ihrem letzten Besuch starrte sie an. Sie wirkte genauso müde wie beim letzten Mal, ihre Haare waren zerzaust, unter den Augen hatte sie dunkle Ringe.

Callies zornige Miene verwandelte sich schlagartig in reine Freundlichkeit. Es war beeindruckend zu sehen. Machte sie das auch in ihrer Arbeit?, überlegte Shirley. »Wir möchten zu Arnie. Ist er da?«

Die Frau lachte, ein kaltes Lachen. »Natürlich ist er da. Unten im Keller. Er fummelt da unten an seiner beschissenen Website herum.«

»Können wir ihn sprechen?«, fragte Callie.

»Nur wenn Sie ihn daran erinnern, dass es uns hier oben auch noch gibt. Ich hab ihn seit gestern nicht mehr gesehen.« Und damit drehte sie sich um und ging eilig die Treppe hinauf. Aber sie hatte ihnen die Tür offen gelassen.

Verdutzt standen Shirley und Callie vor der Tür. Callie ging als Erste hinein, Shirley folgte. Ihr war alles andere als wohl. Arnie Enigma konnte gefährlich sein, außerdem teilte sie Callies rasenden Zorn nicht. Eher war sie besorgt, sehr besorgt. Vielleicht, weil sie wusste, dass sie sich, falls nötig, nicht zur Wehr setzen konnte. Einem Mörder hätte sie nichts entgegenzusetzen – nicht wie Callie es könnte und bereits getan hatte.

Es wäre ihr lieber gewesen, DI Fletchinder zu informieren, aber davon hatte Callie nichts wissen wollen. Es hätte ihr zu lange gedauert.

Callie trat zur Treppe und der davon wegführenden Tür. Bevor Shirley bei ihr war, hatte sie sie schon geöffnet. Dann lauschten sie beide angespannt. Nichts war zu hören – abgesehen von der Frau, die irgendein Lied vor sich hin summte, was nur abgehackt zu verstehen war. Und vom Keller drang lediglich ein leises Surren zu ihnen herauf.

»Ist er da unten?«, fragte Shirley. »Hört sich jedenfalls nicht so an.«

»Laut seiner Frau schon.«

Shirley seufzte. »Gut, gehen wir.«

Sie tappten die Treppe hinunter, Callie voraus, Shirley eine Stufe dahinter. Unten sahen sie sich um, vor ihnen lag Arnie Enigmas Hauptquartier – der Computerlüfter surrte, das Schild über dem Whiteboard verkündete wie immer The Enigma Files, der ganze Raum wurde nur von einer nackten Glühbirne erhellt. Alles sah exakt so aus wie wenige Tage zuvor, als Arnie Enigma sie hier nach unten geführt hatte. Der einzige Unterschied: Es gab keinen Arnie Enigma.

»Arnie?«, rief Shirley und bedauerte es augenblicklich. Sofort sah sie Enigma vor sich, der sich aus dem Schatten hinter ihnen auf sie stürzte und sie erwürgte, bevor sie auch nur einmal Luft holen konnte. Aber das geschah nicht.

Nichts geschah. Er war nicht da.

Callie durchquerte den vollgestellten Raum und ging zum

Computer. »Gut, wenn er nicht da ist …« Sie tippte auf der Tastatur herum und scrollte anschließend durch die Website. Shirley wusste nicht, was in sie gefahren war, aber auch sie trat an den Schreibtisch, auf dem, wie sie bemerkte, Arnies Ordner über Wahrsager und Hellseher aufgeschlagen lag.

Shirley trat näher. Zu sehen war eine Seite, an der Arnie anscheinend noch gearbeitet hatte. Ein weiterer Teil von Gabes Geschichte, die sie gar nicht lesen musste – schließlich erlebte sie sie gerade. Arnie Enigma hatte ein grobkörniges, mit dem Teleobjektiv aus großer Entfernung aufgenommenes Foto von Gabe eingeklebt. Es zeigte ihren Sohn auf einer Straße. Darunter stand geschrieben: »Erneut gesichtet, Februar 21.«

Was hatte Arnie vor? Warum hatte er es so sehr auf ihren Sohn abgesehen? Machte es ihn wütend, weil Gabe von sich behauptete, über die »Gabe des Sehens« zu verfügen? Vielleicht hatte Arnie genug davon und deshalb beschlossen, die Aufmerksamkeit auf Gabe zu lenken und ihm die schrecklichen Morde in die Schuhe zu schieben. Vielleicht war Arnie nur ein trauriger kleiner Junge, der nichts anderes wollte, als von anderen gesehen zu werden? Aber war das ein ausreichender Grund, mehrere Morde zu begehen?

»Verdammte Scheiße!«, rief Callie, die immer noch den Bildschirm betrachtete.

Shirley sah zu ihr. »Was ist?«

»Schau dir das an!«, sagte Callie, trat zur Seite und machte Platz für Shirley. »Der Artikel oben. Er ist noch nicht veröffentlicht.«

Shirley rückte näher heran. Auf dem Monitor war ein Website-Verwaltungsprogramm aufgerufen, das eine Liste mit den einzelnen Beiträgen, Klickzahlen und der Anzahl der jeweiligen Kommentare anzeigte. Erfasst waren Hunderte von Artikeln mit beeindruckenden Klickzahlen – so viele, dass es Shirley überraschte, nie von The Enigma Files gehört zu haben. Sie ging die Liste durch, bis ihr Blick auf den letzten fiel – der, wie Callie sagte, noch nicht veröffentlicht war.

Der Titel des Artikels lautete: *Ich kann das nicht mehr fortführen. Sorry.*

Mit einem Blick zu Callie griff sie zur Maus und klickte den Titel an. Der Artikel wurde aufgerufen oder, genauer, der fehlende Artikel. Unter dem Titel stand nichts mehr. Ein leerer Bildschirm. Kein Eintrag.

»Was soll das?«, fragte Shirley.

»Keine Ahnung«, sagte Callie. »Vielleicht schließt er die Site. Sehen wir uns mal um.«

Shirley blieb am Computer und klickte auf den nächsten Artikel. Er war einige Tage zuvor gepostet worden und war überschrieben mit: *Terror in North Fern.* Er hatte nichts mit Gabe zu tun. Der nächste Beitrag trug den Titel *Das Red String Hotel.* Wieder nichts. Tatsächlich hatte keiner der Artikel mit ihrem Sohn zu tun oder auch nur mit Zukunftsvorhersagen. Sie klickte auf einen ebenfalls geöffneten, mit »Posteingang« bezeichneten Tab. Nach einigen weiteren Klicks war sie im »Gesendet«-Ordner, wo sie die Mail an *Morning Coffee* fand.

Warum hatte sich Enigma sofort ans Fernsehen gewandt, obwohl er selbst über eine adäquate Plattform verfügte? Vielleicht weil er wollte, dass die Wogen hoch schlugen? Vielleicht weil er von sich ablenken und die Aufmerksamkeit einzig und allein auf Gabe richten wollte? Das klang ihrer Ansicht nach wahrscheinlicher.

Callie wandte sich dem Schrank zu, der neben dem Tisch stand, und öffnete ihn. Mit einem lauten Aufschrei fuhr sie zurück, landete dumpf auf dem Boden und schob sich auf allen vieren vom Schrank weg. »Heilige Scheiße.«

Shirley blickte vom Computer auf. »Was?«

Callie, die sie nur mit weit aufgerissenen Augen anstarrte, zeigte zitternd zum Schrank.

Shirley drehte sich um. Und schrie ebenso auf. Im Schrank war Arnie Enigma. Seine Füße baumelten gut zwanzig Zentimeter über dem Boden, um den Hals hatte er eine an der Kleiderstange befestigte Schlinge. Sein Leichnam, in Bewegung gesetzt vom Schwung, mit dem Callie die Tür aufgerissen hatte, pendelte noch leicht hin und her – die einzige Bewegung, zu der er noch in der Lage war.

Callie gab einen weiteren heiseren Schrei von sich und versuchte sich aufzurappeln, hielt sich am Schreibtischstuhl fest, der von ihr wegrollte, und schaffte es schließlich ohne fremde Hilfe. Sie wollte etwas sagen, aber es kamen keine Worte heraus, nur ein Keuchen.

Shirley sah sie nur an. Sie hatte keinerlei Empfindungen mehr. Warum kam ihr das so normal vor? Warum erschien ihr das so offensichtlich?

Natürlich musste es passieren.

Natürlich ging das Töten weiter.

03.07

Newcastle
Freitag, 19. Februar 2021
17.13 Uhr

Shirley und Callie saßen schweigend auf der Gartenmauer, während der tote Arnie Enigma in einem schwarzen Sack auf einer Bahre herausgetragen und in einen Krankenwagen geschoben wurde. In der gesamten Straße waren das Weinen und Wehklagen von Mrs Enigma zu hören, die von DI Fletchinder befragt wurde. Die Frau, die sich den Sanitätern als Mabel vorgestellt hatte, war untröstlich und hatte, noch schlimmer, ein pummeliges Baby auf dem Arm, das noch kein Jahr alt sein dürfte. Deshalb hatte sie immer so abgehetzt ausgesehen – sie hatte sich um ein Kleinkind kümmern müssen. War es Arnies Kind?

Mabel schluchzte vor sich hin. Shirley fühlte mit ihr – es war grausam, wenn jemand, den man liebte, beschloss, sich das Leben zu nehmen. Man durchlief eine ganze Bandbreite an Gefühlen – von erschütternder Trauer bis glühender Wut. Und man fragte sich, warum der andere das einem antat, warum er einen zurückließ, warum er alles als so unerträglich empfand, während man doch die gesamte Zeit da gewesen war. Shirley hatte sich fast zehn Jahre lang so gefühlt. Sie hatte eine zweite Chance erhalten. Mabel würde sie verwehrt bleiben.

Callie war zunächst ziemlich durcheinander gewesen, hatte sich aber inzwischen wieder gefasst – zuvor hatte sie ja schon die tote Marsha gesehen, deren Zustand noch viel schlimmer gewesen war.

Fletchinder beendete das Gespräch mit Mabel und übergab sie den Sanitätern, die die unter Schock stehende Frau in eine Decke hüllten. Die Decke würde kaum helfen, genauso wenig wie die unzähligen Tassen Tee, die sie in den kommenden Tagen trinken würde. Mabel brauchte jetzt nichts außer Zeit. Dem Kind allerdings würde es gut gehen, zumindest bis es verstand, was es am heutigen Tag verloren hatte.

Fletchinder kam zu ihnen, er seufzte. »Langsam gewöhne ich mich an Ihren Anblick.«

»Wir wollen es nicht zur Gewohnheit werden lassen«, erwiderte Callie. Sie legte Fletchinder ihre Theorie vor – dass Enigma für das viele Blutvergießen verantwortlich war.

Wieder seufzte Fletchinder, kratzte sich an der Nase und nickte kaum merklich. »Könnte sein. Natürlich werden wir das Ganze hier gründlich durchsuchen, es würde aber zu dem passen, was wir bislang wissen. Keith Smalls alias Arnie Enigma will, dass die Prophezeiungen sich erfüllen, und tötet deswegen alle, von denen Gabriel sagt, dass sie sterben. Und falls die Sache nicht so läuft, wie er es sich vorstellt, kann er alles Gabriel anlasten.«

»Aber warum bringt er sich dann um?«, fragte Shirley. »Das will mir nicht in den Kopf.«

Fletchinder nickte wieder. »Das müssen wir herausfinden. Vielleicht hat er es nicht mehr ertragen. So was kommt vor. Mörder sind oft von der gewaltigen Last ihrer Tat überfordert. Sie müssen ja weiterleben, nachdem sie ein anderes Leben ausgelöscht haben. Das kann nicht jeder – Gott sei Dank. Deswegen tut es auch kaum jemand.

Also, Smalls bringt möglicherweise Frank Peterson um, so wie Gabe es im Radio vorhergesagt hat. Eine relativ saubere Art, jemanden zu töten. Will man jemanden erdrosseln, braucht es nur eine Menge Kraft. Aber man macht sich nicht die Hände schmutzig. Dann kommt Marsha Thompson – er muss der alten Frau die Kehle aufschlitzen, dazu noch die Komplikationen mit Callie. Verglichen mit Peterson war das eine verdammt große Sauerei. Literweise Blut. Er muss gespürt haben, wie es ist, jemandem ein Messer durch die Kehle zu ziehen. Das verändert einen.«

Shirley sah zu Callie, die bei dem Gedanken unglaublich aufgewühlt aussah.

»Das wird ihm nun also unumstößlich klar«, fuhr Fletchinder fort. »Daraufhin ändert Enigma seine Vorgehensweise. Er weiß, jemand würde für diese Morde belangt werden. Er schickt eine Mail an *Morning Coffee*, lenkt alle Aufmerksamkeit auf Gabe Steadman und die Tatsache, dass er wiederholt einen Mord ankündigt, und das einen Tag, bevor er geschieht. Alles passt zusammen – vielleicht glaubt Enigma, dass die Polizei unbesehen Gabe verhaften und ihr Augenmerk nicht sonderlich auf die Details richten würde.

Mit einem aber rechnet er nicht – mit Ihnen beiden. Er lädt Sie beide zu sich nach Hause, und vielleicht wollte er Sie ebenfalls umbringen. Vielleicht konnten Sie nur glücklich entkommen.«

Shirley wurde bei diesem Gedanken ganz anders.

»Der zeitliche Ablauf würde passen, trotzdem ist es bloß eine Theorie«, sagte Fletchinder und sah sich um, als wollte er die ganze traurige Situation erfassen. »Dazu haben wir immer noch einen weiteren Verdächtigen in Gewahrsam. Auch wenn sich bei ihm eine Menge Sackgassen aufgetan haben. Ich glaube, wir werden ihn freilassen müssen.«

Colm war vielleicht unschuldig. Das war doch gut, oder?

»Haben Sie irgendwas in Colleen Adams' Haus gefunden?«, fragte Shirley. »Was auf den Täter verweisen könnte?«

Fletchinder schüttelte den Kopf. »Nein, nichts. Der Täter – Enigma oder wer auch immer – war sehr darauf bedacht, keine Spuren zu hinterlassen. Noch nicht mal außen am Fenster haben wir was gefunden – nur das zersplitterte Glas. Der Fall ist sehr verzwickt, aber ich halte Sie auf dem Laufenden. Und ich muss nach wie vor mit Gabriel über seine Beteiligung reden. Die Jacke, die Callie dem Mörder entrissen hat, ist ein wichtiges Beweismittel – bislang konnten wir daran die DNA von Gabriel und Colm MacArthur identifizieren. Natürlich findet sich auch Callies DNA, aber das ist unwesentlich. Das ist das Einzige, was nicht in die Enigma-Theorie passt.«

Fletchinder entließ sie. Callie und Shirley gingen zu ihrem Auto und fuhren nach Chester-le-Street zurück. Sie schwiegen, als sie Newcastle hinter sich ließen und auf die A1 fuhren.

Shirley ging Mabel Smalls nicht aus dem Kopf. Sie hätte ihr etwas sagen sollen – wie es sich anfühlt, wenn man allein war, dass es im Lauf der Zeit besser würde, dass man nichts tun könne, außer sich an diesem Gedanken festzuhalten.

»Ich habe von dem allen dermaßen die Schnauze voll«, murmelte Shirley.

Callie sah zu ihr. »Was?«

Shirley musste überlegen, was sie damit eigentlich meinte, sie hatte mehr mit sich selbst als mit Callie geredet. »Die Toten, die absurden Theorien zu dem, was passiert ist, was jetzt passiert und was passieren wird. Mein Leben war mal so einfach – aufwachen, eine Tasse Tee, fernsehen, sticken, ein leichtes Mittagessen, eine Tasse Tee, fernsehen, sticken, vielleicht ein Sudoku, der Krankenhausfunk, Abwasch, noch ein paar Tassen Tee. Und jetzt überlege ich mir, wann ich auf den nächsten Toten stoßen werde. Ich bin doch verdammt noch mal keine Polizistin!« Sie hielt inne. »Das einzig Gute an der ganzen Sache ist Gabe.«

Callie nahm die nächste Ausfahrt, hielt an der nächsten geeigneten Stelle, stellt den Warnblinker an und drehte sich zu Shirley hin. »Ich weiß, es ist alles ziemlich verrückt, aber du musst dich konzentrieren. Auf Gabe. Gabe ist wieder hier – er ist hier und er ist am Leben. Im Moment liegt er im Krankenhaus, aber es wird ihm wieder besser gehen. Du hast deinen Sohn wieder. Und du hast mich wieder. Vergiss nicht, vor der ganzen Sache haben wir nicht miteinander geredet. Ja, wir haben ziemlich viel Mist hinter uns – du noch mehr als ich –, aber diese Sache hat auch ihr Gutes.« Sie lächelte und hielt ganz leicht Shirleys Hand umfasst.

Shirley drückte sie. »Du hast recht. Ich habe euch beide wieder.« Sie hatte Tränen in den Augen, und Callie griff ins Handschuhfach und reichte ihr ein Taschentuch.

»Dann mal los, fahren wir doch zu jemandem, den wir beide lieben, ja?«, sagte Callie. »Keine Finsternis mehr, versprochen.«

Callie schaltete die Warnblinkanlage aus und fuhr wieder auf die A1.

Shirley trocknete sich die Augen, knüllte das Taschentuch zusammen und stopfte es in die Tasche. Sie sah aus dem Fenster zu den vorbeirauschenden Autos. War wirklich alles vorbei? War diese Geschichte wirklich an ihr Ende gelangt? Es klang zu gut, um wahr zu sein.

Aber etwas nagte an ihr. Irgendwie war das Puzzle falsch zusammengesetzt. Es ergab zwar das Bild auf der Schachtel, ja, aber nicht so, wie es sich gehörte. Sie wollte darauf wetten, dass es noch nicht vorbei war. Dass immer noch die Finsternis lauerte.

Aber Shirley ließ sich vom Licht blenden.

03.08

Chester-le-Street
Samstag, 20. Februar 2021
09.30 Uhr

Um halb zehn wurde Gabe abgeholt. Shirley war gerade im Krankenhaus eingetroffen, nachdem sie eine unruhige Nacht hinter sich hatte. Phasenweise hatte sie tief und fest geschlafen, dann war sie hochgeschreckt und hatte gar nicht die Augen öffnen müssen, um zu wissen, dass sie Arnie Enigma über ihrem Bett baumeln sehen würde.

Gabe sah aus, als hätte er nicht eine Sekunde geschlafen. Als sie in sein Zimmer kam, blickte er vom Fernseher auf und lächelte traurig. »Gut … gut … gut … Hallo.«

Shirley nahm auf dem Stuhl neben dem Bett Platz und erwiderte sein trauriges Lächeln. »Hallo.«

Es sah aus, als hätte sich sein Zustand verschlechtert. Die Worte entzogen sich ihm, sie flohen aus seinem Gehirn, er konnte nichts dagegen machen. Verzweifelt versuchte er ihr einen Traum zu erzählen, den er kurz vor dem Aufwachen gehabt hatte, aber Shirley verstand nichts. »Ich … muss …«, murmelte Gabe, wusste aber selbst, dass nichts Verständliches herauskam. »Es ist da … Ich muss … dir erzählen … Es ist da … ein … Chester … das Bad … und glücklich. Bis … Verstehst du mich?«

Shirley wusste nicht, was sie auf die Frage antworten sollte. Natürlich verstand sie nichts, und Gabe sah aus, als wüsste er das. Also stellte sie ihm eine Frage: »War das ein Traum, oder hast du wieder in die Zukunft gesehen?«

Gabe konnte darauf nicht antworten. Seine dunklen Augenringe, der klamme Schweißfilm auf seinem Gesicht antworteten für ihn. Shirley hielt ihm bloß die Hand und sagte, sie würden herausfinden, was ihm zugestoßen war, heute. Als es so weit war, steckte tatsächlich eine Schwester den Kopf zur Tür herein und sagte, es sei an der Zeit, zur MRT aufzubrechen.

Jetzt lag Gabe auf einer kurzen und schmalen Liege, er wirkte nervös. Er befand sich in der Mitte des Raums – die Liege gehörte zum einschüchternden MRT-Gerät. Shirley betrachtete es verstört. Es war sehr viel größer, als sie es sich vorgestellt hatte, und gab ein beständiges tiefes Surren von sich wie das Knurren eines Ungeheuers. Gabe war zu Recht verängstigt – sie wäre es auch, wenn sie wüsste, dass sie diesem Monstrum gleich ins Maul geschoben würde.

»Okay«, sagte die Radiologieassistentin, »wir lassen Sie jetzt in die Maschine gleiten – die Liege bringt Sie ins Zentrum des Geräts, wo die Scanner sind. Es wird sehr laut werden, dafür bekommen Sie diese Kopfhörer. Wir werden mehrere Scans durchführen, okay? Insgesamt sollte alles so an die dreißig Minuten dauern. Bitte versuchen Sie sich nicht zu bewegen, sonst müssen wir den betreffenden Einzelscan neu starten. Ihren Kopf fixieren wir mit diesem Gitter.« Sie deutete auf ein Plastikgitter am Ende der Liege, es sah eher wie ein Folterwerkzeug aus. »Damit wollen wir bloß sicherstellen, dass Sie sich nicht bewegen. Ihre Mum und ich sind gleich im Nebenraum, hinter diesem Fenster. Falls Sie aus irgendeinem Grund die Untersuchung stoppen wollen, bekommen Sie diesen Knopf – nehmen Sie ihn in die Hand –, den müssen Sie dann nur drücken, okay?«

Gabe sah zu dem Gerät, in das er gleich hineingeschoben würde. »Okay«, sagte er.

Die Radiologieassistentin lächelte. »Gut, also, ein Letztes – wollen Sie auf Ihren Kopfhörern Musik hören? Wir haben einen Classic-Rock-Mix, einen Pop-Mix, eine Ken-Vox-Talkshow, glaube ich.«

Gabe entschied sich für Classic Rock. Er legte sich flach auf die Liege, wurde an den Helm geschnallt, dann verließ die Radiologieassistentin den Raum.

Bevor Shirley ging, griff Gabe nach ihrer Hand. »Ich muss dir sagen … Ich muss … Freizeit … Chester …«

Shirley versicherte ihm, er könne es ihr auch nach dem Scan noch erzählen, und küsste ihn durch seinen Helm.

Die Radiologieassistentin saß hinter unzähligen Computerbildschirmen, auf denen mehrere Programme geöffnet und Zahlenkolonnen und Dokumente zu sehen waren. Einer der Monitore zeigte nichts an. Shirley musste nicht fragen, sie wusste auch so, dass hier die Scan-Aufnahmen zu sehen sein würden.

Die Radiologieassistentin drückte einen Knopf, und hinter dem Fenster wurde Gabe in die Maschine gefahren. »Keine Sorge«, sagte sie zu Shirley. »Wir werden der Sache auf den Grund gehen. Das ist ein wichtiger Schritt.«

Shirley nickte. Die Radiologieassistentin sprach in ein kleines Mikro – zu Gabe – und teilte ihm mit, dass sie nun so weit wären. Gabe erwiderte nichts – er konnte nicht. Die Radiologieassistentin begann mit den Scans.

Auf dem bis dahin leeren Monitor erschienen nun die Schwarz-Weiß-Aufnahmen von Gabes Gehirn. Shirley wurde aus ihnen nicht schlau – für sie sahen sie wie ganz normale Gehirnscans aus, wie man sie auch in Filmen oder im Krankenhausfernsehen zu sehen bekam. Allerdings war definitiv etwas im Argen, und wenn Shirley sich nicht irrte, wurde es mit jeder Aufnahme schlimmer. Die Radiologieassistentin hatte recht – es war ein großer Schritt, wenn sie herausfinden wollten, was mit ihrem Sohn nicht stimmte. Allerdings schwand ihre Hoffnung von Aufnahme zu Aufnahme.

Nach der MRT wurden Shirley und Gabe in ein Wartezimmer der neurologischen Abteilung gebracht, wo sie auf Dr. Gimble warteten. Sie saßen auf schmalen Plastikstühlen, neben ihnen andere Familien, deren Kleinkinder durchs Zimmer tobten. Es gab eine Spielecke mit einem kleinen Spielhaus, auf dem mehrere Kinder herumturnten. Daneben stand auf einem Rollwagen ein kleiner Röhrenfernseher, der auf N64 eingestellt war und *Mario 64* zeigte. Gabe hatte das früher stundenlang gespielt. Jetzt betrachtete er alle Kinder mit seinem undurchdringlichen, stieren Blick, der vielen Angst einjagte. Eines der Kinder lief sogar weinend zu seiner jungen Mutter, die Shirley daraufhin einen angewiderten Blick zuwarf. Gabe hatte bislang nicht mehr versucht, ihr zu erzählen, was er ihr vor der Untersuchung hatte sagen wollen. Seit der MRT hatte er kaum ein Wort gesprochen. Sie hielt seine Hand und ließ ihn in Ruhe.

Eine Stunde später wurden sie in Dr. Gimbles Büro gerufen. Gabe humpelte voran, Shirley trippelte hinterher. Sie gaben das perfekte Paar ab. Dr. Gimble hielt ihnen die Tür auf und wartete geduldig, bis sie Platz genommen hatten.

Lächelnd und mit einem sympathischen Seufzen setzte sich Dr. Gimble. »Gut, schauen wir uns an, was wir hier haben«, sagte er, obwohl er die Aufnahmen offensichtlich die vergangene Stunde schon studiert hatte. »Die guten Neuigkeiten lauten, wir verstehen jetzt besser, was Ihnen zugestoßen ist, Gabe.« Er stand wieder auf, nahm sich einen Ordner, trat an einen an der Wand angebrachten Leuchtkasten und schaltete ihn an. Er legte einen Scan von Gabes Gehirn ein. »Also, das ist Ihr Gehirn.«

Shirley sah zu Gabe, der auf die Aufnahme starrte. Shirley

kannte das Bild bereits vom Monitor. Es sah für sie ganz okay aus – aber sie war keine Ärztin. Daher erwartete sie, dass Gimble sagen würde, ganz vieles sei nicht in Ordnung.

Leider lag sie damit genau richtig.

»Hier also«, sagte Dr. Gimble und deutete mit einem Stift auf die Aufnahme, »sehen wir das Gehirn. Es gibt Bereiche, viele Bereiche, die absolut unberührt sind und ganz wunderbar, mehr als wunderbar aussehen. Womit wir uns beschäftigen müssen, das sind diese Abschnitte.« Er deutete auf mehrere Stellen, die sich dunkler abzeichneten als ihre Umgebung. Tatsächlich gab es mehr dunklere als helle Bereiche. »Diese Flecken im Gehirn zeigen beschädigtes Gewebe.«

»Aber davon gibt es so viel«, sagte Shirley. Sie sah zu Gabe. Er starrte nur mit der gleichen Intensität auf den Scan, mit der er die Kinder im Wartezimmer verängstigt hatte.

»Leider ja«, sagte Dr. Gimble. »Diese Bereiche zeugen von einem Gehirntrauma, das Gabes kognitive Fähigkeiten beeinträchtigt. Deshalb hat er Probleme beim Sprechen, deshalb findet er die Worte nicht, die ihm praktisch auf der Zunge liegen. An diesem Scan ist zu sehen, dass er die Wörter zwar im Gehirn hat, sie aber nicht zum Mund bringen kann. Irgendwann, nach mehreren Versuchen, schafft er das auch, aber für die meisten unter uns geschieht das augenblicklich – wir denken das Wort, bauen einen ganzen Satz, überlegen uns eine Erwiderung. Gabe hat daran schwer zu arbeiten – er braucht dazu etwa fünfmal so lang wie wir.«

»Und was ist ihm nun zugestoßen?«, fragte Shirley.

Gabe sagte nichts. Dr. Gimble kam zu ihnen zurück und setzte sich wieder. »Nach allem, was ich über Gabe weiß und was in der Vergangenheit geschehen ist, kann ich nur mutmaßen … Aber ich würde sagen, es geht zurück auf seinen vorgetäuschten Selbstmord.«

Gabe gab ein Murren von sich, aber Shirley konnte nicht

sagen, ob es eine zustimmende oder ablehnende oder ganz andere Lautäußerung war.

»Was meinen Sie?«, fragte Shirley und sah von Gabe zum Arzt.

»Nach den dunklen Bereichen im Gehirn, nach den Scans zu schließen würde alles zu einer ganz bestimmten Theorie passen. Sind Sie mit dem Begriff ›Taucherkrankheit‹ vertraut?«

»Taucherkrankheit«, sagte Shirley, die ungefähr wusste, was damit gemeint war, es aber trotzdem genauer erklärt haben wollte.

»Ja, Taucherkrankheit oder Dekompressionskrankheit. Ein Problem, das vor allem, wie der Name schon sagt, Taucher betrifft. Gehen sie bei ihrem Tauchgang zu weit runter, sind sie oft gezwungen, zu schnell wieder aufzutauchen, was zu gravierenden Schäden in so ziemlich allen Körperteilen führen kann. Das hat mit dem Gasgemisch in Blut und Lunge zu tun – wenn sie langsam aufsteigen, kann die Lunge diese Gase herausfiltern, sie entsättigen. Geschieht der Aufstieg aber zu schnell, kommt es zu einer Gasübersättigung, die Gase werden nicht gelöst, sondern bilden Blasen, die daraufhin zu Verletzungen des Gewebes führen können.

Wenn ich mir Gabes Fall ansehe, vermute ich, dass er länger im Wasser war, als er in seinem verwirrten Zustand wahrgenommen hat. Zur Dekompressionskrankheit kann es bereits in einer Tiefe von drei Metern kommen. Gabe war vermutlich sehr viel tiefer, er wurde von diesem Stein, an den er sich gekettet hat, runtergezogen. Als er sich endlich befreien konnte, geriet er vermutlich in Panik und tauchte viel zu schnell auf – was verständlich ist, er stand unter extremem Stress, seine Sinne liefen Amok, wahrscheinlich fürchtete er, er würde ertrinken. Zum einen musste er tief genug eintauchen, damit es aussah, als wäre er wirklich verschwunden, zum anderen wurde er von dem Gewicht weiter in die Tiefe gezogen, als er ursprünglich gedacht hatte.«

»Können wir irgendwas für ihn tun?«, fragte Shirley, die sich durchaus bewusst war, dass sie im Moment über Gabe sprachen, als wäre er gar nicht anwesend. Was nahezu unvermeidlich war, wenn von Gabe kein Wort kam und er nur vor sich hin starrte. »Gibt es Medikamente oder irgendeine Therapie?«

Dr. Gimble schüttelte traurig den Kopf. »Ich fürchte, dazu sind die Schäden zu groß. Im Moment geht es eher darum, mit Gabes neuem Geisteszustand zu leben, weniger darum, ihn zu behandeln.«

Shirley unterdrückte krampfhaft ihre Tränen. Der Arzt hatte versucht, sie auf genau diese Diagnose vorzubereiten. Und sie hatte sich ebenfalls darauf vorzubereiten versucht. Trotzdem war es dann etwas ganz anderes, wenn sie in aller Deutlichkeit ausgesprochen wurde. Ihr Sohn würde nie mehr so sein wie früher.

Gabe verstand entweder die Bedeutung dessen nicht, oder es war ihm nicht wichtig.

Shirley hielt ihm die Hand. »Was denkst du?«

Zum ersten Mal, seitdem sie den Raum betreten hatten, öffnete Gabe, der der mutmaßlichen Theorie und seiner Diagnose zugehört hatte, den Mund und hob die Hand, als wäre er in der Schule. »Ist … die Tauch… die Tauch… Taucher … Krankheit … kann ich deswegen … die … Dinge … Dinge sehen … bevor sie passieren? Ist sie … veran… antwortlich … dass ich … das Band … NEIN … die Zukunft sehen kann?«

Shirley sah ihn an. Warum war das das Einzige, was er wissen wollte? Aber dann wurde ihr klar, dass das natürlich das Einzige war, an dem er zur Überraschung des Arztes interessiert war.

Dr. Gimble dachte lange nach – wahrscheinlich überlegte er, wie er auf eine so unerwartete Frage antworten sollte. Er seufzte. »Hören Sie, ich kann nicht sagen, dass mir Ihr Fall nicht bekannt wäre, Gabe. Ich weiß, was Sie von sich behaupten. Ich kann und ich werde Ihnen nicht sagen, dass Sie zu dem, was Sie behaupten, nicht in der Lage sind. Das Gehirn ist ein komplexes Organ, noch immer gibt es vieles, das wir nicht verstehen. Ich bin nur ein Neurologe in einer Kleinstadt in einem kleinen Land. Meine berufliche Meinung ist nicht unbedingt – nein, sie ist ganz bestimmt nicht – ausschlaggebend und die allein gültige. Aber ich empfinde es als meine Pflicht, es gehört zu meinem Beruf, Ihnen zu sagen, dass mir nie jemand begegnet ist, der das kann, was Sie von sich behaupten. Ich persönlich kenne keinen einzigen wissenschaftlichen Beweis, der Ihre Behauptung stützt. Verstehen Sie mich, Gabe?«

Shirley sah zu ihrem Sohn.

»Ja«, sagte Gabe kurz und bündig. »Ich verstehe.«

03.09

Chester-le-Street
Samstag, 20. Februar 2021
13.36 Uhr

Dr. Gimble begleitete Shirley und Gabe auf dessen Zimmer. Vor der Station ließ er sich ein wenig zurückfallen und fragte Shirley leise, ob er sich kurz mit ihr unterhalten könne. Was gar nicht nötig gewesen wäre – Gabe schien keine Einwände zu haben, er sah sie nur an, verschwand in seinem Zimmer und schloss grußlos hinter sich die Tür.

Der Arzt sah ihm lächelnd nach, bevor er sich an Shirley wandte. »Es ist wichtig, dass er sich wohlfühlt. Sie beide müssen sich jetzt an den neuen Gabriel Steadman gewöhnen. Wobei mir durchaus bewusst ist, wie schwer das sein wird. Es wird Momente geben, in denen Sie das Gefühl haben, mit einem komplett anderen Menschen zusammenzuleben, und dann wieder Augenblicke, in denen Sie meinen, Sie laufen gegen eine Wand und nichts könnte helfen. Vielleicht wünschen Sie sich manchmal sogar, Ihr Sohn wäre gar nicht zurückgekommen. Aber wir sind für Sie da. Wenn Sie Probleme haben oder Fragen – wahrscheinlich haben Sie so viele, dass Sie sie aufschreiben müssen –, dann wenden Sie sich bitte an uns. Ich möchte, dass Sie mich anrufen.« Er zog eine Karte hervor, schrieb seine Nummer darauf und reichte sie Shirley. »Sollte ich nicht verfügbar sein, können Sie jederzeit mit jemand anderem sprechen oder mir eine Nachricht hinterlassen. Als Erstes müssen wir Ihren Sohn aber körperlich wieder gesund kriegen. Dazu überlasse ich Sie den fähigen Händen der Ärzte in dieser Abteilung.«

»Danke, Dr. Gimble«, sagte Shirley und steckte die Karte ein. Sie wusste nicht, ob sie ihn jemals anrufen würde. Aber er schien sich wirklich um ihren Sohn zu sorgen, wofür sie ihm aufrichtig dankbar war.

Dr. Gimble drückte ihr mitfühlend den Arm, bevor er sich verabschiedete. Wahrscheinlich hatte er sich noch um Dutzende andere Patienten zu kümmern, Dutzende andere Geschichten, Dutzende andere Leben, in die er kurz einen Blick warf und aus denen er sich dann fortschlich. Fast beneidete sie ihn um diese Art der Distanziertheit, seine Fähigkeit, zwischen den Welten zu wechseln und in keiner eine herausragende Rolle einzunehmen. Aber sie war hier, und ihr Sohn wartete – denn das war er, egal, wie sehr er sich verändert hatte. Er war ihr Sohn. Also ging sie zu ihm ins Zimmer.

Gabe war für den Rest des Tages still und in sich gekehrt. Als sie reinkam, hatte er bereits den Kopfhörer aufgesetzt, sah BBC One und beachtete sie überhaupt nicht, nachdem sie Platz nahm. Aber das hielt nicht lange an – er schien sich schnell zu langweilen, frustriert warf er die Kopfhörer weg, las eine Weile, versuchte anschließend zu schlafen, was ihm aber nicht gelingen wollte. Dann begann der Kreislauf von Neuem.

In all dieser Zeit saß Shirley bei ihm, stickte oder las, beobachtete aber insgeheim Gabe, der leise unverständliche Worte vor sich hin brabbelte, Worte, die vermutlich keinen Sinn ergaben. Manchmal sah er sie unumwunden an und sagte: »Ich muss … dir … was … er … ZÄHLEN!«

»Erzähl es mir«, sagte Shirley. »Ich bin hier, egal, wie lange es dauert.«

Aber Gabe stammelte und stotterte nur und wurde zuneh-

mend zornig auf sich selbst. »Ich … das … Bad … spielen …
Sie gehen … ins …« Er drehte sich immer nur im Kreis und
wurde so wütend auf seinen Kopf, dass er sich mit der flachen Hand gegen die Stirn schlug, genau wie schon am Küchentisch. Die Szene fühlte sich in ihrer Erinnerung an, als
läge sie bereits wieder Jahre zurück. »Ich … ihr … baumeln … blöde … Freiheit … Freizeit.«

Verzweifelt bemühte sich Shirley, ihn zu verstehen, zu erfahren, was er ihr mitzuteilen versuchte, aber es gelang ihr
nicht. Es war zu wirr. Gabe wusste es ebenfalls. Also hörte er
damit auf, versuchte sich mit anderem zu beschäftigen, bevor er von vorn begann. Es geschah insgesamt viermal.

Shirley machte sich Sorgen um Gabe – sie musste ihn irgendwie ablenken. Sie musste nicht lange überlegen, bis ihr
genau das Richtige einfiel. Als das nächste Mal die Schwester
kam, fragte Shirley, ob sie zusammen mit Gabe für kurze Zeit
die Station verlassen könne.

Gabe war verwirrt, folgte seiner Mutter trotzdem. Shirley
führte ihn durch die vielen Korridore zum Krankenhausfunk. In dem kleinen, engen Studio ging ein Strahlen über
sein Gesicht, so, als hätte man ihn mitten im Disneyland abgesetzt. Er wusste kaum, wohin er als Erstes den Blick wenden sollte, und besah sich alles – die Geräte, das Mischpult,
die Computersoftware. Erstaunt betrachtete er die Anlage,
die das Programm abspielte, und die Verkabelung. Er stu-
dierte die zahllosen Platten, bis sein Blick auf eine ganz bestimmte fiel. Er zog sie heraus.

Half-Past Tomorrow.

Shirley sah ihm von der Tür aus zu, wie er lächelnd die LP
in der Hand hielt. »Willst du sie im Radio spielen?«

Gabe war verwirrt. »Wa… was?«

»Du kannst sie im Krankenhausfunk des Chester-le-Street
Hospital spielen, wenn du willst.«

»Wi… Wirklich?«

Shirley führte ihn ins Studio eins. Wie immer lief eine archivierte Ken-Vox-Sendung. Sie schaltete sie ab, stellte auf LIVE um, suchte sich einige Musiktitel, die sie auflegen konnte, bis sie Gabe eingewiesen hatte. Sie ließ ihn Platz nehmen und gab ihm die Kopfhörer. Er sah aus wie ein kleines Kind an Weihnachten. Sie zeigte ihm, wie das Mikro an- und ausgestellt wurde, wie der Plattenspieler anlief, aber das meiste war ihm nach Mallet AM sowieso vertraut. Shirley sah zu, wie er problemlos mit dem Computerprogramm zurechtkam, in das neue ehrenamtliche Mitarbeiter wochenlang eingearbeitet werden mussten. Natürlich kannte er sich damit aus, er hatte es sich selbst beigebracht. Was manchmal eben besser war.

Gabe wirkte wie ausgewechselt, als hätte er die verstörte, unsichere Person im Krankenhauszimmer zurückgelassen. Er schaltete das Mikro an, während der letzte Song ausgeblendet wurde, und mit einem fragenden Blick zu Shirley begann er zu reden. Und mit einem Mal war er wieder der gesunde, starke, der alte Gabe.

»Das war Taylor Swift, und ich bin Gabe Steadman, Gastmoderator im Krankenhausfunk des Chester-le-Street Hospital. Ich möchte euch heute einen ganz besonderen Song spielen. Ein Stück, das mir viel bedeutet – mein Lieblingssong aller Zeiten. Zum ersten Mal habe ich ihn in einer sehr unsicheren Phase meines Lebens gehört, und er hat mich darin bestärkt, dass ich glücklich sein kann, egal, was die Zukunft bringt. Hier kommt der Kultklassiker von 1984, ›Half-Past Tomorrow‹ von Chutney and the Boys. Ich hoffe, er gefällt euch.« Gabe schaltete das Mikro raus, öffnete den Fader und startete die Wiedergabe. Alles in einer Sekunde. Ein Naturtalent.

Strahlend sah er zu Shirley, während Chutney vom Traum

372

eines Narren sang. In seinem lächelnden Gesicht erkannte Shirley den jungen Gabe – das lustige, selbstbewusste Kind, das in all den Jahren verloren gegangen war. In diesem Augenblick wusste sie, dass sie alles tun würde, um ihrem Sohn beizustehen, egal, wie schlimm es mit seinem Geisteszustand werden würde, egal, wie schwierig es war. Weil dieses Kind immer noch in ihm war.

Shirley schaltete die Anlage in den Automatikmodus, während Gabe die CD-Sammlung durchging. Dann saß sie da und sah ihm zu, dankbar, dass er endlich aus seiner Dauerschleife herausgefunden hatte. Er stellte so viele Fragen, dass sie es kaum fassen konnte, auch wenn seine Fragen immer noch vom Stottern begleitet wurden.

»Was ist das?«, fragte er.

»Das ist der Verstärker für den gesamten Sender. Damit kontrolliert man die Bässe, die Stimmen, deren Lautstärke, damit den Zuhörern nicht das Trommelfell wegfliegt«, erklärte Shirley ihm lachend.

»Dann kann der … Senior … Sender … JA … auf verschiedenen Freq… Frequenzen senden, oder nur für den Krankenhaus…funk?«, fragte Gabe.

»Das Hauptstudio kann nur im Krankenhaus empfangen werden, aber Studio zwei lässt sich wie ein ganz normaler Radiosender konfigurieren – der auch außerhalb auf einer bestimmten Frequenz zu hören ist, ja«, sagte Shirley und war ein wenig stolz, dass sie doch eine ganze Menge über das alles hier wusste.

»Und … was … ist das?«

»Das ist ein Aktenschrank. Ein ganz gewöhnlicher, stinknormaler Aktenschrank«, erwiderte Shirley.

»Ah ja …«, sagte Gabe.

Am besten aber war, als Gabe – wie ein Kind, das noch nicht nach Hause oder ins Bett wollte – wieder ins Studio eins zurückkehrte und sich sofort vor den Computer setzte. »Vielleicht könnte ich … von jetzt an … mit dir … zum Krankenhaus … Funk kommen?«, sagte er, während er glücklich durch die Musiktitel und Radio-Jingles klickte.

Nichts würde mich glücklicher machen, dachte sich Shirley. »Natürlich kannst du das«, sagte sie und konnte ihre Aufregung kaum verbergen.

Ihn so zu sehen machte sie sehr zufrieden. Vielleicht war ja wirklich alles vorbei. Vielleicht konnte sie sich von jetzt an wirklich darauf konzentrieren, die Beziehung zu ihrem Sohn wieder zu erneuern, zurückzukehren in ein anscheinend normales Leben.

Vielleicht, nur vielleicht käme ja alles wieder in Ordnung.

03.10

Chester-le-Street
Samstag, 20. Februar 2021
17.22 Uhr

»Shirley.«

Sie wusste nicht, wo sie war, sie wusste nur, dass sie lächelte. Ihre Augen waren geschlossen, aber sie spürte Gabes Hand in ihrer. Da war sie also – im Krankenhaus. Man wusste, was mit Gabe nicht stimmte, und es tat gut, das zu wissen, auch wenn man nichts dagegen tun konnte. Sie hatten alles, um darauf eine Zukunft aufbauen zu können, und vielleicht würden sie in dieser Zukunft sogar glücklich werden.

»Shirley.«

Sie brauchten nur einander. Gabe könnte bei ihr einziehen und sein eigenes Zimmer haben. Das Gästezimmer gehörte sowieso schon ihm. Sie könnten den Dachboden ausräumen und daraus was anderes machen. Gabe könnte fest für den Krankenhausfunk arbeiten. Im Normalfall dauerte es einen Monat für den Papierkram und die Einarbeitung, mit ihrer Hilfe würde es schneller funktionieren. Schon nächste Woche könnte er auf Sendung gehen. Sie konnte nur hoffen, dass er mit ihr eine Sendung machen wollte – Gabes und Shirleys Wunschkonzert, Gabes und Shirleys Classic Rock, Gabes und Shirleys Jazz-Stunde, die Möglichkeiten waren endlos.

»SHIRLEY.«

Ihre Augen gingen auf. Sie saß auf dem Stuhl neben Gabes

Bett und war in zufriedenen Schlaf gesunken. Genau wie sie sich gedacht hatte. Aber etwas war anders, etwas stimmte nicht. Callie stand neben dem Bett und ragte über ihr auf.

»Callie?«, entgegnete Shirley verwirrt. »Was ist?«

Callie war kreidebleich, als machte sie sich schreckliche Sorgen wegen etwas – etwas, was Shirley vielleicht gar nicht wissen wollte. Sie wollte nur für einen Augenblick weiter in ihrer glücklichen Zukunft leben. Aber Callie verweigerte ihr diesen Wunsch, sagte stattdessen sehr besorgt: »Shirley, wo ist Gabe?«

Schlagartig war Shirley hellwach. Sie sah zum Bett und stellte fest, dass sie nicht Gabes Hand umklammert hielt, sondern die Fernbedienung für das Bett. Das Bett selbst war leer – die Decke war zurückgeschlagen, das weiße Laken aufgedeckt. Panisch sah sie zu Callie. »Ich weiß es nicht.«

»Scheiße«, sagte Callie und kramte nach ihrem Handy.

Shirley schoss hoch und suchte nach Worten. Sie meinte sich rechtfertigen zu müssen. »Wir waren … wir haben nur ein Nickerchen gemacht, wir beide, er war hier. Wir waren davor nämlich …« Sie verstummte. Sie hatte eine Idee.

Callie hielt sich das Handy ans Ohr, ein lauter Wählton war zu hören.

Shirley bekam es gar nicht mit. Sie sah sich um, suchte nach Anhaltspunkten, wohin Gabe gegangen sein könnte. Aber das war gar nicht nötig, sie wusste es doch bereits. Aber wie konnte er … Ihre Hand ging zum Hals, doch auch in dem Fall wusste sie es bereits, bevor sie die nackte Haut ertastete. Ihr Band mit der Schlüsselkarte für die ehrenamtlichen Mitarbeiter war weg.

»Callie …«

»Warum geht keiner ans verdammte Telefon?«

»CALLIE«, rief Shirley so heftig, dass Callie das Handy weglegte. »Ich weiß, wo er ist.«

»Wo?«

»Er wollte mir was sagen«, sagte Shirley. »Er wollte mir eine … Zukunft vorhersagen. Also wird er sie in den Nachrichten bringen.«

»Was soll das heißen?«, fragte Callie.

Shirley erklärte es ihr auf dem Weg durch die Korridore. Nie war ihr etwas klarer gewesen. Gabe würde Mallet AM vom Krankenhausstudio ausstrahlen. Deshalb hatte er gefragt, ob er auch nach draußen senden könnte. Verdammt, es lag so klar auf der Hand. Aber sie hatte sich doch so sehr gefreut.

Erst als sie vor dem Gang standen, wurde Shirley bewusst, dass sie ohne ihre Karte keinen Zutritt hatte. Aber Callie hielt ihre Karte schon an das Lesegerät, und Shirley stürzte durch die Tür und durch den Gang, so schnell sie konnte. Ihre Gelenke sirrten vor Schmerzen, sie achtete nicht darauf.

Sie kam an die Tür, gab den Code ein und betätigte die Klinke. Sie drückte dagegen – die Tür rührte sich nicht. Callie trat neben sie. Shirley probierte erneut den Code – nichts. »Scheiße.«

»Was ist los?«, fragte Callie.

Shirley dachte nach. Sie hatte gehofft, Gabe vor der Tür vorzufinden, aber sie hatte ihn unterschätzt. Gabe musste sich den Code gemerkt haben, als sie mit ihm hier gewesen war. Und er hatte auf der anderen Seite den Riegel vorgeschoben.

»Es ist versperrt«, sagte Shirley. »Wir können nicht rein.«

»Was?«, rief Callie.

»Es wurde ein Riegel angebracht, nachdem mal eines Abends ein Patient hier rumgegeistert ist und den Sender kurz und klein geschlagen hat. Seitdem können sich die Mitarbeiter einsperren.«

»Du bist dir sicher, dass er dadrin ist?«, fragte Callie.

»Warte.« Shirley legte das Ohr an die Tür. Die Schalldämmung war fürchterlich schlecht. Wenn man angestrengt lauschte, konnte man hören, was auf der anderen Seite vor sich ging. »Das Automatikprogramm läuft nicht. Ich höre keinen Ken Vox.«

»Wie bitte?«, kam es von Callie.

Shirley musste nachdenken – was konnte sie tun? Wie zum Teufel kamen sie in den Raum, und wie konnten sie Gabe stoppen? Aber dann fiel ihr etwas anderes ein. Vielleicht mussten sie gar nicht ins Studio gelangen. »Gabe wollte mir was sagen«, murmelte sie mehr zu sich selbst.

»Wie bitte?«

»Gabe, er wollte mir was sagen. Aber er hat die Worte nicht rausgebracht, er hat nicht die richtigen …«

»Ja, das hast du schon gesagt.«

»Nein, er wollte mir was *Wichtiges* sagen«, erklärte Shirley, ohne dass ihr selbst ganz klar war, worauf sie hinauswollte. »Also … sollten wir ihm einfach zuhören.« Shirley nickte, jetzt hatte sie endlich begriffen. »Wir sollten ihm zuhören.«

»Was meinst du?«, fragte Callie.

Shirley ging nicht auf ihre Frage ein. »Wir müssen zurück ins Zimmer. Wir müssen ins Zimmer. Sofort.«

03.11

Chester-le-Street
Samstag, 20. Februar 2021
17.27 Uhr

Shirley war als Erste im Krankenzimmer, hastete zum Bett und zog das TV/Radio-Set zu sich heran. Callie folgte ihr. Sie war nach wie vor verwirrt, verstand nur zur Hälfte, was das alles sollte. Sie stand einfach nur da und sah zu Shirley.

Shirley tippte auf dem Touchscreen herum, schaltete auf Radio und zog die Kopfhörer aus der Buchse, worauf im Zimmer der Krankenhausfunk ertönte. Ken Vox sprach über irgendeinen Musiktitel. Aber Ken Vox interessierte sie nicht. Sie suchte eine andere Frequenz. Eine ganz bestimmte.

Sie ging die Radiosender durch und stellte das mühsame Touchscreen-Programm auf manuelle Frequenzeingabe. »Mein Gott«, sagte sie, weil sie bei der Einstellung für jeden 00,01-Schritt auf den Bildschirm tippen musste. Sie brauchte eine gefühlte Ewigkeit, bis sie im 60er-Bereich angelangt war. Rauschen ertönte im Zimmer, dann hielt Shirley den Atem an, als sie sich der richtigen Frequenz annäherte. Fast hoffte sie, sie würde nichts hören – überhaupt nichts –, aber als sie auf 66,40 AM tippte, wurde das Rauschen durch Musik ersetzt.

Mallet AM war auf Sendung.

Shirley wurde übel, als die Musik ausgeblendet wurde. Sie waren gerade noch rechtzeitig gekommen. Offensichtlich hatte Gabe für seine Nachrichtenübertragung die halbe Stunde abgewartet. Ganz der Profi.

Gabe begann mit der Ansage, klar und prägnant, nur etwas weniger selbstsicher also sonst. Seine Stimme klang verhaltener, als zögerte er, das zu sagen, was er sagen musste. Shirley und Callie sahen sich an. Callie kam näher. »Das war … na ja, ich weiß nicht, was das war … ihr müsst es mir nachsehen, ich sitze hier nämlich in einem neuen Studio. Und es wird das einzige Mal sein, dass ich von hier aus sende. Tatsächlich handelt es sich …

Also, aufgepasst, bevor wir zum letzten Punkt auf unserer Nachrichtenliste kommen, haben wir auf Mallet AM etwas sehr Trauriges zu vermelden. Mallet AM wird heute zum letzten Mal auf Sendung sein. Nach den Nachrichten ist endgültig Schluss. Wir sind stolz auf das, was wir erreicht haben, aber manchmal ist es an der Zeit, zu neuen Ufern aufzubrechen. Manchmal ist einem die Zukunft vorherbestimmt. Wir … Ich werde aber immer hier draußen sein und euch sagen, was euch bevorsteht. Ihr müsst nur am richtigen Ort suchen.«

Etwas war in Gabes Stimme, was Shirley von ihm noch nie im Radio gehört hatte. Weinte er? Etwas stimmte nicht. Und keinesfalls wollte sie hören, was er zu sagen hatte. Aber ihr blieb keine andere Wahl.

»Nun also zu unseren allerletzten Nachrichten. Der letzte Punkt der Zukunft. Aufmerksame Zuhörer wissen natürlich, dass ich üblicherweise Nachrichten einen Tag, bevor sie sich ereignen, bringe. Von dieser Meldung aber, fürchte ich, wurde ich … überrumpelt. Sie wird sich nämlich schon in wenigen Stunden ereignen, heute um 19 Uhr, am Samstag, dem zwanzigsten Februar 2021.« Gabe schluchzte, fing sich und mühte sich anschließend durch seine Tränen. »Es erfüllt mich mit unendlicher Trauer, bekanntgeben zu müssen, dass

380

im aufgelassenen Freizeitzentrum von Chester-le-Street zwei Kinder tot im tiefen Ende des großen Schwimmbeckens aufgefunden werden.« Shirley stockte der Atem, ihre Hand schoss zum Mund. »Allem Anschein nach haben die Kinder in dem Abbruchgebäude gespielt, sind dabei wohl ausgerutscht und in das gut zweieinhalb Meter tiefe, leere Becken gefallen. Beide haben nicht überlebt.«

»O mein Gott«, entfuhr es Shirley und sie sah zu Callie, der die Tränen in den Augen standen.

Wieder schluchzte Gabe. Und plötzlich stand ihr diese Zukunft selbst vor Augen – die ganz nahe Zukunft. Plötzlich wusste Shirley, warum Gabe weinte. Sie wusste, was geschehen würde. Und sie wollte, dass Gabe es nicht aussprach, damit es nicht wahr würde. Gabe weinte, er kriegte sich gar nicht mehr ein, schnappte nach Luft, dann: »Die Kinder wurden als Maisie und Kenneth Wright-Steadman identifiziert.«

Shirley wurde schwindlig. Sie taumelte vom Bett, beugte sich vor und würgte. Alles, was Gabe bislang gesagt, was er als Nachricht gemeldet hatte, war eingetreten. Shirley und Callie waren nicht in der Lage gewesen, ihn zu stoppen. Ihre Anstrengungen hatten sich als sinnlos erwiesen. Arnie Enigma, angeblich der Auslöser von allem, war tot. Warum war ihr also so elend zumute?

Weil Gabe in die Zukunft sehen kann, sagte ihre innere Stimme. Weil man Deenas und Toms Kinder, egal, was sie dagegen unternehmen würde, tot in einem leeren Schwimmbecken finden würde.

Nein, nein, nein.

Gabe weinte jetzt, hemmungslos. »Das war es. Das ist alles, was ich heute habe. Manchmal solltet ihr vielleicht wissen, was auf euch zukommt. Ich bin verflucht mit dem Wissen um das Morgen. Aber für euch muss das nicht gelten.

Lebt im Hier und Jetzt. Hebt euch den Tod für einen anderen Tag auf.« Gabe wirkte verstört – redete aber weiter. »Damit melde ich mich nun ab. Auf Wiedersehen und alles Gute.«

Stille. Kein Signal mehr, keine Frequenz, nichts. Gabe hatte abgeschaltet.

Ein Aufschrei von Callie – sie durchliefen die gleichen Gefühle. »Warum die Kinder?«, murmelte sie. »Warum hat er das sagen müssen? Warum müssen sie es sein?«

Shirley stand stocksteif da – sie hatte absolut keine Ahnung, was sie tun sollte. Die ganze Welt schien aus den Fugen.

Aber als sie Callies kreidebleiches Gesicht sah und der absoluten Stille auf 66.40 AM lauschte, erkannte sie, dass sie diejenige mit den Antworten war. Sie musste die Sache in die Hand nehmen.

Sie zückte ihr Handy, probierte es mit Deenas Nummer. Nichts. Sie wählte Toms Nummer. Nichts. Warum ging nie jemand ans verfluchte Telefon, wenn ein Notfall vorlag?

»Callie«, sagte sie mit zittriger Stimme – einer, die nicht nach ihrer klang. »Wie schnell kannst du bei Deena sein?«

Callie, völlig in sich zusammengefallen, kauerte auf dem Boden. Shirley musste sie hochziehen, dann trafen sich ihre Blicke.

»CALLIE. Wie schnell kannst du bei Deena sein?«

Endlich fasste sich Callie. Sie wischte sich über die Augen und antwortete seltsam teilnahmslos: »Ich könnte in … Ich … Wenn ich erst mal draußen bin, zehn Minuten.«

»Gut«, sagte Shirley. »Geh.«

»Ich kann auf dich warten«, bot Callie an.

»Nein.« Shirley schüttelte den Kopf. »Ich halte dich nur auf. Fahr so schnell wie möglich zu ihr und beschütze die Kinder.«

Callie nickte. »Was hast du vor?«

Shirley sog die Luft ein und sprach durch ihre zusammen-
gebissenen Zähne: »Ich komme gleich nach. Aber erst hole
ich meinen Sohn.«

03.12

Chester-le-Street
Samstag, 20. Februar 2021
17.50 Uhr

In den Studioräumen des Krankenhausfunks war niemand zu sehen. Shirley stürzte durch die offen stehende Tür, bereit, Gabe zur Rede zu stellen. Aber alles lag verlassen da, weit und breit kein Mensch. Ein umgefallener CD-Stapel war das einzige Anzeichen dafür, dass jemand hier gewesen war.

»Scheiße«, brüllte Shirley und hoffte fast, Gabe könnte sie hören. Wo zum Teufel steckte er? Er konnte doch nie und nimmer was damit zu schaffen haben, oder? Für die letzten beiden Morde, die Morde an Frank Peterson und Marsha Thompson, hatte er ein Alibi, die Anschuldigungen waren fallen gelassen worden. Aber wenn er die Zukunft vorhersagen konnte, konnte er dann auch ein Alibi fingieren? Würde er dafür sorgen, dass seine Nichte und sein Neffe starben?

Nein, das wollte sie einfach nicht glauben. Der Schmerz in seiner Stimme, als er die Meldung verkündet hatte, war echt gewesen. Es sei denn, es war nicht der Schmerz über den Tod seiner Nichte und seines Neffen, sondern der Schmerz darüber, dass er sie würde töten müssen.

Shirley holte ihr Handy heraus und ließ es fast fallen, so sehr zitterten ihre Hände. Sie rief DI Fletchinder an.

»Hallo«, meldete er sich.

So schnell und präzise wie möglich erzählte sie ihm, was

sich ereignen würde. »Gabe ist verschwunden, ich weiß nicht, wo er ist. Meine Enkel sind in Gefahr. Wir haben nicht mehr viel Zeit. Callie ist zu meiner Tochter gefahren.«

»Was?«

»Er war noch mal auf Sendung. Sie sagten, Sie haben Colm freigelassen?«

»Nein«, antwortete Fletchinder. »Der Papierkram ist noch nicht fertig. Außerdem haben wir ein Schlupfloch gefunden, das es uns ermöglicht, ihn noch ein paar Tage hierzubehalten.«

»Wenn es also nicht Colm oder Enigma …«

»Callie ist nicht bei Ihnen, sagten Sie?«

»Ja.«

»Gut, ich hole Sie ab. Dann fahren wir zu Ihrer Tochter und kümmern uns um die Kinder. Keine Sorge. Sie werden heute *nicht* sterben. Ob es nun Gabe oder jemand anderes ist, ich verspreche Ihnen, Sie werden *nicht* sterben. Gehen Sie schon mal nach draußen. In fünf Minuten bin ich bei Ihnen.«

»Danke, DI Fletchinder.«

»Fletch, bitte.«

Shirley war in Rekordzeit vor dem Krankenhaus. Ihr ganzer Körper schrie danach, langsamer zu machen, sich eine Pause zu gönnen, aber das konnte sie nicht. Kurz verspürte sie ein bekanntes und schreckliches Gefühl, ein wildes Pochen an der Stelle, wo das Herz sein sollte. Sie schob den Gedanken daran beiseite, sie hatte jetzt keine Zeit für einen Herzinfarkt. Sie hatte keine Zeit zum Sterben.

Fletchinder kam in hohem Tempo angefahren und hielt direkt neben ihr. Wortlos stieg sie ein. Das Einzige, was sie Fletchinder mitteilte, war Deenas Adresse. Schweigend steuerte der Polizist die schmale Straße hinter der Front Street an.

Fast hätte man meinen können, es wäre ein ganz normaler Tag, als er in die ruhige Sackgasse vor Deenas Haus einbog. Jemand rollte eine Mülltonne nach draußen. Zwei Jungs kickten mit einem Fußball, während ihre Mutter sie ins Haus rief. Eine Frau lud Einkaufstüten aus dem Kofferraum ihres Autos. Ein beschauliches Leben.

Fletchinder parkte hinter Toms Lieferwagen, Shirley stieg bereits aus, bevor der Wagen ganz stand. Schnell humpelte sie den Weg durch den Garten und klopfte an die Eingangstür.

Sekunden später öffnete Tom in seiner Arbeitskluft samt Werkzeuggürtel die Tür. »Hey, Shirl, alles in Ordnung?«

»Tom«, antwortete Shirley. »Ist bei euch alles okay?«

Tom war verwirrt. »Ja, alles gut. Und wer ist das?«

Shirley stutzte kurz, bis ihr DI Fletchinder wieder einfiel, der neben sie trat und Tom die Hand entgegenstreckte. »Hallo, ich bin Detective Inspector Fred Fletchinder. Bitte nennen Sie mich Fletch.«

Stirnrunzelnd schüttelte Tom seine Hand. »Detective Inspector?«

»Ja«, sagte Shirley, die absolut keine Zeit für Erklärungen hatte. »Ist Deena da?«

»Aye«, sagte Tom und zeigte hinter sich. »In der Küche.«

Ohne ein weiteres Wort schob sich Shirley an ihm vorbei, während Deena den Kopf aus der Küche steckte. »Mum?«

»Wo sind die Kinder?«, fragte Shirley und sah sich um, warf einen Blick in die Küche und durch das Küchenfenster in den Garten. Sie waren nirgends zu sehen. Kurz war sie beunruhigt, bis ihr einfiel, dass Callie ja hier war und alles gut wäre. Aber wo steckte Callie? Sie hatte ihren Wagen draußen nicht gesehen.

Deena wischte sich mit dem Handrücken über die Stirn. »Ach, die Kids. Callie ist ein Engel. Sie ist mit ihnen zum

Eisessen gefahren, in diesen neuen Laden. Wie heißt er noch – Creamy Creamy Ice Cream. Die beiden waren ganz aus dem Häuschen.«

Shirley atmete aus. Sie waren in Sicherheit. Sie waren bei Callie. Alles war gut. Es war ..., sie sah auf ihre Uhr, ... 18.15 Uhr. Sie waren bei Callie, sie würden nicht in einer Dreiviertelstunde in den Chester Baths sein. Gabes Zukunft würde sich nicht erfüllen.

Aber irgendwas ließ ihr keine Ruhe. Warum hatte Callie sie aus dem Haus geholt? Warum hatte sie sie näher ans alte Freizeitzentrum gebracht? Sie hätte doch auf Shirley, auf Fletchinder warten können, den – das hätte sie wissen müssen – Shirley anrufen würde.

Es sei denn ...

»Mum«, sagte Deena. »Was ist?«

Fletchinder überprüfte das Obergeschoss, während Tom bereits mit ihm plauderte, als wären sie alte Freunde. Fletchinder kam wieder nach unten und ging in die Küche, was Shirley kaum noch wahrnahm. Sie war gar nicht mehr hier, in diesem Raum, sondern tief in Gedanken versunken.

Nein. Nein. Das war doch absurd. Nein. Sie malte überall den Teufel an die Wand. Sie konnte nichts so nehmen, wie es war, nichts – und niemanden. Nein, das war es nicht nur ...

Aber je mehr sie darüber nachdachte, desto besser passte alles zusammen. Und ein fürchterliches, fürchterliches Puzzle nahm Gestalt an. Endlich verstand sie, was in den letzten Wochen geschehen war. Entsetzen und eine abgrundtiefe Traurigkeit überkamen sie.

Wer konnte alle drei Menschen exakt so wie von Gabe beschrieben getötet haben? Um Gabes wilde Wahnvorstellungen zu bestätigen?

Warum hatte sie es nicht schon viel früher gesehen? Alles hatte offen vor ihr gelegen.

»Wir müssen zu den Chester Baths, *sofort*.«

Fletchinder war verwirrt. »Moment, warum?«

Shirley sah zu ihm. Tränen standen ihr in den Augen, noch immer wollte sie nicht glauben, was sie ihm zu sagen hatte.

»Callie wird den Kindern etwas antun.«

03.13

Chester-le-Street
Samstag, 20. Februar 2021
18.30 Uhr

DI Fletchinder raste weit über der zulässigen Höchstgeschwindigkeit durch die Stadt und nahm jede Kurve wie ein Formel-1-Fahrer. Nicht nur wegen seiner Fahrweise hielt Shirley die gesamte Strecke den Atem an. Deena saß schluchzend auf dem Rücksitz – sie verstand nicht, worum es ging, und sie hörte auch nicht zu. Sie hätte sowieso nicht hören wollen, was Shirley sagte.

»Es war Callie. Von Anfang an«, sagte Shirley, während Fletchinder in die Straße einbog, die sich von der Stadtmitte zum Freizeitzentrum hinaufschlängelte. »Sie war nicht bei mir, als Frank Peterson ums Leben kam, und sie war die Einzige, die da war, als Marsha Thompson starb. Sie haben an den Tatorten keine Spuren von anderen gefunden, weil niemand da war. Sie muss sich selbst die Wunde auf der Stirn zugefügt haben. Und jetzt hat sie es auf Maisie und Kenneth abgesehen, weil sie glaubt, dass sie Gabe in seinem Wahn bestätigen muss. Als wir Gabe und die Nachrichten gehört haben, hat sie gesagt: ›Warum die Kinder?‹, ›Warum müssen sie es sein?‹. Sie hat geweint. Ich dachte, sie weint, weil ihr die Kinder nahegehen, aber sie hat geweint, weil sie in diesem Moment erfahren hat, was auf sie zukommt, was sie würde tun müssen. Ich hätte es sehen, ich hätte sie aufhalten können, bevor sie sich die Kinder schnappt.«

»Machen Sie das nicht«, sagte Fletchinder. »Geben Sie sich nicht die Schuld. Ich bin Polizist und habe es ebenfalls nicht gesehen – falls das, was Sie sagen, wirklich so ist … Oh, Scheiße.«

Shirley blickte auf. Das Freizeitzentrum war mit einem hohen Metallzaun vollständig abgeriegelt. Es hatte also gestimmt, was Gabe berichtet hatte – das Freizeitzentrum wurde abgerissen. Hatte er von Anfang an darauf angespielt?

»Festhalten!«, rief Fletchinder.

Sie bogen von der Straße ab, rasten auf den Zaun zu, und Shirley wurde etwas zu spät klar, dass Fletchinder nicht anhalten würde. Sie klammerte sich an den Türgriff, als der Wagen in den Zaun krachte, kurz abhob, als würde er von dem nachgebenden Zaun in die Luft geschleudert, und dann dumpf aufprallte.

Shirley tat der Kopf weh. Ihr Herzklopfen beschleunigte sich. Aber daran konnte sie jetzt nicht denken.

Vor ihnen, auf einer kleinen Anhöhe, lag das leer geräumte Freizeitzentrum. Fletchinder bog auf den Parkplatz ein, wo ein Bagger und eine Art Zugmaschine standen. Sonst nichts. Alles sah verlassen aus. Nur dass das Gebäude nicht verlassen war, wie Shirley wusste.

Als der Wagen quietschend zum Halten kam, sah sie auf ihre Uhr – 18.40 Uhr.

»Okay«, sagte Fletchinder und blickte zum Gebäude. Shirley sah ebenfalls hinüber. Die Türen waren herausgebrochen, nur eine Öffnung klaffte in dem bereits zur Hälfte abgerissenen Bauwerk. »Sie beide sollten im Wagen bleiben.«

»Auf keinen Fall«, sagte Shirley.

Auch Deena sagte nun zum ersten Mal etwas. »Ich muss rein, ich muss meine Kinder holen!«, schrie sie.

Fletchinder seufzte. »Ja, das habe ich mir gedacht. Okay, aber Sie bleiben im Hintergrund.«

Shirley stimmte zu, obwohl sie keineswegs vorhatte, sich daran zu halten. Sie folgte Fletchinder, der ausstieg, und hielt Deena die Tür auf, bis sich diese endlich aus dem Wagen gemüht hatte. Es wäre ihr lieber gewesen, Deena wäre im Wagen geblieben – zum Teufel, es wäre ihr lieber gewesen, Deena wäre gar nicht erst mitgekommen –, aber ihre Tochter hatte ein Recht darauf, hier zu sein. Shirley wusste nicht, ob sie irgendwie von Nutzen sein würde – wenn überhaupt –, aber sie würde Deena nicht von der Seite weichen.

Fletchinder war bereits auf dem Weg zum ehemaligen Eingang, während er seine Pistole aus dem Hosenbund zog. Shirley hatte noch nie eine Waffe gesehen und geglaubt, sie würde in ihrem Leben auch keine mehr zu Gesicht bekommen, aber natürlich stand zu vermuten, dass Fletchinder eine hatte. Und es stand zu vermuten, dass eine Waffe in dieser Situation durchaus angebracht war.

Als Deena die Waffe sah, begann sie von Neuem laut zu schluchzen. Wütend kam Fletchinder zu ihr zurück. »Sie muss still sein, sonst kann sie nicht mit rein. Das Leben ihrer Kinder hängt davon ab.«

Shirley legte den Arm um Deena, die durchatmete, sich beruhigte und mit einem Nicken zu verstehen gab, dass sie von nun an keinen Laut mehr von sich geben würde.

Fletchinder, die Pistole auf den Boden gerichtet, schlich zum Eingang voraus, Shirley und Deena folgten. Sie bewegten sich schnell und leise – versuchten, so viele Meter wie möglich zurückzulegen, ohne ein Geräusch zu machen.

Hinter der Öffnung in der Wand tat sich ein verfallener Eingangsbereich auf. Shirley erinnerte sich, Gabe und Deena zum Schwimmunterricht hierhergebracht zu haben, später war Deena mit Maisie und Kenneth hier gewesen. Die Kinder würden wissen, wo sie sich befanden, wären aber vermutlich verwirrt und verängstigt. Nur Gott wusste, was passieren würde. Sie hoffte nur, dass sie nicht zu spät kamen.

Sie sah auf ihre Uhr. 18.43 Uhr.

Sie wusste nur eines: Callie würde den Anweisungen exakt folgen, damit es so aussah, als würde Gabe wirklich die Zukunft vorhersagen können. Noch waren die Kinder also unversehrt – sie mussten sie nur bald finden.

Von draußen fiel nun kein Licht mehr herein, Fletchinder schaltete eine Taschenlampe an. Shirley kam es vor, als gingen sie durch ein von einem Erdbeben zerstörtes Gebäude. Überall Schutt und Arbeitsgeräte. Wände waren halb eingerissen, in den Böden klafften Löcher, durch die man in das darunterliegende Stockwerk sehen konnte, an manchen Stellen blies der Wind herein. Shirley zitterte, als eine Bö sie fast von den Beinen riss. Sie holte ihr Handy heraus und schaltete die Taschenlampenfunktion an.

Sie befanden sich im weitläufigen Bereich hinter dem Eingang, wo sie nun zwei Möglichkeiten hatten, die alle zum selben Ziel führten. Durch beide Umkleidebereiche kam man zu den Becken – dem Kinder- und dem Schwimmerbecken.

Sie eilten durch die Frauenumkleide – eine triste Ansammlung von offen stehenden Spinden, Holzbänken und Kabinen. Ein Bereich, der seinen Zweck nicht mehr erfüllte.

In den Duschen hörten sie dann etwas. Stimmen. Zwei. Die eines Mannes, die einer Frau. Keine Kinderstimmen.

Dann waren sie in der Schwimmhalle. Fletchinder spähte um die Ecke in Richtung des großen Beckens, woher die Stimmen kamen. Durch die hohen Glasscheiben der Halle fiel die Abenddämmerung und tauchte alles in ein fahles Licht.

Die weibliche Stimme gehörte Callie, daran gab es keinen Zweifel. »Kapierst du es denn nicht?«

Es hallte so sehr in dem Raum, dass Shirley im ersten Moment nicht sagen konnte, wer der Mann war. Bis sie ein gestammeltes Wort hörte.

Gabe.

»Bitte tu es … nicht … nicht … du musst es nicht tun.«

»Das ist Gabe«, flüsterte Shirley.

Fletchinder drehte sich zu ihnen um. »Gibt es irgendeine Möglichkeit, näher an sie ranzukommen?«

»Dahinten, da war früher mal ein Café«, antwortete Deena. Sie zeigte zu einem schmalen Gang, der parallel zum Becken lief. »Da könnten wir näher ran, ohne gesehen zu werden.«

Fletchinder nickte und ging voraus. Langsamer näherten sie sich Callie und Gabe.

»Ich verstehe nicht«, sagte Callie, deren Stimme durch den weitläufigen Raum hallte. »Du hast doch gewusst, dass es passieren wird. Du hast es doch vorhergesehen. Ich bin bloß hier, um sicherzustellen, dass es auch wirklich passiert. Außerdem bin ich eine zufällige Beobachterin.«

»Du … du bist nicht … die die die … die das macht. Bi… Bitte, Callie.«

Sie erreichten den Cafébereich, ohne dass Callie oder Gabe auf sie aufmerksam geworden waren. Shirleys Herz schlug wie verrückt, was nun nichts mehr mit ihrem gerade überstandenen Infarkt zu tun hatte. Die Kinder waren in Gefahr, und jetzt auch noch Gabe.

»Warum verstehst du es nicht?«, sagte Callie. »Wie kannst du diese Visionen haben und nicht verstehen, was sie sind? Es geht nicht mehr nur um die Zukunft, es geht um die letzte, endgültige Zukunft. Es muss geschehen, Gabe. Du bist etwas Besonderes, du bist der Auserwählte. Du bist der Prophet – unser Nostradamus.«

Callie hörte sich an wie eine Verrückte, noch beängstigender aber war die Tatsache, dass sie das so lange hatte verber-

393

gen können. Gabes Vorhersagen hatten sie verändert, seine Rückkehr von den Toten hatte etwas in ihr zerbrochen, und jetzt kannte ihre Verehrung für Gabriel Steadman keine Grenzen mehr.

Shirley spähte um die Ecke. Sie waren jetzt so nah. Gabe stand mit dem Rücken zu ihr und sah zu Callie, die den Kindern, die sie an sich drückte, den Mund zuhielt. Maisie und Kenneth weinten lautlos. Warum, war leicht zu sehen – sie standen am Rand des leeren Schwimmerbeckens, am hinteren Ende, wo es zweieinhalb Meter in die Tiefe ging. Nur ein kleiner Schritt von Callie nach hinten, und sie würden alle drei nach unten stürzen und auf den Kacheln aufschlagen.

Sie würden nicht zu retten sein.

»Callie … bitte …«, sagte Gabe und näherte sich etwas. »Bitte, nicht … wir können es ändern … wir können es ändern … wir können es zusammen ändern … bitte … bitte …« Er weinte ganz offen. Callie ebenso.

»Nein, Gabe«, sagte Callie, die nach wie vor die Kinder an sich gepresst hielt, »du verstehst vielleicht nicht die Bedeutung deiner Visionen. Aber ich. Ich will das nicht, meinst du wirklich, dass ich das will? Ich bin keine Kindermörderin. Aber ich muss dir zur Seite stehen, dir und deiner Macht, deiner Gabe des Sehens. Deshalb war ich von Anfang an mit dabei. Deshalb hab ich Sebastian Starith abgelenkt und dafür gesorgt, dass er von der Leiter fällt, deshalb bin ich vor den Milchlaster gelaufen und habe den Unfall provoziert, deshalb habe ich Frank Peterson erdrosselt und Marsha Thompson die Kehle durchgeschnitten. Ich habe sogar dafür gesorgt, dass wir Arnie Enigma loswurden, weil er dir dazwischenpfuschen wollte – dir, dem einzig wahren Propheten. Ich bin die Erweiterung deiner Visionen, Gabe. Ich bin diejenige, die sie ausführt. Und diese Kinder müssen sterben, hier und jetzt.«

Deena stieß einen leisen Schrei aus, der von der großen

Halle verschluckt wurde und nicht zu der teuflischen Frau vor ihnen durchdrang. Callie also hatte alles in die Tat umgesetzt – nichts war wahr gewesen, nichts. Ihr Sohn hatte keine Gabe, hatte sie nie besessen. Er hatte seltsame Träume von irgendwelchen Menschen, die dank einer irren, in ihrer Fantasiewelt lebenden Frau wahr geworden waren.

Von Gabe kam ebenfalls ein seltsamer Laut, als Callies Worte zu ihm durchzudringen schienen. Er war völlig am Ende. »Ich bin … Ich bin nicht … Ich kann nicht … in die Zukunft sehen.«

Callie verlagerte das Gewicht, ihr Griff um die Kinder lockerte sich ein wenig. »Nein, Gabe, du verstehst es immer noch nicht. Du kannst es. Du bist was Besonderes, Gabe. Warst du immer. Du warst immer besonders. Für deine Mutter, für die Welt – für mich. Jeder verdient es, zu erfahren, dass du was Besonderes bist. Und jeder wird es erfahren. Du und ich, wir beide zusammen werden allen zeigen, dass du was Besonderes bist.«

»Ich … Ich …« Gabe schien tatsächlich darüber nachzudenken, aber dann, eindeutig mit seiner alten Stimme, sagte er: »Nein. Ich bin nichts Besonderes. Und meine Nichte und mein Neffe werden heute nicht sterben.« Damit stürzte er sich auf Callie. Shirley presste sich die Hand auf den Mund, um nicht laut aufzuschreien.

Das Folgende geschah so schnell und so langsam zugleich, dass alles wie in Zeitlupe ablief, obwohl alles im Bruchteil einer Sekunde vorüber war. Callie sah Gabe kommen, verstand, dass er sie aufhalten wollte, und reagierte intuitiv. Mit dem einen Arm hielt sie weiter die Kinder fest, fasste mit der anderen Hand nach hinten, und Shirley sah mit Entsetzen, was Callie hervorzog.

Ein großes Küchenmesser, dessen Klinge im Dämmerlicht aufblitzte.

Aber Gabe warf sich bereits auf sie, er konnte weder abbremsen noch ausweichen. Callies Miene verzerrte sich vor Schock, und Shirley wusste, dass sich der Moment für immer in ihr Gedächtnis brennen würde.

Denn Callies Messer bohrte sich in Gabe.

03.14

Chester-le-Street
Samstag, 20. Februar 2021
18.55 Uhr

»Neeeein!«, schrie Shirley, kam aus dem Cafébereich und eilte zum zurücktaumelnden Gabe. Shirley konnte ihn gerade noch auffangen, bevor er auf dem Boden aufschlug.

»Lassen Sie die Kinder gehen!«, rief Fletchinder mit erhobener Waffe, nachdem auch er aus der Deckung getreten war. Langsam kam er näher, bis er über Shirley stand. Deena blieb schockstarr zurück.

»Oh«, sagte Callie. »Das wurde nicht vorhergesagt.«

»Du hast ihn umgebracht!«, schrie Shirley aus Leibeskräften.

Gabe spuckte Blut. »Mum, Mum.«

»Ich bin hier«, flüsterte Shirley. »Ich bin hier, alles wird gut.«

»Das glaube ich nicht«, sagte Gabe. Wieder sprühte sein Mund Speichel und Blut. Shirley war über und über davon bedeckt. Und langsam fielen Gabe die Augen zu.

»Nein, nein, nein, nein!«, rief Shirley.

Aber es war zu spät. Seine Augen schlossen sich. Er verlor das Bewusstsein.

Unter Tränen wiegte Shirley ihren Sohn in den Armen. Sie hatte ihn erneut verloren. Und es war allein ihre Schuld. Sie sah zu Callie – deren Augen waren jetzt so tot wie die ihres

Sohns –, während sie Gabe, aus dessen Bauch noch immer das Blut sickerte, auf dem Boden ablegte. »Du hast ihn umgebracht«, sagte sie mit tonloser Stimme. »War das auch Teil deiner Zukunft? War das auch vorhergesehen?«

»Nein«, sagte Callie. Zum ersten Mal schien sie unsicher. »Er ist nicht tot. Er kann nicht tot sein.« Immer noch hielt sie das Messer in der Hand und fuchtelte damit vor den Gesichtern der Kinder herum. »Er ist der Prophet. Er ist der eine, der uns sagt … der mir sagt … was zu tun ist.«

»Legen Sie das Messer weg!«, befahl Fletchinder.

Beide Frauen beachteten ihn nicht.

»Was willst du jetzt tun, Callie? Was willst du jetzt tun? Dein Prophet ist tot. Du hast ihn getötet.«

»Ich …«, begann Callie. »Ich … ich weiß es nicht.«

»Du willst zwei wunderbare Kinder umbringen, Callie. Und du klingst nicht, als wärst du dir sicher, warum du es tust. Es gibt keinen Grund mehr, sie zu töten«, sagte Shirley. »Also lass es.«

Callie sah sich um. »Ich …« Sie verstummte.

»Es gibt nur noch die eine hier, die in die Zukunft sehen kann, Callie, und das bist du«, fuhr Shirley fort und hob kapitulierend die Hände. »Du bist diejenige, die weiß, wie es weitergeht. Du hast die Macht, das Richtige zu tun.«

Callie verzog das Gesicht. Shirley dachte schon, sie hätte etwas Falsches gesagt. Sie dachte schon, Callie würde einen Schritt nach hinten machen und Deenas Kinder mit in die Tiefe reißen. Das hätte sich Shirley nie verziehen. Stattdessen aber nickte Callie und richtete den Blick nach oben. »Ich sehe sie. Ich sehe die Zukunft. Die Zukunft ist voller … Liebe.« Callie richtete den Blick wieder auf sie und lächelte, ein warmes, aufrichtiges Lächeln.

Sie ließ die Kinder los.

Shirley winkte sie heran. Maisie und Kenneth kamen sofort zu ihr gelaufen. Shirley schlang ganz fest die Arme um sie, deutete dann hinter sich, und die Kinder strahlten, als sie ihre Mutter erblickten. Sofort rannten sie zu ihr. Shirley hörte die glückliche Familienvereinigung, an der sie nicht teilnehmen konnte – nicht jetzt.

Ihr Sohn war tot. Ihre beste Freundin, zumindest in letzter Zeit, hatte ihn getötet.

»Legen Sie das Messer hin und kommen Sie mit erhobenen Händen langsam zu mir«, sagte Fletchinder.

Callie sah ihn an, als hätte seine Anwesenheit keinerlei Bedeutung für sie – als wäre er gar nicht in ihrer Welt. Sie machte einen kleinen Schritt nach hinten. »Ich sehe die Zukunft. Aber ich bin nicht mehr Teil von ihr.« Shirley konnte sie nicht aufhalten. Ihr und Callies Blick trafen sich, und Callie zuckte nur mit den Schultern. »Es sollte nicht sein.« Damit ließ sie sich nach hinten fallen. Im gleichen Augenblick stürzte Fletchinder vor und bekam sie gerade noch zu fassen.

»Neeein!«, kreischte Callie, als Fletchinder sie nach oben zog.

Von Gefühlen überwältigt, schrie Shirley auf. Deena war jetzt bei ihr und umarmte sie, während sie weinte, wie sie niemals zuvor in ihrem Leben geweint hatte. Sie hätte für immer in den Armen ihrer Tochter bleiben wollen, aber Gabe lag auf dem Boden. Sie riss sich los. Dann hielt sie ihren Sohn in den Armen. Sie hielt ihn noch, als Deena und die Kinder gingen, als Fletchinder Verstärkung anforderte und Polizisten in die große Halle strömten. Sie hielt ihn, als die Sanitäter eintrafen und Gabe auf eine Bahre legten. Sie blieb an seiner Seite, als er aus dem Gebäude gerollt wurde. Als sie hinausgingen in eine ungewisse Zukunft.

Epilog

Chester-le-Street
Donnerstag, 15. März 2021
18.55 Uhr

»Ahh, meine Liebe, wie schön, ein bekanntes Gesicht zu sehen. Und ach, was für ein Anblick für meine müden Augen«, sagte Harold, als Shirley mit ihrem Ausweis und ihrem Klemmbrett an sein Bett trat. Er war immer noch da – oder vielleicht wieder. Jedenfalls lag er im selben Bett, in dem er auch zuvor gelegen hatte, und auch derselbe Arm war in einer Schlinge hochgestellt. »Du scheinst ja sehr beschäftigt gewesen zu sein, seitdem wir uns das letzte Mal gesehen haben.«

Shirley lächelte. »Genau wie du, wie es aussieht.«

»Ach«, sagte er und sah zu seinem Arm. »Das Ding geht öfter kaputt als mein altes Auto. Langsam hab ich das Gefühl, irgendwas stimmt damit nicht. Vielleicht sollt ich ihn gegen 'nen neuen umtauschen.«

»Viel Glück dabei«, lachte Shirley und stützte sich auf ihren Stock. Es fiel ihr mittlerweile leichter, ihn zu benutzen, und es fiel ihr leichter, sich nicht darum zu scheren, was andere vielleicht darüber dachten. »Steht dir der Sinn nach einem Wunschsong, Harold?«

»Hmmm …« Harold tat so, als müsste er erst nachdenken. Hätte sein Arm nicht in einer Schlinge gesteckt, hätte er sich dazu vielleicht am Kinn gekratzt. »Vielleicht was von Bowie, ja. Ich glaub, den Song über diesen Typen im Weltall.« Auch sein Gedächtnis war nicht mehr das beste. Aber das konnte Shirley ihm nicht übel nehmen – ihres hatte auch schon bessere Tage gesehen. »Wie hieß er gleich noch?«

Shirley hatte ein intensives Déjà-vu-Gefühl, als sie »A Space Oddity« aufschrieb. »Okay. Und für wen ist er?«

»Na, für dich natürlich«, kam es wie aus der Pistole geschossen.

Shirley lachte. »Ich mach daraus mal besser deine Frau, wie wär's damit?«

»Aye, ist vielleicht besser«, sagte Harold. »Stimmt es, dass du 'ne eigene Sendung auf Metro bekommst? Und uns alle hier im Stich lässt?«

»Nein, ist bloß ein Gerücht«, erwiderte Shirley, obwohl man ihr tatsächlich das Angebot gemacht hatte. Natürlich hatte sie abgelehnt. Sie war nicht hier, um ein Star zu werden, sie war hier nicht auf einem Egotrip wie Ken Vox. Sie redete gern mit Leuten, sie wollte ihnen den Tag angenehmer machen, deshalb war sie hier. Nachdem sie abgelehnt hatte, war sie regelrecht euphorisch gewesen – sie tat genau das, was sie sollte, sie war da, wo sie zu sein hatte. Diesem Gefühl, genau dem hatte Gabe vielleicht hinterhergejagt – der Wärme und dem Trost, wenn man wusste, dass alles seinen richtigen Weg ging.

»Na, jedenfalls bin ich froh, dass du noch da bist«, sagte Harold.

»Du hast vor, dir auch weiterhin den Arm zu brechen?«, fragte Shirley und schob sich das Klemmbrett unter die Achsel. Es war der letzte Stopp auf ihrer Runde.

»Wenn das heißt, dass wir uns dann auch weiterhin sehen, aye«, lächelte Harold.

Shirley seufzte, verabschiedete sich aber mit einem Lächeln.

Bevor sie die Abteilung verließ, sprach sie noch die Schwestern auf ihren Wunsch an. Nach einigem Geplauder meldete sich eine von ihnen und sagte: »I Want To Break Free« von Queen. Alle kicherten, Shirley lachte pflichtschuldig und notierte es sich.

Manche Dinge änderten sich eben nie. Darin fand sie Trost. Dann war es so, als wäre nie etwas geschehen. Und so sollte es sein.

Die Abteilung insgesamt hatte gute Titel ausgewählt. Es versprach eine gute Sendung zu werden. Sie desinfizierte sich die Hände und ging durch den Korridor zu den Aufzügen, wo sie kurz stehen blieb, den Finger schon halb am Knopf. Die Treppe kam ihr in den Sinn, aber sie verwarf den Gedanken. Sie drückte auf den Knopf.

Im Studio musste sie für den Wunsch eines der älteren Patienten in das angrenzende Lager. Ihr Blick fiel auf den alten Rundfunkempfänger, der immer noch abseits der alten Geräte in der Ecke stand. Er wirkte etwas traurig. Shirley verspürte den Impuls, ihn zu nehmen, ihn an die Anlage im Studio zwei anzuschließen und es mit 66,40 AM zu probieren. Aber das tat sie nicht. Weil sie es bereits getan hatte – jeden Abend, wirklich jeden Abend seit dem Vorfall am Schwimmbecken war sie hierhergekommen. Natürlich hatte sie auf 66,40 AM nie etwas gehört – Mallet AM hatte seinen Betrieb eingestellt, endgültig. Aber etwas im Rauschen auf dieser Frequenz kam ihr vertraut vor. Sie fühlte sich ihrem Sohn dann etwas näher. Natürlich bildete sie sich das nur ein, und sie hatte sich fest vorgenommen, damit aufzuhören – deshalb hatte sie auch den Rundfunkempfänger nicht geholt, obwohl alle Hörerwünsche zusammengetragen waren und noch Zeit für eine Tasse Tee blieb, sie nichts mehr tun musste außer Ken Vox zuzuhören, der sein Publikum mit einer Geschichte über eine Bar unterhielt, in der ein Priester, ein Pfarrer und ein Rabbi saßen.

Als er mit seiner deprimierend ernsten Geschichte fertig war, kehrte sie ins Studio zurück, schaltete die Aufzeichnung ab und begann mit ihrer Sendung. »Hallo, ihr da draußen, hier ist Shirley Steadman mit dem Wunschkonzert an diesem wunderschönen Donnerstag, den fünfzehnten März.« Das tatsächliche Datum, nicht das von morgen, nicht von gestern. Heute. Leben im Hier und Jetzt.

Die Sendung lief gut. Als Shirley fertig war, stellte sie die Aufzeichnungen für die nächsten dreiundzwanzig Stunden zusammen. Ken Vox' Sendungen liefen Tag und Nacht, Gott sei den Hörern gnädig. Sie schaltete den Computerbildschirm aus, ebenso alle Lichter im Studio und stand dann im Vorraum. Sie atmete tief durch. Dann ging sie in den Lagerbereich – griff sich den alten Plattenspieler, der zwischen den ausrangierten Geräten stand, und zog die eine Platte heraus, an der sie jeden Abend im Studio vorbeikam.

Mit der Platte und dem Stock unterm Arm und dem Plattenspieler in den Händen, die Handtasche über die Schulter gehängt, verließ sie das Studio und ging durch den Korridor Richtung Abteilung 11. Und spürte dabei wieder die Last dessen, was geschehen war – während sie sich auf ihre ehrenamtliche Tätigkeit konzentrierte, erlaubte sie sich, alles zu vergessen. So vieles war jetzt anders, aber so vieles blieb auch, wie es immer gewesen war – wie die ewig gleichen Wünsche der Schwestern. Das Leben ging unbesehen weiter, einfach so. Mallet AM und Gabe waren nichts für die Zukunft; die richtige Zukunft.

Die Zeitachsen richteten sich wieder aus, und alles war okay.

Seb Starith hatte schließlich doch noch sein Schild über der Bäckerei bekommen. Als bekannt wurde, welche Rolle Mallet AM bei dem Unfall gespielt hatte, beschloss er, das Aufhängen des neuen Schildes zu einer großen Show zu machen. Es hatten sich einige Leute versammelt, und er verteilte kostenlos seine Stollen. Als er die Leiter erklomm, erklang über Lautsprecher Trommelwirbel, und als das Schild schließlich glücklich befestigt war, jubelte und applaudierte die Menge.

Roy Farrow war Stadtgespräch, nachdem *The Advertiser* eine Titelstory über seinen neuen hochmodernen Milchtransporter gebracht hatte, der den beim Unfall geschrotteten Wagen ersetzte. Verglichen mit dem alten sah das neue Gefährt wie der Wagen aus *Knight Rider* aus, und wenn man Farrow glauben wollte, verfügte es über eine dazu passende automatische Stimme. »Dieses Ding hat Bewegungssensoren, eine Rückfahrkamera, und es piept, wenn ich kurz davor bin, irgendwo dagegenzukrachen!« Farrow erzählte es in der ganzen Stadt herum. Shirley freute sich für ihn, auch wenn sie daran zweifelte, ob er irgendwas daraus gelernt hatte, wenn er auch noch belohnt wurde, weil er einen Unfall verursacht hatte.

Shirleys häusliches Leben war im Grunde so wie zuvor, bevor Gabe wieder aufgetaucht war. Im Bungalow war es so ruhig wie eh und je, sie machte den Haushalt, putzte, kümmerte sich um die Wäsche, sah fern und stickte, und gelegentlich kamen Deena, Tom und die Kinder zu Besuch. Deena hatte eingesehen, dass sie einen Schritt zurücktreten, dass sie ihrer Mutter nicht ständig im Nacken sitzen musste, falls besagte Mutter versprach, sie anzurufen, wenn etwas nicht stimmte. Shirley hatte dem freudig zugestimmt.

Gabes Zimmer war bislang unberührt, die Kartons auf dem Dachboden waren unausgepackt. Es fühlte sich für sie nicht richtig an, sie ohne ihn auszupacken. Alle Geheimnisse, die darin aufbewahrt waren, waren Gabes Geheimnisse, seine allein. Manchmal ging sie ins Gästezimmer, setzte sich aufs Bett und spürte einen Kloß im Hals. Aber niemals weinte sie.

Moggins und Big Mac kamen überhaupt nicht miteinander zurecht. Moggins hatte Shirley immer noch nicht verziehen, dass sie eine weitere Katze ins Haus geschleppt hatte. Aber als sie auf Facebook die Anzeige gesehen hatte, in der ein Zuhause für ihn gesucht wurde, hatte sie sofort die Verantwortung für Big Mac übernommen, als wäre sie es Frank Peterson schuldig. Vielleicht war sie das ja auch. Moggins hing gern oben und im Wohnzimmer rum, machte einen Buckel und fauchte, wenn Big Mac sein Glück versuchte, sich mit ihm anzufreunden. Aber das geschah nicht oft. Big Mac beanspruchte für sich die Küche, wollte immer rein, vermutlich weil er auf ein kühles Bierchen aus war. Er musste seinen Entzug aber schon längst hinter sich haben und im Besitz des Ein-Monats-Chips der Katzen-AA sein.

Marsha Thompsons Beerdigung stand in einer Woche an. Shirley war gebeten worden, ein paar Worte zu sprechen, immerhin war sie die neue lokale Berühmtheit, außerdem würden den anderen aus der Stickgruppe nicht genügend freundliche Worte über sie einfallen. Shirley hatte die Bitte angenommen, sie hatte auch schon einiges aufgesetzt und sich dafür entschieden, ein kurzes Robert-Frost-Gedicht vorzutragen. Nichts Überspanntes, aber das war auch nicht nötig. Sie nahmen Abschied von Marsha Thompson, ja, aber ihr Vermächtnis würde noch viele Jahre zu spüren sein. Und Shirley nahm sogar an, wenn sich das alte Schlachtross für einen Abgang hätte entscheiden müssen, dann wäre ihre Wahl vermutlich genau auf so ein verstiegenes Mordkomplott gefallen, bei dem es um die Bestätigung einer vergangenen Zukunft ging.

Deena hatte sich von ihren Ängsten erholt, die sie um ihre Kinder ausgestanden hatte. Jetzt fürchtete sie die Folgen, die Callies Gerichtsverhandlung auf ihre Mutter haben könnte, und benahm sich so liebevoll und nörgelig wie immer. Deena hatte lange damit zu kämpfen gehabt, dass sie mit Callie so eng verbunden gewesen war. Dass sie Callie in ihr Haus gelassen hatte, Hunderte Male. Dass sie Callie mit den Kindern hatte spielen, sie an ihrem Leben Anteil hatte nehmen lassen. Shirley wusste nicht, wie sie es ihrer Tochter klarmachen konnte, aber sie gab Deena nicht die geringste Schuld, mehr noch, sie gab auch Callie keine Schuld. Callie war nicht immer ein schlechter Mensch gewesen, zumindest nicht früher, zu dem Zeitpunkt, als sie die junge Frau kennengelernt hatte – als sie mit Gabe befreundet und das Leben noch einfacher gewesen war. Und auch zum Schluss war Callie nicht nur böse gewesen. Selbst als sie mit Maisie und Kenneth am Beckenrand gestanden und gedroht hatte, sie mit in die Tiefe zu reißen. Selbst da war sie ein Mensch gewesen, der geliebt hatte, wahrhaft und entschieden – jemand, der für Shirleys Sohn Himmel und Hölle in Bewegung gesetzt hätte. Gabe hatte immer diese Wirkung auf sie gehabt.

Maisie und Kenneth genossen die Tyrannei ihrer überfürsorglichen Mutter. Kaum waren sie zehn Sekunden aus ihrem Blickfeld, machte sich diese Sorgen. Kurz nach dem Vorfall kamen sie alle an einem Sonntag zu Shirley zum Essen, und sofort begannen Maisie und Kenneth wieder im Kreis zu laufen. Deena war bereits kurz davor durchzudrehen, als Kenneth für eine Runde durch den Bungalow länger als üblich brauchte und ein oder zwei Minuten nicht auftauchte. Die Kinder wussten nicht, worum es ging – wahrscheinlich würden sie es erst wirklich verstehen, wenn sie älter waren. Selbst Maisie, die eigentlich alt genug war, gab zu erkennen, dass die Wunden heilten. Tom war bemüht, Deenas erdrückender Überfürsorglichkeit etwas entgegenzusetzen – er gestand ihnen die gleichen Freiheiten zu wie zuvor, sofern ihm gestattet wurde, das zu entscheiden. Shirley beobachtete die Familie aus der Ferne, hielt sich mit guten Ratschlägen zurück, vor allem, weil sie für die schwierige Situation, in der sich die Eltern zweifellos befanden, gar keine parat hatte. Also konnte sie Deena oder Tom oder den Kids keinen Vorwurf machen. Sie versuchten nur ihr Bestes und würden das so lange tun, bis die Zeit die Wunden heilte.

Shirley wurde über Callies Verbrechen in Kenntnis gesetzt – DI Fletchinder kam zu ihr und erzählte ihr alles, was sich ereignet hatte. Es traf sie hart. Callie hatte Gabes Wahrheiten in die Tat umgesetzt, hatte sich eingeredet, sie würde ihm damit helfen, ihrer einzig wahren Liebe. Ihrer Meinung nach hatte sie damit etwas Nobles getan. Sie war überzeugt, dass sie Gabe beschützen, dass er recht behalten müsste mit dem, was er verkündete. Zum Teil, nahm Shirley an, war dies auch ihre Schuld – Gabe brauchte Bestätigung, die er zu Hause nie bekommen hatte.

Schließlich erreichte sie die Abteilung 11. Drinnen stellte sie den Plattenspieler mit der LP ab, desinfizierte sich die Hände, bevor sie wieder alles aufnahm.

Die Schwestern grüßten sie, als sie an der Station vorbeikam. Immer wollten sie reden – mit der Frau der Stunde, der Mutter des Wahrsagers, aber sie machte einen Bogen um sie, außer wenn sie die Frauen nach ihren Wünschen für die Sendung fragte. Immer wollten sie die gleichen Dinge hören. Allerdings brachten sie ungern die Sprache auf Callie, obwohl sie sie gekannt haben mussten, wenn auch nur flüchtig. Nein, sie wollten die pikanten Details hören – den Tod, das Blut, die Vorhersagen, das Fantastische, Mutter und Sohn. Wenn sie in Stimmung dafür war, hielt sie sie bei Laune – erzählte ihnen wilde Storys wie die Geschichtenerzähler aus längst vergangenen Zeiten. Auch über sie machte der Klatsch in der Stadt die Runde – also, dachte sie, konnte sie auch selbst dazu beitragen.

Einen Teil der Geschichte allerdings würde sie nie erzählen. Gabe – der vor ihr lag, aus dem so viel Blut floss, dass es aussah, als würde es nie aufhören. Darüber hatte sie Albträume und würde sie vielleicht immer haben; jedes Mal wurde die Panik in seinem Blick noch schlimmer, und aus dem Blut wurde ein ganzes Meer. Dann wachte sie in ihrem kalten, toten Bungalow auf und weinte bis zum Morgengrauen. Sie musste sich immer wieder daran erinnern, dass dieser Augenblick kein schrecklicher Horrorfilm gewesen war, sondern sich ihr in aller Klarheit ins Gedächtnis eingeprägt hatte. Und der letzte Blick, mit dem er seine Mutter angesehen, die letzten Worte, die er zu ihr gesagt hatte? Sie gehörten ihr, ihr allein. Nur deshalb konnte sie die schlaflosen Nächte ertragen, die Therapiesitzungen, die ständigen Fragen. Dieser Blick und diese Worte.

Eines gab es allerdings, das sie niemals unerwähnt ließ. Die Tatsache, dass Gabe am Ende der Held war. Die Tatsache, dass Gabe niedergestochen wurde, weil er seiner Nichte und seinem Neffen das Leben retten wollte – eine ehrenwerte und mutige Tat, die dem Wunsch entsprang, alles, was geschehen war, wiedergutzumachen. Shirley konnte nicht erklären, was das bedeutete – sie hatte keine Worte dafür, aber sie versuchte es.

Durch das, was Gabe getan hatte, hatte er geglaubt, er könne die Zukunft vorhersehen. Er hatte geglaubt, dass das, was er sah, eintreten würde und auch wirklich eintrat. Als er sich aber dafür entschied, seine Nichte und seinen Neffen zu retten, stellte er sich gegen das, was geschrieben stand und was er gesehen hatte. Seinem Verständnis zufolge stellte sich Gabe damit gegen die Zeit selbst. Und, ja, das alles hatte keinen Funken Wahrheit in sich, und, ja, mit etwas Abstand zu den Ereignissen kann man diese Vorstellung nur als dumm bezeichnen, aber dass er daran geglaubt hatte und gewillt gewesen war, die Zeit selbst aufzubrechen, bedeutete Shirley sehr viel. Science-

Fiction, ja – und Shirley betonte in ihren Geschichten immer, dass das alles nur Fiktion sei –, aber daran hatte er nun mal geglaubt. In den Büchern und den Fernsehsendungen, die Gabe als Kind so geliebt hatte, bedeutete das Verändern der Zeit, dass er möglicherweise auch das gesamte Universum beherrschen könnte. Alles für das Leben seiner Familie.

Sie kam vor das Zimmer, zu dem sie wollte, ohne dass sie darüber hätte nachdenken müssen. Stunden hatte sie im vergangenen Monat hier verbracht, so würde es auch in nächster Zeit sein. Warum tat sie das? Deena versuchte ihr manchmal einzureden, dass es ihr nicht guttue, aber noch bevor ihre Tochter den Gedanken beendete, sah sie meistens selbst ein, worum es eigentlich ging. Dann verstummte sie und versuchte das Thema zu wechseln – Deena kam damit nicht gut zurecht. Gott sei Dank gestand sie Shirley zu, dass sie anders damit umging.

Sie klopfte, obwohl sie wusste, dass niemand antworten würde. Shirley trat ein. Es war dunkel, düster – als gäbe es kein Leben hier. Doch das stimmte nicht. Es gab ein stetes Piepen und etwas Hoffnung.

In der Ecke stand jemand. Ein Mann, der mitten in seinem Gespräch unterbrochen worden war. Colm – frisch rasiert, aber immer noch abgespannt, müde. Er sah auch dünner aus. Mit seinem uralten Lächeln sah er zu Shirley. »Hallo, Mrs S.«

Auch Shirley lächelte. »Hallo, Colm.«

»Ich wollte gerade gehen. Dann können Sie jetzt übernehmen.« Colm wandte sich schon Richtung Tür.

»Warte … du kannst ruhig bleiben«, sagte Shirley.

»Nein, Mrs S., schon gut. Ich hatte bloß eine Frage, das war alles. Ich dachte mir schon, dass ich Sie hier finde.«

»Kann ich dir irgendwie helfen?«, erwiderte Shirley. Es war das Mindeste, was sie tun konnte.

»Sie haben mal erwähnt, dass Gabe gesagt hat, ich wäre tot. Angeblich weiß er, an welchem Tag und zu welcher Uhrzeit ich gestorben wäre. Wissen Sie noch, wann das gewesen sein soll?«

Shirley dachte nach, aus irgendeinem Grund konnte sie sich tatsächlich daran erinnern. Vielleicht weil es, obwohl so spezifisch, nicht wichtig gewesen war. »Ich glaube, er sagte, es war der fünfzehnte Oktober, um 10.20 Uhr.«

Colm nickte. Er wusste, dass sie das sagen würde. »Das war exakt mein Krankenhaustermin. Als ich es erfahren habe.«

»Was erfahren?«, flüsterte Shirley.

»Lungenkrebs. Inoperabel«, sagte er, als hätte er sich damit abgefunden. Als wäre der Welt verziehen worden. »Meine Zeit hier ist nur noch geborgt. Er hat gestreut, verstehen Sie. Jede Behandlung wäre sinnlos. Ich habe dem Arzt nur noch mit halbem Ohr zugehört. Und dann habe ich sein Büro verlassen, und in meinem Kopf war nur: ›Jetzt bin ich tot. Was jetzt noch kommt, ist nur eine Gnadenfrist.‹ Bemitleiden Sie mich nicht. Das ist hier nicht wichtig. Wichtig ist nur: Woher, meinen Sie, hat Gabe das gewusst?«

Colm hatte … Moment … Woher hatte Gabe das tatsächlich wissen können?

»Weil, Mrs S., ich mir nämlich Gedanken gemacht habe … Was wäre denn, wenn alles … alles, was passiert ist … wenn das alles genauso passiert ist, wie er es gesehen hat? Was, wenn er von Callie gewusst hat und den Toten und dem verdammten Schwimmbecken? Was, wenn er in die …«

»Ich denke, das werden wir ihn fragen müssen, wenn er aufwacht«, unterbrach Shirley ihn. Sie kannte die Wege, die Colms Verstand einschlug, sie hatte sie selbst beschritten, aber sie wollte dort nicht wieder hin.

Colm sah aus, als hätte er mehr zu sagen, lächelte aber nur, nahm seinen Mantel vom Stuhl, drehte sich um und sagte, bevor er ging: »Ja. Wenn er aufwacht.«

Lange sah Shirley zur geschlossenen Tür. Dann weinte sie leise vor sich hin.

Als sie fertig war, nahm sie die LP aus ihrer Hülle – Chutney and the Boys, die immer noch oben auf der Sphinx rockten. Sie stellte den Plattenspieler auf die Kommode am Fenster, schloss ihn an und legte wie ein Profi die Platte auf den Teller. Dann schaltete sie ihn an und setzte den Tonarm auf. Knisternde Stille. Dann begann »Half-Past Tomorrow«, und endlich sah sie zum Bett.

Dort lag Gabe, ein Bündel mit Schläuchen und Kanülen. Er war nicht gestorben. Nur fast. Die Ärzte hatten ihn in ein künstliches Koma versetzt und gesagt, vielleicht wache er nie wieder auf. Er hatte so viel Blut verloren, sein Gehirn hatte schon davor so viele Traumata erlitten. Aber er sprach auf die Medikamente an, sein Körper bekämpfte die Infektion im Bein. Zumindest ein paar gute Neuigkeiten.

Egal, was geschah, Shirley würde hier sein, an seiner Seite. Jetzt und für immer.

Sie setzte sich auf den Stuhl am Bett und hielt seine warme, aber leblose Hand.

Und sie wünschte sich ein Morgen. Von ganzem Herzen.

Danksagung

Dank an meine Partnerin Aimy, meine beiden Hunde Winnie und Roo, meine Katze Toony und ein ganzes Sammelsurium kleiner Viecher, die immer für mich da sind und mich beim Schreiben unterstützen. Roo mag meine Bücher so sehr, dass er meine einzige deutsche Ausgabe von *Escape Room* – die ein wirklich cooles Cover hatte und die ich sehr schätzte – glatt aufgefressen hat.

Dank an meine Agentin Hannah Sheppard, meine Lektorin Francesca Pathak und die Teams bei Orion und der DHH Literary Agency. Ich fühle mich äußerst privilegiert, ein so tolles Team zu haben, das hinter mir und meinen Ideen steht. Immer gibt es jemanden, an den ich mich bei Problemen wenden kann, was für einen relativ jungen Autor wie mich einfach fantastisch ist.

Dank meinen Alpha- und Beta-Lesern Daniel Stubbings und Sarah McGeorge. Dan war der Erste, der *Escape Time* gelesen hat und immer sehr unverblümt seine Meinung kundtut – als er meinte, der Text sei nicht schlecht, war ich daher begeistert. Sarah McGeorge, die zu den letzten Vorablesern gehörte, half mir besonders bei den medizinischen Details.

Und Dank den anderen Mitgliedern des Northern Crime Syndicate – Trevor Wood (dessen Hilfe bei den Navy-Abschnitten unschätzbar war), Robert Parker, Robert Scragg, Judith O'Reilly, Fiona Erskine und Adam Peacock. Es ist einfach großartig, auf ein Autoren-Netzwerk zurückgreifen zu können, das einen nicht nur unterstützt, sondern mit dem man auch seinen großen Spaß auf Online-Panels haben kann. Das Jahr 2020 wäre ohne euch sehr einsam gewesen.

Und zum Schluss, wie immer, Dank an die #SauvLife-Crew – Jenny Lewin, Lizzie Curle und Francesca Dorricott. Ich liebe euch.